Elster & Salis WIEN

Silvia Pistotnig

Die Wirtinnen

ROMAN

LAND KÄRNTEN
Kultur

Stadt Wien

Silvia Pistotnig
Die Wirtinnen
Roman

Verlag Elster & Salis GmbH, Wien
info@elstersalis.com
www.elstersalis.com

Lektorat Anja Linhart
Gestaltung und Satz Michael Balgavy, DWTC
Gesamtherstellung CPI Books GmbH, Leck

2. Auflage 2023

ISBN 978-3-03930-046-4

Printed in Germany

JOHANNA, 1936

Hatten die Schweine Hunger, waren sie lauter als die Kirchenglocken. Noch dauerte es ewig bis zur Sonntagsmesse. Sie hielt sich die Hände über die Ohren. Die Mutter riss sie ihr herunter und keifte: „Tu die Hände weg, aber flott."

„Die Schweine schrein so laut", sagte Johanna leise. Sie glaubte, die Mutter hätte sie nicht gehört. Doch das hatte sie. „Eine Sau schreit nicht, du Treapn." Die Mutter war grantig.

Johanna hatte keine Wahl. Sie musste die Schweine füttern, ihr Schreien beenden. Und es war Schreien, beschloss sie innerlich und aß ihr hartes Brot, während der Stiefvater seine Pfeife anzündete. Johanna hörte das Zischen des Streichholzes. Es gab schöne Geräusche. Die Orgel, die spielte. Und ihr würde sie heute lauschen dürfen.

Sie marschierten alle in einer Reihe, ganz vorn der Stiefvater. Dann die Mutter, die älteren Brüder, die Schwestern, hinter ihr noch drei und das Tschoppale. Der Klatschmohn leuchtete am Weg, so rot, so hell, so unverschämt, besonders am heiligen Sonntag. In der Kirche setzte sich die Familie in ihre Bankreihe. Genau so, wie sie davor marschiert war, von links nach rechts. Johanna schloss die Augen, dafür brauchte sie keine Hände. Hier brauchte sie nur ihre Ohren, wenn die Orgel den Raum erfüllte. Die Töne, ganz anders als alles, was sie kannte. Nicht so stumpf wie die Ziehharmonika, auf der ihr Stiefvater manchmal spielte. Das war Gott. Johanna hörte nicht, was der Pfarrer sagte. Sie murmelte die Gebete mechanisch mit, das Schuldbekenntnis, alles wie von selbst. Aber nicht von Herzen. Das würde Gott strafen. „Wir dürfen uns nicht von Freigeistern treiben lassen, die uns die Sünde bringen. Der Teufel hat ihre Gestalt." Der Pfarrer sprach lauter. Er lispelte, das sündige „S" verlor an Schärfe. Seine Stimme krächzte unmelodisch. Johanna dachte an die Orgelmusik und überlegte, ob es schwer war, so zu spielen. Sie streckte ihre Finger aus. Diese langen, dürren Krallen, keine zum Arbeiten, wie die Mutter immer sagte. Die Fürbitten. Gloria, Kyrie, Evangelium, Knien, Hinsetzen, Eucharistie. „Verzeih mir, Mutter Gottes, ich bin eine Sünderin."

Johanna wollte neben dem Organisten sitzen, dem Franz, so nannten sie ihn im Dorf. Seinen Nachnamen kannte sie nicht, den brauchte hier keiner. Sie wollte sehen, was seine Finger taten, wie er solche Töne, solch eine Musik zaubern konnte. Ihre Entscheidung stand fest. Dafür würde sie zwar ein paar Tetschn kassieren, aber das würde sie ohnehin.

Während der Kommunion hatte Johanna einen Hustenanfall. Immer stärker wurde er, bis die Mutter „Verschwind!" zischte und sie eilig die Kirche verließ, um nicht noch länger zu stören. Draußen hustete sie weiter. Sie wartete, bis sie die Orgel wieder hörte. Dann ging sie hinein, so leise, wie sie konnte, die sich windenden Stiegen hinauf, immer höher, den Geruch von Nässe und Kälte in der Nase und den Klang Gottes im Ohr. Sie presste sich an die Wand, unauffällig, dass der Organist sie nicht sehen konnte. Doch sie sah ihn. Und seine Hände. Wie sie die Tasten entlangglitten und himmlische Töne erzeugten. Sie blieb stehen, konnte nicht weg, wollte ihre Finger auf die Tasten legen, dieses mächtige Instrument spüren. Vorsichtig beugte sie sich vor. Da sah er sie. Johanna erschrak und wollte weglaufen, doch der Organist wirkte zu ihrem Erstaunen gar nicht böse. Er lächelte sogar ein wenig. Sein leicht ergrauter Schnauzbart zeigte nach oben. Franz hatte normalerweise ein sehr strenges Gesicht, harte, bittere Züge, wie alle hier. Sie kannte ihn, wie man die Menschen aus dem Ort eben kannte, und noch kein einziges Mal hatte sie ihn lächeln sehen. Und so blieb sie stehen. Sie blieb auch noch stehen, als der Pfarrer die Gemeinde entließ. Sie blieb stehen, als die Fußbänke verrückt wurden und die Leute sich zum Ausgang begaben. Sie blieb stehen, als die Kirche sich leerte, und sie blieb noch immer stehen, als auch der Letzte hinausgegangen war. Dann hörte Franz auf zu spielen. In der plötzlichen Stille bemerkte Johanna, wo sie war. Sie versuchte sich unsichtbar zu machen, senkte den Kopf so tief es ging, als könnte sie dadurch verschwinden. Sie sah auf die Spitzen ihrer Schuhe, es waren die der älteren Schwester, noch zu groß, aber das beste Paar, das sie besaß.

„Dir gefällt das, Diandle, ich weiß“, sprach Franz sie unvermittelt an. Sie sagte nichts. Er musste sie gesehen haben. Beim letzten Mal. Dabei war sie sich sicher, dass niemand sonst da gewesen war. Sie hatte sich so bemüht, ganz früh am Morgen unter der Woche, und die Tür zur Kirche hatte sich einfach öffnen lassen. Natürlich hatte sie nicht gespielt. Sie hatte nur auf der Bank gesessen und das Instrument angesehen. „Willst es lernen?“, fragte er und schnäuzte sich in ein schmutziges Tuch. Johanna traute ihren Ohren kaum. Sie blickte noch immer zu Boden und nickte. Vielleicht machte er sich lustig über sie. Aber der Organist deutete mit dem Kopf auf die Bank neben ihm, dass sie sich setzen sollte, murmelte: „Ein Weibsbild, das sich für Musik interessiert", und schüttelte den Kopf. „Aber pass auf, ich zeigs dir nicht fünfmal." Sie gehorchte, saß wie versteinert auf der Bank, während er ihre Finger grob mit seinen schwieligen Händen auf die Tasten drückte. „So gehört das, die Füß machen was andres. Reiß dich zamm, Orgel spielen ist schwer, das ist was für Leut, die eine Ahnung haben, nichts für Bauersleut. Ich werd gleich sehn, ob dus kannst." Franz klang streng. Wie alt er wohl war, fragte sich Johanna. So alt wie ihr Stiefvater vielleicht? Seine Gesichtszüge waren verhärmt, er hatte gelbe Zähne und roch nach Tabak. Johanna hatte Angst zu sprechen und sich von der Stelle zu rühren, obwohl sie wusste, dass zuhause eine ordentliche Tracht Prügel auf sie wartete.

Der Klang entschädigte sie für alles. Der Organist drückte auf die Tasten. Sie bemühte sich, die Abfolge im Kopf zu behalten. „Jetzt du", sagte er, „machs nach." Mit sanftem Druck entlockte Johanna dem Instrument die ersten eigenen Töne. Aber ihr Lehrer war nicht zufrieden. „Ordentlich zugreifen, du Tscholdra, man soll ja was hören, Kruzitürken!", polterte er und presste ihre Finger auf die Tasten. Sie erschrak. Aber es funktionierte: Johanna drückte die Tasten fester und als sie den Klang hörte, den sie erzeugten, wurde ihr schwindelig. „Weiter, weiter!", befahl Franz ungeduldig. Sein Schnauzbart verzog sich dabei, er kniff die Augen zusammen und sein Mund zuckte unruhig. „Tu jetzt weiter, Diandle", ermahnte er sie. Sie hatte Angst, eine falsche Taste zu erwischen. Doch es klang harmonisch, richtig, mächtig. Und sie fühlte sich so, eins mit dem Instrument, eins mit dem Klang. „So ists recht", sagte Franz schließlich und erhob sich. „Wenns dir ernst ist, kommst nächsten Sonntag in die Kirche.“ Johanna nickte. Es war ihr Ernst. „Danke“, antwortete sie mit zitternder Stimme und stürzte davon. Sie lief und lief, fühlte sich leicht und erhaben. Die Welt war laut, dachte sie, so schön laut.

GERTRUD, 1983

„Wir gehen jetzt“, sagt der Papa. Der Thomas mag nicht. Er spielt auf seinem Tric o tronic. „Kann ich mal?“, frag ich. Nie darf ich. Immer spielt nur er. „Du kommst mit“, sagt der Papa. Er hebt mich auf die Schulter. „Leg das jetzt weg“, sagt er zum Thomas. Der Thomas ist grantig. „Die Mama muss arbeiten. Heut ist viel los.“ Draußen sitzen Gäste. „Viel Spaß“, sagt die Mama. Sie trägt ein Dirndl. Die Oma seh ich nicht. „Pfiati“, sag ich. Der Thomas sagt nichts. Er ist noch immer grantig. „Er will gar nicht spielen“, sag ich dem Papa. Der Papa nickt. „Ich weiß, aber probieren wird er es.“

Auf der Schulter bin ich am größten. Ich seh, dass die Frau da drüben ihre Blumen schneidet. Hinter ihr gackern die Hühner. Wir haben auch Hühner. Und Gäste. Wir müssen die Straße hinuntergehen. Den Weg kenne ich. Da kommen wir bei einem Gitter vorbei. Drunter ist der Bach und rauscht. „Ich will runter“, ruf ich. „Jetzt nicht“, sagt der Papa. „Das Training fängt gleich an. So viel Zeit haben wir nicht.“ Er hält mich fest.

Der Fußballplatz ist grün. Schön schaut das aus. Ich bin öfter dort mit der Oma. Sie nimmt dann einen Ball mit und ich spiel. Ich treff immer ins Tor. Wenn die Buben kommen, lassen sie mich nicht mitspielen. Das ist blöd. Ich möcht lieber ein Bub sein. Die haben es viel lustiger. Als wir angekommen sind, lässt mich der Papa endlich runter. „Da drüben ist der Trainer“, sagt er zum Thomas. Der Thomas geht ganz langsam hin. Er hat mir daheim noch gesagt, dass er nicht spielen will. Die anderen spielen sicher alle besser. Das hat er nicht gesagt. Aber das weiß ich.

Der Thomas hat sogar ein Fußballleiberl an. Mir hat die Mama heut ein Kleid angezogen. Aber da hab ich Kakao drübergeleert. Jetzt hab ich eine Hose und ein Leiberl an. Ich trag gern schöne Kleider. Dann sehen die Leute endlich, dass ich ein Mädchen bin. Immer sagen sie Bub zu mir. „Wer ist der Bub?“ oder „Wie heißt der Bub?“. Ich bin kein Bub. Nur weil ich kurze Haare hab und kein Kleid trag. Damit kann man nicht so gut Fußball spielen. Die Hosen krieg ich vom Thomas. Die Mama hat gesagt, sie näht mir ein schönes Kleid. Aber sie hat nie Zeit, weil im Gasthaus so viele Leute sind. Im Winter dann vielleicht.

Der Thomas ist irgendwo verschwunden. „Die ziehen sich um“, erklärt mir der Papa. Er setzt sich auf eine Bank. Auf der sind noch andre Erwachsene. Und ein kleiner Bub. Aber mit dem kann ich nicht spielen. Der ist noch ein Baby. Weiter drüben sind zwei Mädchen. Sie sind größer als ich. Vielleicht geh ich mal hin? Eine zeigt mir die Zunge. Ich geh nicht. Ich bleib in der Nähe vom Papa. Da ist ein Sack, da sind ganz viele Bälle drinnen. Ich weiß nicht, ob ich einen nehmen darf. Der Papa redet mit irgendeinem Mann. Er schaut nicht her. Die Mädchen spielen mit ihren Puppen. Ich nehm einen Ball raus. Das Leder ist ganz glatt und kühl. Ein bisschen weich, aber auch hart. Ich probier damit zu spielen. Mit den Füßen. So wie es der Papa dem Thomas gezeigt hat. Der Thomas hat es nicht zusammengebracht, aber ich. Der Ball springt auf meinem Fuß auf und ab und auf und ab. Ich lauf und der Ball bleibt bei mir, wenn ich ihn richtig rolle. Wenn ich schieß, fliegt er weg. Ich hab einen Burschen gesehen, der hat so Tricks gemacht und ihn herumgewirbelt. Das hat mir gefallen. Das möcht ich auch können.

„Wo hast du den Ball her?“, fragt mich der Papa. Ich sag nichts. „Passt schon“, sagt er. Da bin ich froh. Auf der Wiese ist es inzwischen laut geworden. Die Buben sind wieder da. Sie haben jetzt alle Fußballleiberl und Fußballschuhe an. Ich trag die alten Schuhe vom Thomas. Das sind keine richtigen Fußballschuhe. Aber ich kann trotzdem mit ihnen spielen. Die Buben sind alle ungefähr so alt wie der Thomas. Die meisten sind dünner als er und einer ist ganz klein. Sie stellen sich im Kreis auf. Leider ist der Trainer zu weit weg, ich kann ihn nicht verstehen. Ich würd gern näher hin zu ihnen. Aber ich trau mich nicht. Ich spiel lieber mit meinem Ball weiter und schau zu, was die Buben machen. Die spielen gar nicht richtig. Einmal laufen sie herum, dann müssen sie Liegestütz machen und einmal schaut es so aus, als ob sie Fangen spielen würden. Dabei ist das doch ein Fußballtraining. Bei ein paar Sachen mach ich sogar mit. Aber nur bei denen mit dem Ball. Die anderen sind mir zu langweilig. Die Mädchen spielen noch immer Mutter-Vater-Kind. Aber sie schauen nicht her. Sollen sie, ich brauch die nicht mit ihren dummen Puppen. Als die Buben mit dem Ball das ganze Feld hinauflaufen, mach ich wieder mit. Das kann ich. Ich bin viel schneller als sie und mir springt der Ball nicht davon. Danach müssen wir wieder zurück. Da renn ich wieder mit und ich bin wieder schneller. Dabei sind die alle größer als ich. Und

Buben. Plötzlich schreit der Trainer. Er hat eine Pfeife, mit der pfeift er immer, wenn er was sagen will. Komisch. Obwohl er schreit, kann man nichts verstehen. Die Buben offenbar schon, weil die stellen sich wieder im Kreis auf. Einer kommt dran und tritt vor und noch ein anderer. Die beiden zeigen dann abwechselnd immer auf einen der restlichen Buben. Das kenn ich. Ich bin ja schon in der Schule in der ersten Klasse. Wir dürfen auch manchmal wählen. Das ist aber nicht schön, weil ich meistens als Letzte drankomm. Der Thomas steht auch bis zum Schluss da. Er tut mir leid. Er ist der Dickste von allen. Deshalb wird er nicht gewählt. Und weil er nicht so gut spielen kann. Aber er kann super Tric o tronic. Ein paar Buben hüpfen herum. Ich hüpf auch ein bisschen. Eine Gruppe bekommt rote Bänder. Ich hoffe, jetzt werden sie endlich spielen. Zwei Buben stehen in der Mitte vom Spielfeld und dann ist Ankick. Der Papa hat mir erklärt, wie das heißt. Ich lauf mit. Einer schießt den Ball weit weg. Aber er trifft den falschen Mitspieler. Der spielt gar nicht in seiner Mannschaft, er hat kein rotes Band. Dann schießt einer zum Thomas, aber der weiß nicht, was er machen soll. Ich beiß nervös auf meinen Nägeln rum. Gott sei Dank gibt der Thomas doch noch ab. Und er erwischt sogar einen aus seiner Mannschaft. Der läuft durch. Aber er kommt nicht weit.

Es geht immer hin und her. Ich lauf mit. Einmal auf die eine Seite, einmal auf die andere. Ich hab meinen Ball liegen lassen. Auf einmal schießt einer von der Mannschaft vom Thomas bis zu mir, mir direkt vor die Füße. Der Ball bleibt vor mir liegen. Ich seh ihn an und lauf los. Der Ball ist bei mir. Ein Bub will ihn mir abnehmen. Aber ich lass ihn nicht. Ich geb den Ball nicht ab. Ich schau auf's Tor und dann schieß ich. „Tor!", schreit der Trainer und ich jubel: „Jaaaa! Tor!!!"

Ich schau mich um. Es ist ganz still. Der Papa hat aufgehört zu reden, er ist aufgestanden, der Mann neben ihm auch. Sie schauen zu mir, dann zum Trainer, dann wieder zu mir. Alle starren mich an. Sogar die blöden Mädchen und der Thomas. Das war wahrscheinlich nicht gut, was ich da gemacht hab. Ich geh aus dem Feld. Was soll ich sonst tun? Die anderen fangen wieder an zu laufen. Der Trainer ruft: „Weiterspielen!" Ich geh zum Papa, der sagt gar nichts, aber da kommt der Trainer auf einmal zu uns. „So einen Spieler brauchen wir, wie heißt der?", fragt er den Papa und mir wird schlecht. „Der ist ein Mädchen", antwortet der Papa und seine Stimme klingt irgendwie komisch. „Ein Mädchen?", fragt der Trainer ungläubig. „So ein Schaß!"

MARIANNE, 1994

Marianne knöpfte die Bluse zu. Sie zählte die Knöpfe. Sie musste zählen. Immerzu. Tat sie es nicht, war etwas nicht in Ordnung. Ihr Tag bestand aus Zahlen. Sie bestand aus Zahlen. Die Stiegen. Wie viele Bierflaschen noch da waren. Die Scheine in der Brieftasche. Die Münzen. Die Gäste. Manche Leute machten Kreuzworträtsel. Sie zählte.

Marianne organisierte sich nach den Zahlen der Uhr. 5 Uhr 50: aufstehen, anziehen, waschen, Zähne putzen. 6 Uhr 10: hinuntergehen. 6 Uhr 15: Kaffee aufsetzen. 6 Uhr 20: die Kinder wecken. 6 Uhr 30: Frühstück vorbereiten. So ging es weiter. Ein durchgetakteter Tag. Struktur, Halt, Sicherheit. Sie kannte kaum Momente, in denen sie die Zeit vergaß, außer wenn Erwin auf ihr oder sie auf ihm lag und sie, na ja, das eben. Ausnahmen, die sie ziemlich verwirrten.

Marianne verspätete sich nie, war meist früher mit allem fertig und ließ keine Minute ungenutzt. Manche Leute hatten Hobbys. Sie hatte Arbeit.

Am Montag war Kontrolle der Vorräte und Einkaufstag, am Dienstag Ruhetag im Gasthaus und deshalb für sie Putz- und Bügeltag, am Mittwoch Waschtag, am Donnerstag ihr Lieblingstag: Buchhaltung, am Freitag Küche aufräumen und Organisation des Wochenendes, am Samstag Hochzeiten, Taufen oder ein Leichenschmaus, am Sonntag Mittagessen für die Kirchgänger. Es gab Abweichungen, es kamen mal weniger Leute, doch es war nie nichts zu tun, Gläser waren zu spülen, Tische zu wischen, Rechnungen einzuordnen.

Ihre halblangen Haare musste sie mit Haarspray zurechtformen. Sie hatte braune Locken und eine Brille. Trudi wollte heute mit ihr in der Stadt eine neue kaufen. Völlig überflüssig, fand Marianne. Aber sie hatte es sich schon durchgerechnet: Sie hatten zwei Stunden. Davon 30 Minuten für den Optiker. Sie sah sich an. Was war an der Brille überhaupt falsch? „Mit der kannst dich wirklich nicht mehr sehen lassen", hatte Trudi gesagt. „Mama, das ist peinlich." Na gut. Auch wenn sie nicht verstehen konnte, was mit der Brille nicht stimmte – sie war noch voll funktionsfähig –, so wollte sie trotzdem nicht peinlich sein. Und sie brauchte Trudis Wohlwollen, um ihr klarzumachen, dass sich ihr Leben ändern würde. 6 Uhr 10. Marianne ging in die Küche. Am Vormittag musste sie das Mittagessen vorbereiten und danach kontrollieren, ob Getränke nachzubestellen waren. Außerdem musste ihre Mutter heute den Mittagsschlaf schon um 13 Uhr 30 beenden, also 30 Minuten früher als sonst, damit sie mit Trudi in die Stadt konnte. Dafür hatte die Senior-Chefin kein Verständnis: „Die Trudi soll lieber zum Friseur als mit dir ins Brillengeschäft gehen, mit dem Tschoda", rief ihr die Mutter noch schlecht gelaunt hinterher.

Um 13 Uhr 50 stand Marianne pünktlich vor der Schule. Sie stieg nicht aus, blieb im Fiat ihrer Mutter sitzen und zählte die Autos auf dem Parkplatz. Sechzehn waren es. Dann die Bäume rund um das Schulgebäude. Zehn. Trudi kam immer zu spät, kein Wunder, so wie sie daherschlurfte. Ginge Marianne neben ihr, hatte sie Mühe, ihr nicht vorauszulaufen. 13 Uhr 58. Endlich, Trudi kam mit einer Gruppe Mädchen. Vier. Sie hatten denselben Gang. Das würde Mariannes Zeitplan durcheinanderbringen. Wie groß sie war. Beinahe erwachsen, sechzehn Jahre alt. So viele Jahre wie Autos auf dem Parkplatz. Was für eine schöne Ziffernkombination. Die zackige, gerade Eins, die sich mit der runden, sinnlichen Sechs verband. Die exakten, klaren Striche und die bauchigen, fast erotischen Bogen. Alle Ziffern waren einzigartig, die geschwungene Zwei, die variierende Sieben, die endlose Acht, die kopflastige Neun und dann die Kombinationen daraus, unzählige Möglichkeiten. Die Mädchen schwatzten noch immer, ganz dringend mussten sie etwas miteinander zu besprechen haben. Marianne sah auf die Uhr. 14 Uhr 03. Menschenskind, Trudi! Sechzehn, wie war sie mit sechzehn gewesen? Wie mit siebenunddreißig? Wie mit fünf? Eigentlich immer gleich, dachte sie, es hatte nur eine andere Anzahl an Knöpfen an der Bluse und längere, zu Zöpfen gebundene Haare gegeben.

Trudi, ein völlig anderes Wesen als sie, immer schon, mittendrin und laut. Bereits als Kind hatte sie die Leute im Gasthaus unterhalten, ihnen Getränke serviert, Witze erzählt. Alle waren begeistert gewesen. Währenddessen hatte sich Thomas in der Nähe der Kartenspieler herumgedrückt und sie beobachtet. Genau wie Marianne es früher getan hatte. Sein Lieblingsspielzeug war die Bonierkasse gewesen, die er mit zehn hatte reparieren können. Ihr Sohn war wie sie. Erwin, sie und Thomas, eingeklemmt zwischen ihrer unberechenbaren Mutter und der impulsiven Tochter. Trudi riss die Autotür auf. „Hallo!", rief sie, setzte sich und knallte die Tür zu. Wieder laut. Sie fuhren zwei Straßen weiter und Marianne parkte.

14 Uhr 19. Trudi zwang ihre Mutter in das zweite Brillengeschäft. Marianne hatte mitgezählt, dreizehn Modelle

musste sie aufprobieren. Langsam wurde es ihr zu viel, die Zeit drängte. „Ach, die ist doch gut", sagte sie daher, als sie die vierzehnte aufsetzte. Trudi protestierte. „Mama, du musst eine nehmen, die dein Gesicht besser zur Geltung bringt."

„Ach Blödsinn!" Marianne genierte sich. Der Optiker, der ihr noch eine Brille gab, Nummer fünfzehn, kam ihr genervt vor. Wahrscheinlich dachte er, was will so eine langweilige alte Schachtel denn, sieht eh alles gleich aus.

Marianne war nicht eitel. Wer hässlich war, brauchte nicht eitel zu sein. Das war Schönheiten vorbehalten wie ihrer Cousine Herta. „Die sieht gut aus!", meinte der Optiker, der plötzlich seine Verkaufstaktik geändert hatte und sich euphorisch gab. „Na ja, geht so", erwiderte Trudi, die auch langsam die Geduld verlor. Marianne tat begeistert. „Ich finde die gut. Die nehmen wir." Vielleicht war das dann doch ein bisschen zu schnell. Als sie den Preis hörte, war sie geschockt. Nie zuvor hatte Marianne etwas gekauft, ohne die Kosten dafür zu kennen, aber diesmal hatte sie der Optiker überrumpelt. Und es war schon spät. 15 Uhr 23. Es hatte viel zu lang gedauert. 2.100 Schilling! Sie berechnete im Kopf, wie viel Bier sie verkaufen musste, um das wieder reinzuholen, und ihr wurde heiß. Marianne zahlte, zählte die Scheine. Die Münzen. Zum Glück hatte sie genug in der Brieftasche. Es tat ihr leid um das Geld. Sie verließen das Geschäft. 15 Uhr 31. Endlich. „Willst du noch irgendwohin?", fragte Marianne und hoffte, Trudi würde verneinen „Danke, aber ich gehe lieber mit der Kathi einkaufen. Aber wir könnten Pizza essen!"

„Pizza?", fragte Marianne. „Wir sind ja nicht im Urlaub."

„Wir sind nie im Urlaub", gab Trudi zurück und zuckte

trotzig mit den Achseln. „Wir können ja einmal etwas anderes machen, oder?“

„Also das ist wirklich nicht nötig. Wir haben zuhause Essen genug und vergeuden sicher kein Geld und keine Zeit in einem fremden Gasthaus.“

„Ja, das haben wir selbst daheim“, zischte Trudi und kickte mit der Schuhspitze gegen einen kleinen Stein. „Komm, ich muss noch auf die Bank, die Post und in die Apotheke. Danach fahren wir heim“, sagte Marianne. Wie auf Befehl schritt Trudi los und ließ ihre Mutter hinter sich. „Versteh einer die Jugend“, sagte Marianne verwundert.

16 Uhr 49. Beim Nachhausefahren steckte Trudi eine Kassette ins Radio. Dumpfe, unmelodische Musik ertönte. Zum Glück war die Oma nicht dabei, sie hätte bestimmt geschimpft. „Ich muss mit Oma nächste Woche nochmal zum Röntgen, wir haben nur den Mittwochnachmittagtermin bekommen“, fällt Marianne ein. „Da musst du bitte die Gaststube übernehmen, Trudi.“ Trudi stöhnte. „Ach Mensch, Mama! Muss das sein?“ Na und, was soll das Theater schon wieder, dachte Marianne. Als Kind hatte sie nicht nur einmal aushelfen müssen und sich nie beschwert. „Ach komm, kommt ja eh keiner“, sagte sie beschwichtigend.

„Dann lassen wir doch gleich zu.“

„Das geht nicht. Wir haben Öffnungszeiten, an die wir uns halten müssen, außer es ist ein Notfall.“

„Wenn ihr nicht da seid, ist es ein Notfall.“

„Trudi, hör zu, wir fragen dich wirklich nur ganz selten, das wirst du ja wohl machen können. Ich werde deshalb sicher nicht extra Thomas kommen lassen.“

„Was ist mit den anderen Verwandten von der Oma? Können die sie nicht bringen? Ist ja nicht nur deine Mutter!" Marianne seufzte. Wozu streiten und Zeit verschwenden für Dinge, die sich ohnehin nicht ändern ließen. „Du springst bitte ein und damit basta."

„Die Kathi muss daheim nie was machen. Ihre Eltern lassen sie in Ruhe!"

„Du bist aber nicht die Kathi!"

„Ja, leider." Trudi schmollte und drehte das Radio lauter. Die Musik krachte und Marianne war sich nicht sicher, ob es am alten Radio lag oder tatsächlich die Musik so klang. Als sie ausstiegen, ging Trudi ohne ein weiteres Wort in ihr Zimmer und knallte die Tür zu. Nach kurzer Zeit tönte auch aus ihrem Zimmer dieser unangenehme Lärm. 17 Uhr 13.

JOHANNA, 1936

Nichts konnte Johanna etwas anhaben. Nicht die wütenden Ohrfeigen, mit denen die Mutter sie begrüßte. Die schadenfrohen Gesichter der Brüder. Das mitleidsvolle und zugleich anklagende Kopfschütteln der Schwestern. Die Klänge, die sie, ja sie!, erzeugt hatte, waren keine Sünde und entschädigten sie für alles andere. „So eine Schande", wiederholte die Mutter noch mehrmals, als sie bereits am Tisch saßen und die dünne Suppe löffelten. „Ein Weibsbild, das Orgel spielt."

„Halts Maul!", schimpfte der Stiefvater. Die Mutter redete trotzdem weiter. „Hast ihm schöne Augen gemacht, dem eitlen Gockel? Im ganzen Ort hat man dich gehört. Glaubst, der macht das, weilst so schön bist?" Johanna schwieg. In ihrem Kopf tönte die Musik der Orgel. Die Mutter war weit weg. Sie konnte ihr verbieten, den Organisten aufzusuchen, aber Johanna würde wieder hingehen. Das versprach sie sich in diesem Moment. Die Mutter würde staunen, wie zäh sie sein konnte. Das Orgelspielen würde ihr niemand nehmen.

Die Mutter kannte Johanna und hatte in der Vergangenheit oft gestaunt, wie stur sie sein konnte. Daran hatte das Kind vom ersten Schrei an keinen Zweifel gelassen. Wobei, den ersten Schrei hatte es erst spät getan. Als die Mutter mithilfe der Hebamme Johanna zur Welt brachte, war die Mutter überzeugt gewesen, dass dieses dünnhäutige, winzige, blaue Wesen keine Chance hatte auf der harten Welt. Schnell ließen sie es taufen, damit es nicht gotteslästerlich begraben werden musste. Der Pfarrer ließ sich erweichen, sie hatten noch Speck für ihn übrig. „Johanna solls heißen", bestimmte die Mutter, „nach dem Vater, dem Johann." Den Speck hatten sie umsonst hergegeben. Das nahm die Mutter Johanna noch immer übel. Sie hatte genug andere Kinder, die sie ernähren musste, da konnte sie sich nicht an eines klammern, das sowieso nicht überleben würde. Aber Johanna starb nicht. Egal, wie wenig sich die Mutter um das Mädchen scherte, wie ausgetrocknet ihr Busen war, das Kind blieb. Es dauerte knapp drei Jahre, bis die Mutter verstand, dass das Kind überlebt hatte. Und erst ab diesem Zeitpunkt wurde das „Zniachtale", wie alle zu ihr sagten, Johanna genannt. Schön? Nein, schön war sie nicht. Viel zu lang. Sie hatte die Figur ihres Vaters, ganz anders als die üppige Mutter und die rundlichen Schwestern. Die schmalen Hüften, die kleinen Brüste, da war nichts, was einen Mann verführen konnte. Es hatte nie genug zu essen gegeben. Trotzdem wurden ihre Schwestern zu Frauen. Nur Johanna blieb, wie sie war, der zähe, harte Knochen, ohne Polster, in die sich ein Mann hätte betten können.

Johanna wusste, was ihre Mutter dachte: Was sollte der Organist schon von ihr wollen? Ein eitler Gockel, das war er wohl, wie er dort oben saß, über ihnen. Und unverheiratet noch dazu. Aber er konnte wunderschön spielen und deswegen durfte er dort oben sitzen, über der ganzen Kirchengemeinde, und sie alle mit seiner Musik emporheben. Sie wollte dort hinauf. Auf die Empore, wo sie nicht dicht gedrängt neben ihren Geschwistern sitzen musste. Wo sie dem erhabenen Klang nahe war, ja, ihn vielleicht sogar selbst produzierte. Eines Tages.

Am nächsten Sonntag machte sie sich wieder zurecht, die Schürze sauber, das Kopftuch, unter dem die Haare versteckt waren, ordentlich geknotet und den Blick auf die Schuhe der Schwester gerichtet. Und bevor sie mit der Familie hinausging, sagte Johanna leise an die Mutter gewandt: „Er hat gesagt, ich soll wiederkommen heut. Damit ichs lern. Er hat gesagt, ich kanns lernen." Die Mutter wusste zuerst nicht, worüber das Kind redete. Aber auf einmal fiel ihr wieder ein, wie die Orgel im ganzen Ort zu hören gewesen war, die Scham, die sie empfunden hatte, darüber, was die Leute wohl dachten, dass ihre hässliche und unbegabte Tochter in der Kirche auf der heiligen Orgel herumklimperte, und die Wut. Und die Mutter lachte, so laut und ordinär, dass der Stiefvater sie hätte schimpfen müssen, aber er war schon draußen, nur die Frauen waren noch in der Stube. „Der Franz wird dir was Schönes zeigen", sagte die Mutter zu Johanna. „Aber das kannst selber ausbaden mit dem Lump." Dann drehte sie sich abrupt um und ging ebenfalls hinaus, die älteren Töchter folgten ihr wie ein Schatten, während Johanna in der Tür stehen blieb und nicht wusste, was sie tun sollte.

In der Kirche waren sie aufgereiht wie immer, vor ihnen der Altar und der Pfarrer, der über die Welt und ihre Verführungen wetterte, dass es einem angst und bang wurde. Und von oben die Klänge, die das Himmelreich versprachen.

Während Johannas Familie am Ende der Messe zum vorderen Ausgang marschierte, lief sie zurück. Warum war sie so groß und auffällig? Schnell die Stiege hinauf zur Empore, dort oben im Schatten darauf wartend, dass die letzten Schritte verhallten. Franz sah sie nicht an, grüßte nicht, blätterte in einem Notenheft und strich über seinen Schnauzbart. Aber natürlich hatte er sie bemerkt: „Heut zeig ich dir das Spielen mit den Füßen", sagte er ruppig. Johanna nickte, setzte sich auf die kleine Bank neben ihn und beobachtete, hörte, nahm auf.

Der Stiefvater hatte beim Ziehharmonikaspielen ihr gutes Gehör gelobt. Aber was war das gegen diese Töne, die hier inmitten der dicken Steinmauern unbezwingbare Höhen und bodenlose Tiefen erreichten? Sie bewunderte, wie die Füße vom Franz diese seltsamen Hebel unter der Orgel berührten, die sie noch gar nicht entdeckt hatte, wie er alle richtig erwischte, ohne hinzusehen. Er war schnell und rücksichtslos, ließ ihr keine Zeit, ihm noch einmal zuzuschauen. Sie versuchte es, tat es ihm nach, bemühte sich, die zittrigen Füße auf die Pedale zu stellen, nicht abzurutschen mit den viel zu großen Schuhen, die keinen stabilen Halt boten. Natürlich vertrat sie sich gleich einmal. Ängstlich und erschrocken sah sie, wie er das Gesicht verzog, als hätte er saure Milch getrunken. Aber er sagte nichts und Johanna schämte sich. Langsam lehnte er sich zurück. Sie fürchtete, er würde sie nun wegschicken, stattdessen zeigte er auf das Buch, das vor ihm auf dem Pult lag. „Kennst das? Das ist die Schrift von der Musik." Sie nickte. Der Stiefvater hatte sie ihr einmal gezeigt vor vielen Jahren. Aber sie wusste nicht, wie sie sie lesen sollte. „Kannst das Alphabet?", fragte Franz. Sie nickte erneut, wagte nicht mehr, ihn anzusehen. „Aufsagen!", befahl er.

„A, b, c …"

„Lauter!"

„*A, b, c* …“ Sie fürchtete, man könnte ihre Stimme im ganzen Ort hören. Doch sie machte weiter, Buchstabe für Buchstabe kam aus ihrem Mund, der es nicht gewohnt war, so laute Töne von sich zu geben. „Passt“, sagte der Organist zufrieden, „wennst das kannst, kannst das andre auch lernen.“ Er zog ein kleines vergilbtes Heft aus der Tasche. „Das lernst, verstehst? Bis nächsten Sonntag. Und wehe, du machst einen Fleck da hinein. Dann …!“ Johanna nickte heftig. Er deutete mit dem Kopf, dass sie gehen sollte. Sie machte einen unbeholfenen Knicks und verschwand, das Heft an sich gedrückt. In der Nacht stand sie auf, versuchte, beim Aufstehen nicht ihre Schwestern zu berühren, die neben ihr lagen, nahm eine Kerze und das Heft und stahl sich aus der Tür ins Freie. Drei Nächte hintereinander lernte sie, bis sie eines Mittags während des Kochens einschlief und sich beinahe die Finger verbrannte. Aber Johanna war zäh. Die Noten prägte sie sich leichter ein als die Buchstaben, die sie in der Schule so mühsam in ihren Kopf bekommen hatte. Wozu brauchte es überhaupt so viele, wenn es so wenig zu reden gab? Die kleinen Zeichen auf den Linien waren viel verständlicher, so wenige von ihnen ergaben so viele Töne, Klänge und Kombinationen.

„Und? Hast glernt?“, fragte Franz, als sie am darauffolgenden Sonntag nach der Kirche wieder neben ihm saß. Johanna hob den Kopf. „Ja“, sagte sie, so laut und deutlich, dass er sich tatsächlich zu ihr drehte und sie ansah.

GERTRUD, 1994

Ich hasse diese blöden Locken! Vielleicht hilft Wasser, sie zu glätten? Na super, da kommt schon wieder eine. Dann halt Gel. Na toll, hilft auch nichts. Jetzt sind es fettige Kringel. Locken sind peinlich. Die haben nur Prolo-Tussis oder alte Frauen. Schnurgerade Haare sind cool. So ein bisschen unfrisiert zerzaust. Wie die Kim Gordon oder die Shirley Manson. Ich schau mehr so aus wie Silvester Stallone in *Rambo*. Voll peinlich eben. Die Kathi hat keine Locken. Die hat Glück! Wir sind bei ihr im Badezimmer. Das Bad bei uns ist zwar viel größer, trotzdem gibt es keinen Platz. Alles ist vollgeräumt mit Wäsche. Der Bettwäsche der Gäste und unserer eigenen. Und es gibt ein tiefes und ekliges Waschbecken, in dem dann auch noch manchmal die Handwäsche landet. Unsere Badewanne ist dreckig und hat überall komische schwarze Streifen. Die muss man wenigstens nicht sehen. Weil da liegen meistens irgendwelche Geschirr- oder Handtücher drin. Darüber ist eine Schnur gespannt, auf der hängt die saubere Wäsche. Nicht einmal ordentlich duschen kann man bei uns. Der Abfluss ist ständig verstopft. Baden kann man überhaupt vergessen, weil ich dann stundenlang alles weg- und zurückräumen muss.

Warum können wir nicht wenigstens ein normales Bad haben? Mit Dingen, die man im Bad braucht? So wie hier. Bei Kathis Familie. Oder bei der Barbara aus unserer Klasse. Die hat sogar ein eigenes, ganz für sich allein, mit einer Dusche und einem kleinen Waschbecken. Wenn ich mir denk, wie ich früher sogar aufs Gasthausklo unten gehen musste, wäh, da würd ich mich jetzt anspeiben. Ein schönes Bad, das wünsch ich mir am meisten. Es muss ja kein eigenes sein. Aber wenigstens ein normales, sauber und aufgeräumt wie bei der Kathi. Kleine Laden mit nützlichen Dingen: Fläschchen, Döschen, Wattestäbchen. Keine riesigen Packungen Fleckenmittel oder Waschmittelpackungen. Hier stehen nur Lippenstifte, Nagellack und sogar ein Männerparfum herum. Mein Papa weiß nicht einmal, dass es so etwas gibt. Bei uns daheim stehen nur die Zahnbürsten und das Glas, in das die Oma ihre falschen Zähne legt. Das ist so ekelig. Müssen die im Bad stehen, wo ich sie immer anschauen muss? Das gibt es alles nicht bei der Kathi. Die hat so ein Glück! Kein Gasthaus. Und keine Oma daheim. Und keine Gäste, die nerven.

„Vielleicht hat er deine Nummer verloren", sagt die Kathi. Sie sitzt auf dem Badewannenrand. „Pffff", mach ich. „Sicher." Nicht, dass ich das nicht schon fünfhundertmal überlegt hab. „Sollen wir vielleicht nochmal anrufen?", frag ich. „Nein, würde ich nicht", antwortet die Kathi. Ja, eh klar, ich weiß selber, dass man das nicht tun sollte. Aber was, wenn Sollen und Wollen zwei ganz verschiedene Dinge sind?! Und wie kann es sein, dass der Typ, mit dem ich vorige Woche zum ersten Mal im Leben wild herumgeschmust hab, mich einfach nicht anruft? Hab ich was falsch gemacht? Kann ich vielleicht nicht schmusen? Aber er wollt ja gar nicht aufhören. Jetzt ist es so lang her. Ich weiß es. Er wird sich nicht mehr melden. Sicher nicht. Aber ich hoff es halt. Jeden Tag hab ich das blöde Telefon bewacht. Damit nicht die Oma abhebt, wenn er anruft. Voll peinlich. Obwohl es noch immer besser gewesen wäre als nichts. Einfach kein Klingeln. Keine ausgerichtete

Nachricht von irgendwem. Kein „Da hat so ein Bursche angerufen" von der Oma. Nix. Ich hab sogar nachgefragt. Jeden Tag. Hat wer angerufen für mich? Sie hat immer nur „Nein" gesagt und den Kopf geschüttelt. Der Witz ist ja, dass der Typ nicht mal so besonders war. Von der HTL, eh nett, halblange Haare und somit maximal halb cool. Ich hab gemerkt, dass er mich angeschaut hat auf der Party. Und wie er dann gefragt hat, ob ich mit ihm hinausgehen will, hab ich so getan, als wärs mir wurscht. Dabei war ich voll nervös. Was hätt ich gemacht, wenn er einen Ofen hätt bauen wollen? Da wird mir nämlich immer schlecht und komisch. Kiffen ist für mich total arg, aber das kann ich niemand sagen, außer der Barbara und der Kathi, die damals dabei waren. Aber der Typ wollte keinen Ofen bauen. Er wollte schmusen. Mit Zunge sogar. Das war nicht super und gleichzeitig nicht schlecht. Das Küssen am Hals war gut, da war ich happy. Endlich. Mit sechzehn das erste Mal schmusen. In der *Bravo Girl* haben in dem Alter alle schon Sex. Mich interessiert Sex gar nicht. Aber das weiß auch niemand. Nicht einmal die Barbara und die Kathi. Ich find sogar Zunge irgendwie bäh. Das ist doch irgendwie nicht normal. Aber normal ist bei mir sowieso nichts. Ich hab ihm meine Telefonnummer auf den Unterarm geschrieben.

Arschloch!

„Vielleicht hat er sie runtergewaschen?", sagt die Kathi.
„Hm. Vielleicht sollt ich ihn doch nochmal anrufen?"

Vorigen Mittwoch hab ich es nicht mehr ausgehalten. Den Nachnamen von ihm hat Simone gewusst. Die Nummer hab ich dann im Telefonbuch gefunden und angerufen. So einfach ist das, wenn man will. „Der Bernhard ist leider nicht da", hat eine Frau gesagt. Wahrscheinlich seine Mutter. Ich hab ihr meine Nummer gegeben und gesagt, dass er mich zurückrufen soll. Das war am Mittwoch.

Heut ist Samstag. Und ich hab immer noch nichts gehört von ihm. Vielleicht ist es besser. Weil wenn die Oma abgehoben hätt, hätt sie gesagt, sie kennt keine Geri. Hier gibt es nur eine Trudi. Das wär voll peinlich gewesen, wenn sie gesagt hätt, sie kennt keine „Geri“, nur eine „Trudi“. Der Oma kann ich tausendmal sagen, dass sie mich nicht mehr so nennen soll. Es ist ihr egal. Die Kathi steht auf, stellt sich neben mich und malt sich mit dem Kajal die Augen rundherum schwarz an. „Und wenn du ihn triffst?“

„Hast den mal bei uns wo gesehen?“

„Stimmt. Aber heut vielleicht, da kommen sicher viele.“ Die Kathi schaut voll fertig aus. Das ist cool. Es ist nicht leicht, fertig und gleichzeitig gut auszusehen. Ich nehm den Lippenstift. Meine Mama hat gar keinen. Sie hat nichts, außer ein Make-up, das sie nie benutzt, und eine vertrocknete Wimperntusche. „Für besondere Anlässe“, sagt sie dann immer. Es gibt aber nie besondere Anlässe. Dabei hab ich ihr einen Lidschatten zu Weihnachten geschenkt. Den hat sie einmal benutzt – und das nur, weil sie geglaubt hat, sie muss. Der Papa hat an dem Tag dann in der Früh gefragt, was mit ihren Augen los ist. Okay, es hat echt komisch ausgeschaut. Weil sie es halt sonst nie macht.

„Es ist noch zu früh“, sagt die Kathi und schaut auf die Uhr. „Im Fernsehen läuft jetzt aber auch nichts mehr. Gehen wir mal raus und drehen eine Runde.“ Die große Runde ist einmal um den Häuserblock herum. Wir gehen aus der

Wohnung, die Stiegen runter, den Gehsteig entlang bis zum Eckhaus, wo dahinter der Park beginnt. Der ist klein, aber Natur haben wir hier eh genug. Plötzlich seh ich einen Ball auf der Wiese liegen. Es liegt noch kein Schnee, aber der Boden ist gefroren. „Hat wahrscheinlich wer vergessen", sagt die Kathi und will weitergehen, aber ich lauf hin zu dem Ball. Mal schaun. Es ist ein Fußball, nicht mehr ganz aufgepumpt, aber immer noch gut genug zum Spielen. Wer vergisst denn so einen super Ball? Ist einer von der WM 1990, das seh ich sofort. Ich schnapp ihn mir und dribble ein bisschen herum, lauf auf ein Tor zu, das es nur in meiner Fantasie gibt, pass an einem Spieler vorbei, lass ihm keine Chance, pass an anderen Spielern vorbei und brüll: „Tor!"

„Es ist kalt", ruft die Kathi. „Komm endlich, ich erfrier hier noch." Ich nehm den Ball in die Hände. Er fühlt sich richtig gut an. „Geri!", ruft wieder die Kathi. „Ich werd ihn mitnehmen", sag ich. „Echt? Den alten grauslichen Ball? Was willst denn damit?" Ich zuck mit den Schultern. „Du kannst doch nicht mit einem Ball zur Grunge-Party! Außerdem ist Fußball voll prolo", sagt die Kathi abschätzig. Fußball ist prolo. Wer cool ist, spielt Basketball, sagen meine Freunde. Ich mag alles, was mit Bällen zu tun hat. Aber am liebsten hab ich den Ball am Fuß. Früher hab ich jeden Tag gespielt. So mit Fantasiemannschaften gegen Fantasiegegner. Der Thomas und die anderen Buben haben nie Lust gehabt mit mir zu spielen. Haben immer nur gelacht. „Ein Mädchen!" Dabei hätt ich sie fertiggemacht. „Na gut. Schade." Ich lass den Ball liegen. Wir sind noch immer zu früh, aber es ist zu kalt zum draußen Herumlaufen. Wir gehen ins „Kant", das ist unser

Stammlokal in der Nähe vom Park. 20 Schilling Eintritt. An der Kasse sitzt ein Mädchen. Keine Ahnung, wer die ist. Viel los ist noch nicht. Sie haben alles ein bisschen umgestellt. Wahrscheinlich zum Tanzen. Die dicken Couches stehen jetzt in der Ecke und ein paar Tische und Stühle sind überhaupt ganz weg. Hinten stehen der Martin und zwei andre Typen am DJ-Pult. Sie legen Musik auf. CDs, keine Platten. Dazwischen setzen sie sich Kopfhörer auf und nicken im Rhythmus. Kein einziges Mal schauen sie zu uns her. Und wir natürlich nicht zu ihnen. Die Kathi und ich schmeißen uns auf die Stühle an einem der Tische ganz im Eck und bestellen zwei Apfelsaft. Die Musik ist gut, wir wippen auch mit dem Kopf. Nach und nach füllt sich das Lokal, irgendwann kommt die Barbara. Sie hat ihre Haare zu einem Dreads-Turm gesteckt und trägt eine Jacke, die wie frisch aus der Altkleidersammlung ausschaut. „Coole Jacke", brüllt die Kathi. „Caritas", schreit die Barbara durch den Lärm zurück und wirft sich zu uns. „Es kommen sogar Leute aus Klagenfurt, geil, oder?" Wir nicken. Und genau in dem Moment, als ich zur Tür schau, kommt der Bernhard rein. Seine halblangen Haare hat er zusammengebunden. Er sieht mich an und ich hab keine Zeit mehr wegzuschauen. Er lächelt, dann dreht er sich weg. Arschloch.

MARIANNE, 1994

Sie konnte es nicht sehr viel länger aufschieben. Schon jetzt hatte sie ein schlechtes Gewissen. Marianne räumte die Gläser aus dem Geschirrspüler. Irgendwann musste sie es ihnen sagen. 19 Uhr 42. Es war höchste Zeit. Sie wischte noch einmal über den Tresen, dann fiel ihr noch dies und das ein, ihn einfach nur ein bisschen hinauszögern, diesen unangenehmen Moment, wie die Kinder, wenn sie lernen mussten, immer fielen ihnen dann plötzlich Tausende andere wichtige Sachen ein. „Mama, ich hab Hunger", krähte Trudi aus dem Jägerstüberl. „Gleich!" Als Sechzehnjährige konnte sie sich doch selbst was zu essen machen, oder?, dachte Marianne. „Wann kommt der Papa?", wollte Trudi wissen, die plötzlich vor ihr in der Gaststube stand. „Er kommt nicht." Kurz schien Trudi irritiert zu sein. „Mit wem hast du am Nachmittag telefoniert?", fragte Marianne schnell, nicht aus Interesse, sondern um Zeit zu schinden. „Mit der Kathi. Warum kommt er nicht? Wo ist er denn?"

„Na ihr habt aber immer viel zu besprechen", sagte Marianne. Trudi zuckte mit den Schultern. Und dann, endlich, gab sie sich einen Ruck: „Ich muss mit dir und Oma reden", nuschelte sie so leise, dass es kaum verständlich war. Trudi verstand nicht. Natürlich nicht. „Wie? Reden? Was reden?"

Reden. Sie redeten doch nicht. Sie sagten sich etwas. Die Ankündigung „reden zu müssen" war etwas völlig Neues. Trudi bekam Angst und schaute ihre Mutter mit großen Augen an. Sie atmete tief ein. „Hatte der Papa einen Unfall?

Muss er sterben?“ Marianne schüttelte beruhigend den Kopf. „Nein, nein, keinen Unfall, Papa gehts gut. Alles gut.“ Sie warf den Fetzen in die Abwasch, legte den Arm auf Trudis Schulter, schob sie ins Jägerstüberl zurück und gab ihr zu verstehen, sich zu setzen. Es war so förmlich, dass es Marianne selbst komisch vorkam. So sind wir ja gar nicht, dachte sie und fühlte sich, als spielte sie eine Rolle in einer dieser Fernsehserien, die Trudi manchmal am Nachmittag schaute. Die Gaststube hatten sie zugesperrt, es war spät, die Arbeiter von der Straßenbaustelle waren die letzten Gäste gewesen und inzwischen auch schon gegangen. Die Stüberltür stand noch offen, Marianne trat einen Schritt hinaus. „Mutti!“, rief sie die Stiegen hinauf. „Kommst du bitte?“ Es war 20 Uhr 11.

„Warum?“

„Ich muss mit euch reden!“

Stille. Dann: „Was?“

„Ich muss euch was *sagen*!“ Jetzt hörte sie Johanna mit den schnellsten Schritten, die sie machen konnte. Wie rasch die Mutter über die Stiegen laufen konnte, wunderte sich Marianne. Johannas Blick war wie der von Trudi, erstaunt und verwirrt. „Ich hab Krebs, oder?“, fragte sie ängstlich. „Was? Wie kommst du denn darauf?“, fragte Marianne. „Nein, so ein Blödsinn!“

„Du hast so ein Gesicht gemacht, da hab ich gedacht, du hast die Ergebnisse vom Doktor Pfeifinger bekommen.“ Marianne schüttelte den Kopf.

„Nein, ich war gar nicht dort. Setz dich bitte, Mutti, es ist nichts Schlimmes.“ Trudi und Johanna schauten einander an. Sie saßen sich gegenüber, die Junge und die Alte, mit ihrem fragenden Blick auf Marianne gerichtet und auch wenn es Trudi nicht freuen würde: Sie sahen sich in dem Moment ähnlich. Marianne war nervös. Sie hasste es, vor anderen zu sprechen, sie stand nicht gern im Mittelpunkt wie Johanna und Trudi. Aber da musste sie jetzt durch. Lange hatte sie überlegt, wie sie es ihnen sagen sollte. In welcher Situation. Zu welchem Anlass. Dabei stand es tatsächlich bereits drei Monate fest (drei Monate! Kaum zu glauben, drei Monate!) und sie hatte es bis zum letzten Moment nicht geschafft, es auszusprechen. Und dieser letzte Moment, der war jetzt.

„Sag bitte endlich, was los ist, Mama, ich möcht noch was im Radio hören." Trudi verlor die Geduld. „Ich, also, es ist nicht so leicht", sagte Marianne, nahm sich einen Stuhl und setzte sich zu Trudi und ihrer Mutter. „Was ist nicht leicht? Was ist denn los? Jetzt red schon, Marianne." Auch Johanna wurde ungeduldig. „Jaja, ich versuchs ja schon die ganze Zeit. Es hilft nichts. Erwin und ich …"

„Ihr lasst euch scheiden!", rief Trudi unvermittelt. Sie sah aus, als hätte sie einen Scherz gemacht und würde auf ein „Nein, natürlich nicht" warten. Aber das kam nicht. „Ja", antwortete Marianne stattdessen knapp. Sie sah auf die Wanduhr: 20 Uhr 23.

Schweigen. Schlucken. Kopf schütteln. Und dann ein jäher Aufschrei von Johanna. „Ich habs ja immer gewusst, dass der nix taugt." Marianne stöhnte. „Mutti, bitte!" Johanna hatte das Talent, Öl ins Feuer zu gießen. Aber warum musste sie so etwas vor Trudi sagen, Erwin war ihr Vater.

„Deshalb kommt er heut nicht", kombinierte Trudi seufzend.

„Auch."

„Hat er eine andre?", fragte Johanna.

„Nein, es gibt keine andre."

Die Mutter schlug mit der flachen Hand auf den Tisch. „Du musst nur abwarten, Marianne, die Männer sind so. In ein paar Wochen ist er wieder da. Dann hat er von der andren genug. So schnell gibts keine Scheidung, wirst sehn."

„Es gibt keine andre!", wiederholte Marianne genervt. Johanna machte eine wegwerfende Handbewegung. „Sagt er, jaja."

Trudi war völlig verwirrt. „Wieso ist er überhaupt weg? Warum habt ihr vorher nichts gesagt? Bleiben wir hier? Ziehen wir woandershin?"

Marianne versuchte, ihre Stimme beruhigend klingen zu lassen. Sie streichelte die Hand ihrer Tochter. „Du brauchst dir keine Sorgen zu machen, Trudi, wir bleiben hier. Ich wollte zuerst mit euch reden. Morgen möchte sich Papa mit dir treffen. Dann sehen wir weiter." Trudi zuckte zusammen. Da war es wieder, dieses bedrohliche *Reden*. Die ganze Welt, ihre ganze Welt brach zusammen und sie konnte sich nicht einmal mehr darüber aufregen, dass sie die ganze Zeit „Trudi" und nicht „Geri" genannt wurde.

„Papa hat fürs Erste eine kleine Wohnung gemietet, aber er wird wahrscheinlich was Größeres suchen, natürlich in der Nähe", sagte Marianne. Trudi nickte und schwieg. „So schnell lasst man sich nicht scheiden", wiederholte die Mutter. So schnell war es eigentlich gar nicht. Die Konflikte waren viele Jahre immer wieder die gleichen gewesen. Marianne wusste nicht, wie es weitergehen sollte. Obwohl: Es würde weitergehen, und zwar wie bisher, nur ohne Erwin. Und die Leute hatten wieder etwas, worüber sie sich das Maul zerreißen konnten. Sie sah Trudi an, die ins Leere starrte. Zerstörten sie die Zukunft ihrer Tochter? Als hätte sie ihre Gedanken gelesen, sagte Johanna in diesem Moment: „Und an die Kinder musst auch denken. Die kommen schnell auf die schiefe Bahn bei geschiedenen Eltern, Marianne." Trudi schaute ihre Oma an. „Was heißt hier Kinder? Ich bin wirklich kein Kind mehr und der Thomas genauso wenig", erwiderte sie. „Aber, Mama, du, sag …"

„Was denn, mein Schatz?", fragte Marianne. Sie war auf alles gefasst. Seit Monaten hatte sie sich ausgemalt, welche Antworten sie auf welche Fragen, welche Stellungnahmen sie zu welchen Verleumdungen, welche Gegenargumente sie auf welche Behauptungen geben könnte. Was würde jetzt kommen? Die Frage nach der Schuld? Den Gründen? Weshalb jetzt? Würde ihre Tochter sie womöglich ablehnen und zum Vater ziehen wollen? Marianne schluckte und war auf alles gefasst. „Haben wir denn dann nur noch ein Auto, Mama, nur das von der Oma?" Marianne grinste. Was ihre Tochter für Probleme hatte und dazu ihr herzzerreißender Hundeblick. „Das Auto? Ich weiß nicht, das haben wir noch nicht besprochen."

21 Uhr 02. Die drei blieben noch eine ganze Weile sitzen und hingen ihren Gedanken nach. Wer hatte welche Gedanken? Wo blieben die Fragen, mit denen Marianne gerechnet hatte? Selbst ihre Mutter schwieg, bis sie den Kopf hob und ansetzte, etwas zu sagen. Marianne wappnete sich. „Heut kommt *Klingendes Österreich* mit dem Forcher. Vielleicht läufts

noch. Ich schalt jetzt ein", sagte die Mutter und nahm sich die Fernbedienung.

Am nächsten Morgen wachte Marianne um 5 Uhr 30 auf. Es war bereits hell. Die Vögel zwitscherten. Sie konnte noch eine halbe Stunde liegen bleiben, sich ausstrecken, querlegen. Wenn sie wollte, konnte sie einen Purzelbaum schlagen. Es würde niemanden stören. Nach so vielen Jahren plötzlich allein im Bett. Noch immer waren beide Seiten bezogen, noch immer lag Erwins Polster neben ihrem. Sie tauschte die Polster. Dann tat sie das Gleiche mit der Decke. Kindisch, aber warum nicht. Wie gut Trudi die Nachricht von der Scheidung aufgenommen hatte. Es war wohl richtig, was Erwin gesagt hatte. Die Kinder waren raus aus dem Alter, die interessierte das nicht mehr. Thomas hatte sie als Einzigem schon gestern Bescheid gegeben. Und er nahm es auf, wie er alles aufnahm: pragmatisch, ruhig, emotionslos. Bei Trudi hatte Marianne mit Tränen, vielen Warum-Fragen und dramatischen Ausbrüchen („Wie könnt ihr mir das nur antun?") gerechnet. Und die Mutter? Ach, ihre Mutter. Sie hatte mit den Fragen nach einer anderen Frau genau so reagiert, wie Marianne es erwartet hatte. Erwin hatte auf ihre Entscheidung fast zwanzig Jahre warten müssen. Das war genug und er hatte recht. Sie nahm es ihm nicht einmal übel, dass er gegangen war. Eigentlich hatte sie vor langer Zeit damit gerechnet, mit diesem „Irgendwann", das in der Luft schwebte, wenn sie sich gestritten hatten, wobei streiten das falsche Wort war, eher ein leises Anklagen seinerseits, auf das sie mit Schweigen reagierte. Und dann vor drei Monaten das endgültige „Aus", von dem sie dann doch überrascht war, als Erwin es tatsächlich aussprach. Er hatte es ihr abends im Schlafzimmer gesagt, vor dem Einschlafen, sie hatte kaum noch die Augen offen halten können. Sie waren beide normalerweise nicht besonders gesprächig, nur beim Thema Arbeit und Geld konnte Erwin in eine Art Redeschwall verfallen. „Ich möchte es jetzt wissen", hatte er gesagt und sie hatte kurz überlegt, so zu tun, als wäre sie eingeschlafen oder wüsste nicht, worum es ging, um dem Gespräch aus dem Weg zu gehen. Wieder einmal. Doch sie hatte es nicht getan, sie war es ihm schuldig. Das wusste sie. So hatte sie sich aufgesetzt, den Blick nach unten gerichtet. Er hatte gewartet und sie hatte versucht, etwas zu sagen, aber ihr war nichts eingefallen. „Dir hat das Haus doch heute auch gefallen, oder?", fragte Erwin schließlich. Marianne hatte die Knie angezogen und erwidert. „Ja, es ist schon schön …"

„Aber?"

„Die Mutti ist einfach alt."

„Und wir? Wir werden immer älter, Marianne, wie lange willst du noch warten? Bis sie stirbt?" Sie hatte nicht darauf geantwortet, sie hätte auch nur „Ja" sagen können, aber das hatte sie sich nicht getraut, weil es eine Entscheidung gewesen wäre, die Entscheidung, auf die er so lange wartete.

Am nächsten Tag hatte er ihr kurz nach dem Aufstehen verkündet, er würde in rund drei Monaten ausziehen, und war aus dem Zimmer gegangen. Sie hatte sein Frühstück zubereitet, Trudi und ihre Mutter waren dazugekommen. Alles war wie immer. Sie sprachen nicht mehr darüber. Marianne hatte immer gehofft, er würde es sich anders überlegen, einfach dableiben und es würde weitergehen wie bisher. Aber sie hatte gespürt, dass er es diesmal nicht tun würde, noch nie war er so konkret geworden, von drei Monaten hatte er gesprochen, sonst hatte es immer „irgendwann“ geheißen. Und dann, nach drei Monaten, an einem Sonntagabend, an dem Trudi bei einer Freundin gewesen und ihre Mutter vor dem Fernseher gesessen war, hatte Erwin seine Sachen gepackt und das Haus verlassen. „Ich bin jetzt weg. Wegen der Scheidung“, bei dem Wort war ihr leicht übel geworden, „setze ich etwas auf, das kannst du durchlesen. Den Rest hole ich, wenn du es allen gesagt hast.“ Die Kinder waren ihre Angelegenheit. So schnell ging das also. Und jetzt lag sie da, allein, auf seinem Polster, den er sich holen wollte, wenn alle Bescheid wussten. Er würde den Schlüssel zurückgeben, ihr die Scheidungspapiere übergeben, ganz ruhig und unaufgeregt. Für Aufregung würde die Mutter sorgen, die es sich sicher nicht nehmen ließ, spitze Bemerkungen fallen zu lassen. Wenn Johanna nur wüsste, dass sie der Grund der Trennung war.

Nach so langer Zeit ein Bett für sich allein. Marianne streckte sich, machte sich so groß sie konnte, griff von einer Ecke zur anderen, sah sich im Zimmer um. Sie würde mit Trudi tauschen, dann hätte ihre Tochter endlich ein größeres Zimmer. Sie brauchte den ganzen Platz ja gar nicht. Und seine Angelausrüstung könnte er auch gleich abholen. Es würde nicht nach Fisch stinken, sobald man den Kasten öffnete, und sie hätte Platz für andere Dinge.

Marianne verschränkte die Arme hinter dem Kopf, an der Zimmerdecke befanden sich Flecken von erschlagenen Insekten, das hatte er immer gemacht, sobald er im Sommer das alarmierende Surren einer Gelse gehört hatte: Licht an, Fliegenklatsche, patsch, patsch, patsch. Hatte sich das Insekt gerade an ihnen vollgefressen, blieb ein roter Fleck zurück, meist zu hoch, um ihn wegzuwischen. „Wir bleiben ja nicht für immer", hatte Erwin in der ersten Zeit ihrer Ehe noch gesagt. Doch die Jahre vergingen und vergingen und vergingen. Er hatte recht gehabt. Das „Wir" gab es in dem „Immer" nicht mehr. Sie war ihm nicht böse, im Gegenteil, sie rechnete es ihm hoch an, es so ewig ausgehalten zu haben. Aber sie konnte die Mutter nicht allein lassen. Sie hätte sich nie getrennt, obwohl sie ihn seit Jahren nur mehr aus Gewohnheit liebte, ein Mensch, der einem ans Herz gewachsen war mit der Zeit, eine Art Bruder, mit dem man kaum Zärtlichkeiten austauschte, die Kosewörter nur noch dazu da, um sich zu erinnern, dass man einmal das Schatzi gewesen war oder das Hasi oder der Liebling oder sonst irgendetwas Niedliches, das mit ihr, einer über Vierzigjährigen, nichts mehr zu tun hatte. Nur die Leidenschaft, die ja. Nur die war noch da. Aber Schluss damit. Sie würde von jetzt an allein sein in ihrem Bett und musste ihre Leidenschaft vergessen, sich auf das konzentrieren, was sie war. Was war sie? Mutter, Hausfrau, Wirtin, Tochter, ~~Ehefrau~~.

Es war 5 Uhr 45, Marianne stand auf und zog sich an. Um 5 Uhr 55 war sie in der Küche und setzte Kaffee auf. Um 6 Uhr verteilte sie die Häferl fürs Frühstück. Eines weniger als sonst.

GERTRUD, 1994

„Leiser!“ Sie brüllt schon wieder. Ich dreh leiser. Wer da wohl laut ist? Immer dasselbe. Nie kann ich in Ruhe Musik hören! Die Mama geht weg. Kann mich mal. Ich dreh wieder auf.

Jetzt brüllt sie von unten. „Noch immer zu laut!“

„Jaja“, ruf ich und dreh wieder leiser. Jetzt ist echt so gut wie nichts mehr zu hören. Wie soll man bitte so House of Pain hören? Wie geht „Jump Around“ bei Volume 3? Hätt ich nicht so einen mickrigen Kassettenrekorder, würd es nicht so krachen. So ist der Bass kein Bass, sondern nur ein dumpfes Dröhnen. Aber so was ist für uns nicht drin, sagen die Mama und der Papa. Aber für die Gäste. Da geht immer alles. Unten in der Gaststube steht eine Musikbox mit lauter miesen Liedern. „Küss die Hand schöne Frau“ von der EAV ist da noch das modernste. Eine Plattensammlung, eine richtige, mit alten Sachen, so Doors-Zeug und Led Zeppelin, das wär cool. Da würden sie alle herumstehen, der Martin und die anderen. Aber das kann man nur in einem echten Haus haben, mit einem Wohnzimmer, einem Sofa drin und einem Fernseher in so einem großen braunen Kasten. Bei uns steht der Fernseher im Stüberl, da gibt es keine gemütliche Couch und keinen Wandverbau mit Kristallgläsern in den Regalen wie in normalen Wohnzimmern, nur Bänke und Stühle. Und wenn es eine Feier gibt, dann wird das Stüberl wieder zum Gastraum umfunktioniert. „Trudi!“, brüllt die Mama jetzt. „Telefon!“ Ich spring auf und weiß nicht, ob ich die Mama zuerst schimpfen soll, weil sie mich schon wieder „Trudi“

nennt statt „Geri“ oder ob ich lieber doch gleich ins Jägerstüberl lauf zum Telefon. Ich entscheid mich fürs Jägerstüberl, mach die Tür zu und nehm den Hörer aufgeregt in die Hand. Wer weiß, vielleicht ist es ja der …

„Hallo Truuudi!“, lacht die Kathi. Ich verdreh die Augen. „Sie merkt es sich einfach nicht, dass ich Geri heiße“, sag ich. Ich bin so wütend, dass ich gar nicht mehr telefonieren mag. Jetzt kommt auch noch die Oma herein und nimmt ganz zufällig in Hörweite mit einem Kaffee Platz. Die Kathi erzählt mir irgendwas, aber ich hör nicht zu, weil ich die Oma beobachte, wie sie die Brille aufsetzt, das Garn vom Tisch nimmt und zu häkeln beginnt. Das kann ja wohl echt nicht wahr sein. Das macht sie absichtlich! Damit sie zuhören kann. Aber das kann sie vergessen. Ich flüster nur mehr ins Telefon, wobei das gar nicht nötig ist. Die meiste Zeit quasselt die Kathi sowieso dahin. „Ich hab ihn heut gesehen, er hat so lieb ausgeschaut, so verschlafen, das war echt süß. Ich find, mit den langen Haaren, das schaut viel besser aus, obwohl er sie eigentlich immer zusammengebunden hat, vielleicht lässt er sie einmal offen, ich würd gern wissen, wie das ausschaut.“ Ich drück den Hörer ganz fest ans Ohr, damit die Oma wirklich nichts hören kann. „Schaut sicher gut aus“, flüster ich in die Muschel. „Hast du Mathe schon gemacht? Der hat so einen Vogel, das ist extrem viel, bis morgen bekomm ich das nie hin.“

„Nein. Hab ich auch noch nicht gemacht.“

„Na dann viel Spaß, ich überleg mir, ob ich es einfach morgen abschreib. Hast du heut die Eveline gesehen? Was hat die bitte im Gesicht gehabt?“ Und dann plappert die Kathi weiter und weiter. Hin und wieder sag ich was oder kicher, aber ein richtiges Gespräch wird das nicht mehr. Nur wegen der Oma. Die Kathi checkt es gar nicht, bis sie auf einmal sagt: „Meine Mama kommt, ich muss Schluss machen, ciao!"

„Na die darf aber lang telefonieren", bemerkt die Oma. Sie schaut gar nicht her zu mir, sondern weiter auf ihre Häkelei. Sie häkelt Deckchen für Tische und Fensterbretter, Vorhänge, Bordüren, Topflappen und jedes Weihnachten verschenkt sie gehäkelte Hauben, Schals und Socken. Seit ich zwölf bin, weiger ich mich, das anzuziehen. Sie könnt ja coole Sachen häkeln. Aber ich will bitte nie mehr rosa Wolle haben und keine Blümchen. Ich brauch abgefuckte Sachen. So Nirvana-Zeug. Wie aus dem Schrank oben auf dem Dachboden, wo ich eine uralte Haube von Mama gefunden hab. Ein super Braun. Ein bisschen zu groß, aber genau richtig. Das hat mir die Reaktion von der Oma bewiesen. Die war ganz fertig. „Die glauben noch, du bist verwahrlost und wir haben kein Geld für eine ordentliche Haube!", hat sie gesagt.

„Alle dürfen länger telefonieren als ich", sag ich zur Oma und schau sie auch nicht an, sondern steh auf und renn in mein Zimmer. Wobei das noch immer nicht mein Zimmer ist, weil der Thomas seine Sachen auch hier rumliegen hat. Dabei studiert der schon. Er ist ja ein Superhirn. Er war der Jüngste in seiner Klasse und hat die beste Mathe-Matura abgeliefert. Trotzdem kommt er jedes Wochenende heim. Ich werd das nicht tun. Wenn ich mal weg bin, sehen die mich nicht mehr oft. Und ich werd sicher nicht in Leoben studieren. Das ist ja der Untergang. Ich geh ganz weg, nach Wien. Ist ja logisch. Bei uns draußen vor dem Haus ist immer alles gleich. Die

Straße, die Autos, der Garten, ein paar Blumen, Vögel. Wir sind nicht in der Stadt und nicht am Land. Wir wohnen in einem Haus, das nicht so ist wie das, in dem die Kathi und die anderen wohnen. Die Barbara lebt überhaupt in einer voll coolen Wohnung in der Stadt. Das find ich am besten. Da ist man gleich überall und findet bestimmt irgendwen, mit dem man quatschen kann. Ich hass unser Haus, weil es kein richtiges Haus ist. Und das Blödeste sind die Gäste. Immer ist wer da. Nie kann ich allein sein. Und SAT-TV haben wir auch nicht.

Ich muss Hausübungen machen. Aber ich hab keine Lust. Eigentlich hab ich auf gar nichts richtig Lust. Das Leben ist fad, fad, fad. Aufstehen, in die Schule gehen, heimkommen, essen, Hausübungen machen, sich langweilen, fernsehen, schlafen gehen und das Ganze wieder von vorn. Wenigstens hat die Oma aufgehört zu nerven, dass ich im Gasthaus helfen soll. Das ist ja das Ärgste. Wahrscheinlich bildet die sich noch immer ein, dass ich irgendwann das Gasthaus übernehm. Niemals. Sicher nicht! Eine Sache gibts, auf die ich mich freu, das ist der Samstagabend. Doch der ist am Montag noch so weit weg, dass ich nicht weiß, wie ich die Woche überstehen soll. Morgen bin ich bei der Kathi eingeladen, immerhin. Ich bin viel öfter bei der Kathi als umgekehrt, weil wir bei ihr ungestört sind, in Ruhe laut Musik hören können, über die Typen reden und alles Mögliche. Außerdem wohnt die Kathi in Erblach, das ist kein Dorf, sondern eine Stadt, und wenn wir Lust haben, spazieren wir über den Hauptplatz. Manchmal sind da der Erke, der Slate und der Picke. Und ganz selten ist sogar der Martin dabei. Er ist der Einzige, den ich mit Namen ansprech. Weil Matte echt nicht zu ihm passt. Find ich. Aber morgen können wir nicht in die Stadt. Morgen müssen wir echt lernen. Eigentlich vor allem die Kathi, bei der wird es sonst eng. Ich komm eh ganz gut mit. Aber ich lern trotzdem, weil das Schlimmste, was passieren kann, ist sitzen zu bleiben. Und dann in eine neue Klasse zu kommen mit den Jüngeren und noch ein Jahr länger da zu wohnen und überhaupt. Ich werd bei einem Dreier auf einen Test oder eine Schularbeit schon nervös. Und ganz ehrlich, ich kapier nicht alles gleich. Auch wenn ichs nie zugeben würd, aber ich muss halt lernen. Das Einzige, was ich richtig gut kann, ist was, was in der Schule und eigentlich im ganzen Leben nix bringt. Oder wer will schon ein Mädchen, das Fußball spielt?

Mir ist langweilig. Ich könnt das Zimmer verändern. Die paar Möbel umstellen. Trotzdem wär es noch eng. Jetzt haben wir so ein großes Haus und mein Zimmer ist so klein. In den Ferien ist der Thomas wieder ganz da und nicht nur am Wochenende.

Alle freuen sich auf die Ferien. Ich nicht. Da ist bei uns Hochsaison. Und dann muss ich arbeiten, sagt die Mama, und die blöden uralten Sommergäste bedienen, die seit Jahren herkommen. Weil sie zu faul sind und nichts anderes finden, oder was weiß ich, warum die ausgerechnet zu uns kommen. Wer macht sonst hier Urlaub? Keiner will mehr in dieses Kaff. Früher vielleicht. Da gabs auch noch keine billigen Pauschalreisen in die Türkei oder nach Griechenland. Das sagt die Mama auch. Und sie wundert sich, wenn sie die Prospekte anschaut, wie groß die Zimmer sind und wie billig alles ist. Die Mama hat sogar gemeint, wir sollten mit den Gästen aufhören. Da hat aber die Oma einen Aufstand gemacht. Ein Elend.

Das Zeug vom Thomas liegt überall rum, kann er das nicht endlich mitnehmen in das Studentenheim, in dem er wohnt? Er sagt, dass sein Zimmer nicht groß ist. Aber warum kann er den ganzen Schrott dann nicht einfach weghaun? Ich hatte ihn beinah so weit. Aber dann hat die Oma gesagt, dass man so gute Sachen nicht wegschmeißt, und die Mama hat gesagt, vielleicht könnt er es ja irgendwann noch brauchen. Voll bescheuert. Immer halten die zu ihm! Ist kein Wunder, der ist ja so ein Laschi. Ich bin die Kriegerin, die Rebellin. Der Thomas ist nur komisch. Nie ist er gegen was, nie kann er für seine Meinung einstehn, immer nur kuschen und am Computer rumtun. Er hat original noch immer den gleichen Haarschnitt wie früher. Ich mein, sogar die ganzen Streber haben jetzt lange Haare, das ist so voll prolo, echt! Aber das Ärgste ist, dass er keine Musik hört. Null, nada, nix! Früher hat er wenigstens noch Bruce Springsteen gehört und Queen oder U2. Ich glaub sogar, dass er Faith No More nicht kennt. Oder Soundgarden. Nicht mal Nirvana hört der Thomas, das gibts doch nicht. Das hören alle! Immer nur Computer. Kapier ich nicht.

Nur manchmal, ganz ehrlich, da vermiss ich ihn. Irgendwie. Auch wenn ich es nicht aushalt, wenn er mich über irgendwas mit Linus und Bits und Bytes vollquatscht. Wenn es ernst wird, kann ich mit ihm reden. Obwohl ich ihm nicht alles sag. Aber er hört zu. Obwohl er mich wahrscheinlich genauso wenig versteht wie ich das mit den Bits und Bytes.

Das Telefon! Schnell wieder runter ins Stüberl, schnell, bevor die Oma als Erste drangeht. Ha, geschafft! Vielleicht, vielleicht ist es ja … „Hallo?"

JOHANNA, 1936

Johanna spielte jetzt schon schwierigere Stücke. Jeden Sonntag war sie neben Franz gesessen und hatte geübt. Während sie das Gras mähte, die Erdäpfel schälte, die Schweine fütterte, immer hatte sie an die Tastenfolgen und an die Noten gedacht. Manchmal, wenn niemand zugesehen hatte, hatte sie mit den Fingern auf den Holzscheiten oder dem Boden gespielt, was auch immer grad da gewesen war.

„Die Johanna schmust mit dem Organisten", tratzten die Brüder sie und liefen davon, bevor sie ihnen eine schmieren konnte, und die Schwestern kicherten. „Der hat halt keine Alte daheim, die ihn schimpft", meinte der Stiefvater und lachte über seinen eigenen Witz. Die Mutter schüttelte den Kopf. Sollten sie nur. Das war alles nicht wichtig für Johanna. Wichtig war für sie, dass sie dort oben saß und spielte. Und es stimmte nicht: Sie schmusten nicht. Franz interessierte sich genauso wenig für sie wie sie sich für ihn. Ihm waren diese dummen Weiber alle egal. Geheiratet hätte er gerne. Aber dafür hatte es nicht gereicht. Sein Vater, der auch Organist in der Kirche gewesen war, hatte ihm das Orgelspielen beigebracht und das reichte. Franz mochte Johanna und es gefiel ihm, dass dieses Mädchen erkannte, welche Kunst er vollbrachte, dass er den Gottesdienst erst zu einem solchen machte, seine Arbeit mindestens so wichtig war wie die des Pfarrers. Johanna hörte zu, wenn er spielte. Sie verstand als Einzige, dass er ein Künstler war. Mit der Zeit wurden die Sticheleien der Geschwister weniger und selbst die Mutter hackte nicht mehr auf Johannas Orgelspiel herum. Sie hatten alle Wichtigeres zu tun. Und so blieb sie dabei, übte ein Jahr lang jeden Sonntag und manchmal, wenn der Organist es erlaubte, kam sie auch unter der Woche in die Kirche und spielte. Damit sich niemand im Ort gestört fühlte, berührte sie die Tasten und Pedale aber nicht.

Dass sie Talent hatte, war Franz zu Beginn nicht einmal aufgefallen. Er sah nur ihre Verehrung für die Musik und es schmeichelte ihm, von ihr bewundert zu werden. Viel länger konnte er es aber nicht mehr vor sich verbergen. Es war klar und schmerzhaft: Das Diandle war besser als er. Dabei war es nur ein Versehen gewesen, er hatte ihr ein falsches Stück hingelegt, das eigentlich zu schwierig für sie war. Aber sie spielte es. Einfach so. Als wäre es nichts. Franz konnte es kaum glauben. Er beobachtete ihre Hände. Die Finger. Ihr konzentriertes Gesicht. Das konnte und durfte nicht sein. Wie er sie dafür hasste. Das musste aufhören. Er war viel zu weit gegangen. „Geh jetzt“, sagte er schroff, nachdem sie das Stück beendet hatte – früher als sonst. Johanna wusste nicht, wie ihr geschah. Was war in ihren Lehrmeister gefahren? Hatte sie so schlecht gespielt? Aber sie fragte nicht, gehorchte und verschwand. Als sie am nächsten Sonntag wiederkam und mit gesenktem Kopf in der Ecke stand, schrie er nur: „Ich hab keine Zeit, schleich dich, glaubst, ich hab sonst nix zum Tun?“

Johanna rannte. Aus der Kirche, über die Felder, in den Wald. Sie rannte, so schnell sie konnte. Nach einer Stunde kehrte sie nachhause zurück. Sie fütterte die Schweine und übernahm die Arbeiten, die ihr die Mutter übertragen hatte.

Am nächsten Sonntag war Erntedank. Sie hatten die

Wagen geschmückt, Kränze gebunden, Körbe gefüllt, Zöpfe geflochten, Kleider gewaschen. Ein Tag, so strahlend wie mitten im Sommer, es war noch immer heiß. Johannas Bruder, der Ministrant, lief auf die Familie zu, er war schon früher in die Kirche gegangen. „Der Organist ist krank", rief er ihnen aufgeregt entgegen. Er war außer Atem, als er bei der Keusche ankam, Schweiß rann ihm über die Stirn. „Der Organist ist krank", rief er wieder und rang nach Luft. „Na und?", antwortete der Stiefvater. „Was gehts uns an?"

„Der Pfarrer hat gesagt, die Johanna soll spielen, weils ohne Orgel nicht geht." Der Stiefvater lachte. Aber es war kein Scherz. Eine Schwester hielt sich die Hand vor den Mund. Die andere stieß ein lautes „Pff!" aus. Die Mutter rief erschrocken „Was?" und fiel beinah in Ohnmacht, kurz musste sie sich anhalten, weil ihr die Beine versagten. Und dann starrten sie alle Johanna an, die nur ein ernstes „Ich versteh" von sich gab und sich auf den Weg zur Kirche machte. Niemand sprach mehr. Johanna schlich sich durch den hinteren Eingang in das Gotteshaus. Sie war wie ein Schatten. Dennoch gingen ein Raunen und Flüstern durch die Reihen. Die Leute wussten Bescheid, einige konnten ihre Neugierde nicht im Zaum halten und verrenkten den Kopf, um einen Blick auf sie zu erhaschen. Von all dem bekam Johanna nichts mit. Sie stieg zur Empore hoch und setzte sich zum ersten Mal allein auf die Bank vor der Orgel. Ihre Füße suchten die Pedale. Die Finger strichen behutsam und sanft über die Tasten. Das war ihr Moment, von dem sie so lange geträumt hatte, den sie sich so sehr erhofft hatte. Jetzt war sie hier, hoch oben, fernab der Familienbank, und sie, ja sie, durfte vor der versammelten

Gemeinde die Musik in den Himmel erheben. Sie spielte gefühlvoll, kräftig, zurückhaltend, fordernd. Jedes Stück verlangte eine andere Art der Zuwendung, um sich zu entfalten. Heute passierten ihr keine Fehler, nichts stand einer vollkommenen Harmonie im Weg. Sie war glücklich. So glücklich, wie sie nur sein konnte.Nach dem Gottesdienst während der Prozession nickten ihr die Leute zu, ihre Mutter lächelte sie sogar kurz an. Schüchtern nickte sie zurück. Sie war es nicht gewohnt, dass die Leute Notiz von ihr nahmen, normalerweise sahen alle durch sie hindurch, obwohl sie groß war.

An den folgenden Tagen spürte sie noch immer die Tasten an ihren Fingerkuppen. Wie in einem Traum verging die Woche. Sie war gar nicht richtig da, immerzu spielte sie in ihrer Erinnerung. Und dann war wieder Sonntag. Keine Nachricht vom Organisten. Insgeheim wünschte sich Johanna, er wäre noch immer krank und sie dürfte wieder spielen. Vielleicht könnte sie ihn sogar ab und zu vertreten, dann könnte er sich freinehmen und ausruhen oder einmal nur zuhören und genießen. Als die Familie in die Kirche kam, marschierte Johanna wie üblich durch den hinteren Eingang und die Stiegen hinauf. Franz saß bereits auf seiner Bank. Sie stellte sich in die Ecke, das Gesicht auf ihre Schuhe geheftet. Er hatte bestimmt gehört, dass sie ihn gut vertreten hatte. Vielleicht war er sogar ein wenig stolz auf sie.

Franz sah sie nicht an. Sie räusperte sich. Er rührte sich nicht. Die ganze Messe lang stand sie so da, im Schatten neben ihm. Hin und wieder bewegte sie sich. Er reagierte nicht. Die Musik trug sie nicht davon wie sonst. Sie hob auch nicht ab, obwohl sie da oben stand. Am Ende der Messe hörte sie, wie die Leute hinausgingen. Sie wartete, dass Franz auf die Bank neben ihm deutete. Aber nichts geschah. Er stand auf, schlug sein Notenbuch zu, zog sich die Jacke an und rauschte schweigend an ihr vorbei, als wäre sie Luft. Und sie war Luft. Sie wartete zehn Minuten und hoffte, dass er zurückkam. Das tat er nicht. Es war vorbei. Die Woche darauf ging Johanna wieder durch die vordere Tür und setzte sich in die Reihe zu ihrer Familie auf die Kirchenbank.

MARIANNE, 1955

Am Anfang beobachtete Marianne die Männer aus der Distanz im Verborgenen, wie sie ihre Karten wählten, wer wie reagierte und was ablegte. Obwohl sie ein üppiges Mädchen war, blieb sie unauffällig. Keiner registrierte sie, als wäre sie ein fixer Bestandteil des Gasthausinventars. Das Spiel an sich war gar nicht so faszinierend, fand Marianne. Die Männer schmissen nacheinander eine Karte in die Mitte des Tisches. Manchmal wurde es plötzlich laut und sie waren alle ziemlich aufgeregt und schrien herum. Da bekam sie etwas Angst. Aber die Zahlen auf den Karten hatten etwas unglaublich Anziehendes für das Kind. Jede Karte hatte eine und war zudem noch mit seltsamen Zeichen und schönen Bildern versehen. Wie ein Geheimcode, den die Männer offenbar verstanden. Marianne beobachtete die unterschiedlichen Kombinationen ganz genau und versuchte, den Code zu entschlüsseln. Obwohl sie noch nicht zur Schule ging, kannte sie die Bedeutung von Zahlen bereits, die ihr durch diese Münzen und Scheine vertraut waren, mit denen die Gäste zahlten.

Sie waren immer da, die 28, 27, 12, 49 und wie sie alle hießen, unendlich viele, aber doch immer dieselben. Die Zahlen waren eine Einteilung, ein System, eine verlässliche Größe, die etwas ordnete. Auf sie war Verlass. An ihnen war nichts Beängstigendes, wie der plötzliche Wutausbruch ihrer Mutter wegen irgendetwas Unwichtigem. Nichts Verschwommenes, wie das verblasste Schwarz-Weiß-Bild des unbekannten Mannes, der ihr Vater war. Nichts Wankendes, wie die plötzlichen

Heulkrämpfe der Großmutter, wenn sie das Bild betrachtete. Die Zahlen waren klar und verlässlich. Das war gut. Marianne hielt sich nun gern in der Nähe der Kartenspieler auf. Auf einen von ihnen fiel Licht und sie konnte dessen Karten erkennen. Immer öfter schaffte sie es, die nächsten Züge nachzuvollziehen oder sogar vorauszusehen. Immer schneller konnte sie die Karten mitzählen, trotzdem blieb sie ein Teil des Inventars, verborgen in den Schatten des Gasthauses, fasziniert von den Zahlen.

Sie musste sich zwingen, vom Kartenspieltisch wegzugehen, um der Mutter in der Gaststube zu helfen und nicht ihren Unmut auf sich zu ziehen. Doch so bald wie möglich kehrte sie zurück an den magischen Tisch. Nichts bekam sie sonst mit, weder die Schneeflocken, die draußen vor den verschmierten Fenstern zu tanzen begannen, als es Winter wurde, noch die weiße Decke, die sich nach und nach auf den Wiesen, Feldern und Wegen ausbreitete, auch nicht die Wasserlachen, die sich bildeten, wenn der Schnee in der Frühlingssonne dahinschmolz.

Inzwischen war Marianne dem Spieltisch so nah gekommen, dass sie kaum noch von den dunklen, massiven Stühlen und den schweren Tischen verdeckt wurde, hinter denen sie sich sonst verbarg. Die Männer registrierten sie nicht, sie waren in ihr Spiel vertieft. Marianne half der Mutter seltener, die schmutzigen Gläser abzuräumen, und wich ihren strengen Blicken aus. „Was tust da?“, fragte einer der Spieler auf einmal und plötzlich sahen sie alle an. Marianne blieb der Mund offen stehen, aber nichts kam heraus. Erschrocken stand sie da, wollte davonrennen und konnte es nicht.

Sie hatte Angst vor dem Ungewissen, das in der Luft hing zwischen all dem Qualm der Zigaretten und dem Geruch nach Bier und Schweineschmalz. Ein Mädchen, das beim Kartenspielen zuschaute, war nicht richtig. Sie würden es der Mutter sagen und gemeine Witze machen. Sie würden sie schimpfen und als verkommen bezeichnen. Doch die Männer sahen sie nur an, zogen an den Zigaretten. „Setz dich her und zähl!", sagte der, der sie angesprochen hatte schließlich, weder freundlich noch unfreundlich, und sie wagte es nicht, ihm zu widersprechen, hockte sich auf den Stuhl, den er ihr hinschob.

Stille. Schweigen. Staunen. Und dann, mit einem Mal, fing er zu grinsen an, immer breiter wurde sein Mund, bis er zu lachen begann, immer lauter, und von den übrigen Spielern stimmte einer nach dem anderen ein. „Von jetzt an bleibst da", befahl er und Marianne nickte.

GERTRUD, 1994

Ich muss nachdenken. „Truuuudi!“, brüllt die Mama und klopft an die Tür. „Aufstehen!“

„Ich heiß nicht Trudi!“ Wollen die mich alle verarschen? Die sollen scheißen gehn, echt! Wie oft soll ich noch sagen, dass ich nicht mehr so genannt werden will, seit Jahren nicht mehr. Ich glaub echt, die machen das alle absichtlich oder sie sind gehirnamputiert. „Gertrud!“, sagt die Mama jetzt. „Steh auf!“ Sie geht weg, das hör ich. „Gertrud ist auch nicht richtig“, ruf ich ihr nach. Ich mag nicht aufstehen, die Schule nervt. Da lern ich null bei den bescheuerten Lehrern. Wenn ich liegen bleib und nichts mach, hab ich mehr davon. Ich dreh das Radio auf. Ab nächstem Jahr soll es einen Sender geben mit Musik, die ich mag. Echt super. Mit Björk. Oder PJ Harvey. Das sind Stimmen. So würd ich gern singen können. Aber ich kling wie Trudi. Wie soll bei dem Namen was cool klingen? Na ja, jetzt ist es eh wurscht, wie ich heiß. Grad sind andre Themen wichtig. Eigentlich müsst ich weinen, wenn sich meine Eltern scheiden lassen, oder? Ein bisschen wenigstens. Aber ganz ehrlich, da kommt nichts.

Das ist wie vor Kurzem, als Kurt Cobain gestorben ist. „Was sollen wir jetzt machen?“, hat die Barbara ins Telefon geweint. Ich hab gewartet, dass ich auch wein, aber es sind keine Tränen gekommen. Es hat mich getroffen, dass er tot war. Ich mein, Nirvana war zwar nur noch Mainstream. Aber trotzdem. Warum kann ich nicht traurig sein? Ich denk an den Papa und die Mama. Noch immer nichts. Allein mit der

Mama und der Oma. Schreckliche Vorstellung. Da kommt eine Träne. Es ist schon traurig. Sehr traurig. Ich bin arm. Scheidung, denk ich, ich bin ein Scheidungskind. In der Volksschule hatten wir nur ein Scheidungskind. Und immer, wenn es aufgezeigt hat, hat es die Religionslehrerin „armer Bub" genannt. „Sag es, armer Bub." Ich bin ein armes Mädchen. Kein armes Kind. Mit sechzehn ist man kein Kind mehr. Aber noch immer Tochter. Das bleibt man. Wie die Mama, die noch immer mit ihrer Mutter zusammenlebt. Aber das werd ich nie, nie, nie. Jetzt kommen doch noch einige Tränen. Ich geh zum Spiegel, um mich anzuschauen. Mein Gesicht sieht scheiße aus. Wenn Winona Ryder heult, ist sie trotzdem cool. Bei mir gleiten die Tränen nicht so langsam über die Wangen aus klaren Augen mit wildem, stolzem Blick, sondern da rotzt es und klebts und ich seh beschissen aus. Dann eben nicht. Ich hol mir ein Taschentuch und setz mich an den Schreibtisch. Ich werd einen Brief an den Papa schreiben, in dem alles drinsteht, was ich fühl. Das macht man so. Schreiben, was in einem ist. Was rausmuss. Aber bei mir kommt nichts. Kein Wort. Da sind nur Leere und Langeweile und ein weißes Blatt Papier. Echt ernsthaft?!

Ich muss doch traurig sein, oder? Ich mein, er ist doch mein Papa. Was macht er? Ich schreib auf. Arbeiten. Angeln. Mehr fällt mir nicht ein. Doch. Er war nicht gern im Gasthaus, er konnte es nicht leiden, die Tischrunden und die Typen, die jetzt auch noch immer da sind mit ihrem Bier. Der Papa trinkt nicht. Der Papa raucht nicht. Dass ich heimlich rauch, weiß keiner. Die Frau verlassen. Scheißaktion, ehrlich. Aber das mit dem Gasthaus, das versteh ich. Wer will ewig da leben? Vielleicht sollt ich lieber eine Liste mit den Dingen machen, die sich ändern. Also: Auto. Frühstück, Abendessen. Fernsehen? Geld!!! Wochenende?

Muss ich jetzt die Wochenenden mit meinem Vater verbringen? Neben ihm sitzen, während er angelt? Jetzt wird mir doch noch ganz komisch. Und was, wenn er plötzlich auf die Idee kommt und mich nicht ausgehen lässt am Samstag? Oder noch schlimmer, woanders hinzieht, wo ich mit ihm die Samstagabende, die Höhepunkte meines Lebens, vor dem Fernseher verbringen muss? Nein, das ist nicht nur traurig, das ist schrecklich! Muss man das mit sechzehn noch? Andererseits, wenn er in der Stadt bleibt, hab ich es nicht so weit in meine Stammlokale. Ich könnt später los und wär trotzdem um zehn da. Der Papa würd sich schon überreden lassen. Vielleicht kann ich ihn überzeugen, eine größere Wohnung in Erblach zu nehmen, wo wir mehr Platz hätten, und dann würd ich vielleicht sogar bei ihm wohnen. Warum hab ich daran noch gar nicht gedacht? Ich bin alt genug, um zu entscheiden, wo ich wohnen will, oder? Jeden Nachmittag allein zuhaus, der Papa kommt nie vor sieben. Die Stadt vor der Haustür, kein Betteln mehr, ob jemand mich mitnehmen kann, kein Warten auf den Bus, keine mühsame Radtour, keine nervigen Gäste. Einfach die Tür aufmachen und raus aus der Wohnung und da bin ich und da steht der oder der oder der, völlig egal, alle sind perplex, „Was macht die denn da?“, und ich cool, einfach raus, an ihnen vorbei, sie keines Blickes würdigend, eh klar.

Ich muss den Papa fragen, warum denn nicht, wir könnten es doch umdrehen: beim Papa wohnen und die Mama besuchen. Oder gibt es irgendwelche zwingenden Gründe, dass es anders läuft? In meiner jetzigen Klasse haben vier Kinder getrennte Eltern. Bei seinem Vater lebt niemand. Und das Beste daran: Ich wär endlich die Oma los. Kein Danebensitzen beim Telefonieren. Keine Heimatfilme. Keine Volksmusik. Keine komischen Blicke, wenn ich Freundinnen mitbring. Keine lästigen Kommentare über meine Klamotten. Meine Oma ist peinlich und in einem Gasthaus wohnen auch. Langsam wird mir klar, warum die Scheidung mich nicht traurig macht. Das sind doch gute Aussichten. Oder? Oder!

Nein. Nein. Das ist alles ein Blödsinn. Ich kann nicht zum Papa ziehen. Das ist nicht möglich. Was würd die Mama machen? Allein mit der Oma, dem Drachen, und den Gästen, niemand, der sie herausholt und beschützt. Mist. Ich kann die Mama nicht allein lassen. Auch wenn sie nichts dagegen sagen würd. Die Mama sagt nie was. „Wenn du das willst, Schatz, dann ist es okay für mich.“ Dazu würd sie lächeln. Nein, das kann ich nicht. Mist.

JOHANNA, 1937

Johanna spielte nicht mehr. In der Kirche versteckte sie sich vor den Leuten. Aber das war gar nicht nötig. Es sah sie sowieso niemand. Sie vermied es, den Klängen der Orgel zu lauschen. Stattdessen sprach sie ein stilles Gebet, auf das sie sich konzentrierte. Aber manchmal war die Musik stärker und sie erinnerte sich an die Laute, die ihre langen Finger auf dem Instrument hervorgerufen hatten.

„Mit deinen Fingern musst mehr arbeiten als andre", sagte die Mutter immer. Johanna schälte die Erdäpfel, sie rechte die Wiesen, sie molk die Kühe, sie schnitt das Getreide, sie rupfte das Geflügel, sie wusch die Wäsche.

Nur nicht an das Orgelspielen und die Musik denken. Das war nichts, womit sich ein Essen auf den Tisch stellen oder ein Mann finden ließ. „Musik ist was für die Reichen. Für uns ist das nix. Das haltet nur vom Arbeiten ab", sagte die Mutter und sie hatte recht. Nur die Ziehharmonika, die der Stiefvater manchmal auspackte, war zuhause geduldet. Johanna musste aufhören, eine Last für ihre Familie zu sein. Sie bemühte sich. Wie konnte es sein, dass ihren Schwestern die Arbeit so leichtfiel? Jeden Abend sah ihre Mutter sich die Hände der Tochter an. „Noch nicht genug", entschied sie. Sie waren nicht genug, die Hände nicht und Johanna nicht. Während ihre Schwestern mit flinken Nadelstichen Kleidungsstücke ausbesserten und das Getreide geschickt zu Bündeln flochten, war sie unbeholfen und linkisch. Und so schälte Johanna die Erdäpfel, wurstete das Fleisch, kochte die Äpfel ein und versuchte, dabei nicht an die Tasten zu denken, die sie auf dem Küchentisch zu erkennen glaubte, und nicht an die Noten, in die sich das Fleisch auf dem Brett verwandelte und die sie immer wieder verführten, das Messer wegzulegen und mit den langen Fingern ein paar Takte zu spielen. Bis sie sich dabei ertappte. Dann ärgerte sie sich und schimpfte das Tschoppale, das mit seinen dummen Augen zu ihr hinaufschaute und nicht wusste, wie ihm geschah. Nur er, der jüngste Bruder, das Tschoppale, war noch weniger wert als sie. Mit seinem Silberblick, den verkümmerten Armen und den gekrümmten Beinen krabbelte er herum. „Das hat ja noch sein müssen", sagte die Mutter, wenn sie ihn ansah, auch wenn sie dann manchmal ganz weich im Gesicht wurde, sodass Johanna erstaunt feststellte, dass die Mutter wahrscheinlich keinen Menschen so sehr liebte wie ihn.

Es war ein kalter November. Früh zog der Nebel auf, die Familie saß beim Mittagessen, löffelte schweigend die Suppe. „Die Irmgard wird heiraten", unterbrach der Stiefvater die Stille. Die älteste Tochter kicherte in sich hinein, die Brüder johlten, die Mutter nickte, das Tschoppale klatschte. Nur Johanna und die andere Schwester schwiegen. Das Geld war knapp, die Töchter mussten aus dem Haus, sie waren zu viele, das wusste Johanna, es gab keinen Platz mehr für sie.

Ein paar Tage später kam ein Mann, der viel älter war als Irmgard, mit Bart und strengen Augen. Die Geschwister starrten ihn an, während er sie keines Blickes würdigte, nicht einmal die Buben wagten, ihn anzusprechen. Ein paar Wochen später heirateten die beiden, im Jänner, in dem es weniger Arbeit und Zeit für eine kleine Feier gab. Im Frühling kamen sie zu Besuch, noch immer war kein Kind in ihrem Bauch und während die Schwester mit der Mutter im Stall war, ging Johanna in die dunkle Selchkammer, um Fleisch für die Gäste zu holen. Plötzlich war der Schwager hinter ihr, sie erkannte ihn am Geruch. Bevor sie sich umdrehen konnte, griff er an ihre Hüften und befahl: „Sei still, bleib stehn!“ Sie war sechzehn und wusste nicht, was er tat. Sie wusste nur, dass es nicht richtig war, weil da unten herumtun, das war immer Sünde. Der Schwager schob ihr den Rock mit der Schürze hinauf und dann den Unterrock, sie trug ja nichts außer den Strümpfen. Es ging schnell und doch auch nicht. Sie spürte einen stechenden Schmerz, aber sie wehrte sich nicht. Es roch nach Urin. Und nach etwas, was sie nicht kannte. Es tat weh. Johanna blutete. Sie schaute auf den Speck, der hier hing. Die Orgeltasten kamen ihr in den Sinn und in Gedanken spielte sie ein Lied, legte ihre langen Finger auf die Tasten. Spürte die Kälte in der Kirche. Sah die Leute mit ihrem offenen Mund, die flüsterten: „Was für ein Talent, was für eine Begabung.“

Das Blut rann ihr die Beine hinunter, zusammen mit etwas Weißem, Schleimigem. „Halts Maul, sonst verdresch ich deine Schwester!“, sagte der Schwager. Er zog seine Hose hoch und ging mit kraftvollen Schritten davon. Johanna blieb zurück, richtete den Rock und die Schürze, alles war zerknittert. Dann stürzte sie zum Plumpsklo, wo sie sich mit Zeitungspapier abputzte, trotzdem hatte sie bei jedem Schritt das Gefühl, dass noch etwas in ihr war. Sie sagte keinem etwas. Was sollte sie sagen? Zweimal kamen die Schwester und der Schwager danach noch auf Besuch, zweimal machte er es wieder. Es war erstaunlich, wie er sie immer aufspürte und den richtigen Moment abpasste, wenn sie allein waren, wo doch sonst immer irgendwer daherkam. Johanna achtete extra darauf, nicht mit ihm allein zu sein, nahm das Tschoppale auf den Arm, aber nach einiger Zeit krabbelte es weg, oder hatte es wer geholt? Plötzlich stand er da und sie ließ es geschehen, sagte nichts, natürlich sagte sie nichts. Es kam kein Blut mehr. Und nach einigen Wochen kam überhaupt kein Blut mehr. Nicht das Monatsblut, für das sie sich alle vier Wochen schämte und nicht genau wusste, was es zu bedeuten hatte. Johanna wunderte sich, aber sie war froh. Erst seit einem Jahr hatte sie dieses Blut zwischen den Beinen und musste es mit den zerschlissenen Fetzen alter Kleidungsstücke aufsaugen, so wie es ihr die Mutter wütend gezeigt hatte.

Statt dem Blut kam ein Bauch. Johanna aß nicht mehr als sonst, trotzdem wuchs der Bauch. Die Mutter wusste als Erste Bescheid. Es war nur ein kurzer Blick, Johannas Schürze saß zu eng und ihr Busen war plötzlich zu sehen. Sie, die immer flach wie ein Brett gewesen war. Die Mutter betrachtete sie und schüttelte den Kopf, wie sie es tat, wenn sie Johannas Hände betrachtete. „Zieh dir meine Schürzn an!“, befahl sie. Johanna stellte keine Fragen. Es war die Sünde in diesem prallen Bauch und sie breitete sich aus, wurde größer, bis selbst die Schürzen der Mutter zu eng wurden und ihr die Mutter verbot, mit in die Kirche zu kommen. Johanna spürte Bewegungen in sich, die nicht von ihr kamen, und nach und nach wurde ihr bewusst, was mit ihr los war, dass da drinnen ein Kind heranwuchs und ihr Bauch deshalb so dick wurde wie der der Mutter vor der Geburt ihrer jüngeren Geschwister. Dabei hatte sie gedacht, ohne zu heiraten gäbe es keine Kinder. Mit dem dicken Bauch wurden ihr die Arbeiten beschwerlicher und obwohl die Mutter ihr sogar erlaubte zu rasten, half sie weiter mit. Es wurde Sommer, ein heißer Sommer, und einmal war ihr so schwindelig, dass sie tatsächlich im Bett blieb.

Als Irmgard das nächste Mal zu Besuch kam, war ihr Mann nicht dabei. „Kriegst du auch ein Butzale?“, flüsterte Johanna erstaunt, denn auch Irmgard trug weite Kleider und schien einen Bauch zu haben, obwohl er weicher wirkte als ihr eigener. „Wer weiß“, sagte die Schwester und sah schnell weg. Dann nahm sie Johannas Hand und betrachtete die langen Finger. „Du hast so schön gespielt damals“, sagte sie. Sie redeten nicht weiter. Es gab nichts mehr zu sagen. Niemand sprach je ein Wort über Johannas Schwangerschaft. Nur einmal fragte ihr kleiner Bruder unschuldig am Mittagstisch: „Wo kommt denn des Butzale her von der Hanne?“ Der Stiefvater knallte ihm eine, die Mutter drosch ihn am Abend windelweich. Johanna tat der Bruder leid, sie wusste genau, er hatte es nicht böse gemeint. Und er hatte doch recht. War es nicht ein Hurenkind? Was sollte sie tun mit dem Geschöpf? Einen Mann würde sie so nie mehr finden, mit einem Balg am Hals. Und ins Kloster konnte sie jetzt nicht mehr. Sie weinte und das tat sie ausgiebig. Sobald das Kind da sein würde, müsste sie weg von hier. Es gab bestimmt schon Gerüchte, die gab es immer, selbst von der Mutter hieß es, das Tschoppale sei von ihrem Cousin. Obwohl es Johanna nie geglaubt hatte. Jetzt war sie sich nicht mehr so sicher. Zwei Tage später kam das Kind in der Nacht zur Welt. Die Mutter hielt

Johanna den Mund zu: „Schrei nicht so, reiß dich zamm!“, zischte sie. Doch sie schrie, auch mit verschlossenem Mund konnte sie nicht aufhören zu schreien, bis ihr die Orgel einfiel und sie sich wegträumte, ihre Hände auf die Tasten legte, ganz sanft und behutsam, die weiche, glatte, kühle Oberfläche spürte und dann langsam zu spielen begann. Jedes Lied, jede Melodie schien ihr Kopf gespeichert zu haben, um die Augenblicke erträglich zu machen, die sie sonst nicht würde aushalten können.

„Ein Diandle“, sagte die Mutter enttäuscht und hielt das blutige Bündel in die Höhe. Neben ihr stand Irmgard, die den Säugling sanft an sich nahm und in saubere Tücher wickelte. Draußen war es hell geworden, die Vögel zwitscherten. Johanna war erschöpft. Das Kind lag neben ihr in einer Wiege. Sie war froh, das Wesen nicht gleich halten zu müssen. Alles war blutig. Ihre Knie zitterten. Sie war wieder zurückgekehrt aus ihrer Fantasiewelt. Sie hatte Schmerzen und schwitzte, sie sah nur das schwarze, verklebte Haar des Kindes zwischen den Tüchern. Die Mutter brachte Johanna etwas zu trinken, bitter war das und roch nach Schnaps. Sie war erleichtert, der Trank entspannte sie. Die Nachgeburt bekam sie kaum noch mit, kurz danach schlief sie ein. Als sie aufwachte, war das Kind weg.

MARIANNE, 1956

Nach dem Sommer mussten die Kinder von ihren Berghöfen ins Dorf hinunter, einige hatten kilometerweite Fußmärsche zu bewältigen. Marianne hatte es nicht so weit, aber sie musste allein gehen. Ihre Brüder waren älter und hatten andere Wege. Klaus machte eine Lehre und Kurt ging zur Justizschule. Marianne war ganz aufgeregt. Die anderen Kinder konnten ihr die Vorfreude nicht nehmen. Sie hatte sich extra ihr schönstes Kleid anziehen wollen, doch die Mutter hatte es sofort wieder weggeräumt. Mutti, rief sie sich in Erinnerung. Nicht mehr Mame, das sagten die, die da oben wohnten, auf ihren Höfen, die Leute vom Berg. Mutti war viel schöner, so nannten gebildete Kinder ihre Mütter.

„Das reicht für die Schule, du gehst ja nicht in die Kirche", hatte die Mutter gesagt und ihr ein zu warmes, selbst genähtes Baumwollkleid gegeben. Es passte Marianne überhaupt nicht. Die Farbe machte sie blass und sie wirkte dicker, als sie war. Überall quoll etwas heraus, sie fühlte sich wie eine Wurst, die aus dem Fleischwolf in eine viel zu enge Haut gedrückt worden war. Marianne fand sich damit ab, deswegen würde sie sich nicht die Laune verderben lassen – schief angeschaut oder ausgelacht zu werden, das kannte sie. Es gab Wichtigeres. Die Tafel zum Beispiel. War sie groß? Quietschte die Kreide? Wie war es, mit einer Füllfeder zu schreiben? Wann würden sie mit dem Multiplizieren beginnen? Als sie den Klassenraum betrat, war sie enttäuscht. Er war klein und stickig. Die jüngeren Kinder saßen vorn, die älteren hinten.

Marianne war froh, in der ersten Reihe zu sitzen. So konnte sie alles besser verfolgen, etwa, was auf die Tafel geschrieben wurde und ob die Kreide tatsächlich quietschte. Das Mädchen neben ihr war dünn und trug Zöpfe, ihre Wangen waren rot, ein so gesundes, pausbäckiges Gesicht, wie es die Leute aus dem Ort liebten. Die Mädchen tauschten kein Wort aus, es war zu aufregend. Dann tauchte ganz plötzlich der Lehrer auf, er nahm eine Glocke vom Tisch und klingelte, bis die Kinder still waren. Marianne kannte ihn aus dem Gasthaus, er war eine unscheinbare Gestalt mit einer runden Brille. Er redete nicht viel und setzte sich nie an den Stammtisch zu den Kartenspielern. Marianne vermutete, dass er ihr ähnlich war, ein stiller, unauffälliger, zurückhaltender Mensch, der zu viel im Kopf hatte, um jeden Gedanken einfach so herauszuplappern. Unmöglich, dass dieser Mann ausrasten und zuschlagen konnte, aber davon hatten ihr die Brüder erzählt, von seinen Ausrastern, die er immer wieder die Schüler spüren ließ. Sie würde sich selbst überzeugen, Kurt und Klaus neigten zu Übertreibungen, um sich wichtig zu machen, und sei es drum, sie würde ihm einfach keinen Grund geben, sie zu strafen. Marianne hatte nichts von dem vorlauten und frechen Getue ihrer Mitschüler.

Der Lehrer rief die Namen auf und ein Kind nach dem anderen stand auf. Bei Mariannes Namen sah er kurz hoch. „Die Schwester?“, fragte er und sie wusste genau, dass er damit Klaus und Kurt meinte und das wahrscheinlich nichts Gutes zu bedeuten hatte. Sie nickte. Ursula hieß das Mädchen neben ihr, der einzige Name, den sie sich merken konnte. Dann endlich ging der Unterricht los und der Lehrer malte einen Buchstaben an die Tafel, ein großes „A", ließ die Kinder die Schreibhefte herausholen und den Buchstaben abschreiben. Und wieder und wieder. Das taten sie endlos lang.

Marianne bemühte sich. Sie war nicht besonders geschickt beim Schönschreiben, ihre rechte Hand wollte einfach nicht. Beim Servieren, Kochen, Wischen, Kassieren, bei egal, was sie tat, nahm sie immer die linke. Doch sie versuchte es. Der Lehrer ging auf und ab. Sie sah ihn gar nicht, konzentrierte sich, keine krumme Linie und keinen Tintenfleck zu machen. Aber es war schwer. Sie hielt die Feder zu aufrecht und stach kleine Punkte ins Papier, statt eine Linie zu ziehen. Der Lehrer blieb stehen, sie bemerkte seine körperliche Präsenz und sah auf ihrem Heft einen Zeigefinger mit vergilbtem Nagel, der auf einen Buchstaben deutete, der ihr nicht ganz gelungen war. Er nahm ihr Heft, riss die Seite heraus. Ratsch! Ihr Herz klopfte, ihr kamen die Tränen. Er warf das Heft hin, es landete geschlossen und um eine Seite weniger auf der Tischhälfte der Sitznachbarin. „Nochmal!" Es war mucksmäuschenstill. Erst, als der Lehrer sich wieder in Bewegung setzte, fingen das Rascheln, das Sesselrücken, Räuspern und Husten wieder an. Mariannes Tränen tropften auf das neue Blatt. Es war nicht mehr möglich, darauf zu schreiben, die Tinte würde sich mit ihren Tränen vermischen und alles verschmieren. Ihr Herz klopfte so laut, dass sie meinte, alle könnten es hören, sie war sich sicher. Ein Tuscheln aus der hinteren Bank drang zu ihr und sie vermutete, dass alle sie ansahen, verstohlen beim Schreiben einen Blick auf sie warfen. Mitleidsvoll, schadenfroh, erleichtert, dass es Marianne und nicht sie getroffen hatte. Die Stunde verging und der Lehrer sah kein weiteres

Mal auf ihr Heft. Sie fragte sich, wie schlecht sie gewesen sein musste, weil er eine ganze Seite dieses neuen, teuren Hefts herausgerissen hatte.

Als die Schule aus war, stürmten die Kinder hinaus. Marianne wartete, bis alle weg waren, und ging mit gesenktem Kopf aus der Klasse, leise verabschiedete sich von ihrem Lehrer, er antwortete nicht. Draußen gesellten sich die Nachbarskinder zu ihr und sie rechnete mit ihrem Spott, doch sie schwiegen den ganzen Weg und schauten betroffen zu Boden. Zuhause fragte die Mutter: „Wie wars?“, und erwartete gar keine Antwort. Sie gab Marianne die Geldtasche in die Hand. „Der Tisch hinten will zahlen.“ Marianne wollte schreiben üben. Doch sie musste kassieren, Tische abräumen, Gläser spülen, Essen auftragen. Als sie fertig und der letzte Gast gegangen war, setzte sie sich an den Küchentisch. „Was machst noch?“, fragte die Mutter, die gerade ins Bett gehen wollte. Ihre Brüder schliefen bereits. Sie schnarchten. „Ich mach Schulaufgaben.“ Die Mutter schüttelte den Kopf. „In zehn Minuten ist Schluss, wir können ja nicht den ganzen Strom verschwenden.“ Wütend schlug Marianne exakt nach Ablauf der zehn Minuten das Heft zu. Wo sollte sie noch Licht herbekommen? Beschämt, zornig und traurig, sie war alles auf einmal, die ganze Nacht blieb sie wach, erinnerte sich an das Geräusch, als die Seite herausgerissen worden war, und schwor sich, dem Lehrer nie wieder eine Gelegenheit zu geben, sie so bloßzustellen. Sie hatte nur keine Idee, wie sie das anstellen sollte. Ihre Brüder hatten ausnahmsweise recht gehabt. Tags darauf zitterten ihre Hände. Das kannte sie nicht. Ihre Brüder konnten vor Freude in die Luft springen und wenn ihnen etwas nicht gelang, schlugen sie einander vor Wut mit den Fäusten. Aber sie war immer ruhig und gleich. Doch plötzlich zitterte sie.

Wochen vergingen, ohne dass der Lehrer sie beachtete. Regelmäßig und brav machte Marianne die Hausübungen. Sie lernte Rechnen, Schreiben, stets vermied sie den Blick des Lehrers, sah auf die Tafel, auf ihr Pult, nie in dessen Augen. Und dann eines Tages, nach einer Pause, in der einer ihrer Mitschüler mit einem anderen Buben gerauft hatte, rief der Lehrer beide nach vorn und verdrosch sie und obwohl er hart zuschlug, blieb sein Gesicht regungslos. Es war eines der wenigen Male, bei denen Marianne ihn doch ansah. Sie war nicht erschrocken, vielmehr erstaunt, wie kalt ihn das Zuschlagen offensichtlich ließ, und es schauderte sie, wie egal ihm die Kinder waren.

Am nächsten Morgen rief er sie an die Tafel. Sie merkte, wie ihre Hände wieder zu zittern beginnen wollten, und umklammerte die Finger. Ihr Herz klopfte, aber selbst das unterdrückte sie, indem sie mit den Füßen so fest auftrat, dass der dreckige Boden darunter knarzte. Der Lehrer hatte eine Rechnung an die Tafel geschrieben. Eine Rechnung! Eine schwierige, wie er behauptete, aber eine lösbare. Sie wusste das Ergebnis sofort und schrieb es so schön sie konnte hin. Sie blickte zu Boden, wollte sich wieder setzen, als der Lehrer „Moment“ sagte. Und dann ließ er sie addieren und subtrahieren und am Ende gab er ihr noch zwei Multiplikationen und eine Division, die sie sofort löste, obwohl sie das noch gar nicht durchgenommen hatten. Es war so still wie am ersten Tag, als der Lehrer ihr die Seite aus dem Heft gerissen hatte.

Sie spürte wieder, dass alle sie anschauten, diesmal mit einer Mischung aus Bewunderung und Unsicherheit. Was der Lehrer wohl für ein Gesicht machte? „Sehr gut, setzen!“, sagte er und sie ging zu ihrem Platz zurück.

GERTRUD, 1994

In meinen Tagträumen seh ich so aus: Meine Haare stehn ab. Die Klamotten sind alt. Mein Blick ist arg. So ein bisschen psycho, wie der von Uma Thurman. Und ich komm aus einem anderen Land. Südamerika oder so, Mexiko vielleicht. Wie ich hier gelandet bin? Keine Ahnung. Ist ja wurscht, oder? Ich geh über den Platz und da sind alle – der Packe, der Mote, der Kratsche. Und der Martin, der Einzige ohne „e“. Sie sehen mich und sind voll fertig. Finden mich cool und schön. Die Oberkombi. Wie Uma Thurman eben.

Es hupt. Ich steh auf und seh nicht aus wie Uma Thurman. Ich seh wieder aus wie ich. „Ciao“, ruf ich der Oma und der Mama zu, keine Ahnung, ob es wer gehört hat. Vor dem Gasthaus steht Papas Auto, er sitzt drinnen. Ich find es total komisch. Er will mit mir essen gehen. Ich war noch nie mit dem Papa essen. Was soll ich mit ihm reden? Das wird sicher super peinlich. Er winkt durch das geschlossene Fenster. „Hallo“, sag ich und steig ein. „Tut mir leid, dass ich länger gebraucht habe“, sagt er und startet. War eh gut, denk ich mir, aber das kann ich natürlich nicht sagen. „Passt schon.“

„Worauf hast du Lust? Pizza?“ Ich nick. Pizza gibt es bei uns nie. Einmal hab ich es geschafft und die Mama überredet, dass sie eine macht. Da war das Gasthaus zu. Die Oma hat natürlich nichts davon angerührt. Das isst sie nicht, hat sie gesagt. Hat auch nicht gut geschmeckt. Bei der Kathi gibt es oft Pizza. Und Tortellini und so. Und dort schmeckt es richtig gut. Wir haben immer Schweinsbraten. Uma Thurman isst sicher keinen Schweinsbraten. „Wie gehts in der Schule?“, fragt der Papa. Echt, Schule? „Geht so.“

„Jetzt gibt es ja bald wieder Zeugnisse!“ Mann Papa, das Zeugnis dauert noch ewig! Der hat echt keine Ahnung. Nur damit er was zu reden hat. Mir wär lieber, wir reden nichts. „Ja.“

„Mit den Noten alles in Ordnung?“

„Mhm.“

„Fein, das ist gut.“ Er trommelt mit den Fingern auf dem Lenkrad, dann dreht er das Radio auf. Ö3. „Magst eh die Musik?“

„Ja. Passt schon.“ Zum Glück brauchen wir nicht mehr zu reden, bis wir ankommen.

In der Pizzeria ist nicht viel los. Wir setzen uns an einen zu großen Tisch, von dem aus man die Theke sehen kann. Ich bestell eine Pizza mit Schinken und ein Cola. Wenn wir schon essen gehen müssen, will ich wenigstens Cola trinken. „Also deine Mama hat dir ja gesagt, dass wir uns trennen.“

„Ja.“

„Ich möchte nur … es ist nicht, dass wir uns sehr gestritten haben oder so. Es passt einfach nicht mehr. Ich weiß, dass es für euch, deinen Bruder und dich, ganz schrecklich ist, es geht leider nicht anders. Aber ihr sollt wissen, es wird euch auch weiterhin an nichts fehlen. Du brauchst dir keine Sorgen zu machen. Ich werde euch natürlich finanziell unterstützen.“ Der Kellner stellt die Getränke hin. „Jedenfalls wohne ich jetzt fürs Erste in einer Wohnung in der Nähe und wenn du kommen möchtest, dann natürlich jederzeit gern.“ Ich trink einen Schluck. Es kitzelt. Cola ist wie ein flüssiges Zuckerl. Wenn ich ihn jetzt einfach frag, ob er eine andre hat? Wer seine Frau verlässt, hat immer eine andre, sonst würden die Männer zuhause bleiben und sich bekochen lassen von der, die da ist. Sagen die Leute. Was soll ich ihn sonst fragen? Ich kenn ihn ja gar nicht richtig. Seine Lieblingsfarbe? Keine Ahnung. Oder was macht das Angeln so spannend? Warum hat er so wenig Kontakt zu seiner Familie und war das irgendwann mal anders? Und war er einmal anders als hier jetzt, im Anzug? Was hat er als Bub angezogen? Hat er mal Lust gehabt abzuhauen? Kann ich mir nicht vorstellen. „Unter der Woche bin ich in der Arbeit, aber wenn du möchtest, kann ich es mir anders einteilen, einmal freinehmen oder Urlaub, das geht irgendwie." Der Papa schneidet an der Pizza herum, fängt am Rand an und arbeitet sich nach innen vor. Ich teil sie in Dreiecke auf und ess vom Rand weg. Das ist das Einzige, was ich wirklich von ihm weiß, fällt mir auf einmal ein, dass er Pizza von außen nach innen isst. Ich nicke. Aber wie soll ich es schaffen, bei ihm zu sein, wenn ich gar nicht bei ihm, sondern einfach nur woanders sein will? Das kann ich ihm nicht sagen. Ich kann ihm ja auch nicht sagen, dass ich gar keine Lust hab, ihn zu besuchen, weil ich jetzt schon nicht weiß, was wir miteinander reden sollen. Wenn wenigstens der Thomas da wär, dann würd es sich auf drei aufteilen mit dem Reden. Ich beiß in die Pizza, der heiße Käse und die Tomatensoße rinnen mir übers Kinn und tropfen unappetitlich auf den Teller, ich will mir die Serviette nehmen und genau da kommt der Martin rein. Natürlich! Und sein erster Blick fällt auf mich! Scheiße! Die blonden Dreads reichen ihm bis zur Schulter. Hat er mich erkannt? Überhaupt gesehen? Schnell schnapp ich die Serviette und wisch unauffällig alles weg, aber er schaut wieder woandershin, geht zur Theke und bestellt Pizza. Der Papa dreht sich zu ihm um. Ist das peinlich! „Kennst du den?“, fragt er und ich zuck mit den Schultern und antworte so gleichgültig wie möglich: „Vom Sehen.“ Der Martin setzt sich und schaut in eine Zeitung. Ich schiele heimlich zu ihm. Aber er schaut eh nicht her. Ich will nicht noch ein Stück Pizza nehmen, sonst passiert wieder so was Peinliches. Cola geht auch nicht. Was, wenn ich mich verschluck? Der Papa redet und redet, irgendwas mit keine Sorge und Geld. Das interessiert mich gerade minus hundert.

Ich bräucht einen Spiegel, dann könnt ich einen Blick ums Eck machen, hinter dem der Martin jetzt irgendwie verschwunden ist. Hoffentlich kommt er da wieder raus, bevor er geht, und hoffentlich schaut er nochmal her oder nein, hoffentlich nicht, ich schau sicher scheiße aus. Verdammt! Und dann auf einmal: Er kommt, schaut, geht. Ich weiß jetzt schon, dass ich am Abend von ihm träumen werd. In allen Varianten, die ich mir vorstellen kann, als Uma Thurman, als Winona Ryder oder als das unbekannte coolste Wesen, das er je gesehen hat. Kurz danach hab ich fertig gegessen und zu sagen auch nichts mehr. „Möchtest du noch etwas wissen oder brauchst du etwas?“, fragt der Papa immer wieder und ich schüttel den Kopf. Er bestellt Tiramisu und Profiteroles. „Für dich“, sagt er, dabei will ich die echt nicht haben, die machen nur dick. Na gut, ich ess sie trotzdem, damit er nicht traurig ist. „Du bist ja mein Süßschnabel“, meint er. Aber das stimmt nicht, ich hab lieber Chips als Schoko, da verwechselt er mich mit dem Thomas. Als hätt ich das Stichwort gegeben, fängt er an vom Thomas zu reden, dass er schon mit ihm telefoniert hat, er verständig wie immer gewesen ist und es zwar bedauert, aber akzeptiert. Gähn. Was für eine komische Wortwahl. Bedauern und akzeptieren, als wär jemand gestorben und man müsst sich damit abfinden. Schicksal, Pech gehabt. Kann man nichts tun. Ein ernüchternder Gedanke, wenn es um Liebe geht, wobei das, was die Eltern verbindet, mit Liebe, so wie ich sie mir vorstell, so viel zu tun hat wie eine Essiggurke mit einem Schokoriegel, beides kann man essen, nur der Geschmack ist komplett anders.

Der Papa schwärmt weiter vom Thomas, wie froh er ist, dass er seine Studienzeit nicht mit Saufen verbringt, sondern was macht, das Zukunft hat. Blablabla. Mir fällt ein, dass Essiggurken immerhin nicht dick machen, vielleicht hinkt der Vergleich, vielleicht ist es eher ein Paar Converse neben alten, ausgelatschten Jogging High, in beiden könnte man gehen, die einen sind cool, die anderen peinlich, aber bequem.

Bequeme Liebe. Das wär wohl wirklich wie tot sein, dann ist der Vergleich gar nicht mehr so abwegig, wenn das Ende davon wie eine Parte klingt. Sterbenslangweilig! Erstaunlich, dass noch Energie übrig bleibt, dieses Trauerspiel zu beenden. Eigentlich muss ich der Mama und dem Papa zu diesem Schritt gratulieren. Das mach ich aber sicher nicht, die sollen ruhig denken, dass ich traurig bin. Ein bisschen Mitleid kann nicht schaden. Der Papa zahlt. Endlich. „Kannst du mich noch zu der Kathi bringen?“, frag ich. „Ich hab mit ihr ausgemacht, dass ich zu ihr komm. Lernen.“

„Ich … also, ich habe mir freigenommen, habe mir gedacht, wir verbringen den Tag mal wieder zu zweit, ich zeige dir meine Wohnung, wir können Möbel schauen, noch Kaffee trinken und Kuchen essen." Mal wieder zu zweit? In meiner Erinnerung gibt es kein Malwieder, nur ein Nochnie. Freigenommen hat er sich. So, so. Das hat er echt noch nie. Ist sicher sein schlechtes Gewissen. Klar, der Papa hat schon immer Urlaub gehabt, das war nicht wie bei der Mama im Gasthaus, da gab es keine fixen Urlaubszeiten. Vielleicht sind wir deshalb daheimgeblieben, nur zwei Mal waren wir am Meer. Als Kind hat mir das nichts ausgemacht, ich war gern daheim. Aber jetzt komm ich mir blöd vor, wenn wir nirgends hinfahren und alle anderen von ihren Urlaubsreisen erzählen. Der Papa ist, glaub ich, in Wahrheit ganz froh drüber gewesen, der geht sowieso am liebsten angeln. Seine Urlaube hat er immer am See verbracht und die Angel ins Wasser gehalten. Ich will sagen, ich hätt es fix mit der Kathi ausgemacht und wir hätten ja auch bald eine Schularbeit. Aber dann sagt der Papa: „Ich glaub, es wird dir gefallen." Mist! Ich weiß echt nicht, warum, aber ich sag „Na gut", vielleicht, weil ich plötzlich Mitleid mit ihm hab. Als er die Wohnung aufsperrt und ich reingeh, haut es mich um. Sie ist klein, modern, gemütlich. Für den Papa total unpassend. Die hat null damit zu tun, wie ich ihn kenn. „Gefällt sie dir?", fragt er. Die Wohnung ist ein kleiner Vorraum, dahinter ein Wohnzimmer mit einer dunkelgrünen Couch und dazugehörigem Fernsehsessel, einem geschmackvollen Glastisch, einem Fernseher und weiß gestrichenen Wänden, gleich anschließend ist eine kleine Küche mit einem Frühstückstisch, eine weitere Tür führt vom Wohnzimmer ins

Schlafzimmer, in das nur ein ein Meter vierzig breites Bett passt, wie ich sofort check. Vom Schlafzimmer aus kommt man ins Bad mit Dusche, glänzenden Fliesen in schwarz-weiß und hellen Spots. „Ja, schön“, sag ich und es stimmt, ich find sie echt schön. „Fürs Erste werde ich hierbleiben, ich brauche noch einen Esstisch mit Sesseln, nichts Großes.“ Ich nicke und bevor das große Schweigen wieder ausbricht, gehen wir zu Fuß Richtung Möbelgeschäft. Und dann, wie auf Befehl, läuft uns der Martin wieder über den Weg, mit seinem Freund Pecke. Er schiebt sein Rad neben ihm her. So eine Scheiße, ich hätt mich noch einmal im Spiegel anschauen sollen. Und der Papa, sieht der peinlich aus? Natürlich, was kann an jemandem nicht peinlich sein, der einen Anzug trägt? Ich geh unauffällig langsamer, bleib vor einer Auslage stehen, schau hinein, tu so, als wär ich allein. Der Papa geht Gott sei Dank weiter. Aber dann ruft er auf einmal voll laut: „Trudi“, und ich werd rot, nein, ich bin fix feuerrot. Der Martin geht vorbei, ein kurzer Seitenblick, ein Lächeln – spöttisch? Arrogant? Mitleidig? Kein Kommentar. Na toll! An diesem Abend werd ich die Szene ändern und immer wieder durchspielen, bis sie passt. Aber es wird nichts helfen.

Als wir im Möbelgeschäft ankommen, möcht ich mich nur noch auf eines der Betten legen und heulen vor Wut. Wie oft soll ich noch sagen, dass ich Geri heiß? Ich werd es ihm heimzahlen. Auch wenn er wahrscheinlich nicht einmal kapiert, warum. Also sag ich neben einer Verkäuferin: „Die Caritas verkauft auch Möbel, die schauen besser aus und sind billiger als die hier.“ Jetzt wird der Papa rot, ha! Als wir zuhaus sind, steig ich aus, er bleibt sitzen, winkt mich zurück und drückt mir 100 Schilling in die Hand. Statt einem Bussi, das eh nur unangenehm wär. „Wir sehen uns dann“, sagt der Papa und mir fällt ein, dass wir gar nicht ausgemacht haben, wann wir uns wiedersehen. Ich bin froh darüber.

JOHANNA, 1938

Es war ihre erste lange Zugreise. Sie saß aufrecht, in ihrer Hand ein kleiner Rosenkranz, den sie von ihrer Schwester Irmgard bekommen hatte und mit dem sie spielte. Im Abteil waren Männer, die laut miteinander redeten und rauchten, daneben Frauen mit blassem Gesicht, hinter Kopftüchern versteckt, schweigend. Wie sie selbst. Eine hatte einen Säugling auf dem Schoß. Johanna sah weg, als wäre sie ertappt worden. Es war nicht ihr Kind. Die feinen Damen, die sie am Bahnsteig gesehen hatte, waren alle in anderen Waggons verschwunden, unerreichbar für Leute wie Johanna. Sie stellte sich vor, wie die Damen dort in mit Seide tapezierten Abteilen saßen und sich in mit Gold verzierten Spiegeln bewunderten. Bis jetzt hatte sie extra nichts getrunken, damit ihr der Gang zum Klo erspart blieb. In einen Korb hatte sie Brot eingepackt, aber sie war zu aufgeregt, es zu essen. Die Männer gegenüber sprachen einen Dialekt, den Johanna nicht kannte. Einige Kilometer hatten sie erst hinter sich gebracht und schon waren die Leute ganz anders. Sie merkte, dass ihr kalt und heiß wurde, alles gleichzeitig. Sogar der Stiefvater hatte sie mitleidig angeschaut. „Armes Diandle“ hatte er gesagt, als sie sich verabschiedete, und er hatte Tränen in den Augen. Johanna schluckte. Es war nicht ihr Kind.

Wien. Ein Wort, groß, unbekannt, riesige Häuser, viele Menschen, wildes Treiben. Schnell machte sie ein Kreuzzeichen, das konnte nicht schaden. Ein einziges Mal hatte sie Klagenfurt besucht und da war sie keinen Schritt von der

Schwester gewichen, um nicht verloren zu gehen. Kaum etwas anderes als die Füße der Schwester auf dem Boden vor ihr hatte sie gesehen. Johanna blickte aus dem Fenster, die Gegend sah aus wie daheim: Wälder, Felder, Höfe, manchmal kleinere Städte und Dörfer. Dann wieder ein Berg, über den sich der Zug quälte. Hoffentlich kam sie pünktlich an, denn käme sie zu spät, wäre niemand mehr da, um sie abzuholen. Sie ganz allein in der großen Stadt, ohne einen Groschen in der Tasche, mit einem Stück Brot im Korb. Es war nicht ihr Kind.

Das Fenster war schmutzig, die Sonne schien herein, es war warm und beim Geplauder der Männer mit den tiefen, eintönigen Stimmen fielen Johanna die Augen zu. Sie träumte von den Tasten und wie sie in einer prächtigen Kirche saß, vor einer Orgel, deren Pfeifen bis in den Himmel ragten, und unter ihr die Gemeinde, die Stimmen erhoben sich mit ihrem Spiel zu einer engelsgleichen Musik, und da oben wartete ein Kind, ihr Kind. Sie schreckte auf. Ihre Träume wurden immer verrückter, das Kind hatte es nicht gegeben. Sie setzte sich aufrecht hin und durchsuchte ihre Tasche. In den Zügen wimmelte es vor Dieben, die Mutter hatte sie gewarnt. „Schlaf nur nicht ein!“, war der wichtigste Rat, den sie ihr mitgegeben hatte. Mehr konnte sie nicht sagen. Sie war noch nie weiter als bis ins Nachbardorf gekommen. Aber sie, Johanna, war die Einzige und Erste, die so weit weggeschickt wurde. Das Kind war jetzt ein halbes Jahr alt und hieß Herta. Es war nicht ihr Kind. Ein ganzes Jahr lang würde Johanna in Wien bleiben müssen bei den Herrschaften. Mit einem Koffer, in dem nur wenige Kleidungsstücke und ein Paar dicke Stiefel eingepackt waren. Die Mutter hatte es ihr vor einem Monat angekündigt und danach immer wieder davon geredet, welch ein Glück sie doch habe, dass sie dorthin durfte. Ihre Schwester Irmgard hatte beim Abschied sogar geweint. Sie war mit Herta gekommen und Johanna hätte das Kind gern in den Arm genommen, aber sie traute sich nicht, Johannas Mutter hätte es nicht zugelassen. Es war nicht ihr Kind. Das hatten sie ihr hundertmal gesagt. Die Männer zündeten sich eine Pfeife an. Das Abteil war schnell vom Rauch durchzogen. Neben einer Frau saßen zwei kleine Kinder, der Bub hustete in einem fort, die Mutter strich über seine Stirn. Ob Herta ihr wohl ein wenig ähnlich sah?

„Es ist der Irmi ihr Kind, hör auf."
„Aber wo ist meins?"
Kopf schütteln. „Halts Maul, arbeit weiter!"

Der Bub hustete noch stärker und in einem Abteil nebenan plärrte ein Kind. Johanna hatte Durst, aber sie traute sich noch immer nicht, etwas zu trinken. Wo war hier im Zug ein Klo? Gab es das überhaupt? Aber da waren sicher Männer, die hereinschauen konnten. Männer wie der Schwager. Sie hoffte, dass der Herr des Hauses sie in Ruhe lassen würde.

Nach einigen Stunden fuhr der Zug in die Stadt ein. Es schien plötzlich zu passieren, dass die Baracken und Häuser immer mehr und größer wurden, mehr und mehr Menschen unterwegs waren, arbeiteten, riefen, herumstanden, spazieren gingen, auf Bänken saßen, bis sie den Bahnhof erreicht hatten.

Johanna stand mit zittrigen Knien auf, vergewisserte sich, dass sie auch nichts vergessen hatte. Sie ließ den stinkenden, Pfeife rauchenden Männern, den hustenden Kindern und den starr nach unten schauenden Frauen den Vortritt. Als Letzte stieg sie aus, setzte die Füße vorsichtig auf den belebten Bahnsteig und sah sich um, wie ein Reh, das nach dem Jäger Ausschau hielt.

Menschen, überall Menschen, alte, junge, große, kleine, saubere, dreckige, langsame, schnelle, bettelnde, einbeinige, in Uniformen, in Fetzen. Ihr wurde schwindelig, noch nie hatte sie so viele Gesichter auf einmal gesehen, und die Stimmen, überall Stimmen, hohe, tiefe, laute, leise, sie schien sie alle zu hören, gleichzeitig, übereinander, keine blieb vor ihr verborgen, sie drangen in ihre Ohren und in ihr Gehirn. Johanna war übel, ihre Kehle brannte, die Lippen waren ausgetrocknet. Sie stellte sich in der Ankunftshalle in eine Ecke, um niemandem im Weg zu stehen. Sie würde einfach warten, bis jemand kam und sie abholte, die Angst ertragen, aushalten, das konnte sie – das wusste sie. Plötzlich kam ein Mann auf sie zu. „Fräulein Johanna?“, fragte er, seine Stimme war angenehm, zurückhaltend und doch klar. Sie nickte, ihr „Ja“ hörte sie selbst nicht, so leise war es. Sie sah den Mann kaum an, fragte sich, wie er sie zwischen all den Leuten hatte entdecken und erkennen können. Er nickte ebenfalls. „Ich bin der Chauffeur vom gnädigen Herrn, bei dem Sie arbeiten werden“, sagte er, nahm ihr Gepäck und ging schnellen Schrittes voran. Sie hatte Mühe, ihm zu folgen, versuchte, seine eiligen Füße im Blick zu behalten wie damals die der Schwester. Die Mutter hatte Johanna ihre schönsten Schuhe mitgegeben. „Für Wien“, hatte sie gesagt und ihnen mehr nachgetrauert als der Tochter, und ja, sie waren schön, aber viel zu groß. Ein paar Mal fürchtete Johanna, ihren Begleiter verloren zu haben, so flink manövrierte er sie durch die Menschenmenge, ohne sich nach ihr umzudrehen. Draußen vor dem Bahnhof kam er dann auf einem Platz zum Stehen, wo sich wieder viele Leute drängten. „Die Tramway kommt gleich“, sagte er. Noch ein Zug?, fragte sich Johanna. Wie ein Wurm schlängelte sich die Tramway über die Gleise, mitten auf der Straße. Johanna erschrak, so etwas hatte sie noch nie gesehen. Und was für ein Gedränge. Wie um Himmels willen sollten all die Leute in diesen seltsamen Zug hineinpassen? Sie passten hinein, quetschten, drängelten, schoben, schimpften, bis der Schaffner einfach losfuhr und ein abgemagertes Weib draußen ließ. Er allein entschied, wer in seine Tram durfte und wer nicht. So war das.

Johanna und ihr Begleiter mussten stehen. Es ruckelte. Bei jeder Kurve krallte sich Johanna an den umliegenden Griffen und Stangen fest, glaubte jeden Moment umzufallen. Dabei wäre sie nicht weit gefallen, nur auf die anderen Fahrgäste, so dicht standen sie nebeneinander. Ihr Begleiter sprach nicht, sah sie nicht an, sie musterte ihn verstohlen. Einen Chauffeur hatte sie noch nie gesehen. Aber natürlich besaß der gnädige Herr ein Auto. Es waren viele Autos in Wien unterwegs, sie fuhren so knapp an den Leuten vorbei, dass Johanna den Atem anhielt. Und es stank. Das war an sich nichts Besonderes, Gestank war Johanna ja gewohnt, aber es stank anders. Bei ihnen zuhause roch es nach Mist und Kompost, Schweiß und Kot, nach verbrannten Kohlen und Holz. Aber hier in Wien war der Geruch ungleich intensiver, es roch nach feuchtem Dreck, Schweiß und Urin, dazwischen nach Wiesenblumen, die ein kleines Mädchen fest in der Hand hielt, und nach Knoblauch und Zwiebeln, die eine Frau im Korb hatte, und nach Fisch vom Marktstand.

Stadt, dachte sie, so also roch die Stadt. Sie kam kaum nach, mit all ihren Sinnen, ihre Ohren waren völlig überfordert, zu viel Lärm gelangte in ihre Gehörgänge, die Stimmen, die Laute der Tiere, die durch die Straßen gezogen wurden, auf Karren, in Kisten, dazwischen das schrille Klingeln der Tramway und das Hupen der Autos. Der Lärm von draußen drang herein und der von drinnen hinaus.

Sie erinnerte sich an die Orgel, an die Klänge, die sie gespielt hatte, und versuchte, nur noch zu sehen, nicht mehr zu hören. Doch auch ihre Augen kamen nicht nach, so schnell fuhr die Tram, vorbei an verfallenen Baracken und herrschaftlichen Häusern, an Bettlern, die die Straße säumten, und an Leuten, die so elegant gekleidet waren, als würden sie einen Ball besuchen.

An einigen Hausmauern hingen Zettel mit Wörtern und Zeichen. Roten und schwarzen, Hämmern und Sonnen. Sie konnte zwar lesen, verstand aber nichts von Politik, erkannte nur, dass etliche Plakate überschmiert waren, sie sahen beängstigend aus, fand sie. Stadt, dachte sie, so sieht sie also aus. Die Tramway läutete, der Chauffeur nahm ihr Gepäck und drängte zur Tür, sie waren an ihrer Haltestelle angekommen. Wie ein Schatten folgte sie ihm und stieg aus. Sie gingen ein Stück, wieder schritt er zügig voran, ohne sich umzudrehen. Vor einem riesigen Haus blieb er stehen. Ein Wolkenkratzer musste das sein, davon hatte Johanna gehört. Fünf Stockwerke war es hoch. Die Fenster waren so groß wie die Türen zuhause. Sogar einen reich verzierten Balkon gab es in der Mitte, so geräumig wie ihre Schlafkammer.

Johanna war beschämt, als sie eintraten. Der Marmorboden glänzte. Sie wollte die Schuhe unter ihrem Rock verstecken. Sie wollte sich selbst unter dem Rock verstecken. Die Eingangshalle war größer als ihr ganzes Haus. Sie marschierten nicht die einladende geschwungene Stiege hinauf, sondern eine kleine steinerne daneben hinab. Vor einer Tür blieb der Chauffeur stehen. „Das ist unser Eingang", sagte er. Sie nickte und folgte ihm. Sie betraten einen engen, dunklen Gang, dann ein steiles und enges Stiegenhaus, von dem drei Türen abgingen. Er zeigte auf eine davon. „Das ist Ihr Zimmer, machen Sie sich erst einmal fertig." Johanna trat ein, er machte die Tür hinter sich zu. Das Zimmer hatte ein schmales Fenster, das nur wenig Licht hereinließ. Wenn man herausschaute, konnte man die Füße der Passanten sehen. Es war kalt, obwohl es draußen warm war, aber es zog nicht, wie oft bei ihnen in der Keusche. Zwei Betten standen an der Wand und es war gerade noch Platz für einen Kasten. Die Betten waren durch ein Nachtkästchen getrennt, auf dem eine kaputte Lampe stand. Auf den Betten lagen grobe Decken, die sie von zuhause kannte, geflickt und voller Flecken. Sonst war alles sauber, kein Staubkorn auf dem Boden. Bei ihnen traten alle mit dreckigen Stiefeln in die Stube, keiner scherte sich darum. Sie legte den Koffer auf ein Bett und setzte sich daneben. Noch immer zitterten ihre Knie. Würde sie jemand holen kommen? Musste sie wohin gehen? Wie sollte sie sich fertig machen? Sie presste ihre Knie zusammen, ihre Schuhspitzen schauten unter dem Rock hervor. Jetzt würde sie hier leben, ein ganzes Jahr. In der Stadt, mit dem Blick auf die Füße fremder Menschen, deren Schuhe sie betrachtete. Johanna weinte. Auf einmal wurde die Tür aufgerissen, der Kopf eines jungen, aufgeweckten Mädchens mit einer weißen Haube schaute herein, es lächelte und sagte: „Die Herrschaften wolln, dass du kommst."

GERTRUD, 1994

„Was ist das denn?“, fragt die Oma. Sie schaut mich entsetzt an, fast fällt ihr das Geschirrtuch aus der Hand.

Aber das ist genau die richtige Reaktion, ganz klar: So passts. Ich finds so lustig, dass ich mich extra zur Oma hinstell und den Kopf runterbeug. „Rot, gut, was?“ Angriff ist nämlich die beste Verteidigung. „Das ist ja furchtbar“, schimpft die Oma. „Greif an, ist weich“, sag ich, aber das will sie gar nicht und ich muss lachen. Die Mama schüttelt den Kopf. „Was ihr für Einfälle habt“, sagt sie, dann rührt sie weiter in einem uralten großen grauen Topf. Wir haben nur uralte große graue Töpfe. Warum kann bei uns nichts normal sein? Nicht einmal die Töpfe? Ist ja kein Wunder, dass ich nicht normal bin, oder? Ich hab Hunger und schau in den Topf. „Wäh, was isn das?“

„Kirtagssuppe“, sagt die Mama, „für morgen.“ Stimmt, morgen ist ja Sonntag und irgend so eine blöde Feier. Da kommen dann die Idioten vom Dorf und hängen bis am Abend im Gasthaus rum. „Ich bin morgen bei der Kathi“, sag ich schnell, obwohl die Kathi noch gar nichts davon weiß. „Du bleibst schön da“, sagt die Mama, „wir brauchen dich.“ Die Oma kommt mir zu Hilfe. „Mit der Haarfarb brauchst dich nicht sehn lassen“, sagt sie. Ich bin begeistert, so ein Glück, ich hab sie offenbar genau zum richtigen Zeitpunkt gefärbt. Aber die Mama lässt sich nicht drauf ein. „Dann soll sie sich ein Kapperl oder sonst was aufsetzen. Wir brauchen die Trudi morgen. Wir haben sonst niemanden.“ Es ist so schwer, sich zusammenzureißen, wenn es in einem drinnen brodelt.

Ich mag die Deppen nicht bedienen. Das weiß die Mama genau. Normal komm ich immer irgendwie durch. „Trudi, jetzt schau nicht so. Diesmal ist keine andre Kellnerin da und die Oma schafft das nicht allein. Thomas muss lernen. Und ich bin in der Kuchl.“ Die Mama sieht mich müde an, da tut sie mir so leid und ich kann nicht Nein sagen. „Eh klar, dass der Thomas genau dann eine Prüfung hat“, brumm ich. „Na gut.“ Das Gesicht von der Mama wird kurz irgendwie hell. Die Oma murmelt was mit „Aber mit einem Tüchl am Kopf“, und ich frag mich, warum die sich überall einmischen muss, es geht sie nämlich einen Scheißdreck an, wie ich ausschau, ich sag ihr ja auch nicht, wie sie ihre Haare tragen und was sie anziehen soll. Sie ist so altmodisch, das ist voll nervig. Wenn ich mit der Mama allein wär, dann wär alles viel einfacher, aber das geht nicht, das sagt die Mama immer, auch wenn ich gar nicht versteh, warum. Überhaupt, wenn wer was sagen darf, dann die Mama, aber nicht die Oma, die soll froh sein, dass wir da sind und in ihrem Gasthaus arbeiten.

„Ja, ich glaub, an die roten Haare müssen wir uns erst noch gewöhnen“, sagt die Mama und lacht beschwichtigend. Das ärgert mich noch mehr. Sie könnte der Oma mal sagen, dass sie ihren Mund halten und sich nicht überall einmischen soll. Es wundert mich echt nicht, dass der Papa sie verlassen hat, weil eigentlich hat er gar nicht die Mama verlassen, sondern die Oma. Und er hat recht. Ohne sie wär es viel einfacher. Dann könnten wir in einem normalen Haus wohnen und die Mama müsst nicht in einem Gasthaus arbeiten, das ein paar Groschen abwirft. Der Mama macht das keinen Spaß, die hilft nur der Oma. Und dafür müssen wir alle auch noch ihre

Launen aushalten. Mich reißt es richtig, weil ich jetzt so klar seh. Ich werd es der Oma sagen, jetzt gleich. Das geht so nicht. Aber da schaut mich die Mama an. Und ich kann es nicht. Weil ich weiß, dass sie es nicht aushalten würd. Mist. Es ist so komisch alles.

Die Oma kann sich einfach nicht beherrschen und setzt noch einen drauf: „So gehts den Scheidungskindern. Als Erstes färben sie sich die Haar, dann kommen noch mehr Probleme." Da kann ich nicht anders, kann echt nur mehr lachen. „Das ist der beste Witz, den ich je gehört hab, die Mama und der Papa lassen sich scheiden und deshalb färb ich mir die Haare, haha, Oma, echt, ein super Schmäh!" Ich schau sie an, sie schaut aus wie ein Uhu mit ihrer runden Brille. Flieg weg, du blödes Vieh, hau ab!

„Ich weiß nicht, ob das so lustig ist", sagt der Uhu. „Wirst sehn, was die Leut sagen. Die lachen dich alle aus. Und was werden die Gäst denken? Die kommen nimmer wegen dir!" Der Uhu zeigt mit der Häkelnadel auf mich. „Das ist mir doch egal, die Leute sind nicht mein Problem." Der Uhu schüttelt den Kopf. „Wirst sehn, was du davon hast."

„Ich zwing niemanden, mich anzuschauen. Mir ist es genauso wurscht, wie die anderen ausschauen. Wenn die Kathi ihre Plateauschuhe anzieht, stört dich das auch nicht, oder? Da sagst du nix!"

„Die Kathi schaut elegant aus." Jetzt muss ich wieder lachen. Die Kathi und elegant? Die hat manchmal lange Kleider an, ja, aber eine Gruftie-/Hippie-/Grunge-Mischung. Wenn ich ihr sagen würd, dass die Oma sie damit elegant findet, pfffff, die zieht das Zeug nie mehr an. „Sind ja nur Haare", sagt die Mama beruhigend. Aber ich will keine Beruhigung, ich will streiten, dieser Uhu hat uns zu lang genervt. „Es geht keinen was an, wie ich ausschau", zisch ich deshalb. Übersetzung: Es geht DICH nichts an, wie ich ausschau, Oma! Es reicht, ich geh in mein Zimmer und obwohl ich sie gern zugeschlagen hätt, mach ich die Tür leise zu. Keine Ahnung, warum. Dafür leg ich Alice in Chains umso lauter auf. Aber auflegen stimmt eigentlich nicht, ich kann nur einlegen, in meinen Kassettenrekorder. Wir haben keinen Plattenspieler, nur diese uralte peinliche Musikbox in der Gaststube, mit Liedern, die die Leute vor 3000 Jahren gehört haben. Die Stimme von Layne Staley, diese lang gezogenen Wörter, das passt voll zu meinem Leben. Meine Haare sind super. Ich hätt nicht gedacht, dass sie so gut werden, die Kathi auch nicht. Aber ich hab so hellblonde Haare, da kommt die Farbe besonders gut raus. „Geil", hat die Kathi gesagt.

Ich würd sofort ein Piercing und eine Tätowierung und Dreads machen. Aber dann flippt die Oma komplett aus und ich will nicht, dass die Mama wegen mir noch mehr Ärger bekommt. Sie hat eh genug. Womöglich ruft dann auch noch die Makler bei uns an. Die mischt sich überall ein, nur weil sie glaubt, als Klassenvorstand sei sie irgendwie erziehungsberechtigt. Mir wär es ja völlig egal, ich bin eh schon unten durch im Ort, aber wenn sie die Mama blöd anreden wegen der Scheidung und so, das kann ich nicht brauchen. Wahrscheinlich hält der Uhu jetzt eine Rede, was die Mama alles falsch gemacht hat bei mir. Warum kann die Mama nicht weg? Angeblich kann sie die Oma nicht allein lassen. Aber warum eigentlich nicht? Die ist einfach nicht zum Aushalten.

Ich steh auf und geh hinaus in den Garten. Ein bisschen Ball spielen. Das beruhigt mich. Ich lass ihn gegen das Garagentor donnern. Gott sei Dank ist heut Samstag. Der einzige Tag, der Sinn hat. Dazwischen sitzt man die Zeit ab und wartet. Was macht man, wenn man so alt ist wie die Mama? Da kommt man doch um vor Langweile. Was macht da noch Spaß? Am Samstagabend *Wetten, dass..?* schauen auf der Couch und dann schlafen gehen? Danke. Alt werden ist echt mies. Solang man wen hat, auf den man abfahren kann, geht es ja vielleicht, aber was dann? Nur mehr Arbeit, fernsehen, schlafen gehen. Nein. Echt nicht. Dann lieber mein Kopfkino: Der Martin sitzt am Tisch mit den anderen, dem Pero, dem Marke und der Partie. Oder nein, noch besser: Der Martin legt auf, „Bombtrack“, alle springen auf, die kleine Tanzfläche rappelvoll. Dann, ein Licht genau auf mich, ich beweg mich so, dass er gar nicht wegschauen kann, sein Blick bleibt auf mir picken, folgt mir, wie in einem Video bin ich.

MARIANNE, 1994

Mitten in der Nacht wurde Marianne munter. Hatte sie das Licht in der Gaststube brennen lassen? Schon saß sie senkrecht im Bett: 2 Uhr 32. Sie musste nachsehen. Barfuß und im langen Frottee-Nachthemd ging sie die Stiege hinunter. Ihre Füße wurden sofort eisig. Aber Patschen konnte sie nicht anziehen, sie war so viel zu laut, der Boden knarrte, obwohl sie sich bemühte, leise aufzutreten. Die Mutter hatte einen leichten Schlaf und wenn sie sie aufweckte, wäre die Nacht vorbei. Unten in der Gaststube war alles dunkel. Natürlich. In letzter Zeit hatte Marianne oft das Gefühl, etwas dort vergessen zu haben. Sie schlich wieder hinauf und verursachte trotzdem unangenehme Knarzgeräusche. Immerhin schlief Trudi tief und fest. Obwohl, kam da ein Lichtschein aus ihrem Zimmer? Vielleicht hatte sie nicht daran gedacht, das Licht auszuschalten? So leise wie möglich öffnete sie die Tür. Trudi lag mit geschlossenen Augen und gleichmäßigem Atem im Bett, sie war offenbar mit Licht eingeschlafen. Marianne trat ein, sah ihre Tochter, wunderte sich – wieder einmal –, wie groß sie geworden war, und löschte die Nachttischlampe. Sie schloss die Tür hinter sich. Erleichtert, dass die Mutter nicht aufgewacht war, verschwand sie in ihrem Zimmer und wickelte ihre eisigen Füße in die schwere Daunendecke. Früher hatte sie sich bei Erwin gewärmt. Aber inzwischen, keine Kuscheleinheiten mehr, vielmehr die Suche nach einer Wärmflasche. Erwin. Seine warme Haut, seine knochigen, haarigen Beine, die Hüften, der Oberkörper. Sie fing an zu schwitzen, als sie an ihn dachte. Schamesschweiß hatte sie diesen Zustand für sich getauft. Ein hässliches Wort für ein hässliches Gefühl: etwas Undefinierbares zwischen Aufregung, Scham, Ekel und sexueller Lust, eine Zusammensetzung, bei der ihr übel wurde.

2 Uhr 48. Aufgewühlt, wie sie nun war, konnte sie nicht mehr einschlafen. Sie nahm ein altes Mathematikbuch aus Thomas' Schulzeit und löste die Rechnungen. Jahr für Jahr hatte sie ein bisschen mitgelernt. Es war ihr nicht schwergefallen und hatte ihr Spaß gemacht: eine Lösung zu finden für ein Problem und die Gewissheit zu haben, dass es eine gab.

Als ihr Blick auf eine Gleichung fiel, in der eine sechs vorkam, fühlte sie sich wie ein Teenager, der immer nur an das eine dachte. Sofort war der Schamesschweiß wieder da. Nein, weg damit! Was hast du nur für verbotene Gedanken?!

„Bei einem Auto drehen sich die Räder 5-mal pro Sekunde, wenn das Auto eine Geschwindigkeit von 14 m/s hat. Berechne den Durchmesser der Räder des Autos?“

Marianne konnte sich nicht konzentrieren. Etwas stieg in ihr auf, was sie nicht kontrollieren konnte. Stopp jetzt, das waren rein biologische Vorgänge in ihrem Körper und Kopf, Instinkte, die sie eben hatte, beruhigte sie sich. Sexualität war ein Teil davon und fertig. Alles normal, oder? Unter der Decke und im Geheimen durften sowieso alle tun, was sie wollten. Und das taten sie, davon war sie überzeugt. Trotzdem, Marianne schämte sich. Dafür, dass sie es mochte, es ihr gefallen hatte, wenn Erwin … und es sogar das Einzige war, das sie an ihm wirklich vermisste. Noch mehr Schamesschweiß. Wenn sie es gemacht hatten, hatte sie auch immer Schamesschweiß gehabt, weil sie permanent damit gerechnet hatte, dass irgendwer ins Zimmer kam oder an der Tür rüttelte. Sie hatten immer nur untertags, abends wäre es zu auffällig gewesen und dann war Erwin meist zu müde.

Erwin war schuld. Er hatte ihr gezeigt, dass es nicht nur ihren Kopf gab, sondern eine Stelle, die noch viel schlimmer war als die böse linke Hand, mit der sie früher hatte schreiben wollen. Die Stelle, für die es kein Wort gab. Nur grausige Bezeichnungen, die Männer im Suff von sich gaben, wenn sie sich stark fühlten, wie Fotze. Es gab keinen Namen dafür. Es ließ sich nicht in Zahlen ausdrücken. Es war etwas, was Marianne bewusst machte: Da ist noch mehr. Ich bin ein Mensch aus Fleisch und Blut. Es war faszinierend, etwas Verbotenes zu tun und es zu genießen, nicht im Kopf, in dem sie alles geordnet hatte, sondern da unten, wo es so wohlig warm wurde. Da unten, wo nichts passieren durfte, das hatte ihr die Mutter eingebläut, als sie das erste Mal ihre Blutung bekommen hatte. „Da unten lässt du erst wen dazu, wennst verheiratet bist!" Ihre ernste Miene hatte Marianne Angst gemacht.

Sie waren nicht verheiratet gewesen, Erwin und sie, noch nicht. Aber es war klar, dass sie es tun würden, sowohl das da unten als auch das Heiraten, und so hatte sie nachgegeben und war schockiert, dass sie es gar nicht schlimm gefunden hatte. Im Gegenteil. Jedes Mal wurde es besser. Das war nicht normal, da war sich Marianne sicher. Das durfte nicht sein. Frauen, das hatte die Mutter immer und immer und immer wieder gesagt, müssten alles ertragen und aushalten. Marianne hielt es viel zu gut aus. Es war, als würde ihr Kopf aus ihrem Körper weichen. In diesem Zustand vergaß sie alles. Sogar die Mutter, die Kinder, das Gasthaus, die Mathematik, alles, was sie sonst umgab und ausmachte. Marianne vermisste Erwin, allerdings nicht den ganzen Erwin, nur seinen Oberkörper, seine Beine, seine Hüften, die Arme und ja, das Ding da … Sie überlegte, ob sie ihn nicht einfach anrufen sollte, fragen, ob sie das noch weitermachen konnten. Marianne erschrak über ihre eigenen Gedanken und errötete. Das war nicht nur lächerlich und peinlich, sondern obendrein völlig verrückt. So gar nicht ihre Art. Aber was sollte sie tun? Sie wollte keinen Partner, sie brauchte einen Mann. Jemanden kennenlernen? Ausgeschlossen! Wie auch. Eine Annonce aufgeben, in der sie angab, sie suche jemanden für „gewisse Stunden"? Das war unmöglich! Sie war doch kein Luder. Diese Hingabe, dieses Fallenlassen waren nur möglich, weil sie sich traute, weil sie Erwin traute, ihm vertraute, er kannte sie. Wer wusste, ob sie ein anderer nicht auslachte, weil sie zu dick war und trotzdem keinen Busen hatte oder weil sie sich nicht so verhielt, wie es normal war, einfach nur daliegen und es aushalten. Marianne wollte mitmachen. Berechenbarkeit war der Schlüssel ihres Lebens. Nur dabei war sie eben nicht berechenbar. Das war beängstigend für sie. Aber zugleich aufregend und – wieder wurde ihr heiß und sie spürte die Röte und wie selbst diese sie erregte. Nicht normal! Sie war nicht normal. Überhaupt über so etwas nachzudenken. Solche Wörter kamen ihr nicht leicht über die Lippen. Genauso wenig wie das S-Wort, das sie manchmal, in der Hitze des Gefechts, am liebsten laut herausgeschrien hätte.

Sie hatte natürlich nie geschrien, nicht einen einzigen Ton hatte sie von sich gegeben, das hätte man ja im ganzen Haus hören können, auch wenn die Mutter immer behauptete, sie höre schlecht. Marianne wusste genau: Wenn es darauf ankam, hörte sie genau hin. Jetzt war es Nacht. Mitten in der Nacht und sie spürte, dass sich da unten in dieser unbenannten unbekannten Gegend etwas regte. Schnell dachte sie an Trudi, die nebenan lag. An die Mutter, die wahrscheinlich friedlich vor sich hin schnarchte. Es half nichts. Es hörte nicht auf. Es regte sich und ihr kam vor, es rief ihr zu. Ihr, einer erwachsenen Frau, Mitte vierzig. Aufgewachsen, ohne zu wissen, was das alles war und wie es ging, bis sie Erwin kennengelernt hatte, der neben seinem scharfen Geist auch die Eigenschaft zu besitzen schien, ein äußerst begabter Liebhaber zu sein. Liebhaber. Wieder so ein Wort. Sie musste aufhören damit! Vielleicht hatte er sogar schon eine Neue, mit der er diese oder sogar noch andere Sachen machte. Oder eine, die regungslos dalag und es über sich ergehen ließ, es ertrug und aushielt. So, wie es sich gehörte. Gehörte es sich so? Und überhaupt, wahrscheinlich würde er sich jetzt eine suchen, die weniger wog und nicht so flach war wie ein Brett. Eine mit üppigem Busen, so wie ihre Cousine Herta, deren Ausschnitt für besseren Umsatz gesorgt hatte. Davon war Marianne überzeugt: Wegen Herta waren die Männer gekommen. Irgendeiner drehte dann die Musikbox auf und Herta servierte zu „Rote Lippen soll man küssen“. Marianne war nicht eifersüchtig, sie selbst konnte die Augen kaum von ihrer Cousine lassen, wenn diese ihre vollen Hüften um die Tische schwang. Nein, eifersüchtig war sie nicht, es wäre ihr egal, wenn Erwin eine neue Freundin hätte. Sie war nur allein. Marianne hatte auch als erwachsene Frau keine Ahnung von Sex. Woher sollte sie die auch haben? Mit ihren wenigen Freundinnen, die alle wie sie im Ort geblieben, verheiratet waren und Kinder hatten, redete sie nicht über so etwas. Da sagte man vielleicht, dass man sich unwohl fühlte, warf sich vielsagende Blicke zu und seufzte mitleidig. „Ach so, hast schon wieder …“ Selbst dieses Wort sprachen sie nicht aus. „Regel“, sagte Marianne auf einmal laut, um zu hören, wie es klang. Das war doch nicht schlimm, oder? Und die Zahl sechs, mit ihrer bauchigen Rundung, ihrem geschwungenen Halbkreis oben. Schön war sie, die Sechs.

3 Uhr 12. Marianne hielt es nicht mehr aus. Sie griff da unten hin, damit es endlich Ruhe gab. Tat es nicht. Also griff sie noch ein bisschen hin. Ein bisschen her. Ein bisschen auf und ein bisschen ab. Es war angenehm. Sie dachte an Erwin, an seinen Körper auf ihr, wie er gegen ihre Hüften drückte. Wie er sich bewegte. Wie er sie küsste. Den Hals, die Brust. Hin, her, auf, ab, rundherum. Gut. Und so weiter, ein bisschen schneller. Das kannte sie. Noch ein bisschen und – „Ja!“ Jetzt hatte sie doch tatsächlich laut gestöhnt! Sie hielt die Hand vor den Mund. Atmete schnell. Schamesschweiß. Schamesschweiß, der sich überall ausbreitete. Sie presste ihre Beine so fest zusammen, dass der Schamesschweiß an ihren Oberschenkeln klebte. Sie horchte. Nein, sie schien niemanden geweckt zu haben. Was war passiert? Sie nahm die Hand vom Mund, ihre Finger rochen nach Verbotenem. Sie wollte sie waschen, sich reinwaschen. Auch wenn sie nicht an Gott glaubte,

wusste sie, dass das Sünde war. Marianne traute sich nicht ins Bad zu gehen. Manchmal musste sie in der Nacht aufs Klo und meist war sie so leise, dass die Mutter es überschlief. Aber wer wusste schon, ob es diesmal nicht anders war. Und plötzlich fiel ihr ein, wie sie vor Jahren so ein schmutziges Heft in der Schultasche ihres Sohnes entdeckt, es Erwin gegeben und ihn gebeten hatte, mit Thomas darüber zu sprechen. Erwin hatte das Heft angeschaut, gegrinst und es ihr einfach zurückgegeben. „Tu es wieder in seine Schultasche. Das ist keine große Sache. Buben in seinem Alter sind so."

„Warst du auch so?", hatte sie gefragt. „Wir haben solche Hefte nicht gehabt. Aber ich kann mich erinnern, dass wir uns in der Stadt ins Kino geschwindelt haben. Da lief ein Film, der erst ab achtzehn war. Irgendwie haben wirs geschafft. In dem Film haben die ein bisschen rumgeschmust und so. Mehr gab es da nicht."

Marianne hatte das Heft wieder in die Schultasche gepackt und nie wieder nachgesehen. Bis Thomas eine vergammelte und stinkige Wurstsemmel darin vergessen und sie drei Stunden versucht hatte, den Gestank wieder herauszubekommen. Sie hatte keine Ahnung, was ihre Kinder wussten und wie weit sie informiert waren. Marianne hatte darauf vertraut, dass sie in der Schule aufgeklärt wurden, und es dabei belassen. Nur mit Trudi hatte sie einmal, in einer stillen Minute, besprochen, was sie zu tun hatte, wenn „es" kam. Wie sie die dicken Binden entsorgen musste, damit es keiner sah. „Am besten irgendwo einwickeln und dann wegwerfen." In dem Moment war Thomas ins Zimmer gekommen und sie hatte sofort das Thema gewechselt.

Die Kinder wussten sicher mehr, als sie je gewusst hatte, das stand fest. Das Wichtigste war, dass sie verhüteten, wenn es einmal so weit war. Sie nahm sofort die Pille, nachdem sie die beiden Kinder hatte. Stimmt, die Pille. Brauchte sie die überhaupt noch? Marianne war verwirrt. Daran hatte sie noch gar nicht gedacht. Eigentlich konnte sie sie jetzt absetzen. Nach über zwanzig Jahren. Eine seltsame Vorstellung. Wahrscheinlich war sie gar nicht mehr nötig in ihrem Alter. Und in ihrem Fall sowieso nicht. Schade. Sie musste wohl zum Gynäkologen gehen. Einem, der hoffentlich nicht herausfand, dass sie sich da unten angefasst hatte. Wer wusste schon, ob es nicht irgendeinen Hinweis gab, dass sie … Vielleicht sollte sie ein paar Wochen warten.

3 Uhr 25. Morgen musste sie Gott sei Dank nicht so früh aufstehen, es war Sonntag, sie machten später auf, erst mittags würde es voll werden. Meistens war Marianne trotzdem bereits um 6 Uhr wach. Schon wieder diese Zahl. Konnte sie jetzt nicht endlich ihre Ruhe haben? Vielleicht war das ihre Bestrafung. Dass sie jetzt da liegen musste und warten, bis der Morgen kam, und dass sie nie wieder so etwas haben durfte wie mit Erwin. Es waren nicht die großen Dinge. Es waren die Kleinigkeiten, die sich nach und nach zeigten. Die Details, die Gewohnheiten. Das, was Sicherheit gab. Der warme Körper. Dabei hatte sie doch vor allem Erwins wachen Geist geliebt, dachte sie. Oder? Alles war plötzlich verwirrend. Und Verwirrung war ein Risiko. Schwer berechenbar, wenn überhaupt. Ein Gefühl, das keinen Messdaten entsprach, keine fixe Größe. Erwins kluger Kopf wog am Ende weniger als sein

warmer Körper. Vielleicht war sie ganz anders, als sie gedacht hatte. Vielleicht hatte sie sich falsch eingeschätzt, falsch bemessen oder war sie selbst diese variable Größe, die keinen fixen Maßen entsprach?

Die Wärme und ein Geruch, der noch immer in seinem Polster hing, den er noch holen würde, machten sie traurig. Marianne weinte. Doch noch.

GERTRUD, 1994

Die Mama rüttelt mich. „Aufstehen!“, sagt sie. „Es ist spät!“ Ich mach die Augen auf. Mir tut der Kopf weh. Dabei war ich gar nicht so lang weg. Die Mama hat mich ja geholt. Um Mitternacht. Dafür helf ich heut im Gasthaus mit. Das war der Deal. Scheiße. Jetzt fällts mir wieder ein. Ich muss ja heut arbeiten. „Komm dann runter, die ersten Leute kommen um zwölf.“ Sie schaut nicht müde aus. Die Mama schaut immer gleich aus, find ich. Völlig wurscht, ob die Nacht lang oder kurz war, ob sie geschieden ist oder sonst was. „Ja, ich komm“, sag ich. Wenn ich an die Leute denk, möcht ich lieber liegen bleiben. Aber was versprechen und nicht halten, ist Bullshit. Also steh ich eben auf und wank ins Bad. Nicht ganz ohne. Dabei hab ich nur ein Bier getrunken. Ich mag gar kein Bier. Aber es sieht cool aus, wenn man eine Bierflasche in der Hand hält. Noch cooler schaut es aus, wenn man in der anderen Hand eine Zigarette hat. So wie die Rebekka, das ist die neue Kellnerin in unserem Stammlokal in der Stadt und die schaut super aus. Die ist fünfundzwanzig. So möcht ich auch sein.

Im Bad erschreck ich erst mal. Ich hab vergessen, dass meine Haare ja jetzt rot sind. Das war gestern schon cool. Ich glaub, der Martin hat auch geschaut. Aber heute sollt ich vielleicht wirklich lieber was aufsetzen. Ich kann die dummen Leute hören, wie sie sich das Maul zerreißen. Alles voll die Proleten und so alte Deppen. Aber gut, was solls.

Die Mama hat mir erlaubt, Jeans und ein Leiberl anzuziehen. Die Oma hat gemeint, es muss ein Dirndl oder ein schwarzer Rock mit weißer Bluse sein. Ich hab ihr gesagt, dass ich das fix nicht anzieh. Also haben wir uns auf eine schwarze Jeans und ein weißes Leiberl geeinigt. Irgendwo muss mal Schluss sein. Die Oma macht sich ja auch keine Dreadlocks für mich.

Sie ist in der Gaststube und deckt auf. „Morgen“, sagt sie und ich wart auf eine Meldung, aber sie sagt nichts. Ich helf ihr. „Was ist heut überhaupt?“, will ich wissen. „Eine Taufe“, sagt die Oma. Sonst haben wir immer nur Begräbnisse. Dann gibt es bei uns den Leichenschmaus. Wie man auf so eine Idee gekommen ist: Zuerst stehen alle beim Grab und plärren und dann stopfen sie sich einen Schweinsbraten rein. Vielleicht ist eine Taufe besser, dann sind vielleicht jüngere Leute da. Wir decken heute mit Tischtuch und allem Drum und Dran. Das machen wir selten. Weil eh keine Sau mehr kommt. Es ist ewig her, dass viel los war. Mindestens fünf Jahre. Da waren die Sommerfrischler noch bei uns. Ich bin froh, dass die weg sind. Nie hatte man seine Ruhe. Jetzt ist weniger los, aber so richtig ruhig ist es auch nicht. Ein Gasthaus bleibt ein Gasthaus und der Adi, unser Stammgast, der kommt immer.

Aus der Küche riecht es. Ich hab mir eigentlich vorgenommen, dass ich Vegetarierin werde, so wie die Barbara. Tiere sind Lebewesen. Aber jetzt riecht es so gut. Vielleicht fang ich erst morgen damit an. „Kommt ihr essen?“, fragt die Mama. Die Oma geht vor mir in die Küche. Sie wird immer langsamer. Und ihre alten Socken hat sie an. Warum kann sie nicht ein bisschen moderner aussehn? Es gibt Omas, die schaun nicht aus wie aus dem vorigen Jahrhundert. Es gibt Schweinsbraten. Ich bemüh mich, dass ich mehr Püree ess. Die Oma schmatzt. Das ist so ekelhaft! Außerdem ist es erst halb zwölf und wir müssen schon essen. Wie im Altersheim. Aber wenn die Leute um 12 Uhr kommen, geht das nicht anders. Immer müssen wir uns danach richten, was die Oma uns eingebrockt hat. Warum kann die Mama nicht einmal ihr eigenes Ding machen? Als wir fertig sind, geht bereits die Eingangstür auf. „Es ist ja noch nicht mal zwölf!“, sag ich, aber die Mama zuckt nur mit den Schultern. Wir müssen raus in die Gaststube. Die Oma stellt sich hinter die Schank und ich muss servieren. Von der Taufrunde kenn ich einige Gesichter, die Mama meinte, es seien dreißig Leute. Wir haben nicht im Saal aufgedeckt, das hat die Mama mit denen so ausgemacht. Mir ist der Saal viel lieber, er ist heller und wirkt nicht so altvaterisch wie die Einrichtung in der Gaststube. Die Leute kommen und bis alle sitzen, dauert es ewig. „Was wollts trinken?“, frag ich und klapper einen nach dem anderen ab. An einem der Tische sitzt ein aufgeputztes Baby auf dem Schoß von einem dicken Mann, sicher das Taufkind. Es hat eine knallrote Birne und schaut überhaupt nicht süß aus. Der Mann fragt mich: „Bist der Pumuckl?“ Scheiße, ich hab voll vergessen, mir was aufzusetzen. Die Leute um ihn herum lachen und das Baby sabbert wie ein Hund. Ekelhaft! Ich hab sofort gesehen, dass der ein Trottel ist. Was redet der mich so blöd an? Warum können einen die Trottel nicht in Ruhe lassen? Ich frag ihn ja auch nicht, warum er fett ist. „Nein, ich bin nicht der Pumuckl“, sag ich und lach nicht. „Was wollen Sie trinken?“

„Ach so, ich hab geglaubt, solche Haar hat nur der Pumuckl“, sagt er und eine Frau kichert. Der Depp ist sicher ihr Mann. Wenn ich so einen Mann hätt, würd ich nicht mehr kichern, da würd ich weinen. „Nein. Ich hab auch solche Haare“, sag ich. „Ist was schiefgegangen?“, fragt der Prolet und grinst breit. „Die Frauen glauben immer, sie müssten sich die Haar färben und dabei schaun die Männer eh nur auf die Töpf.“ Jetzt lacht die ganze Runde. Ich könnt ihn anspeiben, das Arschloch! Wenn jetzt nur die Barbara und die Kathi hier wären! Aber ich bin allein in diesem beschissenen Gasthaus. Ich sag nichts, das ist das Beste bei solchen Leuten, obwohl es mir schwerfällt. Also steh ich da und schau ihn an. Da hört er endlich auf. „Ein Bier, bitte.“ Ich nicke und geh zum nächsten Tisch. „Aber ein blondes, kein rotes“, ruft er mir nach und alle am Tisch lachen wieder.

An der Schank wart ich, bis die Oma die Getränke fertig hat. Dann muss ich wieder zurück. Ich will nicht mehr dahin. Was wird er jetzt sagen? Dass mein Gesicht so rot ist wie meine Haare? Dass meine Töpfe keiner will? Vielleicht sollt ich die Oma fragen, ob sie den Tisch bedient. Aber die ist ja nicht mehr so gut auf den Beinen und dann spotten die erst recht weiter. Am liebsten möcht ich hinauslaufen und Ball spielen. Ich knall den Leuten ihre Getränke auf den Tisch. Vielleicht schau ich voll grantig drein, jedenfalls sagt keiner mehr was. Dann tisch ich die Suppe auf. Es gibt nichts Sinnloseres, als Menschen zu bedienen. Was man in der Zeit alles machen könnt! Kellnern ist echt das Letzte. Jetzt noch die Schweinsbratenberge. Die Kinder bekommen Schnitzel. Das Baby futtert irgendwas in sich rein, es sitzt jetzt auf dem Schoß der Mutter. Ihr hängt fast der Busen aus dem Dirndl, so groß ist ihr Ausschnitt. Oder ihre Töpfe, so nennt sie wahrscheinlich der ekelhafte Typ, wenn sie im Bett sind. Wäh, grauslich! Die

Leute bestellen nach, noch ein Bier und noch eine Mischung und das zu Mittag. Der Depp von vorher sagt was zu mir, aber ich tu so, als hätt ich nichts gehört.

In dem Moment kommt der Adi rein. Er stellt sich an die Theke und bestellt sein Bier. Wie immer. Vor ihm hat das sein Vater gemacht. Der ist tot. Jetzt ist er dran. Ich wart drauf, dass er eine blöde Bemerkung macht. Und prompt sagt er: „Fesche Haar hast", und grinst, er hat eine Zahnlücke gleich vorn oben, das macht sein Aussehen gruselig. „Danke", sag ich. „Ich werd das auch einmal ausprobieren, steht mir sicher." Er hat das Bier in der Hand, das ihm die Oma automatisch hingestellt hat. Der Adi ist der Einzige, der nicht bestellen muss. Und diesen Status hat er sich hart erarbeitet.

Endlich ist das Festessen vorbei. Ich sammel die Teller ein, dann kommen noch die Kaffeebestellungen und die Torte. Mit einem Baby aus Marzipan drauf. Das hat die Mama bei einer Konditorei in der Stadt extra bestellt. Es schaut aus wie das echte Baby. Rosa und fett. Eher mehr ein Schwein als ein Kind. Ich schau von der Schank aus die Leute an, neben mir steht der Adi und beobachtet sie ebenfalls. Das echte Baby hat mittlerweile angefangen zu heulen. Die Mutter geht raus. „Bis später", sagt sie zum Deppen-Mann und drückt ihm einen fetten Schmatzer auf die Backe. Er hat schon eine knallrote Birne von dem Bier. „Bis später, Schatzi", ruft er zu laut. „Siehst", sagt der Adi, „so ist das. Der, für den es die Feier gibt, muss heim. Und die andern saufen weiter." Ich schau den Adi an und muss lachen. Dass er das überreißt, hätt ich nicht gedacht. Mir tun die Füße weh. Es ist 3 Uhr nachmittags. Mein freier Sonntag ist kaputt. Wie lang wollen die denn noch bleiben? Nach einer Weile stehen einige auf und gehen. Sie verabschieden sich vom Deppen-Vater, der wieder oder noch immer ein Bier vor sich hat und dessen Birne noch röter geworden ist. Ein Tisch ist leer und an den anderen sitzen noch ein paar Leute. Sie sehen alle gleich aus. Die meisten Erwachsenen tragen irgendwelche Trachten, haben glasige Augen und rauchen. Ein paar Kinder sind noch da, sie spielen in einer Ecke.

„Du, Pumuckl!", ruft der Depp mich und ich geh hin, ohne eine Miene zu verziehen. „Bringst uns die Karten." Bevor er noch was sagen kann, steh ich schon wieder an der Theke. Na super, wenn die jetzt Karten spielen, komm ich den ganzen Tag nicht mehr hier raus. In dem Moment stürzt die Mama herein. Die Schürze hat sie nicht mehr umgebunden, sie trägt jetzt ein Dirndl. Ich find, es passt ihr gar nicht, es macht sie dick. Die Mama ist nicht schlank, aber dick ist sie auch nicht. Sie zwinkert mir zu und stellt sich neben mich. „Bist erlöst", sagt sie. „Echt?"

„Ja, passt, danke und auf Wiedersehen." Ich schau die Mama an und lieb sie dafür. Sie tut mir leid. Weil sie hat sicher voll viel gearbeitet. Aber ich mag nicht mehr. Und ich hab ja auch einiges getan. Also nicke ich ihr zu und bin so schnell weg, dass es die Oma gar nicht checkt.

Ich zieh mir sofort mein normales Gewand an und lauf zur hinteren Seite vom Gasthaus. Der Ball liegt vor dem Garagentor. Ich spiel durch die Autos der Leute durch und bau mir aus Omas alten Gartenschlapfen ein Tor. Zwischen dem

Schießen üb ich ein paar Tricks. Ich kann den Ball richtig lang auf dem Knie balancieren und sogar zwischen Ferse und Knie abwechseln. Ich üb mit beiden Füßen, schieß einmal ins linke, einmal ins rechte Eck, lauf ein bisschen hin und her, übersteig mal mit dem einen, dann mit dem anderen Fuß den Ball, dann stell ich mit den alten Blumentöpfen eine Reihe auf und dribbel hindurch. „Schau dir das an, der Pumuckl spielt Fußball, wer weiß, vielleicht ist er doch a Bua?“ Der Depp von vorhin kommt mit zwei Männern an, sie haben ihr Auto hier geparkt. Er fängt den Ball auf, der gerade vom Tor in seine Richtung springt. „Jetzt spielen sogar schon die Diandlen Fußball“, sagt er und wirft mir den Ball zu. Ich treff ihn mit dem Kopf und schieß ein Tor. Keiner sagt mehr was. Ich lächel.

JOHANNA, 1938

Die grüne samtige Tapete im Vorzimmer hätte sie am liebsten angegriffen, gespürt, ob sie sich so weich anfühlte, wie sie aussah. Der Stoff, das Muster, schöner als alle Kleider, die sie je gesehen hatte. Johanna hielt inne und staunte. Als sie Schritte hörte, putzte sie schnell weiter. Magda kam herein. „Den Salon auch noch. Morgen tauschn wir zwei", sagte sie und verschwand wieder, leise vor sich hin summend. Wie konnte jemand ständig so fröhlich sein? Ihr Gesicht war ein einziges Lachen. Wusste sie nicht, dass das ungehörig war? Ihr Lachen passte nicht hierher, es war vulgär und nicht erlaubt in diesen schönen, samtigen Tapetenräumen.

Johanna wechselte sich mit Magda ab beim Küchen-, Putz- und Servierdienst. Obwohl sich Johanna vor den Herrschaften fürchtete, liebte sie den Putz- und Servierdienst. Sie bewunderte die Bilder, die riesigen Möbel, die edlen Teppiche, das Porzellangeschirr, versteckt in einem Glaskasten. Mit Akribie säuberte sie alles, keine Fettflecken waren auf den Scheiben zu sehen. Nichts erinnerte hier an das Dorf, aus dem sie kam, an die Armut, die es dort gab. Das gefiel ihr. Sie ging in den Salon. Allein das Wort war so nobel, dass es in den Ohren klang. Als sie den Raum das erste Mal betreten hatte, wagte sie es kaum zu atmen. Darin standen edle geschwungene Sofas aus Mahagoni, überzogen mit teuren Stoffen, und – Johanna traute ihren Augen nicht – ein Flügel. Johanna berührte das kühle schwarz lackierte Holz, strich mit den Fingerspitzen über die Oberfläche. Es war das größte und schönste Instrument, das sie je gesehen hatte. Selbst die Orgel in der Kirche war dagegen lächerlich. Sanft und behutsam wischte sie mit dem Staubtuch darüber, als würde sie ein kleines Kind streicheln. Wie gern hätte sie den Deckel geöffnet, die Tasten bewundert und vielleicht sogar einmal ausprobiert, wie es klang. Manchmal hörte sie abends das Klavier trotz der klappernden Schuhe und des Straßenlärms, der durch das undichte Fenster ihres Zimmers drang. Sie fragte Magda, wer hier spiele. „Der gnä Herr", antwortete diese und biss in ein Stück Semmel, das sie aus der Küche gestohlen hatte. „Auf dem Klavier spielt der Herr, auf der gnädigen Frau spielt lieber wer andres." Dann lachte sie laut und Johanna lachte mit, obwohl sie keine Ahnung hatte, wovon Magda sprach. Ob sie sie noch nicht bemerkt habe, fragte Magda, die Liebesaffären der gnädigen Frau, das Kommen und Gehen verschiedener Männer. Den Hausherrn schien das nicht zu kümmern. Er lud meist ältere Männer ein, mit denen er ernste und strenge Gespräche führte.

An einem Wochentag kam Magda zu ihr. „Heut servierst du! Es kommt ein Jud. Den bedien ich sicher nicht!" Einen Juden hatte Johanna noch nie gesehen. Auch wenn sie das Wort schon oft gehört hatte. Magda redete abfällig von ihnen und sagte, dass „der Hitler es ihnen zeigen wird". Sie war davor sogar am Heldenplatz gewesen, um den neuen Führer zu begrüßen, „der uns alle retten wird", wie Magda mitteilte.

Juden mussten sehr schlimme Leute sein, wenn man dem Glauben schenken wollte, was man sich so erzählte. Trotzdem war sie neugierig auf den Gast. Ob er so aussehen würde wie auf den Plakaten, die auf der Straße überall angeschlagen waren? Sie hatte sie gesehen, als sie für die Herrschaften etwas besorgen musste. Hässlich und verschlagen waren sie darauf abgebildet, mit einer langen Nase und einem seltsamen Hut, ein verlogenes Gesicht hatten sie. Vielleicht würde der Jude ihr etwas antun, man wusste ja nie. Aber es war schließlich der gnädige Herr da und er war immer freundlich zu ihr, sie würde sich nicht fürchten müssen. Wieso traf sich der Herr mit so jemandem? Aber das ging sie nichts an.

Johanna war aufgeregt, malte sich aus, wie dieser Jude wohl in diesem vornehmen Haus mit den Samttapeten aussehen musste und ob er auch einen seltsamen Geruch verströmen würde und vor allem: Wie er klingen würde, wenn er sprach. Sie war in der Küche und wurde gerufen, er sei jetzt da, sie solle servieren. Mit einem Tablett ging sie in den Salon. Sie suchte ihn. Wo war er? Das war er? Der Jude? Dieser Mann? Beinah hätte sie ihn noch länger angestarrt und war enttäuscht, dass der Herr so alltäglich und uninteressant war, der hier saß, um die zwanzig, gut gekleidet, freundlich. Wo waren die lange Nase und der seltsame Hut? Johanna verteilte die Suppe und der Besucher bedankte sich. Was für eine angenehme Stimme er hatte und er roch ausgesprochen gut nach Eau de Cologne. Da war absolut nichts. Gar nichts, was ihr aufgefallen wäre, was nicht passte. Und deshalb machten die Leute so ein Theater?

Es wurde ein langer Abend, der gnädige Herr und sein Besuch hatten viel zu besprechen. Johanna bewirtete sie, deckte auf, deckte ab, tat, was ihr aufgetragen wurde. Beide Herren waren stets höflich und wurden zu keiner Zeit ausfällig oder laut, der Jude nahm keine dreckigen Wörter in den Mund, wie die schlimmen Männer, von denen die Mutter und der Stiefvater immer erzählten. Als er ging, verabschiedete er sich sogar von ihr. Mit einem ungeschickten Knicks quittierte Johanna die Geste. Nach dem Aufräumen lief sie rasch in ihr Zimmer: Sie wollte Magda von ihm erzählen und dass nichts auf ihn zugetroffen hatte, was über Juden gesagt wurde, doch Magda schlief bereits.

Am nächsten Morgen stand Johanna um 6 Uhr auf, um in die Küche zu eilen und das Frühstück herzurichten. Von unten hörte sie bereits leise das Klavier. Sie vermutete, ihre Müdigkeit würde ihr einen Streich spielen und sie träumte noch ein wenig. Doch es war keine Einbildung, sie hörte das Klavier, lauter und deutlicher bei jedem Schritt, den sie näherkam. Vorsichtig folgte sie der Musik in den Salon. Sie wusste, dass sie hier nichts zu suchen hatte, dass es nicht erlaubt war, als Dienstmädchen hier herumzuspazieren, dass sie damit riskierte, hinausgeworfen zu werden und dann ohne einen Groschen nachhause zu müssen – nur, sie konnte nicht anders. Es klang so herrlich, so klar und elegant, anders als in der Kirche, viel leichter und gefühlvoller, nicht so hoch oben bei Gott, viel näher bei ihr. Johanna blieb an der Tür zum Salon stehen, sodass er sie, nein, er konnte sie hier nicht sehen. Der gnädige Herr saß am Flügel und spielte ein Stück, das sie nicht kannte, die Melodie war ihr gänzlich fremd, aber trotzdem eingängig und sofort vertraut. Sie schloss die Augen, sah sich selbst am Flügel sitzen, streckte ihre Hand aus, ihre langen, dünnen Finger und bewegte sie ein wenig. Wie konnte man nur so spielen, welches Genie konnte solche Melodien erfinden? Johanna träumte noch, da hörte die Musik auf. So plötzlich, dass sie nicht rechtzeitig davonlaufen konnte. Der gnädige Herr hatte sich umgedreht und starrte sie an. Oh je! Sie war selbst schuld. So schwach und dumm. Wieder hatte sie sich von der Musik verführen lassen. „Fräulein", sagte er. Nicht unfreundlich, nicht wütend. Einfach nur neugierig. „Fräulein?" Johanna bekam einen roten Kopf. Ihr war heiß. Was sollte sie tun? Einen Knicks machen? Schnell wegrennen? Sie tat nichts dergleichen und auch er verharrte in seiner Position. Nein, er schien keineswegs verärgert zu sein. „Hat es Ihnen gefallen?", fragte er nach einer Weile und Johanna nickte zögerlich. Er betrachtete seine Hände. „Ja, Mendelssohn ist ein Genie gewesen, wer weiß, wie lange wir seine Stücke noch hören werden. Hoffentlich sehr lange." Johanna hatte keine Ahnung, von wem und worüber der gnädige Herr redete. „Sie mögen Musik?", fragte er und ohne eine Antwort abzuwarten, sprach er weiter. „Es ist die einzige Schönheit, die es derzeit noch gibt. Neben all dem, was sich da draußen abspielt. Die einzige, wahre Schönheit, nicht wahr?" Er sah sie an. Sein Schnauzbart verdeckte die Lippen. Er wirkte müde. Kein Wunder, war er doch spät zu Bett gegangen und bereits so früh wieder aufgestanden. Seine Haut war fahl. Johanna nickte wieder. Noch immer hatte sie keine Ahnung, wovon er sprach. „Was hören Sie? Unterhaltungsmusik? Reden Sie nur, Fräulein, bitte." Sie musste antworten. Aber was? Und wie? So ein Herr, wie sprach man mit ihm? „Kirchenmusik", platzte es dann einfach aus ihr heraus. „Kirchenlieder", murmelte er. „Natürlich." Sie wollte gehen, sie stand viel zu lange hier, was, wenn die Hausherrin auftauchte? „Ich kann keine Kirchenlieder, ich habe sie verlernt. Vergessen. So wie er uns“, sagte der Herr. Johanna erbebte. Lästerte er gerade über Gott? Oder hatte sie ihn falsch verstanden? Sie verstand überhaupt nichts, sie wünschte nur, sie könnte verschwinden.

„Ich spiele Mendelssohn, er ist ein Genie, dieser Bartholdy. Mit seinem G-Moll-Konzert“, sagte er. „D-Moll“, korrigierte sie ihn und erschrak, so schnell kam es aus ihrem Mund, dass sie es nicht hatte aufhalten können. „Wie bitte?“, fragte er und Johanna biss sich auf die Lippen. Wie hatte sie nur so vorlaut, so ungehorsam sein können? Was Musik mit ihr machte, war einfach gefährlich, Sünde. Sie schwieg, schaute beharrlich zu Boden. „Was haben Sie gesagt?“, fragte er wieder. „D-Moll, Sie haben D-Moll gesagt, natürlich ist es D-Moll! Bravo! Aber nun sagen Sie mir, mein Fräulein, woher wissen Sie das?“ Johanna hielt den Kopf weiter gesenkt und schwieg, sie wusste nicht, was sie antworten sollte. „Was ist das?“, fragte er und spielte einen Ton. „D“, flüsterte sie. „Und das?“

„H.“ Er lachte. Ihre Hände zitterten leicht. Sie schämte sich. Sie, der dumme Bauerntrampel, hier in dem vornehmen Salon mit dem gnädigen Herrn und will es besser wissen. „Kommen Sie her!“, befahl er. Es klang nicht unfreundlich, aber Johanna wusste, wie schnell Launen sich ändern konnten, und war auf der Hut.

„Setzen Sie sich!“, sagte er, stand auf und zeigte auf den Hocker vor dem mächtigen Flügel. Sie hielt die Luft an. Wollte er sie auf den Arm nehmen? „Setzen Sie sich!“, wiederholte er bestimmt. Sie folgte und setzte sich, legte die Hände in den Schoß, senkte erneut den Blick. „Und jetzt schauen Sie sich die Noten an." Tränen schossen ihr in die Augen, nein, sie durfte jetzt nicht weinen. Sie würde morgen in den Zug steigen, vielleicht würde Magda ihr etwas zu essen einpacken und dann würde sie nachhause fahren, gedemütigt, ohne einen Groschen.

Dann erkannte sie die Noten. Sie sahen aus wie alte Bekannte, irgendwie war es beruhigend, sie zu betrachten, wie ein vor langer Zeit begangener Weg, den man wiedererkannte. Johanna stoppte die Tränen. Die Noten gaben ihr Selbstvertrauen. Sie benannte sie, Zeile für Zeile, laut und deutlich. Die gesamte Seite las sie dem Herrn vor. „Erstaunlich!", murmelte er. „Wo haben Sie das gelernt?"

„Vom Organisten daheim, in der Kirche." Er bat sie zu spielen, woran sie sich erinnerte, und Johanna spielte Akkorde, ein paar leichte Melodien, alles, was ihr in den Kopf kam. Die Tasten waren kühl und der Anschlag weich, wie sie es sich vorgestellt hatte, sie konnte viel sanfter auf ihnen spielen als auf der Orgel, musste nicht fest drücken, es war so einfach, so schön. „Genug!", sagte er und Johanna zuckte zusammen und wollte hinausstürmen, beschämt über dieses Missverständnis. Wie hatte sie nur glauben können, dass er, der Herr, sie spielen hören wollte? Doch er hob die Hand, deutete ihr zu bleiben und lächelte. „Haben Sie keine Angst, mein Fräulein. Kommen Sie und spielen Sie, wann immer Sie wollen, und hören Sie zu, wann immer Sie möchten. Die Kunst ist alles, was wir haben, sie macht uns zu guten Menschen. Und jetzt gehen Sie." Johanna nickte und verschwand in Richtung Küche, wo sie sofort begann, den Boden zu wischen. Sie konnte noch immer nicht glauben, was gerade passiert war, hatte noch immer das Gefühl der Tasten an ihren Fingerspitzen, als hätten sie einen Abdruck hinterlassen, und noch immer die Angst in den Knochen, dass sie des Hauses verwiesen werden könnte. Sie spiegelte sich in der Fensterscheibe und lächelte.

MARIANNE, 1974

Er war so unauffällig, dass er in der Mauer verschwand. Es war Samstag, 23 Uhr 47. Tanzabend im Gwölb. Das graubraune Hemd, das blasse Gesicht, die schmale Gestalt. Marianne sah ihn trotz der vielen Leute. Nicht, weil er ihr gefallen hätte, nein, das bestimmt nicht. Es gab richtig gut aussehende junge Männer hier, mit kräftigen braun gebrannten Armen und Haaren auf der Brust, die aus dem Hemd quollen. Aber er war anders, irgendwie ein Fehler im Muster. Er gehörte nicht dazu. Sie konnte sich nicht erinnern, ihn schon einmal hier gesehen zu haben. Aber er war bestimmt aus der Gegend. Die Kleidung, der Haarschnitt, so sahen sie alle aus. Trotzdem: Etwas an ihm war anders. Es war keine Anziehung. Eher ein Wiedererkennen, sich selbst im anderen. Sie gehörte auch nicht dazu. Die Mutter stand hinter der Schank. Marianne musste sich durch die Leute zwängen. Es war ihr zuwider. Das Berühren, Ankommen, Streifen. Sie stand viel lieber hinter der Schank, zählte durch: Wie viele waren da, welche Getränke wurden zu welchem Preis wie oft bestellt.

Der junge Mann lehnte sich an die Mauer, ein bisschen abseits einer Gruppe von Leuten. Er sah nicht so ländlich aus wie die anderen, fand sie. Viel klüger wirkte er und erwachsener als die Burschen aus dem Ort. Sie ging hin und fragte: „Wollen Sie was trinken?" Es war das erste und das letzte Mal, dass sie im Gwölb jemandem diese Frage stellte. Sonst riefen ihr alle einfach immer die Getränke zu, die sie haben wollten, keiner wartete darauf, gefragt zu werden. Niemand sah sie, niemand hörte sie. Selbst wenn sie ihre Getränke bestellten: „Einen Kräutler!“ „Ein Bier!“ Oder ein leeres Glas auf ihrem Tablett abstellten, sie registrierten Marianne nicht. Und es war gut so, es war ihr unangenehm, von ihnen gesehen zu werden. Der junge Mann aber betrachtete Marianne. Er wirkte erstaunt, als hätte sie ihn aus seinen Gedanken gerissen und als wäre diese Frage völlig absurd. „Wollen Sie etwas trinken?“, wiederholte sie laut und deutlich. Er sah sie an. Er sah sie. Und bei ihm war es ihr gar nicht unangenehm. „Ja, vielleicht ein Bier?“, fragte er und sie lachte. „Sie müssen schon selber wissen, was Sie wollen.“ Er lächelte, sein Vorderzahn war schief, es sah lustig aus. „Das stimmt. Bitte ein Bier.“ Es war voll und laut im Gwölb und obwohl er brüllte, klang die Stimme des jungen Mannes sanft. Marianne lächelte zurück. Auf dem Weg zur Schank nahm sie noch einige Bestellungen entgegen. Als sie dort ankam, bestellte sie bei der Mutter ein Bier und mehr nicht. „Wegen einem Bier kommst zurück?“ Marianne nickte, stellte ein Glas unter den Zapfhahn, schenkte das Bier selbst ein und brachte es ihm, ein einziges Getränk auf dem großen, runden Tablett. Sie ignorierte all die Stimmen, die auf sie eindrangen und ihr Bestellungen zuriefen. „Danke“, sagte er und gab ihr fünf Schilling. „Passt so.“ Sie lächelten sich wieder an und erst danach ging Marianne in aller Ruhe zurück zur Theke und bestellte die restlichen Getränke.

Als Herta anfing zu singen, lächelten sie sich noch einmal zu. Er hatte bereits sein Bier ausgetrunken und hob die Hand, um ein weiteres zu bestellen. Wieder gab er ihr fünf Schilling. Nach dem dritten Bier – seine Augen waren glasig –

fragte er sie nach ihrem Namen. Marianne war noch nie nach dem Namen gefragt worden. Die Stammgäste kannten ihn sowieso und ihr war klar, dass sie damit nur Aufforderungen verbanden.

„Marianne, noch eins!"

„Marianne! Zahlen!"

„Marianne, eine Runde Schnaps!"

Keiner wollte wirklich etwas von ihr wissen, nie war damit die Frage verbunden: „Marianne, wer bist du?"

„Marianne", sagte sie, „und du?"

„Erwin." Sie zwinkerten einander zu.

„Marianne, drei Schnaps!", riefen welche von links.

„Marianne! Noch eins!", riefen welche von rechts.

„Marianne! Zahlen!", riefen welche von vorn.

„Marianne. Was für ein schöner Name", sagte er.

Erwin blieb bis zum Schluss. Um 3 Uhr 21, als alle weg waren, fragte er, ob sie nächste Woche auch wieder da sei. Sie nickte. „Dann auf Wiedersehen, Marianne!", sagte er und ging. Sie sah ihm nach und buchstabierte seinen Namen, fünf Buchstaben, fünf Schilling, eine glatte Zehn. Volltreffer!

„Wer war das?", wollte Herta wissen. „Erwin", antwortete sie. „Komischer Kerl", meinte Herta.

Er war die Woche darauf wieder am Samstag da und die Woche darauf und die danach auch. Immer blieb er tapfer bis zur Sperrstunde und bestellte ausschließlich bei Marianne. Das schmeichelte ihr, denn sonst heischten alle nur um Hertas Aufmerksamkeit. Sie war älter als die meisten Gäste, aber das tat ihrer Begeisterung keinen Abbruch, im Gegenteil. Die jungen Männer schwärmten und himmelten sie an, die jungen Frauen beneideten sie. Erwin sprach mit keinem von ihnen, er sah nur Marianne. Erwin kam immer samstags, freitags war er nie da. Am dritten Samstag fragte er, ob sie mit ihm vielleicht einmal ausgehen wolle. „Ich kann nicht. Ich muss immer arbeiten. Wir haben keinen Ruhetag", sagte sie ein bisschen traurig. Darauf wusste Erwin auch keine Antwort. Dann wagte er einen weiteren Vorstoß: „Na gut, ich komm einfach auf einen Kaffee in die Gaststube, morgen Nachmittag? Um 3!" Sie nickte. Es war zwar keine gute Idee, denn sie würde genauso wenig Zeit haben wie sonst, aber besser als nichts.

„Was wollte er?", fragte Herta neugierig. „Ach nichts", sagte Marianne, „ein komischer Kerl."

Am nächsten Tag wartete sie ab elf und zählte die Stunden, rechnete die Minuten und Sekunden aus, bis Erwin käme. Sie hatte sich hübsch angezogen, aber nicht zu auffällig. Sogar ein kleines bisschen Lippenstift hatte sie aufgetragen. Den hatte ihr Herta einmal zum Geburtstag geschenkt und sie hatte ihn noch nie verwendet. „Hast dich rausgeputzt heut?", fragte die Mutter, als sie Marianne sah. Sie schämte sich. Schnell wischte sie sich den Lippenstift auf dem Klo wieder ab. Die Zeiger auf der Uhr schlichen. Es dauerte ewig, bis das Mittagessen beendet und alle Tische abgedeckt waren. Es wurde 14 Uhr, 14 Uhr 15, 14 Uhr 30, 14 Uhr 45. Marianne war nervös. Um 15 Uhr kam er. So pünktlich mit dem Schlag der Kirchturmglocke, dass Marianne vermutete, er habe draußen vor der Tür gewartet. Das gefiel ihr, das gefiel ihr sogar sehr. Herta entdeckte Erwin als Erste. Vor ihr konnte man nichts verheimlichen. „Da ist ja dein komischer Kerl.“ Marianne senkte den Blick, nickte und lächelte. Herta sah sich um. „Die Tante ist eh grad nicht da, geh, redet ein bisserl. Zehn Minuten, dann bist wieder da.“ Marianne setzte sich zu Erwin an den Tisch. Das Lokal war wenig besucht. Zum Glück hatte er sich in eine Ecke gesetzt, weiter hinten. Zum Glück waren sie beide so unauffällig, dass sie mit dem Inventar verschmolzen. Ihr Tuscheln, das Flüstern, das Einanderzuwenden blieben den anderen Gästen verborgen. Nach exakt zehn Minuten stand Marianne auf, stellte sich hinter die Theke zu Herta und half ihr, Kaffee zuzubereiten. Ihre Cousine grinste und sah Erwin hinterher, der grußlos die Gaststube verließ. „Ha, du bist ja rot!“, neckte Herta sie und Marianne musste kichern. „Was macht denn dein Herr Verehrer?“, wollte sie wissen, neugierig, wie sie war. „Arbeitet in einer Bank.“

Mittlerweile war es 15 Uhr 25. Marianne hatte einen trockenen Mund und nahm sich ein Glas Wasser. Erwin hatte ihr erzählt, dass er mit Zahlen zu tun hatte, und sie war begeistert. „Na bitte“, meinte Herta. „Dann ist er ja eh eine gute Partie.“ Kokett schwang sie das Tablett mit den vier Kaffeehäferln und den kleinen Milchkännchen in die Luft und flüsterte verschwörerisch: „Ich werde mich übrigens scheiden lassen. Und gleich nochmal heiraten.“ Marianne sah Herta erstaunt nach, die gut gelaunt an einem Tisch stehen blieb und die Tassen abstellte. Dass ihre Cousine von ihrer Ehe und ihrem Mann seit Langem gelangweilt war und im Gwölb arbeitete, um ein bisschen Abwechslung zu haben, war ihr bekannt. Und dass ihr Sohn und sie kaum noch zuhause, sondern bei ihnen im Gasthaus oder bei Hertas Mutter waren, wusste sie ebenso.

Aber dass sie sich scheiden lassen und sogar wieder heiraten wollte, hörte sie heute zum ersten Mal. Wie konnte Herta das tun? Fürchtete sie sich nicht vor dem Gerede der Leute, den Problemen, die sie haben würde? Eine geschiedene Frau, das war genauso schlimm wie ein lediges Kind. Aber Herta hatte schon bei der Geburt ihres Sohnes bewiesen, dass sie sich nicht fürchtete. Sie hatte das Kind bekommen, bevor sie geheiratet hatte. Der Vater war ein stadtbekannter „Weibara", wie Hertas Mutter wütend behauptete, der sie noch während der Schwangerschaft verließ. Zum Glück bewahrte das Erbe ihres Vaters alle vor dem Ruin, vom „Weibara" war nichts zu erwarten. Wie hatte Tante Irmgard geschimpft wegen der Schande, die ihre Tochter über den verstorbenen Vater gebracht hatte. Und wie sehr liebte sie ihren Enkel Bruno, der mit seinem bezaubernden Lächeln alle bezirzte. Auch Marianne und ihre Mutter verehrten dieses ruhige, sanfte Kind.

Herta hatte drei Jahre später trotzdem einen Mann gefunden. Wie froh war Tante Irmgard gewesen, dass der Herr Diplom-Ingenieur ihre Tochter geheiratet und den Enkel aufgenommen hatte. Er war um einiges älter als Herta und nach der Heirat kamen sie nur noch selten ins Gasthaus. Ihr Mann, der Marianne an Hertas Vater erinnerte, kam nie mit. Vor zwei Jahren, genau zwölf Jahre und sieben Monate nach der Hochzeit ,war Herta einfach wieder da gewesen und wollte bei ihnen im Gasthaus arbeiten. „Ich muss ja ein bisserl hinauskommen, sonst geh ich noch ein vor Langeweile", vertraute sie Marianne an und lachte. Und sie war immer öfter aufgetaucht, hatte immer öfter ausgeholfen und ihren Sohn Bruno mitgebracht, der begeistert jeden Raum des Gasthauses erobert und die Gäste zum Lachen gebracht hatte. Aber sie hatte Marianne nicht alles anvertraut. Marianne wusste nicht, wie schlecht es um die Ehe stand und dass sie sich in einen anderen verliebt hatte. Es war wie damals, als sie das Kind bekommen hatte: Erst als der Bauch nicht mehr zu verleugnen war, hatte Herta erzählt, was los war. Die wirklich wichtigen Dinge behielt sie für sich. Diesmal wollte es Marianne genau wissen. „Das erzähl ich dir nach Dienstschluss, der Tante Johanna muss ichs ja auch noch sagen. Und meine Mutti weiß es auch noch nicht." Sie lachte. Dann ging sie schwungvoll zu den Gästen, die gerade angekommen waren. „Was darf ich für Sie tun?", fragte sie bestens gelaunt.

GERTRUD, 1983

„Magst du kosten?“ Natürlich will ich! Schokolade mit Erdbeerfüllung! Voll gut! Die ist nicht so wie sonst, sondern wirklich rot dazwischen. Die Gäste haben so besondere Sachen. Manchmal vergessen sie etwas, wenn sie abfahren. Flüssige Seife zum Beispiel. Ich hab gar nicht gewusst, dass Seife flüssig sein kann! Nicht so wie der gelbe Klumpen bei uns im Bad. Die Oma sagt, die Gäste haben zu viel Geld, weil sonst lässt man seine Sachen nicht einfach da. Der Sommerfrischler gibt mir eine Reihe von der Schokolade. Ich probier ein Stück, nur ein kleines. Es schmeckt anders, schokoladig und trotzdem cremig. Nicht so hart wie unsere Schokolade. Wir bekommen nicht oft was Süßes. Nur Kuchen, der übrig bleibt. Der ist nicht so gut wie die verpackten Sachen. Die haben wir auch, in der Küche oben, aber die sind reserviert für die Gäste. Sogar einen Kaugummiautomaten gibt es. Aber die Oma sagt, der ist auch nur für die. Manchmal drehen der Thomas und ich daran. Aber wenn wir nichts reinstecken, kommt nichts raus. Wenn wir beim Mithelfen ein Trinkgeld verdienen, können wir damit machen, was wir wollen. Und ich hab voll viel Trinkgeld verdient. Am Anfang hab ich es in den Automaten geworfen und gedreht. Aber jetzt spar ich auf einen Fußball. Ich möcht den haben, den der Thomas bekommen hat. Er spielt nie damit. Vielleicht brauch ich gar keinen Fußball kaufen. Ich nehm einfach den vom Thomas. Der Papa hat gesagt, er möcht mit ihm zum Verein gehen. Aber der will gar nicht.

Ich würd sofort. Morgen reist die Familie aus Deutschland wieder ab. Das hat die Mama gesagt. Ich find es schade, die haben Kinder. Mit denen hab ich gespielt und die Buben haben mich sogar mitkicken lassen. Für ein Mädchen bin ich beim Fußball gar nicht so schlecht, haben sie gesagt. Es ist immer lustig, die Zimmer durchzuschauen, wenn die Leute weg sind. Die lassen meistens was da. Einmal haben wir sogar ein volles Packerl Orangensaft gefunden. Noch bevor die Mama es gesehen hat. Das war nicht einmal offen. Es ist gemein, wir haben so viele verschiedene Getränke. Aber nichts dürfen wir davon haben. Die Oma gibt uns manchmal einen Schluck. Nur dann, wenn die Mama nicht herschaut. Dann zwinkert sie. Die Oma ist viel weniger streng. Ich glaub, bei ihr könnten wir jeden Tag Cola haben. Aber die Mama sagt, das sei zu teuer. Dabei ist es so gut. Eiskalt, prickelnd, süßsauer, das schmeckt wie weit weg sein. Wir haben immer nur selber gemachten Ribisel- oder Schwarzbeersaft. Lustig, die anderen Kinder sind neidisch auf uns. Sie glauben, in einem Gasthaus gibt es jeden Tag Cola. Dabei stimmt das gar nicht. Ich nehm mir noch ein Stück Schokolade. Die ist so gut! Die Gäste lachen. „Weißt du was“, sagt der Sommerfrischler. „Ich gebe dir die Tafel.“

„Echt? Alles?“ Der Mann nickt und lacht. Ich schau mich um. Die Oma ist in der Küche und die Mama serviert in der Gaststube. Ich schnapp mir die Schokolade. „Danke“, sag ich und mach einen Knicks. Das hab ich aus dem Märchenbuch, aus dem die Oma uns vorliest. Da machen alle Mädchen ständig einen Knicks. Jetzt tut es mir auch leid, dass ich den Mann am Anfang nicht mögen hab. Aber wenn wer fragt, ob ich ein

Mädchen oder Bub bin – da bin ich wirklich grantig. Nur weil ich kurze Haare hab und das Gewand vom Thomas auftragen muss. Ich möcht gern lange Haare haben. So wie die anderen Mädchen. Aber irgendwie wachsen meine nicht.

Ich geh mit der Schokolade hinauf ins Zimmer und leg sie auf die Fensterbank. „Was ist das?", fragt der Thomas. Der riecht sofort, wenn es was Süßes gibt, sagt die Oma. Und wenn sie das Mittagessen kocht, macht sie ihm Grießschmarrn. Ich ess lieber Schnitzel. Er sitzt auf dem Tisch, eigentlich sollte er Hausaufgaben machen. Aber er hat so einen Experimentierkasten und an dem schraubt und dreht er ständig herum. Ich versteh da gar nichts. Mal leuchtet ein Licht auf, sonst passiert nicht viel. Trotzdem sitzt er am liebsten den ganzen Tag im Zimmer und spielt damit. Wenn die Mama zu viel zu tun hat und nicht aufpasst, geht er gar nicht raus. „Was ist das?", fragt er nochmal. „Erdbeerschokolade." Er kommt her. „Darf ich ein Stück?"

„Von mir aus." Er steckt sich gleich ein großes auf einmal in den Mund. „Hey!", sag ich. Schmatzend sagt er: „Gut! Woher hast du die?"

„Von dem Deutschen."

„Der mit den Schwammerln?"

„Ja." Wir haben die Familie im Wald gesehen, wie sie Eierschwammerl und Parasole gesucht hat. Dabei war Badewetter! Ich versteh das nicht. Wieso macht man so was im Urlaub? Wir müssen Himbeeren sammeln. Ganz schlimm sind Granten und Schwarzbeeren. Im Urlaub muss man baden gehen. Die Sommerfrischler sind überhaupt verrückt, das sagt die Oma immer und die hat recht. Eine andre Familie, die da war, ist wandern gegangen. Freiwillig auf einen Berg gehen? Die Oma hat gemeint, das könnten nur Leute tun, die in ihrem Leben noch nicht weit gehen mussten. Sie ist so viel gegangen, dass ihr die Füße wehtun. Deswegen steht sie jetzt meistens hinter der Schank und wir servieren. Mir tut es leid, dass die Oma so schlechte Füße hat. Wenn ich groß bin, werd ich ihr im Gasthaus helfen. Dann muss sie nicht mehr so viel tun und kann sich ein bisschen ausruhen. Sie hat dann mehr Zeit und kann Radio hören. Ich glaub, sie mag Musik.

„Die fahren heute, die Sommerfrischler mit den Kindern. Ich hoff, die kommen wieder“, sag ich und stopf noch ein Stück Schokolade in den Mund. „Ja, die waren eh lustig“, sagt der Thomas, dabei hat er überhaupt nie mit ihnen gespielt.

„Trudi!“, ruft auf einmal die Oma. „Ja, ich komm schon!“, schrei ich. „Nicht wegessen!“, sag ich noch zum Thomas, zeig auf die Tafel und renn aus dem Zimmer, die Stiegen runter.

„Willst mir helfen?“, fragt die Oma. „Der Hahn muss geschlachtet werden!“ Sie hat ihre Hausschürze an. Grad sind nicht so viele Leute da, das schafft die Mama allein. „Warum?“, frag ich. Der Hahn tut mir leid. Wenn man gerade erst auf die Welt gekommen ist, warum muss man dann gleich wieder sterben? „Die raufen bis aufs Blut. Zwei Hähne, das ist nicht gut“, sagt die Oma. „Da hilft nix.“ Wir spazieren zum Stall. Die Hühner sind die einzigen Tiere, die wir noch haben. Früher hatten wir Schweine, aber daran kann ich mich nicht erinnern. Die Oma hat erzählt, dass es mal Kühe gegeben hat und sogar ein Pferd, aber da war die Mama noch klein. Es ist schade, dass wir die Tiere nicht mehr haben. Aber das ist zu viel Arbeit, sagt die Oma. Sie geht in den Stall, ich muss die Tür zumachen. Die Hühner und die zwei Hähne laufen davon. Wir haben ein Huhn vier Eier ausbrüten lassen. Der Thomas und ich haben so lang gebettelt, bis es die Oma erlaubt hat. Sonst kauft sie die Küken. Es war voll spannend. Da sind kleine Mini-Pippis herausgekommen. Die sind voll schnell gewachsen. Aber leider waren es dann zwei Hähne.

Die Oma versucht, die Hähne zu fangen. Das ist gefährlich, weil sie die Oma anfliegen und picken wollen. Aber dann erwischt sie einen. Sie lässt ihn nicht mehr aus, obwohl er flattert und sie mit seinen Krallen kratzt. Sie hält ihn fest, kommt aus dem Stall und sagt, ich soll ihr den Pflock geben, der neben der Stalltür liegt. Sie drückt den Hahn mit der einen Hand auf den Boden und haut ihm mit der anderen den Pflock auf den Kopf. Ich weiß nicht, wie sie das macht. Die Oma kann das. Die Mama und der Papa können es nicht. Aber die Oma sagt, wer ein Tier nicht erschlagen kann, soll auch keins essen. Dann trennt die Oma dem Hahn den Kopf ab, der zuckt noch. Ich setz mich auf den Schemel und fang an, die Federn auszurupfen. Die Oma sitzt neben mir auf einem Holzstuhl und kontrolliert, ob ich es richtig mach. Nach einiger Zeit bin ich fertig, aber die Oma sagt, ein bisschen genauer muss man es noch machen, und rupft weiter. Ich mag aber nicht mehr. Also hol ich den Ball und schieß gegen die Wand. „Wann ist wieder Schule?“, frag ich die Oma. „In drei Tag.“ Das passt mir gar nicht. Ich spring über den Ball. „Und muss ich wieder hin?“

„Freilich!“ Ich hab überhaupt keine Lust auf Schule. Ruhig sitzen und langweilige Sachen machen. Ich schieß den Ball gegen die Mauer, dass alles wackelt. „Pass auf!“, ruft die Oma. „Sonst bricht der Stadl zamm.“ Aber sie lacht und ich lach auch. „Ferien find ich besser“, sag ich. „Aber in der Schule hast wieder andre Kinder zum Spielen“, antwortet die Oma. Ich sag nichts. Sonst wird die Oma traurig und wütend. Ich hab einmal ein Mädchen eingeladen und die hat dann nicht kommen dürfen, weil ihre Mama gemeint hat, ein Gasthaus sei nichts für Kinder. Die Oma hat sich aufgeregt. Viel mehr als die Mama. Ich weiß nicht, was schlecht am Gasthaus ist. Hier gibt es so viel, was man anschauen und wo man spielen kann. Wir haben den Saal und die Gaststube und die Fremdenzimmer, da kann man super so tun, als wär man Sommerfrischler. Die Oma hat sich richtig geärgert. Die Mama hat gar nichts dazu gesagt. Am liebsten macht sie mit ihren Zahlen herum. „Ich rechne noch schnell was durch“, sagt sie dann. Der Papa geht am liebsten arbeiten in seine Bank. Und wenn er nicht arbeitet, geht er angeln. Dann bringt er Forellen nachhause. Die Oma mag sie nicht kochen. Sie sagt, Fisch ist kein Essen. Also macht die Mama die Forellen. Mir schmecken sie, ehrlich gesagt, auch nicht.

Die Oma ist die Einzige, die zu allem was weiß. Über die Mama von dem Mädchen hat sie auch was gesagt. „Das Luder, früher war sie selber immer da und hat allen schöne Augen gemacht. Und jetzt ists verheiratet und tut als wie die Jungfrau Maria.“ Ich hab nicht verstanden, was die Oma damit gemeint hat, aber sie hat bestimmt recht. Sie ist die Wirtin und die Chefin im Gasthaus. Und Chefin sein ist super.

JOHANNA, 1938

Es war wie eine unausgesprochene geheime Vereinbarung. Der gnädige Herr war früh wach und sobald er sah, dass Johanna Putzdienst hatte, trat er ans Klavier und spielte. In der ersten Zeit nach ihrer Begegnung war Johanna im Zimmer nebenan geblieben und hatte zugehört, sicher wusste er, dass sie da war. Wenn Magda arbeitete, ertönte den ganzen Tag kein Ton aus dem Klavierzimmer. Irgendwann traute sich Johanna dann näher heran, sie ging in den Salon, wo er am Klavier saß. Zuerst wischte sie die Glasvitrine, die sich hinter ihm befand, sodass er sie nicht sehen konnte. Ernst, mit aufrechtem Oberkörper, die Augen auf die Noten gerichtet saß er da. Akkord um Akkord arbeitete Johanna sich vor. Die Musik begleitete sie, während sie die Kästen und Schränke abstaubte, das Porzellan zum Glänzen brachte und das Silber polierte. In ihren Gedanken war sie gar nicht da und putzte, sondern saß selbst am Instrument und spielte. Nie sah er von den Tasten auf, wenn sie kam. Er sagte nichts, ließ sich nicht ablenken, es schien, als wäre auch er in seiner Traumwelt, und sie fragte sich oft, wo die wohl sein mochte. Johanna träumte selbst viel, von ihm und der Musik, jeden Abend lag sie in ihrem Bett und spielte noch einmal alle Stücke durch. Immer öfter hielt sie inne bei ihrer Arbeit, stellte sich hinter ihn und studierte, wie seine Hände über die Tasten glitten, obwohl sie jeden Moment damit rechnete, von der plötzlich auftauchenden Hausherrin verscheucht zu werden. An ihren wenigen freien Tagen blieb Johanna meist im Haus. Die Welt da draußen machte ihr Angst. Sie blieb lieber in ihrem Zimmer und träumte vor sich hin, wie sie Klavier spielte. Nur wenn es unbedingt sein musste und sie eine Besorgung für die Herrschaften zu erledigen hatte, ging sie in die unbekannte Stadt. Die Häuser ängstigten sie genauso wie die rohe Gestalt der Männer und die blassen Gesichter der Frauen auf den Straßen. Im Dorf hatten sie auch ihre Deppen, aber dort hatte sie alle gekannt und keiner erschien ihr so gefährlich zu sein wie die Leute hier. Sie waren angespannt, aggressiv, überall war es laut. Viele redeten und stritten über die Politik. Das sei nichts für Weiber hatte die Mutter immer gesagt und im nächsten Moment über die Bolschewiken geschimpft und sich den Kaiser zurückgewünscht. Wie mutig Magda war, in jeder freien Minute verschwand sie in der Stadt. Abends und oft erst nachts kam sie atemlos und gut gelaunt zurück, erzählte von Kämpfen, Zusammenstößen und Aufmärschen und von feschen jungen Burschen in Uniform, als wäre alles ein Spiel.

Eines nachts kehrte Magda ganz aufgeregt zurück und weckte sie auf. „Stell dir vor, der Jud ist auf und davon, der feige Kerl, aber die andren, die werden alle noch leiden, das sag ich dir, die wird der Hitler schon kriegen. Wahrscheinlich hat der feine Herr dem Jud auch noch geholfen, so verliebt, wie der in den gewesen ist. Deswegen kann seine Frau sich durch die Stadt huren, wie sie will.“ Magda lachte hysterisch und Johanna lachte mit, obwohl sie nicht wusste, weshalb. Über der Stadt schien eine todschwarze Wolke zu hängen wie ein Zelt und alle warteten darauf, dass das Gewitter ausbrach.

Aber was ging sie das an? Nichts. Es hatte sie nicht zu interessieren. Sie musste schauen, dass sie genug zum Leben hatte und für die Familie daheim was übrig blieb. Magda plapperte weiter. Johanna lachte nicht mehr. Es gefiel ihr nicht, wie abschätzig Magda vom gnädigen Herrn sprach. Ja, sie hatte davon gehört, dass Männer und Männer – aber nein, sie wusste genau, dass das eine Lüge war. Wütend fauchte sie Magda an. „Kümmer dich um deinen eigenen Dreck", woraufhin Magda einen Tag lang nicht mehr mit ihr redete.

Am nächsten Morgen putzte Johanna wie üblich und er spielte. Doch es klang anders. Plötzlich waren die Lieder voll von getragenen, traurigen Melodien, der Herr hatte seine Leichtigkeit verloren. Noch immer saß er streng und aufrecht vor den Noten, doch seine Augen waren rot und geschwollen, seine Haut grau und fahl.

Einige Tage später hörte Johanna ihm wieder zu, während sie sauber machte, und plötzlich unterbrach er sein Spiel, mittendrin. Ihr fiel der Putzlappen aus der Hand. Dann sah er sie an. Weinte er? Ein Mann, der weinte? Nein, das gab es nicht! „Setzen Sie sich zu mir", sagte er. Johanna zögerte diesmal nicht, ließ den Lappen liegen und setzte sich neben ihn auf die Bank. „Ich zeige Ihnen die Akkorde. Passen Sie auf." Niemand kam. Am nächsten Tag nicht und am übernächsten auch nicht. Wochenlang erklärte er, übte sie mit ihm, spielte sie. Während sie aufblühte, ihre Augen strahlten, das Gesicht leicht gerötet, blieb er grau und ausdruckslos. Er selbst spielte kaum noch, dafür schaltete er das Radiogerät ein. Die Orchesterklänge drangen in die Ecken und Ritzen der Räume, in denen Johanna den Staub entfernte, erfüllten sie mit einer Erhabenheit. Die Vielfalt der Instrumente, die miteinander spielten und die schönsten Klänge von sich gaben, die sie noch nie gehört hatte. Auch wenn das Radiogerät rauschte, war es so unvorstellbar, wie all diese Menschen gemeinsam Musik machten. Nicht wie die ohrenbetäubend lauten Blaskapellen, die bei ihnen im Ort aufgetreten waren. Ein richtiges Orchester. Ein Wort, bei dem sie Gänsehaut bekam. Johanna wusste, dass das alles nur ein Traum war, der nicht ihr gehörte, dass das Glück nur kurz verweilte, um dann schnell wieder zu verschwinden, sie es nicht verdient hatte, glücklich zu sein, Klavier zu spielen und neben einem verheirateten Mann zu sitzen. Das würde Gott nicht erlauben und selbst wenn, die Mutter würde sie dafür erschlagen. Es war erleichternd, als der Brief kam, der alles beendete, in dem ihre Schwester schrieb, sie möge doch sobald wie möglich nachhause kommen, das Tschoppale sei „nahe dem Tode" und die Mutter brauche ihre Hilfe. „Bitte komm", stand da, „so schnell, wie es geht." Mit dem Schreiben in der Hand klopfte sie beim Chauffeur, der alles für die Herrschaften erledigte, was das Personal betraf, und kündigte mit gesenktem Kopf. Er nickte und fragte nicht weiter.

Drei Tage später fuhr sie allein zum Bahnhof. Ihr Lohn war in einer kleinen Tasche verstaut, die sie in ihren Unterrock genäht hatte. Sie hatte sich von Magda verabschiedet, der Köchin, dem Chauffeur, nur den Herrschaften hatte sie nichts gesagt. Am Tag vor ihrer Abreise hatte sie dem Herrn noch mitteilen wollen, dass sie zurückmusste und wie sehr sie das Spielen vermissen würde – doch sie redeten nicht miteinander, sie spielten nur. Wie hätte sie da etwas sagen sollen? In der Tramway war ihr alles genauso fremd wie am Anfang. Und trotzdem schmerzte es sie, als der Zug aus dem Bahnhof fuhr. Sie machte die Augen zu und rief sich ins Gedächtnis, wie es sich angefühlt hatte: die Finger auf den Tasten des wunderschönen Klaviers.

MARIANNE, 1979

Der Getränkehändler hatte die Preise für Bier angehoben. Wenn sie auf das Schnitzel 50 Groschen draufschlug, würde es sich wieder aufheben. Sie müssten den Umsatz um zwei Prozent erhöhen. Es war später Nachmittag, 15 Uhr 49. Trudi trank an ihrer Brust. Thomas spielte auf dem Boden, bestaunte geduldig einen Würfel. Sie zog das Baby weg und es begann zu brüllen. „Jetzt ist genug!" Marianne war genervt. Sie zog Trudi, die mit ungeschickten, angespuckten Fingern an ihrer Bluse herumtastete, wieder zu sich. „Nein, das geht jetzt nicht mehr, du bist zu groß, jetzt ist bald Schluss", sagte sie bestimmt. Vielleicht war es aber besser, den Gulaschpreis anzuheben statt den Bierpreis. Es war billiger im Einkauf, von den Bestellungen her machte es kaum einen Unterschied, wie sie im Kopf schnell überschlug. Die Gäste würden es verkraften, die Sommerfrischler hatten Geld genug. Sie hatten ihr erzählt, der „Eckwirt" sei das günstigste Lokal der Gegend. Denen taten die 50 Groschen mehr sicher nicht weh, die gaben für ihr Bier auch ohne mit der Wimper zu zucken 10 Schilling aus. Was kümmerten sie da die paar Groschen?

Erwin seufzte, er hatte keine Lust, sich um die Kinder zu kümmern, während seine Frau wieder arbeiten musste, und wollte zu seinen Eltern fahren. Aber genau heute hatte seine Mutter die Grippe erwischt. Marianne gab ihm die Tochter in die Arme, die er widerwillig nahm, und sagte: „Wir haben ja gesagt, es braucht noch Zeit. Bei dir daheim ist nicht genug Platz. Du hast noch nicht so viel Geld, dass wir ausziehen können. Wir haben es doch schon hundertmal durchgerechnet. Wenn dein Gehalt weiter so steigt, dann sind wir in ungefähr fünf Jahren so weit. Und wenn ich nebenbei noch etwas dazuverdiene, geht es schneller. Dann schaffen wir es vielleicht sogar in drei Jahren, wer weiß?“ Sie wusste selbst, dass das alles nur Scheinrechnungen waren, nur darauf ausgerichtet, ihren Mann milde zu stimmen. Sie wollte nicht weg, konnte nicht weg. 16 Uhr 55. Sie musste los, um 17 Uhr war ihr Arbeitsbeginn und sie kam nie zu spät. Warum musste Erwin gerade jetzt mit dieser Sache anfangen? Es stimmte doch, sie hatten es schon hundertmal durchgerechnet. „Marianne“, sagte er und wenn er sie bei ihrem Namen nannte, war es ernst. „Du weißt, ich will nicht in einem Gasthaus wohnen. Außerdem finde ich es nicht gut, dass meine Frau kellnert. Ich verdiene das Geld für uns, du solltest daheim auf die Kinder aufpassen, für uns kochen und nicht andere bedienen. Das ist keine gute Umgebung für die Kinder.“ Marianne band sich die Schürze um. „Ich bin hier auch aufgewachsen. Das war auch meine Umgebung.“

„Ja“, beruhigte er sie. „Aber da ging es nicht anders.“ Sie setzte sich zu ihm, legte die Hand auf sein Knie. „Es geht jetzt auch nicht anders. Es ist doch nur noch für ein paar Jahre. Bis wir genug Geld haben. Ein Haus bauen können. Ohne dass wir uns für immer verschulden. So wie die anderen rundherum.“ Schulden zogen bei Erwin, das wusste sie, und daher verwendete sie das Wort gern und oft, um sich herauszuwinden. Es machte ihn nervös und das kam ihr entgegen. „Ja, natürlich, ich will auch keine Schulden, Schatzi, aber –“ „Sag ich ja. Ich muss jetzt los“, unterbrach sie ihn. Das Kind auf seinem Arm sträubte sich, fing an zu quengeln und zu weinen. Er ließ es hinunter, es war ihm unangenehm, dieses Wesen im Arm, das sich ständig bewegen wollte und nie Ruhe gab. Trudi war anders als ihr älterer Bruder. Quirlig und aufgedreht war sie, in den Nächten wurde sie regelmäßig wach und schrie.

Marianne war müde. Sie arbeitete weniger, seit die Kinder da waren, aber sie musste noch immer regelmäßig aushelfen, vor allem jetzt im Sommer. Dann fuhr Erwin mit dem kleinen Auto, das sie sich geleistet hatten, zu seinen Eltern. Sie kümmerten sich um die Kinder, während er angeln ging. Erst am nächsten Tag kehrten sie zurück. Doch diesmal konnte er wegen seiner kranken Mutter nicht weg – und das trübte seine Laune. „Bald muss ich auch noch die Windeln wechseln oder Wäsche waschen", sagte er verärgert. „Und du bedienst derweil andere Männer." Marianne wusste, dass ihm die vielen Männer egal waren. Erwin war nicht eifersüchtig, er wollte nur „normal" sein. „Ich will ein Haus mit Garten und eine Frau, die auf mich wartet und gekocht hat, wenn ich von der Arbeit heimkomme. So ist es. Aber du gehst arbeiten, wenn ich daheim bin." Er betrachtete Trudi. Sie robbte auf ihren Bruder zu. Mit ihren Händchen patschte sie gegen seine Beine. Thomas schaute kurz auf und konzentrierte sich dann gleich wieder auf seinen Würfel. „Kannst du dich nicht erinnern? Wir haben von einem Haus schon am Anfang geträumt." Marianne nickte, sie wollte ihm nicht widersprechen, obwohl nur er seit jeher von diesem Haus mit Garten geträumt hatte. Sie dachte an Zahlen und wenn sie träumte, dann noch von … Nein, das war jetzt unwichtig. Ein Traum war doch ein Traum, oder? „Und deine Mutter", zeterte Erwin weiter, „die bestimmt. Sogar den Namen für unsere Tochter hat sie ausgesucht. Uns hätte ein anderer besser gefallen. Gib es doch zu. Bloß, weil ihr alles gehört. Ich will etwas Eigenes, in dem ich selbst bestimmen kann." Marianne ließ sich auf keine Diskussion ein. Sie hatte keine Zeit mehr. 16 Uhr 58. „Ja, das werden wir auch haben, aber jetzt geht es nicht." Sie gab ihm und den Kindern einen Kuss und lief die Stiegen hinunter, ignorierte Trudis Protestgeschrei und betrat die Gaststube, wo sie sofort mit einem Tablett in der Hand zu bedienen begann. Anfangs hatte sie gedacht, Erwin sei wie sie, aber im Laufe der Jahre entdeckte sie Seiten an ihm, die ihr fremd waren. Während er gegenüber anderen zurückhaltend war und wenig sprach, schimpfte er sich bei ihr aus. Er erinnerte sie an die dauernd quengelnde Trudi und sie war froh, wenn er in seiner Freizeit zum Angeln verschwand. Wie hatte sie sich so täuschen können? Trotzdem musste sie ihn wieder milde stimmen. Er war nun einmal ihr Mann. Und er hatte auch gute Eigenschaften. Während der Arbeit dachte sie nicht mehr an ihn. Sie kassierte und rechnete in Windeseile Tisch für Tisch ab. Keiner konnte das so schnell und gründlich wie sie. Was sollte die Mutter denn ohne sie machen? Das Geschäft wurde immer komplizierter, die Abrechnungen immer umfangreicher, die Buchhaltung immer aufwendiger.

Als sie um 23 Uhr 42 ins Zimmer kam, schliefen Erwin und die Kinder bereits friedlich, Trudi und Thomas atmeten gleichmäßig in den Gitterbetten, die sie links und rechts neben dem Ehebett aufgestellt hatten. Sie zog sich aus und legte sich zu Erwin. Absichtlich trug sie kein Nachthemd. Nackt schmiegte sie sich an ihn. Er war immer bereit, so wie wahrscheinlich Männer es eben waren, aber was wusste sie schon von Männern? Sie kannte nur ihn. Er zog seine Pyjamahose hinunter und kurz darauf saß sie auf ihm. Sie waren leise, aber leidenschaftlich. Es dauerte nicht lang, bis sie beide schwitzten. Marianne wand und bog sich, krümmte und spannte ihren Rücken, es war unglaublich, zu welchen Verrenkungen ihr gedrungener Körper fähig war, wenn sie mit ihrem Mann ... Am liebsten hätte sie in einem fort geschrien vor Lust. Nachdem sie fertig waren und er bald wieder einschlief, blieb sie wie immer mit offenen Augen liegen, völlig erschöpft, befriedigt und verwundert. Nie hätte sie gedacht, dass es gut war, sich so angenehm anfühlte, dieses „Schnackseln, Nageln, Tupfen" – und wie die derben, hässlichen Wörter sonst noch hießen, die manchmal von den Gästen im Rausch herausgerufen wurden.

Nach all dem, was Frauen in ihrem Umfeld darüber redeten, war es schmerzhaft und erniedrigend. Nicht, dass sie wirklich darüber geredet hätte, vor allem war Herta nicht mehr da, sie wäre die Einzige gewesen, mit der sie es besprochen hätte. Aber was man halt so mitbekam, manchmal, wenn die Illustrierten auf den Tischen lagen und die Frauen miteinander tuschelten. War sie pervers? Marianne hatte lange gar nicht gewusst, dass es da unten etwas gab bei ihr, das war ja alles ekelhaft und grauslich, ein Pfui-Gebiet sozusagen, aus dem Urin und Kot und Blut rauskamen. Das sagte die Mutter immer. Seit der Hochzeit wurde dieses Pfui-Gebiet für Marianne jedoch zu einer Genusszone. Vor einigen Tagen hatten sie es sogar bei Licht gemacht, während die Kinder bei ihrer Mutter waren. Sie konnten alles sehen und selbst das schreckte sie nicht ab, im Gegenteil. Wahrscheinlich war sie wirklich pervers. Zum Glück wusste keiner davon und Erwin würde es nicht weitererzählen.

Marianne musste aufhören daran zu denken und endlich schlafen. Obwohl, da unten regte es sich schon wieder. Sie drehte sich zur Seite, mit dem Rücken zu Erwin. Was war das nur? Bei dem Gedanken wurde Marianne rot. Gleichzeitig fühlte sie, wie sich etwas an ihrem Hinterteil regte.

GERTRUD, 1984

Es gibt eine Carmen, zwei Katharinas, eine Bettina, eine Birgit und eine Petra. Als die Lehrerin meinen Namen vorliest, sagt die Carmen: „So heißt meine Oma!“ Na toll! Ich möcht lieber Monika heißen. Wenn ich spiel, heiß ich so. Ich sag also den Mädchen, dass ich Monika heiß. Und da meckert die eine Katharina, die mit den langen, schönen Haaren schon: „Du heißt aber Gertrud! Man kann sich nicht einfach anders nennen.“ Und ich antworte ihr: „Kann man sehr wohl. Du bist blöd.“ Die Katharina will mich kratzen, bevor ich zu schreien anfang, kommt die Lehrerin und die Katharina behauptet, dass ich lüge. „Ich lüg gar nicht!“, schimpf ich. Aber die Lehrerin glaubt mir nicht. „Du heißt aber Gertrud“, sagt sie, „und lügen ist böse.“ Ich ärger mich. Die Mädchen schauen weg, dann gehen sie auf die andre Seite vom Schulhof und lassen mich allein stehen. Mir sind die Buben sowieso lieber. Die spielen Fußball in der Pause. Ich geh hin. „Darf ich mitspielen?“, frag ich. Einer heißt Mario, er ist in meiner Klasse und spielt im Fußballverein, das weiß ich. Er fängt an zu lachen. „Was, du willst mit uns spielen!“, ruft er und auf einmal fängt der neben ihm auch an zu lachen. „Ich kann gut spielen“, sag ich. Da hört der Mario auf zu lachen. „Du spinnst“, sagt er. Die Buben schauen mich nicht an und spielen einfach weiter. Kein einziges Mal spielen sie den Ball zu mir. Ich bin so wütend, am liebsten möcht ich weinen. Noch lieber möcht ich heim. Da kann ich spielen, was ich will. Vielleicht geh ich einfach. Aber das darf ich nicht. Die Oma hat gesagt, in der Schule muss ich brav sein und folgen. Also folg ich eben und geh wieder in die Klasse. Wir haben ein sehr großes Klassenzimmer und eine grüne Tafel. Mir gefällt sie voll gut, ich möcht gern Bilder mit der Kreide malen. Es gibt sogar eine rote. Daneben hängt noch so ein komischer Teppich, auf den kann man Dinge picken. Buchstaben, Bilder mit Häusern, Tieren, was grad so da ist. Wirklich toll! Es gibt sehr viele besondere Sachen in der Schule. Die sind bestimmt alle teuer. In der Stunde sitz ich neben der Carmen. Sie musste die erste Klasse wiederholen und wohnt bei uns im Dorf. Die kenn ich. Nicht so wie viele andre Kinder in der Schule, die kommen aus der Umgebung. Die Eltern von der Carmen verdreschen sie manchmal. Ihr Brüllen und das Schimpfen von den Eltern sind dann im ganzen Ort zu hören. Die Oma sagt, dass die Carmen sehr arm ist. In der Schule macht sie manchmal Dinge, die man nicht darf. Dann schimpft die Lehrerin. Mit der Carmen schimpfen einfach alle. Auch die anderen Mädchen, trotzdem läuft sie ihnen nach. Ich sitz neben ihr, weil wir waren die Einzigen, die übrig geblieben sind. Die Bettina hat mir später gesagt, sie hat geglaubt, ich bin ein Bub. Deshalb hat sie nicht neben mir sitzen wollen. Dabei hab ich ein Kleid angehabt. Aber sie hat gemeint, das hat man unter dem Tisch nicht sehen können. Jetzt sitzt die Bettina neben der Katharina und beide reden nicht mit mir. „Die spielt eh lieber mit den Buben“, sagt die Katharina, sodass ich es hören kann. Ich zeig ihr einen Vogel. Dann bohr ich in der Nase und sie ruft „Bääh!“ Soll sie, die blöde Kuh. Ich bin froh, dass die Schule zu Mittag aus ist. Dann geh ich zur Oma und erzähl ihr alles. „Die Katharina ist das die vom Fischlbauer?“, will sie wissen. Die Oma kennt alle. „Glaub schon“, sag ich. „Von der brauchst dir nix gefallen lassen, mein Diandle. Der ihr Vater ist immer im Gasthaus gewesen und hat gemeint, dass er seinen Stadl ausbauen wird. Und was war? Verspielt hat er das Geld, beim Tarockieren.“ Verspielt? Egal. Ich mag nicht drüber reden. Mir ist es recht, wenn die Oma die Katharina auch blöd findet. Die Oma und ich sind meistens einer Meinung. Die Mama sagt oft gar nichts. Wenn ich was erzähl, hört sie nicht mal richtig zu, weil sie immer arbeitet. Die Oma sagt, sie hat nur Zahlen im Kopf. Wir sitzen hinter dem Haus auf der Bank vor dem Hühnerstall. Das ist unser Lieblingsplatz. Keiner schaut dorthin, aber wir sehen alles und die Oma sagt, dass die Sonne so schön herscheint. Mich kitzelt die Sonne. Vor mir liegt der Ball, ich dribbel ein bisschen herum, ich kann sogar im Sitzen spielen. Die Buben sind selber schuld, wenn sie mich nicht dabeihaben wollen.

„Keiner will mich“, sag ich. Die Oma schaut mich an. „Armes Diandle“, sagt sie und da tu ich mir selber noch viel mehr leid. „Wirst sehn, dafür wird aus denen allen nix.“ Ich weiß nicht so genau, was die Oma damit meint, weil irgendwie wird ja aus allen was. „Ich werd einmal Wirtin“, sag ich. „So wie du und die Mama. Dann müsst ihr nicht mehr so viel arbeiten.“ Die Oma lächelt und nickt. In dem Moment hört man ein jämmerliches Schreien und Heulen. „Die Carmen wird wieder verdroschen“, flüstert die Oma. „Ich glaub, die ist noch ein ärmeres Diandle als ich“, flüster ich zurück und wieder nickt die Oma. Die Carmen tut mir leid. Trotzdem möcht ich nicht ihre Freundin sein. Am Abend bringt mich die Mama ins Bett. Und ich bericht ihr von der Katharina.

„Trudi-Schatz, das ist doch nicht so wichtig, was die sagt“, meint sie. Aber das beruhigt mich nicht. „Wenn die Katharina nicht mit mir redet, dann reden die andren auch nicht mit mir. Und die Buben lassen mich nicht mitspielen.“ Ich muss fast ein bisschen weinen. „Das ist alles nicht so schlimm“, tröstet mich die Mama. „Das ist schon schlimm“, widersprech ich. „Aber Trudi, du gehst ja nicht in die Schule, um zu spielen, sondern damit du etwas lernst. Bald kannst du rechnen, schreiben und lesen. Und daheim spielst du mit Thomas, so lang du willst.“ Ich seufz. Die Mama kennt sich gar nicht aus. Der Thomas will ja auch nie Fußball spielen, der mag nur irgendwelche Sachen auseinanderbauen. Rechnen, lesen und schreiben sind voll langweilig. Aber das sag ich nicht mehr. Die Oma versteht mich. Sie sagt: „Jetzt lernst du mal und dann sehen wir, was aus dir wird. Vielleicht machst du ja was andres. Wer weiß, womöglich hast du irgendwann Matura!“ Ich hab keine Ahnung, was Matura sein soll. Ich kenn nur Wirtin. „Fußballerin möcht ich werden“, sag ich. Da lacht die Mama. „Das wird nichts werden, Trudi, das gibts nicht. Da musst du dir was andres zum Geldverdienen suchen.“ Ich weiß nicht, warum es das nicht gibt. „Was hast du denn werden wollen?“, frag ich die Mama. „Na ja, ich wollte gern was mit Zahlen und Rechnen machen“, antwortet sie. „Das ist eh super, weil im Gasthaus hast du immer viel zu rechnen.“ Sie lacht noch einmal.

JOHANNA, 1939

„Lasst mich mit!“, schrie das Tschoppale. Es war erstaunlich, das schwache Geschöpf, das kaum gerade gehen konnte, hatte eine gewaltige Stimme. Dieses Organ hatte Johanna immer beeindruckt. Eigentlich hatte es eine schöne Stimme, aber wenn es brüllte, schienen die Wände zu wackeln. „Ich will mit!“, wiederholte es, zwängte sich an der Mutter vorbei, direkt hin zur Eingangstür, wo es der Stiefvater aufhielt. Mit Hilfe der Brüder zerrten sie den Jungen in die Schlafkammer. Obwohl er mager war, konnte er kräftig und zäh sein. Er schrie und heulte, kam ihm wer zu nahe, biss er sogar zu. Selbst die Mutter hatte Tränen in den Augen. Die Männer hielten ihn fest, drückten ihn gegen die Wand und liefen schnell aus dem Zimmer. Das Tschoppale rannte so schnell es konnte hinterher, schmiss sich gegen die Tür, die der Stiefvater und die Brüder gerade noch rechtzeitig schlossen und verriegelten. Sogar eine schwere Truhe stellten sie davor. „Lasst mich mit!“, schrie das Tschoppale. „Hör auf, das geht nicht!“, keuchte die Mutter. Der Stiefvater wischte sich den Schweiß von der Stirn. Sie waren alle angezogen und in ihren besten Kleidern. Johannas Schwester Edith stand da, sie sah aus wie ein unschuldiges Kind im Brautkleid, ein Engel, der zu Boden gefallen war. Selbst sie, das konnte Johanna erkennen, hatte Tränen in den Augen. Das Tschoppale, dieses traurige Kind, rührte sie alle. Bei der Hochzeit in der Kirche waren Ediths Tränen nicht mehr zu sehen. Im Gegenteil, sie strahlte. Schön war sie, groß und wichtig. Johannas jüngere

Schwester, der die Herzen zuflogen und die alles hatte, was man sich nur wünschen konnte. Die Zeremonie war genau so, wie sie sie sich erträumt hatte. Alle Leute waren da, sogar der Gauleiter schaute kurz vorbei. Nur Johanna stand am Rand, noch immer unverheiratet. Warum war nicht sie es, die hier stolz und groß stehen und heiraten durfte? Edith war immer vorbildlich gewesen. Sie hatte alles getan, war sogar Gruppenführerin beim Bund deutscher Mädel gewesen, hatte an Ausflügen, Volkstanzaufführungen und beim Sportprogramm teilgenommen. Nun würde sie ihre Bestimmung erfüllen, sich auf Wichtigeres konzentrieren. Immerhin war sie gut vorbereitet: Nähen, Kochen, Wickeln, alles hatte sie längst gelernt. Wahrscheinlich würde sie dem Führer auch noch mindestens sechs Kinder schenken und dafür als ehrenvolle Mutter ausgezeichnet werden.

Nach der Trauung gingen sie zum „Eckwirt". Dort wurde gesungen, deutsche Lieder, die Johanna alle nicht besonders schön fand. Später trat eine kleine Kapelle auf. Irmgard, die älteste Schwester, tanzte. Sie hatte Herta mitgebracht, die schon laufen konnte. Das Kind. Johanna sah es verstohlen an. Wieder war Herta kräftiger und größer geworden, nichts hatte sie von Johannas feinen Gliedern. Doch das Gesicht erinnerte an ihres, das sagten die Leute. „Ganz die Tante", tönte es von allen Seiten auf der Hochzeitsfeier und Johanna senkte beschämt den Blick. Herta bekam davon nichts mit, sie rannte von einem Tisch zum anderen und streckte stolz ihren Arm nach oben, wie es die Großen taten, was die Gäste zum Lachen veranlasste. Selbst den strengen Bräutigam konnte sie mit ihrem Charme gewinnen, stolz und ernst streckte sie ihm ebenfalls den rechten Arm entgegen, was er mit derselben Geste quittierte. Dann ging das Mädchen weiter, direkt auf Johanna zu. In diesem Moment tauchte der Kindsvater auf, der seine Schwägerin keines Blickes würdigte, das Kind grob hochnahm, das sich wehrte und brüllte, und mit ihm verschwand. Johanna sah ihnen nach, ihr fiel das Tschoppale ein, der Bruder, der keiner sein durfte. Damals war sie aus Wien zurückgekehrt, weil er an einer Lungenentzündung erkrankt war und keiner geglaubt hatte, er würde es überleben. Allein saß er daheim, eingesperrt wie ein Vieh, damit er nicht auf einmal auftauchte und die feine Gesellschaft störte. Er hatte hier auch nichts zu suchen, ein junger Bursche mit verdrehten Beinen und nicht dicht im Kopf, so etwas zeigte man nicht her. Nichts wert sei so jemand, ein Leben in einer Körperhülle, das sagte der Bräutigam damals, als er ihn das erste Mal sah, und Edith widersprach nicht, sondern nickte sogar und auch sonst wagte niemand, dem zukünftigen Bräutigam Paroli zu bieten. Aber Edith würde dafür sorgen, dass dem Tschoppale nichts passierte, ganz bestimmt, jetzt, wo sie mit so einem hohen Offizier von der SS verheiratet war. Johanna saß an der Tafel und blickte zur leicht angetrunkenen Schwester. „Jetzt sind bald alle weg und wir werden die Welt beherrschen", sagte sie und ihre Wangen glühten. „Bald sind wir frei vom Gsindl", stimmte ihr Mann ihr zu, der so wortkarg war. Johanna war erstaunt, wie mutig ihre kleine Schwester sprach. Sie würde bald nach Klagenfurt ziehen, wo bereits Irmgard mit Herta und ihrem Mann lebte. Freilich war Klagenfurt viel kleiner als Wien, aber noch immer groß genug. Und hier wie dort redeten sie über Politik. Wieder dachte sie an das Tschoppale, von dem die Mutter behauptete, es sei ein adoptiertes Kind. Wenn der neue Bräutigam wüsste, dass er die Schwester geheiratet hatte.

Karl, der Wirtssohn, setzte sich zu ihr und unterhielt die Festrunde mit ein paar Witzen. Ihr fiel seine warme, tiefe Stimme auf. Im Männerchor sang er den Bass, früher war er zu den Festtagen aufgetreten und sein Gesang hatte sie berührt. Sie hörte nicht, was er sagte, sie genoss nur den Klang seiner Stimme. Ihr fiel der gnädige Herr in Wien ein. Wie es ihm wohl gehen mochte? Saß er noch immer am Klavier? Hatte die Gestapo ihn verhaftet, weil er sich mit Männern traf? „Was schaust so traurig?“, fragte Karl auf einmal direkt an sie gerichtet, aber so, dass es alle hören konnten. „Wirst schon noch wen finden.“ Am Tisch brach man in johlendes Gelächter aus und Johanna hätte ihm am liebsten das Bier über den Kopf geleert. „Du Lump, hast ja selber keine“, schimpfte sie und erntete noch mehr Gelächter. Karl ließ sich nicht ärgern und lachte fleißig mit. Während der restlichen Feier kam er immer wieder, später sang er mit einigen Kollegen ein paar flotte Lieder, zu denen die Gäste tanzen konnten, obwohl die Nazis diese Musik sonst gar nicht mochten. Johanna bildete sich ein, Karl würde ihr zwischendurch zuzwinkern, aber was man so hörte, war er ein Hallodri und an keiner lang interessiert. Darauf konnte sie sich nicht einlassen. Sie brauchte einen Mann, der sie heiratete und dafür sorgte, dass sie aus dem Haus kam und eine neue Bleibe fand. Warum hatte sie nicht einfach in Wien bleiben können? Johanna vermutete, dass Ediths neuer Mann dahintersteckte. Er schien über alles und jeden Bescheid zu wissen, selbst über die ihr unbekannten Verwandten des Stiefvaters. „Na, jetzt schau nicht so traurig“, sagte Karl mitleidig und setzte sich wieder neben sie.

Wenige Wochen später sprach der Stiefvater Johanna beim Abendessen an. „Der Karl war da“, sagte er. „Was hat er denn wollen?“, fragte sie verwundert. „Dich! Heiraten will er!“ Was für ein dummer Scherz. Sie glaubte ihm nicht. Sie hatte bei der Hochzeit genug Gespött ertragen müssen. Doch der Stiefvater blieb dabei. „Der meints ernst, er kommt, heut noch.“ Als am späten Nachmittag tatsächlich Karl vor der Tür stand, war Johanna überzeugt. Erstmals schaute sie ihn genauer an. „Da ist er, der Bräutigam“, rief die Mutter. Sie hatte sich sogar die Schürze abgenommen. „Setz dich nieder!“, sagte sie und Karl nahm Platz. „Du machst uns a große Freud, nicht wahr, Johanna?“ Sie nickte wie auf Befehl. Ihr Verehrer hatte keinen Bart und sah noch immer einem Lausbuben ähnlich. Früher, als sie noch Kinder waren, war er einer von denen, die den Mädchen an den Zöpfen zogen. Doch diesmal hatte er sein freches Grinsen daheim gelassen. „Ja, wir brauchen wen, der arbeiten kann und auf den wir uns verlassen können, wegen dem Gasthaus“, sagte Karl ernst. Die Mutter nickte energisch. „Arbeiten kann die Johanna gewiss.“ Sie sah die Tochter an, stolz, zärtlich sogar, wie noch nie zuvor. „Die Johanna freut sich eh, sie ist halt eine Gschamige.“ Alle lachten, Johanna wurde rot und keiner wusste, was sagen. Dann ließen die Frauen die Männer in der Stube allein, bis es dämmerte und Karl sich nach ein paar Schnaps mit glasigen Augen zum Aufbruch bereit machte. Sie hatten keinen Strom, es war so ärmlich bei ihnen, dass sich Johanna wieder genierte, als die Mutter Karl mit einem Augenzwinkern zu verstehen gab, er solle noch bleiben: „Gehts hinaus, ein bissal könnts ja noch reden."

Sie gingen vor die Tür und ein Stück den Weg hinunter. Johanna wusste nicht, was sie zu tun hatte. Erwartete er einen Kuss? Musste sie etwas sagen? Auch Karl schien irritiert zu sein, dann hellte sich sein Gesicht auf und er nahm Johannas Hand und erzählte, wie froh er sei, eine geschäftige, anständige Frau gefunden zu haben, die seiner Mutter helfen könne, sobald er eingezogen würde. Johanna kannte seine Mutter kaum, sie wusste nur, dass der Vater bereits verstorben war und Karl das Gasthaus hatte übernehmen müssen. Schwestern hatte er wohl, die aber schon lange nicht mehr da waren. Keine Ahnung hatte sie von diesem Karl, der bald ihr Mann werden sollte. Gesellig war er, das wusste sie, einer, den die Leute mochten. „Ja, ich werd dir helfen", versprach sie schließlich. „Dann könn ma bald heiraten, dann is des auch erledigt", erwiderte er, drückte ihr einen unsicheren, nassen Kuss auf den Mund und stürzte davon. Als Johanna wieder in die Stube ging, saß die Mutter am Tisch und stopfte Socken. Sie lächelte.

MARIANNE, 1955

Muster. Schwarz-weiße Kästchen, geometrische Formen. Pepita. Das war ihr neues Lieblingswort. Herta hatte es ihr verraten. Ein unglaublicher Stoff. Beim längeren Hinschauen wurde einem schwummrig. Pepita, wiederholte Marianne leise. Der Stoff kam von Tante Edith aus Argentinien. Der Mutter gefiel er gar nicht, aber sie hatte daraus einen Polsterüberzug genäht. Eine besondere Baumwolle, hatte die Tante geschrieben. Ein Foto war dabei gewesen: Die Tante mit ihrem Mann und den Kindern, dahinter ein Haus. Das Bild war langweilig, obwohl es vom anderen Ende der Welt gekommen war. Aber der Stoff war viel schöner als dieses Foto mit den unbekannten Leuten. Pepita. Die Mutter mochte Edith nicht. Warum, wusste Marianne nicht. Aber das war ihr egal. Sie bewunderte diese Frau, die so weit weg lebte, allein für diesen Stoff mit den schwarz-weißen Kästchen darauf. Marianne verbrachte den Vormittag damit, das Muster anzuschauen und die Kästchen zu zählen. Immer wieder ordnete es sich neu, ging andere Kombinationen ein, wurde zu einem veränderten Ganzen. Sie war allein in der Stube. Die Brüder waren in der Schule. Die Mutter in der Küche. Sie sollte ihr eigentlich helfen. Aber der Stoff war so faszinierend. Diese Ordnung. Nichts war aus der Reihe.

„Marianne!“, hörte sie die Mutter rufen. Sie rührte sich nicht, machte sich klein. Sie wollte in dem Muster verschwinden. Ein Teil davon werden. „Marianne!“ Die Stimme der Mutter klang ungeduldig. Sie musste hin. Sonst würde ein

Donnerwetter folgen. Enttäuscht legte sie das Polster ins Eck der Stüberlbank und bewunderte es noch beim Hinausgehen, so lang, bis es nicht mehr zu sehen war. „Wo bleibst denn?" Die Mutter kochte eine Suppe, es roch nach Geselchtem und Zwiebeln. Marianne hatte Hunger. Aber für sie gab es noch nichts, die Gäste gingen vor. „Da, du kannst die Töpfe abwaschen", befahl die Mutter und schubste sie zur Abwasch. Immer gab ihr die Mutter etwas zu tun. Jeden Tag neue Aufgaben. Sie sei ja jetzt groß genug, meinte sie. Marianne mochte keine der Aufgaben. Sie hasste es, die Gäste zu bedienen. Sie mochte sie nicht, die Männer, mit ihren rauen, dummen Gesichtern und ihren roten Nasen. Immer machten sie sich über sie lustig, schnitten Grimassen, neckten sie. Wie sehr sie sich dann schämte. In der Küche war es besser. Da hatte sie wenigstens ihre Ruhe. Hier waren keine Männer. Nur die Großmutter, die Mutter ihres verstorbenen Vaters. Die kam ab und zu und half ihr. Diesmal kam die Großmutter nicht. Marianne musste einen Topf nach dem anderen abwaschen. Danach musste sie Teller einräumen. Beim Stapeln fiel ihr auf, wie schön sie sich ergänzten und exakt übereinanderlagen. Das mochte Marianne. Sie stapelte alles Mögliche: Steine, Gläser, Bierdeckel. Stück für Stück genau übereinander. Sie sortierte auch gern. Eigentlich machte sie das lieber als spielen. Einer Stoffpuppe mit wilden gelben Haaren, die ihr die Großmutter geschenkt hatte, machte sie gerade, exakt geflochtene Zöpfe. „Marianne, schlaf nicht, tu weiter!", rief die Mutter. Nie war sie schnell genug. Was konnte sie dafür, sie war noch klein und hatte nicht so große Hände. Sah die Mutter das nicht? Marianne sagte nichts. Sie räumte die Teller schneller ein. Aber dann wurde es nicht so ordentlich. Und das mochte sie nicht.

Marianne sah auf die Uhr. Die Großmutter hatte ihr gezeigt, wann die Zeiger 12 Uhr mittags anzeigten, dass dann der kleine und der große exakt am obersten Strich sein und sich überdecken mussten. Das hatte sie sich gemerkt. Bald würde der Vormittag vorüber sein, der große Zeiger hatte nicht mehr lang, um den kleinen einzuholen, der bald die zwölf erreichen würde. Das war gut, dann würden die Brüder zurück sein und das Schimpfen der Mutter konnte sich besser verteilen. Geteiltes Schimpfen war weniger schlimm, fand Marianne.

Eines war klar, kochen würde sie nie lernen – zumindest nicht von ihrer Mutter. Der fehlte in Mariannes Augen die Genauigkeit: ein paar Erdäpfel und die Zwiebeln fein schneiden. Nicht zu viel Mehl. Würzen nach Geschmack. Was waren das für Angaben? Wie viel waren „ein paar“, was bedeutete „fein schneiden“? Und was „nicht zu viel“? Und welche Menge war „nach Geschmack“? Marianne war noch nicht in der Schule, aber zählen konnte sie schon, warum gab die Mutter keine klaren Anweisungen? All das verwirrte sie. Dabei müsse ein Mädchen kochen können, sagte die Mutter. Die Brüder mussten nicht kochen, aber sie hatten es nicht viel besser. Ihnen blieb die Stallarbeit, sie mussten schleppen, Bierfässer, Erdäpfel- und Mehlsäcke. Immerhin blieb es ihnen erspart, die Leute zu bedienen. Marianne machte es, obwohl sie es nicht ausstehen konnte. Sie tat immer, was ihr aufgetragen wurde, ohne zu murren, wie es die Brüder taten, die am Ende trotzdem nicht auskamen. Vielleicht war sie nicht die Schnellste, aber ganz bestimmt die Gehorsamste. Das lobte die Mutter auch an ihr und darüber freute sie sich, nur war es so schwer, die Erwartungen der Mutter zu erfüllen. Die Großmutter bezeichnete Marianne seit ihrer Geburt als „arms Diandle", nicht wegen dem wenigen Geld, das sie hatten. Es gab Leute im Ort, die viel ärmer waren als sie. Doch ohne Vater, fand die Großmutter, sei ein Kind arm. Der Vater war für Marianne ein fremder Mann auf einem Foto. Sie kannte ihn nicht. Deshalb war er ihr egal. Die Großmutter erzählte oft von ihm. Ihrem Sohn, dem Karli. Wie ähnlich Marianne ihm sah und dass er auch so ein blasses und properes Kind wie sie gewesen sei. Und auch er habe am liebsten das Fettige vom Fleisch gegessen. Wie sie. Ihre Geschichten waren voller Lausbubenstreiche und immer wieder betonte die Großmutter, wie sehr ihr Sohn als Wirt beliebt gewesen sei. „Und dann ist der Krieg gekommen." Damit waren alle Geschichten über den Vater beendet.

Marianne hatte lange geglaubt, der Vater sei im Krieg gestorben. Erst ihre Brüder hatten sie aufgeklärt. „Sonst wärst du nicht auf der Welt." Sie hatte den Zusammenhang nicht verstanden. Sie wusste, dass es einen Mann brauchte, damit ein Kind auf die Welt kommen konnte, aber mehr nicht. „Warum ist er dann gestorben?", hatte sie schüchtern gefragt und die Buben hatten Trinkbewegungen nachgeahmt. „Da hat er ein bisschen zu viel erwischt", hatte Klaus gesagt und Kurt ergänzt: „Gesoffen, bis er tot war." Säufer waren ihr bekannt. Auch August wackelte oft durch die Gaststube. Wenn er gar nicht mehr konnte, warf ihn die Mutter hinaus. Und der Vater war so einer gewesen? Erstaunlich. Das passte gar nicht zu dem Bild, das auf der kleinen Kommode in der Stube stand. Säufer waren aufgedunsen und hatten rote Nasen. Aber der Vater auf dem Bild war schwarz-weiß. Er trug eine Uniform und hatte einen kleinen Oberlippenbart. Der Holzrahmen fasste ihn ein, als wäre er ein Heiliger. „Jetzt ist er im Himmel und wartet auf sein Muattale“, war einer von Großmutters Standardsätzen, „aber nimmer lang, bald bin ich bei ihm.“

„Oma, vorher bleibst noch ein bisschen bei mir“, fügte Marianne dann schnell hinzu. Das freute die Großmutter und sie lächelte, dass man ihre Zähne sehen konnte. Obwohl sie schon uralt war, mindestens siebzig, hatte sie noch ein Gebiss wie eine junge Frau. „Sind noch alle da?“, fragte die Großmutter und Marianne durfte kontrollieren, ob nicht doch einer ausgefallen war. Marianne zählte. „Alle da“, stellte sie fest und die beiden lachten.

Mit der Großmutter konnte sie lustige Spiele spielen. Häuser aus den Bierdeckeln bauen. Nachzählen, wie viele Gläser sie hatten. Nein, die Großmutter durfte noch nicht sterben. Marianne hatte sie am liebsten von allen. Die Brüder waren zu grob, die Mutter hatte zu wenig Zeit. Nur die Großmutter übersah sie nicht. Selbst die Mutter stolperte über Marianne, wenn diese in einer Ecke vor sich hin träumte, und die Brüder überrannten sie, als wäre sie nicht da. Die erwachsenen Gäste nahmen sie auch kaum wahr, und wenn doch, hatten sie nur derbe Witze für sie übrig. Sobald andere Kinder ins Gasthaus kamen, verkroch Marianne sich, machte sich noch kleiner und unauffälliger. Heimlich beobachtete sie die Kinder. Die Einzige, vor der Marianne sich nicht versteckte, war Herta.

Wobei sie kein Kind mehr war. Herta würde in einem Jahr sogar Matura auf der Haushaltsschule machen und träumte davon, Sängerin zu werden. Herta, da war Marianne überzeugt, schaffte alles. Sie hatte viel Kraft. Selbst die Buben waren nicht mehr so wild, wenn sie in der Nähe war. Sobald sie sich mit ihren Holzgewehren näherten, schoss Herta mit einem noch viel größeren zurück. Sie verteidigte die kleine Cousine. Das machte Marianne stolz, was für eine Ehre, eine große Freundin und Beschützerin zu haben. Mit Herta war sie viel stärker. Marianne hörte aufmerksam zu, wenn sie Geschichten von Burschen erzählte, die ihr alle möglichen Geschenke machten und von denen sie keinen erhörte, und wenn sie von ihrer Zukunft als Sängerin sprach und dabei mit dem glitzernden Goldkettchen spielte. Marianne wollte keine Sängerin werden. Sie wollte ordnen, einräumen, zählen. Sie freute sich auf die Schule, obwohl die Brüder nur darüber schimpften. „Noch ein Jahr, dann komm ich in die Schule“, erzählte sie der Großmutter, die seufzte. „Mein Gott, arms Diandle, wie die Zeit vergeht. Nimmer lang, dann bin ich bei ihm.“ Drei Monate später war sie tot.

GERTRUD, 1994

Sicher nicht Chinesisch. Wer will Hundefutter essen? Das hab ich gleich mal klargestellt. Jetzt sitzen wir wieder in der Pizzeria. Nicht so cool diesmal, ich kann den Eingang nicht sehen und muss den Kopf verdrehen. „Wartest du auf jemanden?“, fragt der Papa. „Nein.“ Ich verschränk die Arme und lehn mich zurück. Wie kann der nicht mitbekommen, dass ich stinkbeleidigt bin? Ich sag kein Wort und antwort total frech. Ist ihm egal. Er ist freundlich, fragt nach, ob es in der Schule etwas gibt, was ich sonst so mach. „Nichts. Und du?“ In Wahrheit interessiere ich ihn nicht. Die Mama hat er auch nie wirklich beachtet. Sonst hätte er sie nämlich sicher nicht verlassen. Auf die roten Haare hat er auch nicht richtig reagiert. „Oh, sehr rot“, das war alles. Nur den Erwachsenen, die vorbeigehen und mich anstarren, wirft er so einen komischen Blick zu, so einen „Was soll ich machen, Jugendliche, die spinnen halt“-Blick. Voll feig, überhaupt kein Kämpfer. Und die Mama lässt er sitzen. Wurscht sind wir ihm, der Thomas interessiert ihn auch nicht wirklich, nur merkt der das nicht. Aber mich kann der Papa nicht verarschen. Er tut nur so, als würd ihm was an uns liegen. Aber das stimmt gar nicht. Der Thomas erzählt dem Papa lang und breit von seinem komischen Projekt an der Uni. Ich hab schon lang keinen Plan mehr, wovon der redet. Und der Papa bestimmt auch nicht. Aber der nickt brav vor sich hin und stellt manchmal zwischenrein Fragen, als hätt er irgendeine Ahnung. Wie sie da so nebeneinandersitzen, der Papa und der Thomas, sind sie sich eigentlich ähnlich, reden nur von ihrem eigenen Zeug und sind null an irgendwas außerhalb ihrer Welt interessiert. Der eine nur von Computern, der andre nur von Geld. Keinen Bock drauf. Nie mehr werd ich mitgehen. Ich wollt ja heut auch nicht. Aber sie haben mich überredet. Wenigstens gibt es hier Pizza und nicht wieder so ein Gasthaus-Restezeugs, das die Mama immer am Ruhetag kocht. Reisfleisch zum Beispiel. Als Kind war das meine Lieblingsspeise, das muss man sich mal vorstellen. Wenn ich das jetzt sehe, kotz, würg, wäh!

Ich will eine Salamipizza, auch wenn die fettig ist und ich Vegetarierin sein will, so wie die Barbara. Tiere verspeisen, das ist echt das Letzte. Die Barbara hat ihren Rucksack voll mit Anti-Fleisch-Stickern, grausige, aber nur so was macht Eindruck. Ein paar hat sie aus Amerika mitgebracht und die sind überhaupt super, auf Englisch, das hat echt keiner sonst. Nur ohne Salami ist die Pizza so fad. „Eine Salamipizza, bitte", sag ich also dem Kellner. Immerhin unterbricht der das Gerede von Papa und Thomas. Ob der aus Italien ist? Er sieht nicht italienisch aus, aber er hat einen Akzent. Er schreibt auch die Bestellungen vom Thomas und Papa auf und geht wieder. Der Thomas fängt gleich wieder an zu reden, der ist wie ein Computer. Er ist ein Computer. Na gut, soll er halt schwafeln. Ich kontrollier lieber nochmal, ob nicht doch wer hereingekommen ist. Nichts. Ich seh mich im Lokal um. Würd man unser Gasthaus auch so streichen, säh es freundlicher aus. Aber das reicht leider nicht. Da ist dann noch der Boden. Die Decke. Die Theke. Das ist alles hinüber und von gestern. Warum können wir keine Pizzeria haben? Warum kann die

Oma nicht endlich dieses uralte, grausliche Gasthaus schließen und zu etwas Neuem umbauen? Warum kann kein Feuer ausbrechen und das Haus niederbrennen? Dann wär es endlich weg und wir könnten neu anfangen, die Mama und ich, in einer kleinen Wohnung in der Stadt, ohne Gemüsegarten und so Zeug. Wer braucht das? Niemand. Die andren fliegen nach Amerika und haben Pickerl, auf denen steht: *Kill yourself before you kill.* Und ich? Ich muss Reisfleisch essen.

„Signorina, einmal Pizza Salami“, sagt der Kellner und stellt den heißen Teller vor mir ab. „Sieht gut aus“, meint der Papa. Er isst diesmal Spaghetti Carbonara. Der Thomas eine Pizza mit Schinken. Beim Essen hört der Thomas endlich auf zu reden. Obwohl er ja nicht isst. Er frisst wie ein Schwein. Als würd er gleich verhungern, dabei hat er heut früh zwei Marmeladensemmeln, fingerdick mit Butter drauf, verdrückt.

„Kannst du aufhören? Das ist echt eklig, wie du das in dich hineinstopfst!“, zisch ich ihm zu. Der Thomas schaut mich an, mit so Kuhaugen. „Setz dich halt auf einen anderen Platz, wenns dir nicht passt“, antwortet er genervt. Dieser blöde Trottel, was glaubt der Idiot, wer er ist? Ich steh auf und nehm den Teller, die können mich alle mal, diese zwei Arschlöcher! Der Papa hebt seine Hand. „Kommt, Kinder, beruhigt euch, es ist ja nichts passiert. Setz dich wieder hin, bitte, Trudi! Thomas, komm, hört auf zu streiten!“ Trudi? Ich bekomm gleich einen Anfall und bleib stehen. „Ich setz mich gern woandershin. Und was der Thomas da erzählt, interessiert mich einen Dreck.“ Ich merk genau, dass sich der Papa umschaut, ob eh niemand was mitkriegt. Ein paar Leute, zwei Tische weiter, sehen schon zu uns herüber. Als wär das wichtig. Mir ist völlig wurscht, was andre denken! „Von mir aus kannst du gern woanders sitzen“, stichelt der Thomas mit vollem Mund. „Jetzt beruhigt euch!“, fleht der Papa uns an. Aber der kann mich mal, die Mama hat er auch im Stich gelassen und jetzt glaubt er, mit hin und wieder essen gehen ist die Welt in Ordnung. Ich setz mich an einen andren Tisch und ess dort weiter. Platz ist eh genug. Der Kellner kommt und sieht mich verwirrt an. „Ich hab mich umgesetzt“, sag ich ruhig. „Aha.“ Er wendet sich an den Papa, der auch nur mit der Schulter zuckt und wieder seinen „Jugendliche eben. Da kann man nichts machen“- Blick aufsetzt. Der kann mich mal! Und der Thomas kann mich mal! Ich ess die Pizza absichtlich langsam. „Komm doch wieder her“, bittet der Papa zweimal. Ich tu so, als hätt ich nichts gehört. Erst als der Thomas seinen letzten Bissen verdrückt hat, wechsel ich wieder zurück an ihren Tisch und tu so, als ob nichts gewesen wär. So ist es cool. Ich hab es durchgezogen und Haltung gezeigt! Ich lass mir nichts mehr gefallen und einreden. Ich bin keine, die nur herumsitzt und wartet. Ich tu was! Nicht wie die Mama und der Papa mit ihrem „Es ist, wie es ist“-Gerede. Das ist ein Scheiß, nichts muss sein, wie es ist, alles kann man ändern!

„Willkommen zurück“, sagt der Thomas blöd und grinst. Ich antwort nicht, bestimmt lass ich mich nicht provozieren. „Okay, können wir uns alle bitte wieder vertragen? Wir wollen doch einen schönen gemeinsamen Tag verbringen“, versucht der Papa die Lage zu beruhigen. Sofort bin ich wieder auf hundertachtzig. Wir wollen? Wer wir? Ich will gar nichts. Von mir aus kann er mit seinem gemeinsamen Tag scheißen gehen. „Wieso denn? Es gibt doch genug, worüber wir streiten können, oder?", stichelt der Thomas. Ich lass meine Augen zornig funkeln. So steht es immer in den Büchern und es klingt gut, obwohl ich keine Ahnung hab, ob es funktioniert. Vor dem Spiegel hat es noch nie geklappt. „Aber nein, das stimmt doch gar nicht. Wir streiten nicht", entscheidet der Papa. Wie bitte? War der woanders? Hat er nicht mitbekommen, dass ich an einem andren Tisch gesessen bin? „Doch. Wir streiten!", ruf ich laut. „Was ist das denn sonst?" Der Thomas lacht. „So, jetzt ist einmal gut", sagt der Papa dazwischen. „Wer möchte noch Tiramisu? Oder Profiteroles?" Wollen die mich gerade komplett verarschen? „Ich brauch keine Nachspeise. Und die Schmatzerei brauch ich auch nicht. Von mir aus können wir das alles sein lassen! Es interessiert sich eh keiner für den andren. Oder glaubst du, dass deine Laberei über Computer irgendwen juckt?" Der Thomas zuckt mit den Schultern. „Ist mir egal."

„Oh doch, natürlich interessiert es mich. Mich interessiert alles, was ihr tut! Ich bin doch euer Vater."

„So ein Blödsinn, du weißt ja nicht einmal, neben wem ich in der Schule sitz!", sag ich.

„Und weißt du die Namen von Papas Kollegen?", verteidigt der Thomas ihn und schaut mich mit gerunzelter Stirn neunmalklug an. „Nein, die sind mir genauso wurscht wie ich euch!" Jetzt reichts. Ich steh auf und renn raus. Sehr dramatisch, ein schöner Abgang, richtig wie eine Kriegerin. Blöd ist nur, dass es draußen ziemlich kalt ist und nieselt und ich meine Jacke drinnen liegen lassen hab. Ich wart. Der Papa wird sicher kommen. Aber nichts tut sich. Wollen die mich echt da draußen stehen lassen?

Dann: bitte sehr. Wenn ich mich verkühl, ist es nicht meine Schuld. Versäum ich eben die Englischschularbeit.

Die Tür geht auf. Na endlich. Aber es ist weder der Thomas noch der Papa. Die Leute, das zwei Tische weiter weg saßen, gehen an mir vorbei. Sie betrachten meine Haare. „Das ist ja einmal ein Rot", sagt einer. Ich sag nichts, schau nur böse. Warum können die Leute einen nicht in Ruhe lassen? Ich wart. Nichts. Also stell ich mir vor, dass der Martin kommt und mich anlächelt. Vielleicht ist es gar nicht so schlecht, dass der Papa und der Thomas drinnen bleiben. Wenn er echt auftauchen würd, wär ich hier allein. Wer weiß, vielleicht würd er sogar „Hallo" sagen und wir würden ins Reden kommen. Er würd fragen, wie ich so eine geile Haarfarbe hinbekommen hab, und ich würd sagen, dass das bei seinen blonden Dreads sicher auch geht, ich könnt ihm zeigen, wie. Ich spiel mit dem Fuß mit einer Kastanienschale, die am Boden liegt. Mir ist kalt und langweilig. Schade, dass kein Ball da ist. Also gut, dann geh ich eben wieder rein. Die beiden sitzen am Tisch, der Papa winkt peinlich. Ich setz mich so würdevoll wie möglich und wart auf eine dumme Bemerkung vom Thomas. Aber der hält zur Abwechslung mal die Klappe. Dafür steht ein Stück Tiramisu vor mir. „Ich weiß ja, wie gern du Süßes magst", sagt der Papa. Nachdem wir fertig sind und der Papa bezahlt hat, spazieren wir zu seiner Wohnung. Diesmal geh ich neben ihm, sonst kommt er womöglich wieder auf die Idee, über den Platz „Trudi" zu rufen. Bei einer Anschlagtafel bleib ich stehen, darauf sind A3-Plakate: Hendlschmaus, Konzertabende, Volksfeste. Und mittendrin ein weißes Plakat, drauf ein Typ, der headbangt. „Grunge-Party“ steht quer drüber. „Was ist das?“, fragt der Papa. „Da gehen wir heut hin“, antwortet der Thomas. „Was? Das fängt doch erst um 20 Uhr an.“ Der Thomas grinst. „Das ist ja kein Kindergeburtstag!“, sag ich. Der hat echt keine Ahnung, wie alt wir sind, glaub ich.

Der Papa sieht sich das Plakat genauer an. „Grunge-Party“, liest er vor, wobei er „Grunge“ nicht englisch ausspricht. „Was ist das?“ Ich verdreh die Augen, als ob ihn das interessiert. „Grunge ist eine Musikrichtung.“

„Ach so. Und was passiert da?“ Der Thomas deutet mit dem Kopf auf das Plakat. „Da legen ein paar Typen mit langen Haaren CDs auf und die Mädels himmeln sie an.“ Jetzt lächelt auch der Papa. „Verstehe. Aber du nimmst Trudi – ich meine Geri – mit, oder Thomas? Und ihr seid um zehn zuhause.“ Okay, jetzt wird es lächerlich. Bis jetzt hat der Papa sich nicht drum gekümmert, wann wir nachhause kommen. Und kaum ist er getrennt, tut er so, als wär das seine Angelegenheit. Sogar der Thomas lacht. „Ja, sicher. So wie immer.“

Ich freu mich auf die Party. Was ich anzieh, weiß ich auch. Zum Glück sind die Zeiten mit diesem Markenscheiß vorbei. Diese schweineteuren Burlington-Socken und die hässlichen Blue-System-Pullover, die ich nie bekommen hab. Der Thomas zeigt auf ein Plakat, das weiter unten hängt. „Da, schau, da geh ich hin.“ Auf dem A3-Anschlag steht eine Konzertankündigung, eine Schwarz-Weiß-Abbildung einer Band, wie es aussieht. „Blumfeld“, les ich laut vor. „Was ist das denn? Klingt voll uncool.“ Erst jetzt entdeck ich den Namen des Lokals, wo das Konzert stattfinden soll. Gut, das ist nicht uncool. „Das ist in Klagenfurt!“, sagt der Papa.

„Ja und? Ich kann fahren."

„Aber du trinkst nichts!" Der Thomas lacht. „Nein. Natürlich nicht."

„Kann ich mitkommen?", frag ich und der Thomas zuckt mit den Schultern. „Das ist unter der Woche!", ruft der Papa entsetzt. „Das ist ein Freitag. Das ist so gut wie Wochenende", entgegne ich. „Du hast Schule am Samstag!"

„Vier Stunden. Das ist nichts." Also so geht das jetzt echt nicht weiter, ich werd nicht noch anfangen, mich gegenüber dem Papa zu rechtfertigen. Das geht ihn gar nichts an, wär er nicht ausgezogen, selber schuld. „Ach Papa, sei nicht so", sagt der Thomas. „Es ist so oder so zum Einschlafen in der Schule." Ich schau den Thomas an. Mit einem Mal ist alles von vorhin vergeben und vergessen. Der Thomas schmatzt vielleicht elendig und ist schlecht angezogen, aber wenns ans Eingemachte geht, ist auf ihn Verlass. „Also ich find es nicht gut", meint der Papa. Aber er gibt sich geschlagen, das weiß ich sofort. Früher hat er auch manchmal so Anwandlungen gehabt und geglaubt, er müsse sich in die Erziehung einmischen. Das ist schon damals ins Nichts gelaufen, weil ihn keiner ernst genommen hat, nicht einmal die Oma hat davon Notiz genommen und ihn einfach ignoriert.

„Was ist Blumfeld für Musik?", frag ich den Thomas. „Deutsche Band. Gute Texte. Kann dir eine CD vorspielen. Hat mir Hans gegeben." Sie gehen weiter. „Auf Deutsch? So wie die Fantastischen Vier?"

„Kein Hip-Hop. Obwohl da gibts auch eine Band, solltest dir anhören. Österreichisch. Schönheitsfehler."

Was ist jetzt passiert? Gibt mir da mein Bruder, der keine

Ahnung hat von Musik und noch immer ausschaut wie ein Bauernprolo aus dem letzten Kaff, Tipps, was ich hören soll? Hat der wirklich noch andre Sachen im Kopf außer seinen Computer? Wir gehen den Hauptplatz entlang. „Sie wollen da eine Fußgängerzone draus machen", erzählt der Papa. „Aber ich frage mich, wie die Leute dann ihre Einkäufe zum Auto bringen sollen. Sicher ein Problem für die Innenstadt." Mich interessieren die Einkäufer nicht. „Die sollen ihre Sackerl halt tragen. Dann ist wenigstens mehr Platz zum Gehen und man muss nicht ständig ausweichen." Ich schau mich um, aber es ist niemand da. Die Stadt ist wie ausgestorben. Bald ist das alles sowieso vorbei. Diese ausgestorbene Stadt und dieses alte, ungemütliche Haus, die Oma, die Schule, losziehen, abhauen, alles hinter mir lassen und vergessen, das Gasthaus mit dem Biergeruch, die Autos, die immer vorbeifahren und nicht stehen bleiben, Radio Kärnten, das die Oma immer hört, und die vielen Nachmittage, an denen ich aus dem Fenster schau und nichts passiert.

Ich werd in Wien in einer WG leben, logisch, mit der Kathi und der Barbara, das ist alles schon fix ausgemacht, jede von uns hat ein Zimmer und dazu eine gemeinsame Küche, Fernsehnachmittage, Ausschlafvormittage, nächtelanges Ausgehen und nie die Frage „Wann kommst du nachhause?". U-Bahn fahren und Lokale besuchen, die ich nur aus Erzählungen kenn, die nach Großstadt und weiter Welt klingen, wie ein Gedicht. Arena, Flex, Szene. Nix mehr mit „Eckwirt". Dorf. Oma. „Trudi!", ruft der Papa plötzlich. Ich merk erst jetzt, dass ich an der Tür vorbeigelaufen bin. „Kannst du endlich aufhören, mich so zu nennen?"

„Entschuldigung, für mich ist das schwierig, ich habe immer Trudi zu dir gesagt und finde es schön."

„Ich aber nicht!" Soll er sich halt umgewöhnen! Ich muss auch immer was Neues lernen, wieso soll er das nicht können? Der Papa sperrt auf, ich geh die Stufen rauf, stapf ihm hinterher. Dann öffnet er die Wohnungstür. Als Erstes fällt mir ein Hemd auf, das an einer Schranktür hängt. Es ist rosarot. ROSAROT! Wer bitte zieht ein rosarotes Hemd an? Mir fällt *Der bewegte Mann* ein, den wir im Kino angeschaut haben. Muss mich setzen, mir ist schwindlig. Ich hab ihn heute ganz ernst fragen wollen, warum er sich von der Mama getrennt hat. Jetzt will ich das nicht mehr. Die Antwort hängt da an der Schranktür. Sie ist rosarot.

JOHANNA, 1949

Sie war entsetzt. Wie hatte das nur passieren können? Karl saß stumm vor seinem Bier. Wäre er nur nie zurückgekehrt, es wäre leichter und besser für alle gewesen, für ihn besonders. Johanna erschrak. Das durfte sie nicht denken, er war ja schließlich ihr Mann. Aber sie konnte nicht anders. Er saß am Tisch, starrte auf die Zeitung, seit Stunden auf dieselbe Seite. Vielleicht sah er sie gar nicht mehr, hatte längst die Augen geschlossen und war mitten am Nachmittag eingeschlafen. Sein Bier war fast leer, bald würde er den letzten Schluck trinken, während sie die Gäste bediente, sich um den Hof kümmerte und die Kinder versorgte. Er rief nach ihr. „Johanna!" Sie brachte ihm ein neues. Er bedankte sich nicht, setzte an. Seine Wangen waren eingefallen, noch immer sah er mager und knochig aus, obwohl sie dafür sorgte, dass er genug aß, die fettigsten Sachen servierte sie ihm, aber er nahm einfach nicht zu, ernährte sich vor allem flüssig. Klaus und Kurt rannten herum. „Wir haben Schwammerl gefunden, schau!", riefen die Buben durch das Gastzimmer. „Seids gefälligst leise!", brüllte der Vater zurück. Gekränkt und Grimassen hinter ihm schneidend flohen sie schnell in die Küche, um der Mutter die Schätze zu zeigen.

Ihr Busen spannte. Sie war unkonzentriert und schlecht gelaunt. Abends konnte sie die Gäste kaum noch bedienen und freute sich auf die Sperrstunde. Karl fiel das nicht auf. Er war zu nichts mehr zu gebrauchen. Dabei waren sie alle froh gewesen, als er zurückgekehrt war, lebend. Nichts fehlte ihm äußerlich, aber, wie sich bald herausstellte, alles innerlich. Früher war er redselig gewesen, hatte die Gäste unterhalten und geholfen, wo es ging. Jetzt war er ein Griesgram geworden, ein Säufer, der stumm in seiner Ecke saß. Freilich hatte er Schlimmes im Krieg und der Gefangenschaft erlebt, aber was half es denn, fragte sich Johanna. Sie alle hatten gelitten und entbehrt, ihre Verluste gehabt, nicht mehr weitergewusst. Manche waren noch nicht und viele gar nicht mehr da, die lagen irgendwo vergraben.

Das Tschoppale, dachte sie. Wie ihr das Tschoppale noch immer fehlte, diese erbärmliche Kreatur, die sie weit mehr vermisste als die eigene Mutter, die kurz danach verstorben war. Nie würde sie ihrer Schwester Edith verzeihen, dass sie ihn nicht hatte schützen können. Warum hatte sie den SSler geheiratet? Sie waren sich alle sicher gewesen, dass er das Tschoppale beschützen würde, dass es dank ihm nicht in Gefahr wäre. Doch dann war eine Ärztekommission da gewesen und einige Tage später brachte man ihn in die Schwachsinnigenanstalt, aus der er nicht zurückkehrte. Wie hatte das passieren können? Das Tschoppale, das sogar die schwere Lungenentzündung überlebt hatte? Wahrscheinlich habe ihn jemand aus dem Ort verraten, hatte die Mutter vermutet. Jemand hatte Unheil bringen wollen – und das Tschoppale dafür bezahlen müssen. Und ihre Schwester? Die war mit ihrem Mann nach Argentinien geflüchtet, so wie die anderen vor ihnen, wahrscheinlich waren sie jetzt irgendwo alle gemeinsam. Sie wischte sich die Tränen weg. Es half nichts, da musste man eben durch. Das Leben war so, Hauptsache, sie hatten zu essen, zu trinken, ein Dach über dem Kopf und noch alle Gliedmaßen. „Ein Bier", rief ein Mann. Das Geschäft lief nicht schlecht, die Männer kamen zum Kartenspielen, zum Trinken und zum Vergessen.

Sie hatten das Bild abgehängt. Wo früher der Hitler hing, in der Gaststube über allen wachend, war jetzt wieder die nackte Wand zu sehen. Von irgendwem würde dann wieder das Bild oben hängen, wer wusste schon, wer es sein würde, und was spielte es für eine Rolle für die Leute, die hier unter den Augen von da oben sitzen mussten? Sie sah hinauf zu dem weißen Fleck, den das Führerbild hinterlassen hatte, und alle taten so, als hätte es dort nie ein Führerbild gegeben. Johanna hatte keine Zeit, darüber nachzudenken. Sie war ständig auf den Beinen. Bis zur Niederkunft würde sie durchhalten müssen. Sie rechnete nach, im Jänner würde das Kind kommen, da fingen gerade die Feiern an, die Hochzeiten, vielleicht ein Kirtag, da war ein Säugling eigentlich nicht zu gebrauchen. Sie ging in die Küche, in der die Schwiegermutter in einem großen Kupfertopf die Suppe kochte. Das Ende des Krieges hatte sie zu einer alten, gebrechlichen Frau werden lassen. Sie hatte keine Kraft mehr und wenn sie den Sohn ansah, trübte sich ihr Gemüt noch mehr. Dabei hatte sie sich den Krieg wirklich gut gehalten und die Hoffnung nicht aufgegeben, gemeinsam mit Johanna hatte sie sogar die Gaststube hergerichtet, alles hatten sie allein gemacht, die Frauen, und gehofft und gewartet, dass er zurückkam. Karls Zustand hatte zumindest einen Vorteil: Er ließ Johanna mittlerweile meist in Ruhe. Nach dem Krieg wollte er nicht mehr und sie war froh, dass wenigstens das vorüber war. Nur das eine Mal war es über ihn gekommen und das hatte gereicht. Wir Weiber, das hatte schon die Mutter gesagt, wir müssen nur leiden. „Gib dem Karli nichts mehr zum Trinken“, schärfte die Schwiegermutter Johanna ein. „Der hat genug.“ Sie nickte, ging hinaus und brachte den Männern die Suppe. Sie würde einfach warten, was passierte, jetzt konnte man ohnehin nichts machen. Schonen konnte sie sich bestimmt nicht. Vielleicht sorgte sie sich umsonst, sie hatte oft gehört, dass die Kinder dann doch nicht kamen, Edith war das einmal passiert. Trotzdem hatte sie ihrem Mann vier Kinder geschenkt – oder dem Führer, wie sie damals meinte. Jetzt waren sie alle weit weg, dass Johanna lang auf der Landkarte suchen musste, bis sie die Gegend fand.

„Gut, dass sie weggegangen sind, da kann ihnen nichts passieren. Die Sprache werden sie schon lernen“, hatte die Mutter damals gesagt und Johanna hatte sich weggedreht. Die Tochter, die ihre Heimat, ihre Mutter und ihre Geschwister verlassen, dem Tschoppale nicht geholfen und nichts zurückgelassen hatte, war noch immer mehr wert als sie. Aber wen kümmerte das, jetzt, wo die Mutter tot war.

„Johanna“, rief Karl. Er saß wieder vor einem leeren Glas. Rote Äderchen durchzogen seine Haut, er sah mindestens zehn Jahre älter aus, als er war, und wenn er so weitersoff, würde er die nächsten zehn Jahre nicht mehr überleben. Sie ging zu seinem Tisch, nahm das Glas, füllte es an der Theke erneut auf und stellte es ihm wieder hin. „Wohl bekomms.“

MARIANNE, 1957

Marianne hatte ihre Hand immer oben. Meistens, bevor der Lehrer die Frage stellte. Trotzdem nahm er sie oft nicht dran. Warum? Sonst zeigte doch keiner auf. Manchmal beantwortete er seine Frage dann sogar selbst. Der Lehrer war nicht besonders groß. Ein Mann mit einer runden Brille, er sprach leise und zurückhaltend, sie hatten oft Mühe, ihn zu verstehen. Er redete so monoton, dass den Kindern manchmal die Augen zufielen, vor allem jenen, die am Hof helfen oder sehr früh aufstehen mussten, um in die Schule zu kommen. Selbst Marianne hatte Mühe, wach zu bleiben. Zuhause gab es Arbeit genug. Doch in der Schule hielt sie sich immer wach, dafür schlief sie oft am Nachmittag in der Küche ein. Dann schimpfte die Mutter und manchmal setzte es sogar eine Ohrfeige. Aber das war nichts gegen die Ausbrüche des Lehrers. Die Buben traf seine Wut öfter, nur der Sohn des Großbauern blieb verschont. Der durfte schlafen, so viel er wollte. Bei den Mädchen schlug er meist die dümmliche Renate, die mit ihrer Mutter und fünf Geschwistern in einer heruntergekommenen Hütte lebte. Mariannes Brüdern war es weitaus schlechter ergangen als ihr. Manchmal fragte sie sich, ob sie vielleicht wirklich unsichtbar war. Aber das konnte nicht sein, denn beim Schönschreiben nahm der Lehrer sie deutlich wahr. Sie verstand, dass auch andere drankommen mussten. In den Pausen blieb sie allein und auf dem Schulweg begleitete sie keiner. Sie wurde nicht gehänselt. Nur übersehen. Es störte sie nicht weiter, sie war beschäftigt genug. Immer gab es etwas zu entdecken und zu überlegen. Wie groß ist die Daumenbreite? Wo ist der Schwerpunkt eines Vierecks? Welchen Winkel braucht ein Motorrad, um bei hoher Geschwindigkeit nicht aus der Kurve zu fliegen? Und dann ergab eine Frage die nächste und es tauchten Hunderte neue auf. Sie würde es nie schaffen, alles zu erfahren auf dem Weg zur Schule und zurück.

Wenn sie heimkam, war ihr Kopf so angefüllt, dass sie Mühe hatte, sich auf das Hier und Jetzt zu konzentrieren. Erst wenn die Mutter ihr die Brieftasche gab, um die Gäste abzukassieren, kam Marianne wieder zu sich. Sie freute sich, wenn sie extra große Geldscheine bekam und rechnen musste, was sie herauszugeben hatte. Mit der Zeit wurden ihr die Aufgaben zu einfach. Sie stellte sich selbst zusätzliche, errechnete komplizierte Brüche und multiplizierte die Beträge.

Nur das Schönschreiben blieb eine Qual. Dabei war sie ein Mädchen und die mussten das können. Sie konnte es nicht. Ihre Finger wollten es nicht. Warum übersah der Lehrer sie dabei kein einziges Mal? Immer kam er zu ihr und kontrollierte, ob sie nicht wieder heimlich ihre linke Hand benutzte, die viel lieber schreiben wollte, viel besser schreiben konnte. „Die schöne Hand“, sagte der Lehrer streng und gab ihr einen festen Klaps, wenn ihre linke Hand nur eine Spur zu nah ans Papier kam. „Böse Hand“, schimpfte sich Marianne, wenn ihr die Mutter zuhause eine Stickerei gab und sie sie mit der linken Hand entgegennahm. Nur ab und zu fiel es der Mutter auf, dann schüttelte sie den Kopf und riss ihr das Messer, die Nadeln, die Schere, die sie festhielt, aus der bösen Hand. Manchmal verkrampfte sich ihre rechte Hand beim Schreiben in der Schule so sehr, dass sie, sobald der Lehrer nicht hinsah, schnell mit der linken ein paar Wörter schrieb. Bis der Lehrer sie erwischte. Er stand neben ihr, sah sie an. „Was ist das?“, fragte er erstaunt. Fast war es ein Flüstern. Es war still. Kein Rascheln, kein Husten. Marianne wurde heiß und kalt, sie sah zu Boden, hielt noch immer in der linken Hand die Füllfeder. Der Lehrer griff nach ihrem Unterarm und drückte zu. „Was ist das?“, wiederholte er, noch immer genauso leise. Dann löste er seine Hand und befahl ihr aufzustehen. Sie tat es, den Blick weiterhin gesenkt, sie wusste, dass sie alle anschauten, sie auslachten, erleichtert, dass es sie nicht getroffen hatte. In ihrem Bauch rumorte es. Sie musste aufs Klo, nein, nicht, bitte nicht. Sie presste ihre Oberschenkel zusammen. Es würde vorbeigehen, darauf konnte man vertrauen, das sagte auch die Mutter immer. Alles geht vorbei.

Die Schläge würden wehtun, er konnte zuschlagen, das wusste sie, sie hatte es oft genug gesehen. Er schlug die Mädchen meist nicht so heftig, hieß es, aber wer wusste, ob das stimmte. „Geh nach vorn!“, sagte er ruhig und sie ging, noch immer hielt sie die Füllfeder in der linken Hand, er riss sie ihr weg. „Die brauchst du nicht mehr.“ Marianne war bei seinem Pult angekommen, das Gesicht Richtung Tafel gewandt, und erwartete den ersten Schlag auf den Hintern, vielleicht mit dem Stock. Oder auf die Finger? Sie hörte, wie er neben sie trat und etwas aus einer Lade unter dem Pult zog. Ein Ledergurt, natürlich, damit konnte er mehr ausrichten als nur mit der Hand oder dem Stock. Sie weinte so unauffällig wie möglich, wieso hatte sie das nur getan, warum hatte sie geglaubt, er würde es nicht bemerken? Ihre Tränen tropften auf die Schuhe, die sie von ihren Brüdern geerbt hatte und die ihr noch immer nicht passten. Da erinnerte sie sich an die Zahlen auf der Tafel. Vorsichtig hob sie den Kopf, nur ein bisschen, und da standen sie, eine gutmütige, aufmunternde Drei, eine beruhigende Acht und die bauchig mütterliche Sechs. Schön waren sie, sanft, geschwungen und tröstend.

Sie begann im Kopf zu rechnen: 33 x 6 ist 198, 161:23 ist 7, 8 x 66 ist 528 … Der Lehrer nahm ihren linken Unterarm und drückte ihn grob nach hinten auf ihren Rücken. 308 x 368 ist 113 344. Er schlang den Gurt um ihren Bauch, verknotete ihn am Rücken, dann machte er eine Schlinge um ihren Unterarm und verknotete diese ebenfalls. Er zog so fest zu, dass Marianne beinahe der Atem wegblieb. „Wenn du nachhause gehst, nehme ich ihn dir wieder ab", sagte der Lehrer ruhig und scharf. „Morgen früh kommst du sofort und unaufgefordert zu mir. Dann bekommst du ihn wieder. Setzen." Sie ging taumelnd vor Schmerz zurück zu ihrem Platz. 113 344. Sie setzte sich, im Heft vor ihr auf dem Pult noch die Buchstaben und Zahlen, die sie geübt hatten. Schön und ordentlich, geschrieben mit einer Hand, die böse war. Von diesem Tag an war die böse Hand immer hinten auf Mariannes Rücken gebunden. Marianne zeigte nicht mehr auf.

GERTRUD, 1994

„Warum glaubst du, dass die sich scheiden lassen?“ Ich seh zum Thomas rüber, der konzentriert auf die Straße schaut. „Keine Ahnung.“ Er klingt voll uninteressiert. Warum muss man dem immer alles aus der Nase ziehen? „Aber irgendwas musst du dir doch auch denken, oder?“ Ich geb nicht auf. Schließlich geht es darum, ob unser Papa – na ja, ob das rosarote Hemd was zu bedeuten hat. Ich dreh das Radio ab. In Omas Auto gibt es keinen Kassettenrekorder und es läuft gerade irgendein Hitparadenscheiß. Dieses „Everybody“ von DJ Bobo ist so peinlicher Mainstream-Hip-Hop. „Jetzt komm, du wirst ja wohl eine Meinung haben.“ Er zuckt mit den Schultern und biegt um die Ecke. „Ich denke, es gibt wahrscheinlich viele Gründe, da ist nicht die eine Sache, da sammelt sich einiges an in so vielen Jahren.“

„Das hab ich mir auch schon gedacht. Komisch. Ich find es gar nicht so schlimm. Also schon schlimm für die Mama, aber für uns nicht.“

„Für die Oma ist es der Untergang.“

„Das stimmt, aber die geht das ja echt am wenigsten was an. Ich meine, wozu mischt die sich überhaupt immer und überall ein?“

„Sie ist eben aus einer anderen Generation und für sie ist das halt was Arges, das muss man verstehen.“

Verstehen, ich muss gar nichts verstehen. Der Thomas ist immer so verständnisvoll. Aber was solls. Um die Oma gehts ja gar nicht. „Jedenfalls, zuerst hab ich gedacht, dass der Papa eine Freundin hat. Aber jetzt, na ja, jetzt glaub ich was andres. Also, was ganz andres." Ich weiß nicht, wie ich das mit dem rosaroten Hemd erklären soll. Wir kennen ein paar Leute, die schwul sind. Den Reinhard zum Beispiel, der daraus überhaupt kein Geheimnis macht und oft sogar geschminkt herumrennt und den alle cool finden. Es ist ja auch cool und mutig und so, so überhaupt nicht das spießige Landidylle-Bild. Aber beim eigenen Vater? Das ist was andres. Das hat nichts mit Coolness zu tun. Das ist, ehrlich gesagt, ekelhaft. Sex bei alten Leuten ist generell igitt und bei den eigenen Eltern richtig grausig. Und dann auch noch schwul – bäh! „Was denn?", fragt der Thomas. Jetzt ist er doch neugierig. „Hast du sein Hemd nicht gesehen?", frag ich unvermittelt. „Hä?" Der Thomas wirft mir einen ratlosen Blick zu. „Na das Hemd, die Farbe, hast du die nicht gesehen? Es ist dort am Schrank gehangen."

„Ich habe keinen blassen Schimmer, wovon du sprichst. Welches Hemd? Ich hab nix gesehen."

„Es war, nun ja, sagen wir mal, es hatte eine spezielle Farbe."

„Kannst du dich bitte klarer ausdrücken, Geri? Du sprichst echt in Rätseln."

„Na, es war rosarot, das Hemd!"

„Was? Aha. Ja und?"

„Es war rosarot, du Idiot, kapierst du nicht? Wer trägt schon rosarote Hemden? Glaubst du, er trägt das bei der Arbeit?" Zuerst antwortet der Thomas gar nicht, er sieht nur geradeaus und wirkt, wie vor den Kopf gestoßen. Jetzt checkt er also endlich, was Sache ist: Unser Papa ist schwul. Toll. Jetzt wird es ihm klar. Aber plötzlich bekomm ich ein schlechtes Gewissen. Vielleicht hätt ich es ihm nicht sagen sollen. Womöglich verkraftet ers nicht. Als Sohn, als Mann. Es tut mir auf einmal leid, der Thomas tut mir leid. Und als ich was sagen will, lacht er auf einmal, klopft auf das Lenkrad und hätt beinahe einen Unfall gebaut vor lauter Lachen. „Jetzt kapier ich es! Du meinst, Papa ist schwul? Hahaha, das ist der beste Witz, den ich je gehört habe, bald hat er wahrscheinlich ein Flinserl im Ohr."

Was ist jetzt los? Spinnt der? Will der mich verarschen? Ich hab genau gemerkt, dass er es auch kurz gedacht hat. Jetzt will er es nur herunterspielen. Bestimmt tut er das nur, um sich nicht damit auseinandersetzen zu müssen. Typisch! Der Thomas kann überhaupt nicht mit Konflikten umgehen. „Ja, das glaub ich, wieso soll er denn ein rosarotes Hemd haben, kannst du mir das sagen, du Herr Supergescheit?"

„Hast du das echt nicht gewusst?", sagt der Thomas. „Papa ist farbenblind!"

„Was? Spinnst du? Das hast du dir jetzt ausgedacht." Ich bin platt.

„Nein, kein Scheiß. Ich war doch mal mit ihm einen Anzug kaufen, für die Matura damals. Und er ist zu einem voll knalligen Sakko gegangen und hat gemeint, das sei super. Ich habe ihn gefragt, ob er einen Schmäh macht. Und dann hat er gesagt, der Schnitt sei super, die Farbe erkenne er nicht. Deshalb ist er ja immer nur mit Mama Anzüge kaufen gegangen. Mensch Trudi, und du voll drauf reingefallen." Er lacht wieder. So ein Trottel, woher soll ich das wissen? „Bist du sicher? Und nenn mich bitte nicht Trudi."

„Geri, ich bin mir 100 Prozent sicher. Und selbst wenn“, sagt er dann, „ich meine, ehrlich, ihr kommt immer mit eurer Toleranz und dem Scheiß. Und dass alle so sein sollen, wie sie sind, und Lichtermeer und was weiß ich. Aber wenns hart auf hart kommt, seid ihr alle gleich.“

„Wer ihr? Wie meinst du das?“, frag ich entsetzt.

„Na du und deine Langhaar-Coolnesspartie.“

„Ach ja, aber du, du perfekter Enkel und Sohn, du bist ja so tolerant.“ So ein Depp, echt. Auf einmal meint er: „Vielleicht bin ich es ja.“

„Was bist du?“

„Schwul.“ Er sagt das so ernst, aber das kann er wem andren erzählen. „Ja sicher, so fix, wie die Oma zur Grunge-Party geht.“

„Ehrlich jetzt. Warum denn nicht?“, fragt er. Ich sag gar nichts. Jetzt kenn ich mich überhaupt nicht mehr aus. Ich mein, da reden wir also über den Papa und ich glaub, dass der schwul ist, und jetzt will mir mein Bruder weismachen, dass er es ist? Ich check bald gar nichts mehr. „Du bist also schwul?“

„Weißt du denn so genau, was du bist?“

„Nein, eh nicht, aber ich mein …“

„Warum nennst du dich zum Beispiel Geri? Gib zu, es ist dir peinlich. Du genierst dich für deinen Namen. Das ist doch nur ein Name, so heißt du eben. Da stehst du auch nicht über den Dingen.“

„Das ist doch Blödsinn! Was hat das denn damit zu tun?“, protestier ich. Obwohl ich mich gar nicht richtig aufregen kann, weil – ist der Thomas jetzt echt schwul? Und wenn er es ist? Ist er deshalb auf der Montanuni, auf der 99 Prozent

Typen studieren? Weiß jemand davon? Kommt er vielleicht irgendwann mit einem Mann und stellt ihn der Oma vor? Überhaupt, die Oma, die würd tot umfallen, kein Scheiß! Dann wär es auf jeden Fall vorbei mit dem Lieblingsenkel. Mir reicht es jetzt, ich will wissen, was Sache ist, und frag einfach: „Du, meinst du das ernst? Stehst du auf Männer oder wie jetzt?" Okay, besonders feinfühlig bin ich vielleicht nicht. Aber ich hab leider keine Idee, wie ich es sonst hätte sagen sollen. Er ist ja trotzdem mein Bruder. Da kann ich nicht mit so einer Dramanummer kommen. Er zuckt die Schultern. Alles an ihm ist langweilig, unauffällig, das kann doch nicht sein. „Du siehst ja gar nicht so aus", sag ich. Jetzt lacht er wieder. „Wie soll denn deiner Meinung nach jemand ausschauen, der auf Typen steht?"

„Keine Ahnung", sag ich. Aber das stimmt nicht. Schwule sind oft schrill angezogen und schminken sich. So irgendwie. „Ich könnte auch mit einem Schild herumlaufen, bin vielleicht schwul, aber noch nicht sicher", sagt der Thomas dann und grinst. „Aber in großer Schrift, damit die Oma es lesen kann", entgegne ich und jetzt lachen wir beide. Das ist gut, lachen macht alles besser. Ich würd gern noch weiterfragen, womöglich hat er einen Freund gehabt. Aber genau in dem Moment kommen wir bei dem Lokal an, wo das Konzert steigt, und parken auf einer geschotterten Einfahrt, neben uns sind noch drei Wagen. An die stehen ein paar Burschen und Mädchen gelehnt. Es riecht nach Gras. Das macht mich nervös. Wer cool ist, muss kiffen. Vielleicht erzählt mir der Thomas jetzt auch noch, dass er ab und zu einen Ofen raucht. Dann glaub ich bald wirklich, dass die Oma zur Grunge-Party kommt. Wir gehen rein und ein paar Stiegen hinauf durch einen schmalen Gang. Am Ende ist so eine Art Vorraum mit einer Theke, kalt und ungemütlich, dann noch eine Metalltür. Hinter der ist ein größerer, länglicher Raum mit einer Bühne. Ich schau mich um. Es ist relativ dunkel, ein paar Leute lungern herum, es sehen alle älter und cool aus. Ich probier möglichst lässig dazustehen. „Hallo“, sagt der Hans und begrüßt den Thomas und mich. Der Hans ist der Freund vom Thomas schon seit immer und sieht genauso langweilig und unauffällig aus. Plötzlich hab ich einen Flash: Sind die beiden vielleicht zusammen? Ich beobacht sie genau. Vielleicht halten sie ja mal Händchen oder geben sich einen Kuss oder so. Aber nichts passiert. „Ich hol was zu trinken“, sagt der Hans und kommt mit zwei Bier und einer Cola zurück.

In dem Moment kracht es auf der Bühne. Ein kraxendürrer Typ mit Brille und Gitarre taucht auf. Vielleicht ist der auch schwul? Der Thomas hat alles durcheinandergebracht. Bei ihm kann man sich nie sicher sein. Ich weiß noch, wie er gemeint hat, es macht ihm überhaupt nichts, wenn er bei der Matura nicht so gut abschneidet. Und dann hat er in Mathe einen Dreier bekommen und fast geheult. Und hat er nicht mal gemeint, Musik interessiert ihn nicht, und jetzt sind wir da auf einem Konzert?

Die Leute stehen noch immer herum, keiner bewegt sich weiter vor. Der Platz vor der Bühne ist leer. Das muss so traurig sein, wenn man keine Fans hat. „Ich bin Arne“, sagt der dürre Typ da oben, dann spielt er auf seiner Gitarre und singt ein Lied darüber, dass er nie mehr allein sein will. Seine Stimme und sein Aussehen sind komisch, seine Schlaghose

schlackert um seine dünnen Waden. Ich bin mir n
sicher, ob das jetzt gut oder schlecht ist, peinlich o
Da hilft es immer mal zu schauen, wie die andren cool
Leute reagieren. Die lächeln. Okay. Nach dem Lied treten noch zwei Typen auf die Bühne. Ich möcht mal wissen, wo die herkommen. „Das ist unser Schlagzeuger, der Arne", sagt jetzt einer. „Wir sind Tocotronic." Der Typ übernimmt die Gitarre von Arne, der sich ans Schlagzeug setzt. Und dann spielen sie zu dritt. Niemand bewegt sich, noch immer geht keiner vor zur Bühne. Doch. Der Thomas. Ausgerechnet er geht vor, zuerst wippt er mit, dann tanzt er. Die Band spielt irgendwas mit „Jugendbewegung". Das Lied kracht, es ist gut. Ich schau dem Thomas zu. Ich glaub, es ist ihm scheißegal, was die Leute denken. Einerseits find ich ihn peinlich und andererseits ist er echt ein Hammer. Er tanzt die ganze Zeit, irgendwann geht der Hans vor zum Thomas und dann zucken noch ein paar da vorn aus. Als die Band fertig ist, wird geklatscht, der Thomas brüllt als Einziger „Zugabe", ich genier mich ein bisschen.

Die Bühne ist wieder leer, einige Minuten wird umgeräumt, dann betreten Männer mit Perücken die Bühne. „Blumfeld", sagt mir mein Bruder bewundernd, als wär es ein Geheimcode. Keiner von ihnen sieht gut aus, das erkenn ich sofort. Ein Typ fängt an zu singen. Ich wunder mich, wie jemand, der so aussieht, so eine coole Stimme haben kann. Jetzt gehen mehr Leute Richtung Bühne und gleich beim ersten Lied tanzen sie. Irgendwann geh ich auch vor. Zuerst beweg ich mich noch unsicher, ich mein, ich will ja gut dabei ausschauen. Nach einer Weile geht es leichter. Und auf einmal ist es mir wurscht, ich hüpf, ich spring und lächel, genauso wie der Thomas und der Hans, die jedes Lied mitsingen und beim Refrain so grölen, dass sogar der Sänger lachen muss. Sie spielen zwei Zugaben, diesmal rufen und klatschen alle so lang, bis die Band zurückkommt. Beim zweiten Mal spricht der Sänger ein Gedicht, begleitet vom Gitarristen. Ich weiß nicht, warum, aber auf einmal rinnen mir die Tränen hinunter wie blöd.

Beim Heimfahren reden wir nicht. Es ist egal, ob der Thomas schwul ist, Jogging High oder Converse trägt, rote oder braune Haare hat. Es ist in Wahrheit völlig egal. Wir sind jetzt da und fertig. Morgen seh ich es vielleicht wieder anders. Aber jetzt ist es so und ich bin ja noch jung.

JOHANNA, 1956

„Johanna, ein Bier!"

„Noch eine Mischung!"

„Eine Runde Birne!"

Es waren unangenehme Geräusche für Johannas feines Gehör. Die Schritte, das Quietschen der Stühle, das Schlürfen, wenn sie ihr Bier tranken, die derben Stimmen. An manchen Tagen hielt sie es kaum aus. Wenn da nicht diese Melodie in ihrem Kopf gewesen wäre. Mit ihr hielt sie alles aus. Nur wenn sie sehr müde war, wurden die Geräusche von außen immer lauter. Sie konnte sie nicht mehr filtern. Wenn sie allein war, drehte sie das Radio auf und stellte den Konzertsender ein. Sobald jemand hereinkam, musste sie es aber schnell wieder abdrehen oder auf den Regionalsender wechseln. Das Operngetöne und die klassischen Konzerte mochten die Leute nicht. In einem anständigen Gasthaus wurde Volksmusik gespielt. Und fertig.

Heute gab es keine Radiomusik, es spielte eine Kapelle. Im „Eckwirt" fand eine Hochzeit statt, eine willkommene Zusatzeinnahme im Winter. Der Bräutigam war mittlerweile so betrunken, dass er nur noch lallte. Der Braut blieb die Hochzeitsnacht erspart, ein junges Mädchen aus dem Ort, das stumm und rotbäckig in einer Ecke saß. Die Kinder der Gäste rannten herum. „Werdets ihr endlich verschwinden!", schimpfte Johanna. Es war weit nach 22 Uhr. Ihrer Meinung nach hatten Kinder um diese Zeit in einem Gasthaus nichts mehr zu suchen. Ihre Kleine hatte sie niedergelegt, ohne

Probleme schlief Marianne ein, sie lag in ihrem Zimmer und keiner musste sich um sie kümmern. Die Buben hatten ihr damals immer nur Sorgen gemacht, nie wollten sie ins Bett gehen. „Johanna! Noch eine Runde!“, rief ein Gast. „Kommt sofort!“, antwortete sie streng, aber gut gelaunt. Eine schlecht gelaunte Wirtin machte kein Geschäft. Eine nachlässige auch nicht. Sie servierte den Schnaps, dann flüchtete sie in die Küche, um ihren Ohren eine kleine Pause zu gönnen. Für die Hochzeit hatte sie zwei Kellnerinnen engagiert, sie würden fertig werden mit der Gesellschaft. Das Essen war serviert, die meisten Gäste bereits betrunken, viel war nicht mehr zu tun. Das Klimpern des Bestecks und das Klappern des Geschirrs waren weniger störend als der Lärm draußen im Saal. Die Abwäscherin, die ihr heute aushalf, sprach wenig. Nicht so wie die Kellnerinnen, die die halbe Zeit mit den Männern schäkerten statt zu arbeiten.

Johanna drehte das Radio auf und atmete durch. Zu einer Klaviersonate trocknete sie Töpfe, Pfannen und Teller ab. Plötzlich stürmten ihre Buben schreiend in die Küche. Klaus rannte Kurt hinterher, der ihm etwas weggenommen hatte. „Werdets ihr jetzt endlich Ruhe geben. Hört auf zu streiten! Ihr seids doch weiß Gott keine kleinen Kinder mehr“, brüllte sie und lief ihnen mit dem feuchten Geschirrtuch hinterher, das sie wie ein Lasso durch die Luft wirbelte. Diese wilden Fratzen, ihre Burschen, hatten keinen Vater gehabt, der ihnen Benehmen beigebracht hätte. Johanna gab auf, die Buben waren schneller als sie. Sie ließ die beiden in die Gaststube laufen. Die kurze Pause der Kapelle war vorbei, Volksmusik und schweres Gepolter auf dem alten Holzboden übertönten die sanften Klavierklänge aus dem Radio. Die Gäste tanzten. Johanna machte seufzend das Radio aus. Der Saal lag hinter der Küche und wurde nur zu speziellen Anlässen geöffnet. Johanna hatte ihn gerade erst renoviert, nachdem sie das kleine Stück Land verkauft hatten, das ihr Mann noch besessen hatte, viel hatten sie für die saure Wiese am See nicht bekommen, wer wollte die schon haben. Das Vieh hatten sie früher verkauft. Mit dem Geld wurde die Theke erneuert. Sie war modern, mit fließendem heißem Wasser und Zapfhähnen. Im Stall gab es jetzt nur noch eine Sau und ein paar Hühner. Die zweite Sau hatten sie für die Hochzeitsgesellschaft geschlachtet.

Sie schaute auf die Uhr, es war kurz nach 22 Uhr. Sie musste wieder zu den Gästen, eine Wirtin durfte sich nicht verstecken. Sie musste anwesend sein und nach dem Rechten schauen. „Geh ins Bett“, sagte sie zur Abwäscherin, die nickte und wortlos verschwand. Johanna wartete, bis sie weg war, und setzte sich auf die Eckbank in der Küche. Sie sah sich um, ohne etwas genau zu erkennen. Ihre Augen wurden immer schlechter, dafür schienen ihre Ohren immer besser zu werden. Nur noch ein paar Minuten wollte sie sitzen bleiben, bevor sie in den Lärm ging, wo sie jeden falschen Ton der Kapelle sofort vernahm. Es tat ihr weh, wie wild und hart die Burschen spielten und ihre Instrumente quälten. Sie sah sich ihre Hände an. Die Mutter wäre stolz, sie zu sehen, die Hände einer Wirtin, wie sie sein sollten, abgearbeitet, zerschunden, rau. Eine Wirtin hatte kräftig zu sein und das war Johanna geworden, nichts mehr war von den zarten Gliedern übrig. Sie konnte anpacken und sie packte an. Nur rund und weiblich war sie trotzdem nicht, keine Frau, an deren Busen ein Mann sich betten wollte. Was für ein Glück, dachte sie. Freilich wäre es leichter, jemanden zu haben, der ihr half, und den Buben täte eine starke Hand gut. Aber immerhin redete ihr niemand drein, keine Stimme drängte sich an ihr Ohr und kein Körper an ihren Busen. Sie bewegte ihre Finger. Ob sie die Tasten auf dem Klavier überhaupt noch richtig würde spielen können? Kopfschüttelnd ließ sie die Hände wieder in ihren Schoß sinken. Sie lächelte über sich selbst. Die Musik, würde ihr die nie aus dem Kopf gehen? Langsam erhob sie sich. Die Dirndlschürze war vom Abtrocknen ein bisschen nass geworden. Keiner der Gäste würde es bemerken, sie sahen ohnehin schon doppelt.

Sie setzte ihr Wirtinnen-Lächeln auf, hob die flache Brust und ging Richtung Tür, die im selben Moment geöffnet wurde. Eine der Kellnerinnen schaute sie mit geröteten Wangen an. „Da ist ein Mann, der will mit dir reden."

„Ein Mann? Was für ein Mann? Um diese Uhrzeit!"

„Ich weiß nicht", erwiderte die Kellnerin, „den hab ich da noch nie gesehen. Er will nur mit dir reden, mit der Johanna Eckert hat er gesagt."

„Aha." Misstrauisch folgte sie dem Mädchen. An einem Tisch in der Stube sah sie im schummrigen Licht einen Mann sitzen. Sein Gesicht konnte sie nur schlecht erkennen. Er hatte einen beigen Hut auf den Tisch gelegt und trug eine zu warme hellbraune Jacke. Weder der Hut noch die Jacke passten hierher. Sie ging auf ihn zu, er hatte seinen Kopf ein wenig nach unten gebeugt, dann sah er sie an. Er erhob sich und war viel größer, als sie vermutet hatte. Wie er da stand, kam er

ihr irgendwie bekannt vor, sein gesamtes Auftreten e
sie an – dann fiel es ihr ein. Genauso hatte er in de
Wien ausgesehen, an dem Tag, als er sie vom Bahnhof abgeholt und zu den feinen Herrschaften gebracht hatte. „Guten Tag, Frau Eckert“, sagte er. „Ich bin froh, dass ich Sie endlich gefunden habe.“

MARIANNE, 1956

Marianne war erstaunt. Der Unterschied war gewaltig. Während bei dem Begräbnis der Großmutter nur fünf Leute gewesen waren, kam bei Tante Irmgards Mann, ihrem Onkel, den sie selbst kaum kannte, ein riesiges Aufgebot. Sie zählte durch, dreimal hintereinander. Es waren 72 Personen. Und immer wieder kamen neue Leute. Er musste ein sehr beliebter Mann gewesen sein, ihr Onkel. Im Gegensatz zur Großmutter war er nicht sehr alt geworden. Sie stand zwischen der Mutter und den Brüdern. Klaus und Kurt waren extra angereist, um dem Onkel die letzte Ehre zu erweisen. Sie sahen nicht traurig aus, sie hatten ihn kaum gekannt. Die Mutter sah nicht traurig aus. Marianne auch nicht. Wie ihre Brüder hatte sie den Onkel kaum gekannt. Tante Irmgard und Herta, die eine Reihe vor ihnen standen, hörte man dafür lauthals heulen. Arme Herta. Ihre Cousine war eine junge Frau. Seit sie klein war, wollte sie Sängerin werden, das hatte sie Marianne anvertraut. Marianne war so stolz gewesen, dass sie über ihre geheimsten Wünsche Bescheid wusste. Sie verehrte Herta. Was für eine Schönheit sie war! Und sie hatte eine besondere Stimme. Singen war Hertas große Leidenschaft. Sie hatte eine Plattensammlung und liebte Schlager, alle Lieder von Caterina Valente konnte sie auswendig. Wenn sie „Ganz Paris träumt von der Liebe“ sang, bekam sogar Johanna Tränen in den Augen. Marianne wusste auch, dass Hertas Vater nichts von ihren Plänen gehalten hatte, Sängerin zu werden. Er hatte sie auf die Haushaltsschule geschickt, wo sie heuer Matura machte.

Trotzdem hatte sie ihren größten Wunsch nicht aufgegeben und Marianne noch vor Kurzem erzählt: „Irgendwann werde ich einfach davonlaufen und Musik machen. Ich werde berühmt und dann wird Papa stolz auf mich sein.“ Marianne hatte genickt und den Mut ihrer Cousine bewundert. Doch aus dem Plan wurde nichts mehr, denn Hertas Vater lag in dem Sarg, der gerade in die Grube gelassen wurde. Was hatte es da noch für einen Sinn davonzulaufen?

Der Leichenschmaus fand nicht bei ihnen im Gasthaus statt. Es war ungewohnt, dass sie einmal selbst bedient wurden. Bei der Beerdigung der Großmutter hatte es nur eine Suppe gegeben. Aber hier wurde Schweinsbraten aufgetischt. Hungrig stürzten die Trauergäste sich darauf. Als Marianne bemerkte, dass Herta keinen Bissen runterbrachte, stand sie auf, ging zu ihr. Sie traute sich nicht, die Cousine zu umarmen. „Jetzt kannst du ja Sängerin werden und dableiben“, versuchte sie Herta zu trösten. Aber Herta starrte sie nur mit großen, wütenden Augen an. „Wie kannst du so was sagen? Wie kannst du nur so grausam sein?“, fragte sie und heulte richtig los. Schnell lief Marianne zu ihrem Platz zurück, schaufelte das Essen in sich hinein und sah nicht mehr zu Herta hinüber. Sie hörte, wie die Leute an den Tischen von ihrem Onkel redeten. „Er hat sein Handwerk verstanden, nach der Operation habe ich nichts gespürt. Und freundlich war er“, sagte ein Mann. Ein anderer nickte. „Ein Skandal, dass sie ihn vor Gericht gebracht haben“, schimpfte ein alter Mann. „Dabei hat er ihnen einen Gefallen getan, da in den Lagern!“ Eine Frau stimmte zu. „Die armen Kreaturen.

Erlöst hat er sie! Er war ein guter Mensch." Marianne war erstaunt. Wie hatte ihr Onkel es geschafft, hoffnungslos Leidende zu erlösen? Sie wusste, dass er eine Arztpraxis gehabt und davor im Krankenhaus gearbeitet hatte. Er musste ein Genie gewesen sein, ein Held. Kein Wunder, dass Herta so traurig war. Aber weshalb war er vor Gericht gewesen und sogar kurz im Gefängnis? Es hatte alles mit dem Krieg zu tun, in dem alle Dinge getan hatten, die sie gar nicht tun wollten. So irgendwie hatte sie das mitbekommen. Aber über den Krieg wollte keiner wirklich reden. Die Mutter war die Einzige unter den Erwachsenen, die nicht betroffen aussah. Ihr Gesicht war sogar ein bisschen gerötet, sie wirkte nicht so verhärmt und ernst wie sonst. Marianne hatte einmal gefragt, warum der Onkel nie dabei war, wenn Tante Irmgard und Herta zu Besuch kamen. „Weil er nicht will und jetzt gib Ruh!", hatte die Mutter geantwortet.

Am frühen Abend blieben Tante Irmgard, Herta, die Mutter, die Buben und Marianne übrig. Alle anderen waren gegangen. Sie hatten sich lang und breit verabschiedet und jeder hatte noch einmal betont, was für ein besonderer Mensch der Verstorbene gewesen sei. Beim Begräbnis der Großmutter hatte keiner was gesagt, die fünf Leute, allesamt Stammgäste vom Gasthaus, hatten sich nach dem Essen schnell verabschiedet. Die Frauen schwiegen. Herta weinte immer wieder, dazwischen zog sie die Nase hoch. Selbst Mariannes Brüder waren schweigsam, obwohl sie sonst nie um einen dummen Spruch verlegen waren. Marianne saß auf dem Schoß der Mutter. Sie war eigentlich zu groß dafür, aber die Mutter hatte sie zu sich heraufgezogen. Das tat sie selten. Marianne kam sich vor wie ein Schild, als müsste sie die Mutter beschützen. Dabei war sie doch das Kind und hatte ständig und vor allem Angst. Es war doch die Mutter, diese große, kräftige Gestalt, die stets ungerührt wie ein Stein blieb. Marianne schaute sich um. Die Stühle waren viel neuer als ihre im Gasthaus. Und auch die Tische wirkten weniger abgenutzt. Es war ein heller, freundlicher Raum, der nicht nach altem Fett und Zigaretten roch. Vielleicht waren in Klagenfurt alle Gasthäuser so. Groß und geräumig. In der Stadt war alles anders. Viel mehr Leute waren unterwegs, es gab viele Straßen mit schönen Geschäften. Sie hatte noch nie Gewand gekauft, sie bekam die Kleidung, die von den Buben und Herta übrig geblieben war. Die wenigen hübschen Kleider, die sie besaß, zog sie nur zu besonderen Anlässen an, so wie heute. „Er hat euch wenigstens was hinterlassen", sagte Johanna nach einiger Zeit. Sie klang bitter. Tante Irmgard nickte. Johanna nahm ein Stück Kuchen. Dabei wirkte sie trotzig wie ein kleines Kind. „Ist ja schade drum. Den Rest packen wir ein." Sie aß das Stück auf. „Werdet ihr in der Wohnung bleiben?", fragte sie. Die Tante nickte und stocherte in dem Kuchen herum, der vor ihr stand. Wohnung, das klang so anders als Gasthaus. Modern, städtisch, aber auch beängstigend. Marianne wurde leicht unbehaglich. Sie hatte die Wohnung, in der ihre Cousine lebte, noch nie gesehen. In ihrem Kopf war einfach alles riesig, weich und aus Plüsch. Genauso wie der große Teddybär, den ihr die Tante einmal geschenkt hatte. Er hatte eigentlich Herta gehört, aber als sie zu alt für ihn war, bekam ihn Marianne. Er war viel kuscheliger als Mariannes selbst gemachte Stoffpuppen, wie ein flauschiges Küken, nur viel größer. Er fühlte sich so kuschelig an, dass es in ihrem Körper kribbelte. Sogar zwischen den Beinen spürte sie es.

Schnell versuchte sich Marianne wieder auf das Hier und Jetzt zu konzentrieren. Auf einem Begräbnis durfte man so was nicht denken. Der liebe Gott, von dem die Großmutter früher viel erzählt hatte, mochte nur brave Kinder. Und nur als braves Kind, das hatte sie auch gesagt, kam man in den Himmel. Brave Kinder dachten nicht an kuschelige Teddybären bei einem Begräbnis, sondern an den lieben Gott und die Jungfrau Maria. Deshalb betete Marianne schnell ein Vaterunser. Johanna streichelte Herta über die Wange. Sie schluchzte noch immer. „Sei nicht traurig. Dein Papa ist jetzt im Himmel." Nur Marianne konnte hören, wie ihre Mutter leise hinzufügte: „Wenn er reingelassen wird."

GERTRUD, 1994

Wir machen Charts. Es gibt zu allem Charts. Bands, Songs, Lehrer, Typen, Mitschüler, Orte, Essen. „Platz eins: Pizza."

„Nein. Burger."

„Egal was, Hauptsache Ketchup." Die Kathi nimmt noch zwei Ketchupsackerl und leert sie über ihre Chicken Nuggets. „Darf ich eins?", frag ich. Die Kathi nickt. Die Mama hat überhaupt nicht recht. Die schmecken null so wie das Backhendl, das es bei uns gibt. Die Nuggets sind knuspriger, viel cooler. Ein Backhendl kommt auf keine Charts. „Chicken Nuggets", sag ich. „Platz eins, eindeutig. Mit Ketchup oder süßsauer Soße." Beim McDonald's in Klagenfurt ist voll was los. „Hab ich was verwischt?", fragt die Kathi. Auf dem Klo haben wir Kajalstriche unter die Augen gemalt. Ich schüttel den Kopf. „Coole Jacke", sagt die Barbara, die auch dabei ist. „Danke, ist von der Oma", antwort ich. „So eine hätte ich auch gern, schaut voll abgefuckt aus." Das stimmt. An einigen Stellen ist sie sogar löchrig. Deshalb hat die Oma geschimpft. „Damit kannst du nicht in die Schule gehen, die glauben, wir sind arm." Ich hab die Augen verdreht und ihr versprochen, sie erst nach der Schule anzuziehen.

Natürlich hatte ich sie den ganzen Tag an. Und kein Mensch hat sich aufgeregt oder gefragt, ob wir arm sind. Wir sehen doch alle so aus. Bei dem Grungezeug bin ich voll dabei. Die Barbara trägt eine Arbeiterhose von ihrem Papa, viel zu weit und groß und mit echten Malerflecken drauf. Die Kathi hat ein Kleid an, ein bisschen Gruftie, dazu schwarze Docs.

Die hab ich leider noch immer nicht. Zu teuer, sagt die Mama.

„Hast du gesehen, die Monika aus der 6c hat voll rumgemacht mit dem Thomas bei der Grunge-Party.“

„Welchem Thomas?“, will ich wissen.

„Der aus der 8c. Wäh, voll eklig war das“, sagt die Barbara.

„Die hat ja eine Zahnspange“, sagt die Kathi und lacht.

„Ja, eben.“ Die Barbara nimmt sich eine volle Ladung Pommes. „Ist ja voll grauslich“, sagt sie mit vollem Mund. „Ich hab mir den Bernhard noch einmal genau angeschaut, Geri. Der ist eh überhaupt nicht fesch, sei froh, dass der nicht mehr will.“ Ich weiß nicht genau, ob ich gut finde, was die Barbara sagt. Ich find ihn ja auch nicht fesch, aber wenn er das nicht ist, wieso will er dann nichts von mir? Heißt das, ich bin noch hässlicher?

„Habt ihr gesehen, die eine, die Dumme, die voll der Prolo war und jetzt mit ihren Dreads glaubt, sie ist die Obercoole, die hat mit dem Gunther geredet! Voll lang!“, plappert die Barbara weiter, jetzt hat sie den Burger im Mund.

„Was, mit dem Wiener Gunther?“, will die Kathi wissen.

„Ja!“

„Der versteht sie wahrscheinlich gar nicht, so arg, wie der Dialekt von der ist. Voll prolo ist die!“, reg ich mich auf. Wenn ich schon hässlich bin, reg ich mich zumindest auf. „Stimmt“, sagt die Kathi. „I bin do obn daham, aufn Berg. Holadrio.“

Wir lachen. „Der muss aber blind sein. Die schaut nicht mal gut aus“, find ich. Vielleicht kommen wir nochmal auf den Bernhard zurück. Soll ich fragen, ob ich hässlich bin? Aber da sagt doch niemand die Wahrheit. Oder? Die Barbara hebt die Hände vor die Brust. „Aber dafür hat sie einiges da vorn. Verstehst?“ Die Kathi und ich nicken. Das muss es sein. „Wenn man oben nichts hat, muss man ein bisschen weiter unten was haben“, mutmaß ich. „Obwohl, ich mein, der ist aus Wieeeeen!“, sagt die Barbara. Es ist eine Erklärung für alles: Wieeeen. „Wir müssen auch nach Wien. Wir drei. Fahren wir einfach mit dem Zug früh raus und am Abend wieder zurück. Oder du fragst deinen Bruder, Geri, der hat sicher Freunde in Wien, dann können wir bei denen pennen.“ Ich nicke, obwohl ich weiß, dass der Thomas keine Sau kennt und schon gar nicht wen, der uns bei sich schlafen lässt. „Ja sicher, kann ich machen.“ Die Kathi ist begeistert. „Wir könnten da an dem internationalen Frauentag hinfahren. Das ist heuer ein Sonntag, glaub ich. Da fahren wir gratis. Und zur Not müssen wir eben einmal schwänzen.“ Die Barbara zuckt mit den Schultern. „Ja, eh, kein Problem. Meine Mama lässt mich sicher, ich mein, solang die Noten passen, ist es ihr wurscht.“ Ich grins. „Cool.“ Es ist ein Plan, den wir immer haben und nie umsetzen. Wien ist wie so eine Idee, ein Traum. So ein Sehnsuchtsort. Ich stell mir Wien vor wie eine Freiheitszone. Wo nur Abenteuer ist. Eine Stadt, in der es alles gibt, nur nicht die Wirklichkeit. Zumindest nicht die von hier. Ich kann mich nur schwach erinnern, als Kind, da waren wir mal im Zoo und haben in einem schäbigen, billigen Hotel gewohnt. Die Stadt war so grau und schmutzig und ich war froh, als wir wieder zuhaus waren. Aber jetzt bin ich älter und das Grau von damals würd ich jetzt nur noch cool finden.

„Charts Stadt, Platz eins: Wien“, bestimmt die Barbara und stopft sich den restlichen Burger in den Mund. „Eh klar“, antwort ich. „Dann kommt lang nichts. Irgendwann Graz.

Und Platz zehn: Klagenfurt."

Die Kathi schleckt Ketchup von ihrem Finger. „Unsere Ministadt hier ist nicht einmal in den Charts." Die Barbara lacht. „Sicher nicht, die ist nicht einmal unter den ersten hundert." Wir lachen alle drei, saugen an den Strohhalmen und schauen uns ein bisschen um. Nur Kinder da. Voll langweilig.

„Wir könnten jetzt unten bei der HTL vorbeispazieren, vielleicht kommt wer raus", schlägt die Kathi vor. „Spinnst? Viel zu auffällig, voll peinlich." Die Barbara schüttelt den Kopf. Wir trinken weiter Cola aus den Pappbechern. Darüber hat sich die Mama auch aufgeregt. Dass es keine Gläser gibt und so viel Müll, dass alles weggeschmissen wird. Und die Semmeln viel zu labbrig sind. Es ist kein Wunder, dass wir keine Gäste mehr haben. Wir gehen nicht mit der Zeit, zu uns kommen nur diese Proleten auf ein Schnitzel und ein Bier.

„Dann bummeln wir halt ein bisschen herum", schlag ich vor. „Stimmt, wir könnten nach Snowboards schauen."

Wir stehen auf, lassen lässig den gesamten Müll in den großen Mistkübel rutschen und stolzieren hinaus. Große Schritte, das kommt besser. In der Einkaufsstraße hauen wir uns ab über die peinlichen Karottenhosen, die in einem Modegeschäft hängen. „Zieht das echt noch wer an?", fragt die Barbara. Ich sag lieber nichts, weil die Mama hat nur solche Hosen. Im Kaufhaus fahren wir mit der Rolltreppe rauf zu den Snowboards. Die Barbara erklärt, wie was bei welchem Board warum super ist. Ich hab keine Ahnung. Ich kann nur sagen: schöne Farbe, oder: super Muster. Beim Snowboarden bin ich noch schlechter als beim Skifahren. Die Barbara hat drei Kurse gemacht und die Kathi will jetzt anfangen. Vielleicht mach ich ja mit. Als sie alle Bretter durchgeschaut haben und die Barbara der Kathi beschreibt, warum das runde besser als das eckige Ende ist, wird es mir zu langweilig. Ich geh weiter, an den Ski und der Ausrüstung vorbei. Das interessiert mich alles nicht. Aber da vorn, da sind Fußballschuhe. Ich hatte nie welche. Daneben steht ein Minitor mit Bällen drin und in einem Regal sind teure, hochwertige Fußbälle aufgereiht. Der alte WM-Ball. Ich spür, wie er sich in meiner Hand anfühlt. Roll ihn ein bisschen und test ihn mit den Fingern. Hart, aber nachgiebig. Kleine sternen- und planetenähnliche Bilder sind drauf abgebildet. Ich schau mich um. Es ist niemand da. Vorsichtig leg ich den Ball auf den Boden und kick ein wenig herum. Wär hier ein bisschen mehr Platz! Ich geb ihn lieber wieder zurück. Geh zu den Basketbällen. Wie anders die sich anfühlen, die raue Oberfläche, die Noppen, die Größe, viel schwerer sind die. Ich werf einen zielsicher in einen aufgestellten Korb. Heb ihn hoch, wiederhol das Ganze. Der Ball riecht – nach Gummi oder Leder vielleicht? Ich nehm ihn in die rechte Hand, streck den Zeigefinger aus und lass ihn kreisen. Das hab ich geübt, tagelang, noch in der Volksschule. Ein Bub hat es damals auf dem Fußballplatz gemacht. Am Anfang ist es mir lang nicht gelungen. Der Ball war viel zu schwer für meine Finger. Zumindest hab ich das gedacht, war aber nicht richtig. Übung, die richtige Technik, Durchhaltevermögen, Niederlagen ertragen und Geduld haben. Das hat der Trainer damals zu den Buben gesagt, als der Thomas mitgespielt hat. Das weiß ich noch genau. Ich kann mich erinnern, dass ich zu jedem Training mitgehen wollt und geheult hab, wenn der Papa mich nicht lassen wollt. Ich bin fast immer mitgegangen.

Am Rand vom Spielfeld hab ich die Übungen mitgemacht. Nur beim Match war ich Zuseherin. Dabei haben meine Füße gezuckt und in Gedanken hab ich mitgekickt. Und ich war viel besser als die Buben, die keine Ahnung hatten, wie man den Ball richtig führt. Aber als Mädchen hab ich nicht mitspielen dürfen. Voll gemein. Und jetzt? Ich würd wenigstens gern Basketball spielen, Handball, Volleyball, irgendwas. Es ist schwer. Die Mama kann mich nicht in die Stadt fahren, weil sie arbeiten muss, und mit dem Bus ist es zu umständlich. Da müsst ich dreimal umsteigen. Wenn ich an Bällen vorbeigeh, kann ich nicht widerstehen. Ich muss sie zumindest angreifen. Sie sind so herrlich rund. Einfach vollkommen, find ich. Keine Ecken, nichts, an dem man sich stoßen kann. Nicht so groß, schwer und unhandlich wie diese fürchterlichen Snowboards, auf denen man sich die Knie verrenkt.

Mir fällt der Ball runter. Ich hab immer mit Fußbällen geübt, der Basketball ist doch viel größer und schwerer. Ich heb ihn auf. Diesmal schaff ich es länger. Ich positionier den Zeigefinger exakt in der Mitte, halt ihn noch leicht, bis er sich auf dem Finger dreht wie ein Kreisel. Ja genau, so geht es! „Nicht schlecht", hör ich auf einmal. Ich dreh mich um. Hinter mir gehen ein paar Typen vorbei, sie tragen dunkle Wollmützen, aus denen lange, strähnige Haare herausschauen. Einer hat ein Piercing in der Nase. Ich sag nichts, ich spür nur, wie mir heiß wird. Wahrscheinlich lauf ich knallrot an. Die Typen gehen weiter zur Rolltreppe, die nach unten führt, und ohne einen Blick zurück fahren sie lässig an das Rolltreppengeländer gelehnt hinunter. Ich dreh mich zurück.

Da stehen die Barbara und die Kathi, beide sehen mich an mit einer Mischung aus Bewunderung und Neid. „Boah“, sagt die Kathi. Mein Gesicht fühlt sich langsam wieder normal an. Charts Sport: Platz eins: Fußball.

JOHANNA, 1956

Johanna war so erstaunt, dass ihr für einen kurzen Moment die Ohren versagten und sie alles dumpf wahrnahm. Bevor sie sich setzte, strich sie ihre Schürze glatt. Der Mann reichte ihr die Hand, sie hatte seinen Namen vergessen. „Grüß Gott“, sagte sie, auch ihre Stimme war dumpf.

Langsam drangen die Geräusche wieder zu ihr durch. Die Musik krachte und die übrig gebliebenen Gäste schrien einander zu. „Du Hundling!“, rief einer und Johanna genierte sich. Für die schmierigen Gasthausstühle, die lauten Volksmusikklänge, die lautstarken, einfältigen Gäste und vor allem für sich selbst. Sie war alt geworden. Hatte er sie noch erkannt? Sie hatten sich damals in Wien hin und wieder gesehen, manchmal waren sie sich im Salon, dem Flur oder sonst wo in dem riesigen Haus über den Weg gelaufen. Er war stets höflich und zuvorkommend, aber nie aufdringlich gewesen. Obwohl mittlerweile rund zwanzig Jahre vergangen waren, schien er kaum gealtert zu sein. „Hätte ich gewusst, dass Sie heute so viel Arbeit haben, wäre ich ein anderes Mal gekommen“, sagte er entschuldigend. Johanna fasste sich. „Das ist kein Problem, was wollen Sie trinken? Ein Bier oder ein Stamperl Schnaps vielleicht?“ Sie wollte aufstehen und etwas holen.

„Sind Sie hungrig? Ich kann noch schnell etwas ...“

„Vielen Dank, gar nichts, ich bin nur hier, um mit Ihnen zu reden.“ Er hob abwehrend die Hand, deutete ihr, sich wieder zu setzen, dann sah er sich um, als hätte er Angst, dass sie jemand belauschte. Was wollte er, dachte Johanna. Sie war plötzlich verunsichert. Hatte er womöglich den weiten Weg gemacht, um ihr zu sagen, dass es noch eine offene Rechnung gab? Dass der Herr ihr zu viel Lohn ausbezahlt und sie etwas zurückzahlen müsste? Mit Zinsen? Ihr wurde heiß. Bei diesen reichen Leuten wusste man nie, das hatte ihr die Mutter wieder und wieder gesagt, am besten verhielt man sich, als wäre man nicht da. Wie alt war der Herr aus Wien inzwischen?

Lebte er überhaupt noch? Sie hatte auch damals keine Ahnung gehabt, ob er dreißig, vierzig oder fünfzig gewesen war, er war ihr genauso alterslos erschienen wie sein Chauffeur, der nun vor ihr saß und sie musterte. „Es tut mir leid, dass ich Sie zu so später Stunde noch aufsuche. Ich hatte eine Panne, aber nachdem ich bereits so nah am Ziel war, bin ich doch noch hergekommen." Er strich mit den Händen über den Tisch, als würde er kontrollieren, ob Staub darauf lag. Johanna überlegte, ob und wann sie den Tisch das letzte Mal gewischt hatte.

„Gut, ich nehme an, Sie haben keine Ahnung, warum ich hier bin." Sie schüttelte den Kopf. Aus den Augenwinkeln konnte sie beobachten, wie die Kellnerinnen unverhohlen und neugierig zu ihnen herüberstarrten. Diese Weiber, tratschen konnten sie, aber drei Teller tragen war ihnen zu anstrengend, dachte Johanna verärgert. Ihr Besucher beugte sich näher zu ihr und begann im Flüsterton zu sprechen. Obwohl die Musik laut war, hatte er ein Eck gefunden, in dem sie ein wenig vom Lärm abgeschirmt waren. „Es geht um den Herrn Hofrat. Es ist seltsam, nicht wahr, aber ich habe mir oft überlegt, wie ich es Ihnen am besten erklären könnte. Und jetzt sitze ich da und mir fällt nichts ein." Er nahm ein Stofftaschentuch aus seiner Jackentasche und putzte sich geräuschvoll die Nase. Das passte nicht zu seinem eleganten Auftreten. Zum Glück waren die Gäste zu betrunken, als dass sie sich das Maul hätten zerreißen können. Johanna rückte näher. „Als Erstes muss ich Ihnen leider mitteilen, dass der Herr Hofrat verstorben ist. Es ist viele Jahre her." Johanna nickte. „Wie soll ich beginnen, also, sagen wir, unser Herr Hofrat war ein sensibler Mann, der zur Schwermut geneigt, aber gut beobachtet hat. Er hatte viele Talente und eines davon war sicher, dass er die Menschen und ihr, nennen wir es, wahres Ich gesehen hat. Sicher ist er kein Heiliger gewesen, hatte einer bei ihm verspielt, gab es kein Mitleid mehr. Wie dem auch sei. In Ihnen hat er auf alle Fälle ein musikalisches, nun ja, gewissermaßen Herz und Talent erkannt." Er nahm noch einmal sein Taschentuch und schnäuzte sich lautstark. „Jedenfalls hat er zur rechten Zeit ein Testament angefertigt. Und darin werden auch Sie erwähnt, mein liebes Fräulein, äh, nein, bitte verzeihen Sie, Frau Eckert natürlich."

„Ich?" Johanna riss die Augen auf. Sie kam in dem Testament vom gnädigen Herrn vor? Hieß das, er hatte ihr etwas vermacht? Ein Notenbuch vielleicht? Jenes rote, in Samt eingebundene, das er auf seinem Flügel liegen hatte? „Verzeihung, ein Schnupfen, der einfach nicht aufhören will." Er steckte das Taschentuch wieder weg. „Der Herr hat Sie sehr geschätzt für Ihre Musikalität. Auch wenn er das nicht gezeigt hat. Aber dass er es tat, beweist sein Testament, in dem er Ihnen seinen Flügel vermacht hat." Johanna blieb der Mund offen stehen vor Schreck. „Das Klavier?", stotterte sie. „Das, das muss ein Irrtum sein, das ist nicht möglich. Er, also ich, also, bestimmt meinte er jemand anderen, der gnädige Herr hat doch nicht einmal meinen Namen gekannt." Der Mann hob den Zeigefinger. „Nein, nein, verkennen Sie unseren Herrn Hofrat nicht, wie ich sagte, er wusste mehr, als viele dachten", sagte er und fügte nach einer kurzen Pause hinzu: „Viel mehr." Leider muss ich Ihnen die Freude aber gleich wieder nehmen. Es ist alles nicht so einfach." Er zögerte. „Für den Herrn Hofrat ist es, sagen wir, nicht so gut gelaufen, wie es hätte sollen. Sie wissen ja, er hatte Kontakte zum damaligen Volksfeind ..."

„Ja, ich weiß, der Jude. Aber ist der nicht schon damals gleich geflüchtet?", platzte Johanna heraus. Der Mann runzelte die Stirn. „Ja, das ist er. Und es hat unseren Herrn schwer getroffen. Aber er hatte ihn selbst weggeschickt, um ihn in Sicherheit zu bringen."

„Verstehe." Sie erinnerte sich kaum mehr an den jungen Besucher, den Magda nicht bedienen wollte. Nur, dass er sehr freundlich zu ihr war. „Wissen Sie, Frau Eckert, der Herr Hofrat hat es immer gut verstanden, sich mit allem und jedem zu arrangieren. Auch, was seine Ehe betraf. Doch er hatte Neider. Und Menschen, die ihn nicht haben wollten. Verstehen Sie?" Johanna nickte. Neid. Eine Todsünde – und trotzdem: Hatte nicht auch sie der eigenen Schwester alles geneidet? So etwas war schwer zu unterdrücken. „Sie sind gekommen und haben den gnädigen Herrn mitgenommen und auch das Personal wurde abgeführt und verhört." Er hatte aufgehört zu sprechen, sah plötzlich fahl und alt aus, als würde die Erinnerung ihm Schatten und Falten ins Gesicht werfen, die vorher nicht zu sehen gewesen waren. Johanna versuchte, sich zu erinnern. Ob Magda noch da gewesen war? Sie hatte nie wieder von ihr gehört, obwohl sie sich fest versprochen hatten zu schreiben. Hatte sie ihn vielleicht verraten? Magda, bestimmt, sie musste es gewesen sein. „Wir hatten Angst, verstehen Sie?“, fuhr der Chauffeur fort. „Wir, ich, alle wollten wir uns retten, es war ja bekannt, dass nicht lange gefackelt wurde.“ Johanna hielt den Atem an. „Hat Magda ihn verraten?“, fragte sie. Er schüttelte den Kopf. „Oder seine Frau?“, fiel ihr ein. „Nein, seine Frau war loyal.“ Er legte die Hände übereinander und schloss kurz die Augen.

„Ich war es“, sagte er seufzend. Einige Zeit blieben sie schweigend sitzen. Johanna fragte sich, ob sie ein Gebet für ihn sprechen sollte. „Sie haben ihn nicht abgeführt, er ist ihnen zuvorgekommen und hat sich selbst gerichtet.“ Sich selbst gerichtet. Was für eine schöne Bezeichnung für eine sündige Tat, die sie ihm nicht verdenken konnte. „Deshalb hat er das Testament rechtzeitig geschrieben. Doch das hat nichts genutzt. Sein Vermögen, sein Geld, sie haben alles genommen. Das Testament wurde natürlich nicht anerkannt. Es hat sich auch niemand die Mühe gemacht, es zu lesen.“

„Aber Sie haben es gelesen.“

„Ja, es lag auf dem Schreibtisch. Neben ihm. Ich habe es gefunden, als ich ihn entdeckte, und habe es eingesteckt.“ Wieder blieb er einige Zeit still. Das Gasthaustreiben war weit weg. „Ich habe nicht nur ihn verraten, sondern alles, was er hatte. Aber was hätte ich denn tun sollen?“ Er erwartete keine Antwort. Langsam hob er seinen Blick wieder und sah sie an. „Die Dienstmädchen haben ihre Sachen zusammengepackt und sind sofort abgefahren. Die gnädige Frau wollte nach London, da habe sie einen Freund, meinte sie. Sie hat das Bargeld genommen, das noch da war. Er hatte vorgesorgt, sogar für sie. Bevor sie gegangen ist, hat sie mir geraten zu nehmen, was noch zu finden war. Das sei keine Welt für uns, hat sie gesagt, und dass er ein guter Mann gewesen ist." Er wandte sich den Gästen zu. „Dürfte ich doch um ein Wasser bitten?" Johanna stand auf, lief zur Theke, erst jetzt wurde ihr wieder bewusst, wo sie war. Aber es war ihr unwichtig, mochten die Leute denken, was sie wollten. Sie füllte ein Glas mit frischem, kaltem Leitungswasser und eilte zum Tisch zurück.

„Ich wusste, dass ich nichts retten konnte. Ein paar kleine Möbel, Bilder vielleicht. Aber den Flügel –" Der Chauffeur schüttelte den Kopf. „Ich weiß, dass er sehr daran hing, dass er ihm viel wert war, er hat ihn manchmal, ich weiß nicht, es sah so aus, als würde er ihn streicheln. Und einmal hat er gesagt – da hatte er zu viel getrunken und war redselig –, dass er ihn nur jemandem überlassen würde, der ihn genauso bewunderte wie er. Und das waren wohl Sie." Johanna nickte kaum merklich. Auch sie hatte das Klavier gestreichelt und bestimmt hatte sie es bewundert. „Vielleicht ist es meinem schlechten Gewissen geschuldet, dass ich das Klavier unbedingt retten wollte", erklärte der Chauffeur gefasster. „Ich habe einen Bruder, der in einem Fuhrunternehmen arbeitet. Ich habe ihm gesagt, er könne haben, was er in der Wohnung finde, dafür müsse er mir helfen und das Klavier wegbringen." Er sah erschöpft aus. Mittlerweile war es spät geworden, die Musik hatte aufgehört zu spielen und nur noch wenige Gäste saßen um einen Tisch. „Sie können sich ja denken, dass ein Flügel nicht einfach irgendwo Platz hat. Und er sollte nicht gleich gefunden werden. Also haben wir ihn aus der Stadt gebracht, zu meiner Mutter. Sie hat ein kleines Haus und einen Keller. Da steht er jetzt noch immer." Der Mann wartete, dass sie etwas sagte, aber Johanna blieb stumm. „Der Flügel kann dortbleiben, bis Sie ihn abholen. So ein Flügel ist viel wert und ich kann mir vorstellen, dass der Verkauf einiges einbringt. Aber ich glaube, nein, ich weiß, dass der Herr Hofrat es sich sehr gewünscht hätte, dass Sie ihn behalten." Sie fühlte sich ertappt, tatsächlich hatte sie kurz überlegt, das Klavier zu verkaufen. Es war noch so viel herzurichten, die Zimmer, die Betten, das Geld konnten sie gut gebrauchen. „Ich werde Ihnen meine Adresse und Telefonnummer hinterlassen. Melden Sie sich, wenn Sie eine Entscheidung getroffen haben." Er holte einen Zettel und einen Bleistift aus der Tasche und notierte seinen Namen. „Hier", sagte er. Josef Rasner, las sie. Umständlich packte er den Bleistift wieder ein, richtete seinen Hut und stand auf. „Sie können natürlich die Nacht über hierbleiben", sagte Johanna schnell. „Ich kann Ihnen ein Zimmer herrichten." Erleichtert ließ er sich wieder auf den Stuhl fallen. „Oh, liebe Frau Eckert, das wäre wunderbar. Sehr gern." Sie blickten sich an. Er sah müde aus, aber erleichtert. Johanna fiel plötzlich etwas ein. „Wie haben Sie mich damals am Bahnhof, wie haben Sie eigentlich gewusst, wer ich bin?" Er lächelte. „So wie ich alle Dienstmädchen erkannt habe. Zu große Schuhe, einfache Kleidung und schüchtern im hintersten Eck auf den Boden schauend."

MARIANNE, 1973

„Eine Runde!“, rief ein Gast von hinten. Marianne nickte. Sie nahm alles auf. Es saßen sechs Personen am Tisch, die gerade ihre weiße Mischung geleert hatten. „Vier Zirben!“, tönte es von links, „Zwei Bier!“, von rechts. Im Gwölb hatte sie nicht die Zeit, alle Bestellungen auf einen Zettel zu schreiben. Aber das brauchte sie nicht. Sie konnte sich ohne Probleme alles merken, die Zahlen behielt sie automatisch im Kopf. Auch wenn es ans Abkassieren ging, musste sie nicht lang überlegen. Marianne wusste genau, wer was wann getrunken hatte und wie viel es kostete. Es war voll, es gab Umsatz, das war gut. Es war ihre Arbeit, ihr Leben. Marianne hatte ihre acht Jahre Pflichtschule absolviert.

1956 bis 1960: vier Jahre Volksschule. 1960 bis 1964: vier Jahre Volksschuloberstufe. An ein Gymnasium hatte sie nicht einmal gedacht. Und es hatte sie auch keiner gefragt, ob sie Matura machen wollte. Nach der Schule, mit vierzehn, hatte sie neben ihrer Lehre in einem Gasthaus im Nachbarort mehr im eigenen Betrieb mitgeholfen.

„Vier Zirben, den Klaren, zwei große Bier und sechs Mischungen!“, rief Marianne ihrer Mutter hinter der Schank zu, als sie von ihrer Runde zurückkam und die leeren Gläser abstellte. Johanna richtete das Tablett, öffnete die Flaschen, betätigte den Zapfhahn, schenkte ein. Das bot Marianne zwei Minuten zum Durchschnaufen. Sie sah sich um. Da hinten stand einer, mit dem sie in der Schule gewesen war. Wahrscheinlich erinnerte er sich nicht mehr an sie. Sie selbst versuchte, die gesamte Schulzeit zu vergessen. Seit neun Jahren war sie nun weg von dem Schönschreibgefängnis, neun Jahre weg von dem unberechenbaren Lehrer.

Marianne hatte sich keine große Mühe in der Schule gegeben. Die Begeisterung, mit der sie sich anfangs auf das Lernen gefreut hatte, war schnell der Langeweile gewichen, die der Schulalltag und der Klassenlehrer mit sich brachten. Am Unterricht hatte sie gerade so viel teilgenommen, wie es nötig gewesen war. Ihre Aufgaben hatte sie schnell und ohne großes Interesse erledigt. In Deutsch hatte sie wegen ihrer schrecklichen Handschrift immer nur einen Vierer, in Mathematik einen Einser, obwohl auch ihre Zahlen krakelig gewesen waren. Doch da hatte der Lehrer nicht anders können, sie hatte nie einen Fehler gemacht. In der Schule hatte sie ausschließlich mit rechts geschrieben. Nie wieder wollte sie dem Lehrer die Gelegenheit geben, ihr den linken Arm hochzubinden oder ihr auf die Finger zu hauen. Ihre Schrift war zwar hässlich, aber immerhin mit der schönen Hand geschrieben. Zuhause erledigte sie seit jeher alle Arbeiten mit links. Bestellungen notieren, das Futter für die Hühner ausstreuen, den Teig verrühren, den Schnaps servieren. Den Gästen war es gleich, der Schnaps schmeckte gleich, egal aus welcher Hand. Bei den Fremden hatte sie am Anfang noch die rechte Hand verwendet, bis sie merkte, dass es die genauso wenig interessierte. Fremde, so nannten sie die Leute, die im Sommer ins Dorf kamen. Jahr für Jahr wurden es mehr, sie wanderten auf die umliegenden Berge und genossen die frische Luft. „Wir sollten Zimmer vermieten. Das würde uns ein zusätzliches Einkommen bringen", hatte Marianne zur Mutter gesagt. Sie hatte ausgerechnet, wie viel sie investieren mussten, um den Dachboden auszubauen. Seitenweise Zahlen, die sie ihr stolz präsentierte. Die Mutter nickte jedoch nur und war einverstanden. Sie verließ sich auf das, was Marianne für das Geschäft empfahl, es stellte sich immer als richtig heraus. Ihre Brüder waren kräftig, da hatten sie sparen und viel selber machen können. Und darüber hinaus hatten sie Freunde eingespannt, die für ein bisschen Schwarzgeld beim Ausbau geholfen hatten. Das investierte Geld zahlte sich aus und brachte schließlich den erhofften Gewinn ein. Fünf Fremdenzimmer wurden es. Einige Familien kamen sogar immer wieder, es gefiel ihnen so gut, die Natur, der Wald, der kleine See und die Berge, und Marianne fragte sich, was sie da Schönes sahen. Denn so sehr sie schaute, sie fand nichts, was hier besonders war. Sie mochte die Gäste gern, die meisten waren nett zu ihr, Urlaub machte gute Laune und viele gaben ihr Trinkgeld. „So ein fleißiges Mädchen", sagten sie, auch wenn Marianne sich bis heute nicht sicher war, ob sie es ernst gemeint oder einfach nur Mitleid mit ihr gehabt hatten, diesem unauffälligen, bebrillten, molligen Mädchen. Das größte Geschenk machte ihr ein Stammgast, als er sieben Bananen mitbrachte. Sie aß sie alle an einem Tag auf. Sie waren herrlich, außen hart und innen weich und süß. Man konnte das Fruchtfleisch einfach mit dem Gaumen zerquetschen. Diese exotische krumme Frucht sah sie damals zum ersten Mal. Sie schmeckte anders als alles, was sie kannte – nach einer anderen Welt, nach Abenteuer, Aufregung, Auffälligkeit. Marianne versuchte immer wieder, der Langeweile zu entkommen, denn das war sie ihr Leben lang: gelangweilt. Sie wollte so viel mehr wissen, aber wen hätte sie fragen können? Der Lehrer wich nicht vom Stoff ab und wollte in Ruhe gelassen werden. Ihre Mitschüler wollten tratschen, vor sich hinträumen und sich gegenseitig ärgern. Die Mutter hatte keine Zeit und die anderen Erwachsenen hatten sie nicht beachtet und wenn sie es doch taten, wurden sie ihrer schnell überdrüssig. Marianne hatte gelernt: Wer viel fragte, war unbeliebt. Als sie ihr Abschlusszeugnis in den Händen hielt, war die Schule erledigt. Die Koch-Kellnerinnen-Lehre danach war auch nicht sehr spannend. Sie konnte eigentlich sowieso alles von zuhause. Ob sie es wollte? Keiner hatte sie gefragt. Sie sich auch nicht. Wen interessierte das? Sie war die Tochter einer Wirtin. Ein Essen zubereiten. Einen Teller hinstellen. Das ging. Sie war keine begnadete Köchin, die in Sekundenschnelle die Zwiebeln schnitt, und keine resche Kellnerin, die zehn Bier mit zwei Händen trug. Ein Essen zubereiten. Einen Teller hinstellen. Fertig. Es waren keine schlechten Jahre gewesen, keine guten. Unauffällig. Unspektakulär.

Die Mutter stellte die Gläser auf das Tablett und Marianne eilte los. Sie kassierte sofort. „24 Schilling, bitte."

„Und bei euch machts 15,50 Schilling."

„Mach 16, passt schon." Kaum einer registrierte sie wirklich, schaute sie an, sie gaben ihr das Geld, sie gab heraus, dann lief sie weiter, holte die nächsten Getränke.

GERTRUD, 1994

„Wie meinst du *bei uns*?“, frag ich. Die Barbara stöhnt genervt. „Sei nicht so begriffsstutzig. Ihr habt doch ein Gasthaus, oder?“ Ich kapier überhaupt nicht, was die Barbara will. „Ja und?“ Sie stöhnt nochmal. „Ein Gasthaus ist ein Raum, in dem Leute eine Party feiern können, oder?“

„Ja sicher, aber was willst du? Warte, nein! Jetzt kapier ich! Sicher nicht! Das geht nicht, stell dir mal vor, bei uns im Gasthaus eine Grunge-Party!“

„Warum? Wir brauchen ein Lokal für die Party und ihr habts eins, ist doch super?“ Die Barbara lässt ihre Dreadlocks ins Gesicht fallen und knetet drauf herum. Es klingelt, die Pause ist vorbei, aber das ist uns egal. „Eine Grunge-Party in einem Landgasthaus, das ist, wie wenn der Mike Patton von Faith No More die Lucilectric-Tussi heiratet“, sag ich und die Kathi lacht. Die Lehrerin kommt uns entgegen. „Könnt ihr euch vielleicht auch in die Stunde bequemen?“ Wir lungern auf den Stiegen herum. Langsam stehen wir auf. In der Stunde nervt die Barbara noch immer damit. „Denk noch mal drüber nach, ich fänd das geil“, flüstert sie mir zu. Wir sitzen nebeneinander in der dritten Reihe: ich, die Kathi und einen Tisch weiter die Barbara. Sie muss allein sitzen, weil sie zu viel quatscht. „Barbara, jetzt sitzt du extra allein in der Bank und störst immer noch, Ruhe jetzt.“ Was die Lehrerin immer zusammenjammert, die sollte mal überlegen, warum hier niemand aufpasst. Ich sag nichts mehr, leg mein Kinn auf die Oberarme und dös ein bisschen vor mich hin. Die

Kathi hat unter dem Tisch ein Knüpfarmband. Die Lehrerin redet irgendwas von Böden und Wasser und Dingen, die kein Mensch jemals brauchen wird, da bin ich mir sicher. Ich versteh ja, dass wir lernen müssen, aber dann wenigstens was Gescheites. Ich schau aus dem Fenster. Viel zu sehen gibt es eh nicht. Es ist schon blöd, dass ausgerechnet das Lokal zumachen muss, in dem die Grunge-Partys immer stattfinden. „Das geht doch nicht", hat sich die Kathi aufgeregt, „da waren sogar Leute von Klagenfurt, ich schwörs! Das müssen wir irgendwie weitermachen." Die Barbara war richtig außer sich und hat überlegt, ob sie nicht zum Bürgermeister geht und fragt, ob er uns einen Raum gibt. Als würd der irgendwas für uns tun, dem sind wir doch völlig wurscht. Ich find es ja auch schade, die Grunge-Partys sind super. Jetzt müssen sich Martin und die alle was Neues suchen. Die Barbara meint, dass das gar nicht so einfach ist. Vielleicht liegt es daran, dass die wenigsten Lokale was mit jungen Leuten, die laut Musik hören, wenig konsumieren und in irgendwelchen Ecken kiffen, zu tun haben wollen. Wenn ich mir vorstell, wie die Oma dreinschauen würd, wenn der Martin mit seinen langen Dreads ins Gasthaus käm. Nein danke. Unmöglich. Ich würd mich echt genieren. Außerdem wär die Oma niemals einverstanden. Die Kathi hat die Idee mit unserem alten Keller als Erste: „Ihr habt doch den Raum unten im Gasthaus, wo früher die Disko gewesen ist. Da, wo jetzt nichts drinnen ist", flüstert sie. „Das war eine Bar", stell ich richtig. „Ist ja egal. Aber das wär doch perfekt."

„Was?" Die Barbara hat sofort mitbekommen, was die Kathi gesagt hat. „Ein Keller? Das ist ja supergeil!", jubelt sie.

„Barbara!", schimpft die Lehrerin. „Sag ich ja", meint die Kathi. „Ich weiß nicht", entgegne ich. „So, jetzt reichts aber!", sagt die Lehrerin und setzt uns alle weit auseinander. „Das ist ja wie in der Volksschule", meckert die Barbara. „Wenn ihr euch aufführt wie Volksschüler, dann wundert euch nicht darüber", kontert die Lehrerin genervt. Das Gwölb. Was für ein Blödsinn! Da hängt noch immer die peinliche Glitzerkugel und eine Musikbox steht herum. Dazwischen sind überall diese alten hässlichen Eisenziergitter und die dunklen Jägermöbel von oben. Das wär mir voll unangenehm. Der Martin, wenn der das sieht und die Oma trifft? Nein. Das geht gar nicht. Ich schau wieder aus dem Fenster. Eine Wolke hat sich ein Stück bewegt. Das Leben ist Stillstand. Ich würd jetzt voll gern Fußball spielen.

Am nächsten Tag rennt die Barbara mir vor der Schule entgegen. Das heißt, sie rennt in einer cool-tauglichen-langsam-aber-doch-etwas-schnelleren Geschwindigkeit. Wir umarmen uns. „Was geht?", will ich wissen. „Ich hab ihn angerufen, er findet es super!", sagt sie. „Wen?"

„Na, den Martin."

„Hä? Spinnst du?" Die Barbara verdreht die Augen. „Mensch, hallo, guten Morgen, schläfst du noch? Ich hab ihm gesagt, dass ihr ein super Kellerteil habt, in das eine Grunge-Party super hineinpassen würd."

„Was hast du?"

„Er hat gesagt, er ruft dich an und du sollst das vorher mal mit deinen Alten checken."

„Was? Mich?"

„Ja sicher dich, wen denn sonst? Red vorher mit deiner

Mutter und der Oma vielleicht auch. Du musst ja nicht alles sagen."

„Aber, hey ..."

„Das wird so geil, ich pack es nicht. He, schau, da kommt die Kathi. Kathi, he, Kathi, komm her, schnell!"

Die Kathi ist begeistert. Der Tag vergeht mit Pläne schmieden (Kathi und Barbara), Pläne verwerfen (ich). „Das wird nichts, ihr kennt doch meine Oma –", versuch ich das Thema abzuschließen. Die Kathi fällt mir ins Wort: „Deine Oma ist eh cool, kannst dich erinnern, wie sie uns mal erwischt hat, wie wir einen Ofen haben bauen wollen? Sie hat gar nichts gesagt, nur kurz bös geschaut."

„Weil sie nicht gewusst hat, was wir da tun!"

„Sie ist echt okay, die wird da nichts dagegen haben. Ich komm einfach mit heut", bestimmt die Barbara.

„Wie, du kommst mit?"

„Na ich komm heut nach der Schule mit zu dir und überzeug sie, okay?" Die Barbara lässt sich nicht abhalten und so sitzen wir nach der Schule zusammen im Bus. Im Gasthaus ist nur die Mama. „Wollt ihr zusammen lernen?", fragt sie. Es ist früher Nachmittag, hinter der Theke steht der Adi, der sich ein Bier genehmigt. „Wir wollten eigentlich fragen, ob wir hier eine Party machen können. Da wär voll viel los und es springt sicher viel Geld heraus", antwortet die Barbara. „Was wollts?", fragt der Adi, bevor die Mama antworten kann. „Eine Party für junge Leute", sag ich schnell, bevor die Barbara noch was über Grunge sagen kann und womöglich mit dem Adi ein Gespräch anfängt. Der Bierbauch vom Adi hängt auf seine Oberschenkel, die in zu engen Hosen stecken. Er hat einen Bart und raucht. Ich schäm mich für das alles hier. „Barbara hat gemeint, wir können das sicher da machen", erklär ich der Mama. „Ich hab gleich gesagt, dass das nicht geht, es ist ja voll laut und die Jungen trinken nicht viel …" Ich geb der Mama ein Zeichen, dass sie Nein sagen soll. Aber sie kapierts nicht. „Oma ist in der Küche, fragt sie doch einfach, mir ist es recht." Sie lächelt. Ich könnte schreien. Warum versteht die Mama mich nie? Der Thomas muss nur ein Wort sagen, schon weiß sie, was Sache ist. Aber wenn ich mal was brauch, liegt sie komplett daneben. „Super, dann gehen wir mal zu ihr", sagt die Barbara. Ich bekomm mit, wie der Adi die Mama fragt: „Was hat die denn auf dem Kopf, einen Pudel?"

Die Oma steht in der Küche und macht Grammelknödel. Es stinkt nach Fleisch, voll peinlich! Die Barbara ist Vegetarierin. „Tag", sagt sie und die Oma sieht sie an: „Grüß euch, habts Hunger?" Wir schütteln den Kopf. Die Oma formt die Knödel und legt sie alle nebeneinander auf ein Brett. Sie sind perfekt. Rund wie Bälle. Am liebsten würd ich jetzt rausgehen und Fußball spielen. „Wir wollten Sie was fragen", beginnt die Barbara. Mir kommt vor, dass sie jetzt nicht mehr so sicher klingt wie bei der Mama vorhin. Die Oma hat was Strenges, mit dem hageren Gesicht und den spitzen Lippen. „Ja dann fragts halt", sagt sie, ohne ihre Arbeit zu unterbrechen. „Es ist so …", versucht es die Barbara noch einmal und stößt mich an. „Du kannst ja auch mal was sagen."

„Wir, also, es gibt da immer so eine Party in der Stadt. Eine Party für junge Leute …", fang ich jetzt an.

„Jedenfalls, die ist echt gut. Viele Leute und so", setzt die Barbara fort.

„Aber das Lokal, wo die immer stattfand, das hat jetzt zugemacht und …“

„Deshalb hat die Barbara gemeint, vielleicht könnten wir die Party bei uns machen, unten im Keller, in dem Raum, wo früher die Disko drin war. Ich hab ihr eh gleich gesagt, dass das keine gute Idee ist, weil da ja voll viel Zeug rumsteht. Und dann ist es laut und –“

„Aber wir können alles raustragen, das ist kein Problem!“, unterbricht die Barbara mich. „Und zurück auch wieder, ist eh logisch. Und das letzte Mal bei der Party, da war Eintritt, das könnten wir auch machen, den können Sie dann behalten. Da kommt fix was zusammen!“ Die Oma formt weiter die Knödel, sagt nichts, konzentriert und schnell macht sie mit ihren langen Fingern einen nach dem anderen. „So viel Knödel hab ich noch nie gesehen“, murmelt die Barbara bewundernd. „Von mir aus“, sagt sie auf einmal. Die Barbara reißt die Augen auf, stößt ein leises „Ha!“ aus und boxt mir in die Seite. „Was?“, ruf ich entsetzt. „Von mir aus“, sagt sie nochmal, holt einen riesigen Topf, geht zur Abwasch und füllt ihn mit Wasser. „Aber es wird laut! Und wer weiß, was die alle so machen, womöglich muss die Polizei kommen –“

„Ach Blödsinn!“, ruft die Barbara dazwischen. „Da passiert sicher nichts. Und vom Keller hört man ja nichts herauf. Wir passen auf.“ Die Oma wuchtet den Riesentopf auf den Herd. „Überlegts euch, wann. Und es geht nur, wenn die Marianne die Bar macht.“

„Das macht sie sicher! Komm Geri, wir fragen sie gleich. Super, Sie sind voll super, ich hab Geri gleich gesagt, dass Sie eine coole Frau sind! Danke!“ Die Barbara nimmt mich an der Hand und zieht mich freudestrahlend hinter sich her in den Gastraum. „Sie hat Ja gesagt, wir können es machen!“, ruft sie aus voller Kehle, noch bevor wir richtig da sind.

Der Adi hat inzwischen sein Bier ausgetrunken und lehnt, den Kopf abgestützt, an der Theke. „Na schau“, sagt die Mama. Sie hat das alte Mathematikbuch vom Thomas vor sich liegen, der Adi kann es nicht sehen. Die Mama liebt es. Ich kenne niemanden auf der ganzen Welt – na gut, den Thomas vielleicht –, der sich so gern damit befasst. Das ist sogar dem Papa zu mühsam. „Es ist noch nicht fix“, sag ich schnell. „Es geht nur, wenn du die Bar übernimmst. Aber es ist voll laut und die Leute machen wahrscheinlich alles kaputt und sind unfreundlich.“ Die Barbara schüttelt den Kopf. „Ach was, Geri, das stimmt doch nicht, wir machen das alles, wenn Sie wollen, können wir hinter die Bar, das wollte ich eh schon immer. Und kellnern können auch wir.“

„Na super“, motz ich, „und wenn unsere Leute abkassieren, ist kein Geld mehr da, weil wir nicht Kopfrechnen können.“ Die Mama lacht und der Adi zieht an seiner Zigarette, als würd er sie aufessen wollen. „Kein Problem. Ich kann das machen. Wann soll die Party denn steigen?“ Ich bin stinksauer, hört mir die Mama vielleicht irgendwann auch mal zu, oder was? Barbaras Stimme klingt begeistert. „In zwei, drei Wochen. Aber da müssen wir mit den Burschen reden, die bis jetzt die Party organisiert haben. Die nehmen dann ein Mischpult mit und Verstärker. Ich werd sie fragen, ob sie am Freitag oder Samstag mal vorbeischauen können. Ging das? Damit sie checken können, ob das geht mit den Kabeln und so.“ Die Mama nickt lächelnd und der Adi dämpft seine

Zigarette aus. „Na das wird aber was werden, ha“, meint er und grinst. Seit ich ihn kenn, hat er eine Zahnlücke, die ihn gefährlich aussehen lässt. Als Kind hab ich mich vor ihm gefürchtet, weil ich gedacht hab, er wär ein Räuber. Aber der Adi ist harmlos. „Das ist so cool! Das wird echt was werden“, ruft die Barbara. Er lacht. „Und Sie können auch kommen“, sagt sie zu ihm. Ich versteh die Welt nicht mehr. „Können wir jetzt in mein Zimmer gehen?“, frag ich genervt.

Die Barbara nimmt zwei Stufen auf einmal, ich folg ihr langsam und gebeugt. „Kannst du dich mal wieder einkriegen?“, sag ich. „Was regst du dich denn so auf, ist doch super gelaufen!“, schimpft sie. „Ich kapier dich nicht.“ Im Zimmer werf ich mich aufs Bett. Was für ein Scheiß! Am liebsten hätt ich gebrüllt, dass ich mich geniere, für die Oma und das Gasthaus, für den Adi mit seiner Zahnlücke und die stinkigen Grammelknödel, für die Mama, die sich die Füße in den Bauch steht und sich für Mathe (ja, Mathe!!!) interessiert – und für mich selbst, weil ich mich für all das geniere. Ich versuch, traurig dreinzuschauen. „Wahrscheinlich ist das mit der Scheidung halt doch nicht so ohne für mich“, lüg ich. Die Barbara steht auf, legt sich zu mir aufs Bett. „Ist eh klar, ich denk manchmal gar nicht dran, sorry.“ Seit sie in den USA war, sagt sie nur noch sorry, Entschuldigung kann sie nicht mehr. Ich antwort nicht, kann schlecht sagen: „Ich auch nicht.“

JOHANNA, 1974

Johanna erinnerte sich, dass Herta Marianne früher Lieder vorgesungen hatte. „Bruder Jakob“ oder „Der Mond ist aufgegangen“. „Noch einmal“, hatte die kleine Marianne mit ernster Miene befohlen. Herta hatte gelacht und von vorn begonnen. Was für eine schöne, klare Stimme sie hatte. Die Liebe zur Musik hat sie stark und stolz gemacht, dachte Johanna, die hat sie bestimmt von mir. Und dann verwarf sie den Gedanken schnell wieder. Herta war anders als Marianne gewesen, schon als Kind viel aufgeweckter und quirliger. Marianne war blass und mollig, Herta dunkel und kräftig. Ihre gebräunte Haut hatte Johanna an die Zigeunerkinder erinnert, die sie in den Zeitungen gesehen hatte. Ein Zigeunerkind. Wenn ihr Peiniger, der alte Nazi, jemals erfahren hätte, dass Johanna so von der gemeinsamen Tochter dachte. Von der gemeinsamen Tochter? Oder besser ihrer Nichte. Zwei Buben, zwei Mädchen, ein Vater zu wenig, einer zu viel, eine Mutter, die keine war, und eine Tante, die es nicht gab. Ein Musikstück mit viel zu vielen Noten. Johanna behielt das alles natürlich für sich. Sie betrachtete Herta. Sie war die geborene Wirtin. Gewinnend, lustig und temperamentvoll, nicht so zurückhaltend und schüchtern wie Marianne. Sie hatte alles im Griff im Gwölb, wirkte nie gestresst und war sehr beliebt bei den Gästen.

„Herta, sing uns was!“, brüllte ein Bursche. Sie lachte kokett. „Was wollt ihr denn hören?“

„‚Die Liebe ist ein seltsames Spiel‘“, rief eine junge Frau.

Herta holte ihre Gitarre, setzte sich auf einen Stuhl und stimmte das Lied an. Johanna hörte zu, versuchte, nur die Stimme herauszuschälen, sie von Text und Melodie zu trennen. Sie pur zu erleben. Sie dachte an ihr Klavier und wann sie es endlich würde holen können. Aber wo sollte sie es hinstellen? Im Gasthaus war kein Platz. Und im Keller hatten sie jetzt das Gwölb eingerichtet. In Irmgards Wohnung? Nein, sicher nicht in der Wohnung dieses Mannes, ob tot oder nicht. Vielleicht wollte Herta darauf spielen? Aber Herta hatte andere Dinge im Kopf. Und wie sollte sie es transportieren? Das Geld hatten sie für das Gwölb und den Gastgarten ausgegeben, die Heizung musste saniert werden und die Leute wollten Waschbecken im Zimmer haben, die noch einzubauen waren. Das Klavier musste warten.

Die Gäste applaudierten, Herta verneigte sich. Sie hatte schön gesungen, aber diese Texte waren so dumm und unanständig. Johanna verstand die Jugend nicht, genauso wenig wie die Alten. Vielleicht sollte es so sein: Das Klavier in einem fremden Keller und sie hier, vielleicht war sie das schöne Instrument gar nicht wert. Eine Wirtin mit einem Klavier, hat man so etwas je gehört? Der Chauffeur hatte ihr geschrieben, seine Mutter sei verstorben und er lebe nun in ihrem Haus. Er fragte nicht nach, warum sie es nicht holte. Wahrscheinlich wusste er, wie schwer es war, die nötige Zeit und das nötige Geld für den Transport aufzubringen. Marianne kam Johanna zu Hilfe und stand jetzt hinter der Theke. Sie trug eine rote Bluse, dennoch übersah man sie fast. Obwohl ihr Körper an ein Stück Kuchen erinnerte, waren in ihrem Auftreten keine Butter und kein Zucker spürbar. Johanna hatte selbst auch keinen Zucker und kein Fett gehabt. Aber nichts half, selbst so ließen einen die Männer nicht in Ruhe. „Geh du servieren", sagte Johanna und Marianne lief mit einem vollen Tablett los. Johanna bereitete bereits die nächsten Bestellungen vor. Wo blieb Herta? Johanna sah sich um. Da entdeckte sie sie. Sie stand neben einem Mann, der auf sie einredete. Willi, das war Willi, der Knecht vom Nachbarhof. Johannas Blick blieb an ihm haften. Sie war irritiert. Es war nicht das erste Mal, dass ein Mann sich um Herta bemühte und sie sich umschwärmen ließ. Aber noch nie hatte sie dabei dieses Lächeln gehabt und die Arbeit vernachlässigt. „Herta!", schrie Johanna durch die Menge, aber erst nach dem dritten Schrei und wild fuchtelnden Händen in der Luft hob Herta den Kopf, als hätte sie vergessen, wo sie war.

Eines Tages, als sie bereits zu Bett gegangen war, hörte Johanna draußen Stimmen. Sie hatte das Fenster geöffnet und sah hinaus. Da saßen sie wie Kinder: Herta, eine erwachsene, verheiratete Frau, eine Mutter. Sie hielt Willis Hand wie ein junges Mädchen. Johanna seufzte. Sie wusste, dass Herta von ihrer Ehe gelangweilt war, und sie müsste den beiden Einhalt gebieten, hinauslaufen, schimpfen. Willi sang leise. Seine Stimme war sanft, zart und trotzdem kraftvoll. Wie konnte sie da Herta schimpfen und Willi verjagen? Nein, sie konnte es nicht, obwohl sie Hertas Verhalten verurteilte. Sie glaubte wohl, ihr gehörte die ganze Welt, tat einfach, was sie wollte, und wunderte sich, wenn die Dinge aus dem Ruder liefen. Wie die Mädchen, die im Gwölb in viel zu kurzen Röcken die Burschen beeindrucken wollten. Keine Sitten hatten sie und keine Ahnung, dass man den Busen vor den Männern lieber versteckte, als ihn dauernd zu präsentieren. Marianne war anders. Und das hier war auch anders. Das war mehr als ein romantischer Abend, mehr als ein Gspusi mit einem Aufschneider aus dem Gwölb. Zu vertraut, zu verliebt, zu nah waren einander die beiden, zu liebevoll klang seine Stimme. Johanna wusste, dass sie klare Verhältnisse schaffen musste.

„Ich hab euch gesehen", sagte sie am nächsten Morgen zu Herta, die beim Frühstück aushalf, ohne lang herumzureden. Herta nickte und warf trotzig den Kopf in den Nacken. „Manfred und ich werden uns scheiden lassen", stellte sie klar, „wir haben es entschieden. Und dann werd ich den Willi heiraten." Sie nahm die Tassen und verteilte sie auf den Tischen. Es war noch früh, die Gäste würden erst in einer Stunde kommen. Johanna betrachtete Herta, die tat, als wäre es ein Morgen wie immer. Wieso wurde dieses Kind nicht erwachsen? „Hast es deiner Mutter gebeichtet?" Herta schüttelte den Kopf. „Dann wirst es ihr sagen, ich werd sie einladen", seufzte Johanna.

Als Willi einige Tage später kam, warteten sie in der Küche auf Irmgard. Marianne hatte den Dienst in der Gaststube übernommen, den Nachmittag schaffte sie allein. Hertas Sohn Bruno war inzwischen siebzehn und bei einem Freund, er hatte keine Lust mehr, seine Zeit im Gasthaus zu verbringen. Willi hatte sich herausgeputzt. Als Irmgard eintrat, begrüßten die Schwestern sich mit einer umständlichen Umarmung, ohne sich dabei wirklich zu berühren. Herta und den jungen Mann bedachte Irmgard nur mit einem Kopfnicken. Sie setzte sich zu Johanna, Willi und Herta saßen ihnen gegenüber auf der Bank. Sie runzelte die Stirn und als sie entdeckte, dass die beiden Händchen hielten, verfinsterte sich ihre Miene und ihr Ausdruck wurde hart. „Bitte, ihr habt mich herbestellt, ich nehme an, dass das damit zu tun hat." Sie deutete mit dem Kopf auf die ineinander verschränkten Hände. Herta setzte sich auf. Sie sah ihre Mutter an, beleidigt, aber auch etwas ängstlich. „Manfred und ich lassen uns scheiden. Er ist einverstanden. Es ist lang vorbei. Und ich werd wieder heiraten." Irmgard antwortete nicht, sie sah zuerst Willi an, dann Herta, dann wieder Willi. Dann lachte sie laut. „Du lasst dich scheiden? Für den da?"

„Guten Tag. Ich bin Willi."

„Und was arbeiten Sie?" Bevor er antworten konnte, sprach Herta. „Er arbeitet drüben beim Eneterhof. Willi ist sehr fleißig! Wenn hier im Gasthaus was zu tun ist, hilft er, nicht wahr, Tante?" Johanna nickte. „Herr Willi", sagte Irmgard knurrend und sah ihn nicht an. „Ich glaube nicht, dass meine Tochter die Richtige für Sie ist. Und ich weiß nicht, ob Ihnen klar ist, dass ihr Mann ein Ingenieur ist. Und dass der ihr einiges bieten kann! Und einen Sohn hat sie auch! Einen ledigen, für den werdens sorgen müssen."

„Das weiß er", beeilte sich Herta zu sagen. „Und ich hab ihn kennengelernt, den Bruno, er ist ein guter junger Bursch!", ergänzte Willi schnell. „Sie haben ihn kennengelernt? Meinen Enkel? Hinter meinem Rücken? Habts ihr überhaupt kein Gewissen? Dem Bruno noch einen Mann vorzusetzen? Wo er schon einen Stiefvater hat?" Irmgard rang nach Luft. „Er ist ja kein kleines Kind mehr. Und er mag ihn, lieber als den Manfred, der hat eh nie was mit ihm gemacht", verteidigte sich Herta. „Jetzt bist schon so alt, hast einen ledigen Sohn und willst dich auch noch scheiden lassen, aus einer Laune heraus? Einen Mann, der nix hat und nie was haben wird, heiraten? Wie blöd bist du eigentlich?" Herta wurde rot. Johanna sprang ein. „Schau, der Willi ist ein anständiger Kerl. Und er hilft uns bei allem, was so ansteht. Er trägt die Kisten, die Fässer und packt richtig an." Willi lächelte Johanna dankbar an. Irmgard schnaubte. „Das hab ich mir gedacht, dass du mir in den Rücken fällst und dieses unglückliche Kind wieder in Schutz nimmst." Sie wandte sich an Herta. „Und wie habt ihr euch das vorgestellt?" Ihr könnt ja nicht mal in der Kirche heiraten! Bei meiner Seel, als schuldig Geschiedene, wenn das dein Vater wüsste, im Grab würde er sich umdrehen!"

„Wir wollen keine große Hochzeit!" Hertas ängstlicher Ausdruck war gänzlich verschwunden, sie sah wütend aus. Irmgard haute mit der flachen Hand auf den Tisch und hob drohend ihren Zeigefinger. „Von mir braucht ihr euch keine Unterstützung zu erwarten."

„Die brauchen wir nicht", zischte die Tochter. „Herta!", mahnte Johanna. „Und wovon wollt ihr leben, wenn ich fragen darf? Beim Manfred wirst wohl ausziehen. Ihr werdet ja wo wohnen müssen. In unserer Wohnung geht das auf alle Fälle nicht. Und an den Bruno denkt ihr gar nicht. Was wird denn aus dem? Habts euch das überlegt? Jetzt ist er bald draußen aus der Schule und wird studieren. Wer wird ihm das bezahlen? Der Manfred wird uns was pfeifen." Bevor Herta antworten konnte, sagte Johanna schnell: „Sie können die erste Zeit bei uns bleiben." Irmgard schnalzte mit der Zunge. „Natürlich. Das hätte ich mir ja denken können."

„Willi hat die schönste Stimme, die es gibt. Ich liebe ihn", sagte Herta mit Tränen in den Augen. „Wir beide werden als Sänger auftreten und erfolgreich sein. In ein paar Jahren hörst uns im Radio!“ Irmgard lachte hysterisch. „Im Radio, das schau ich mir an.“

„Wenn wir dann bei *Autofahrer unterwegs* zu hören sind, lachst du nicht mehr!“ Irmgard schlug sich auf die Schenkel. „Dir wird das Lachen noch vergehen!“, brüllte Herta plötzlich. Besänftigend legte Willi seine Hand auf ihre Schulter. „Wir müssen nicht streiten. Nicht streiten ist besser. Wir können reden. Bitte. Normal reden.“

„Ich glaube, hier ist jetzt alles gesagt worden.“ Sie stand auf, auch Willi erhob sich. „Nur eins noch“, sie sah zu ihrer Mutter hinunter und flüsterte, „deinen Enkel wirst du nicht mehr sehen.“ Irmgard schnappte nach Luft, Johanna hielt den Atem an. Willi streckte Irmgard seine Hand zur Verabschiedung entgegen, die sie nicht nahm. „Auf Wiedersehen“, sagte er trotzdem. Als die beiden in der Gaststube verschwunden waren, begann Irmgard hysterisch zu schluchzen und zu schreien. „Sie nimmt mir meinen Enkel weg? Das werden wir noch sehn!“ Johanna blieb neben ihr sitzen, die Arme verschränkt. Brunos Interesse an der Großmutter war sowieso bereits begrenzt. Johanna hatte kein Mitleid mit ihrer Schwester, sie war nur müde. Nach einer Weile stand sie auf und sagte: „Ich muss jetzt arbeiten.“

GERTRUD, 1994

Seit das mit der Grunge-Party fix ist, bin ich manchmal total glücklich, zwischendurch panisch und dann wieder völlig am Boden. Keine Ahnung, wie es wird. Vielleicht super oder totaler Durchschnitt oder so peinlich, dass ich mich danach nirgends mehr hin trau. Noch zwei Wochen, dann startet die Party. Die Barbara ist voll dabei und will den Martin und die alle fragen, ob sie vorher kommen, um sich die Räume anzuschauen. Ich überleg schon die ganze Zeit, wie ich dann die Oma weglotsen kann. Und als wär die Aufregung wegen der Party nicht genug, kommen auch noch die Tante Herta und mein Cousin Patrick übers Wochenende. Sie wollen dann weiterfahren nach Italien, Tante Herta will ans Meer. Ich weiß nicht, ob ich mich freuen soll. Mit dem Patrick versteh ich mich gut, der spielt auch immer mit mir Fußball. Er ist gleich alt wie der Thomas und macht Zivildienst in einem Altersheim. Der Thomas hat gesagt, er macht zuerst sein Studium fertig und dann geht er vielleicht zum Bundesheer, weil das kürzer ist. Bin ich froh, dass ich das nicht machen muss! Früher hab ich immer gedacht, dass ich viel lieber ihn als Bruder gehabt hätte. Aber irgendwie, wenn man älter wird, ist alles anders. Es ist komisch, dass sie nie zu ihrer echten Oma fahren, sondern immer zu uns kommen. Letztes Mal haben der Patrick und ich über den Krieg in Jugoslawien geredet, ich weiß nicht mehr, wie wir drauf gekommen sind. Mich hat nur gewundert, dass er sich so gut auskennt. Ich hab keinen Plan. Einmal in der Schule hat uns ein Lehrer dazu was erklären wollen. Da hab ich gar nichts mehr kapiert. Ich find auf alle Fälle, dass es wichtig ist, die Leute nicht wegzuschicken, wenn sie bei uns Asyl wollen. Deswegen war ich bei den Demos dabei. Obwohl die Oma meint, dass man das nicht machen soll. Demonstrieren ist gefährlich, sagt sie. Der Oma wär es am liebsten, man sitzt nur daheim und ist brav. Drauf hab ich aber keinen Bock. Ich find, man muss politisch sein, und Menschen, die Hilfe brauchen, sollten zu uns kommen dürfen. Der Patrick ist nicht mit demonstrieren gegangen. Da sind ihm zu viele Leute, hat er gemeint. Seine Mama ist da anders. Die genießt das Bad in der Menge. Sie ist sogar einmal bei irgend so einer peinlichen Fernsehshow aufgetreten. Aber das erzähl ich niemand. Es ist lang her und wir sind damals alle vor dem Fernseher gesessen. Ich war noch klein und hab mitgefiebert, als Herta und Willi aufgetreten sind. Es war so ein Volksmusiklied und die Tante Herta hat ein Dirndl angehabt. An viel mehr kann ich mich nicht erinnern. Das war der einzige Auftritt von ihnen. Sie haben noch eine Platte rausgebracht, die liegt bei uns noch irgendwo. So richtig erfolgreich sind sie aber nicht geworden. Da bin ich froh drüber, das wär ja voll peinlich. Eine Volksmusiktante.

„Sie sind da“, ruft die Mama. Ich geh runter und wir begrüßen einander. Die Tante Herta schaut viel besser aus als die Mama, obwohl sie älter ist und raucht. Sie setzt sich hin und zündet sich sofort eine Zigarette an. Sie tschickt wie eine Fabrik, mich wunderts, dass sie noch so eine normale Stimme und keine gelben Zähne hat. Der Patrick, der Thomas, der grad Semesterferien hat, und ich gehen rauf in unser Zimmer.

Der Thomas hat ein Computerspiel dabei, aber weil es viel zu eng ist im Zimmer, können nicht alle mitmachen. Irgendwann reicht es mir. „Gehen wir raus Fußball spielen?“, frag ich den Patrick. Er nickt und kommt mit. Wir dribbeln, bis wir außer Atem sind, und setzen uns auf die Holzbank vor der Garage. „Wie ist das jetzt so ohne deinen Papa?“, will er wissen. Ich zuck mit den Schultern. „Keine Ahnung. Gar nicht so viel anders als vorher irgendwie.“

„Ok“, sagt er.

„Deine Mama hat eine super Figur“, sag ich nach einer Weile. Er schaut mich groß an. „Sie isst zu wenig“, antwortet er. „Sie raucht nur. Sogar auf dem Klo.“ Ich muss lachen. „Ich weiß. Die Oma hat sie einmal geschimpft deswegen und sie hat nur gesagt, ‚Du bist nicht meine Mutter‘. Die Mama traut sich nie was gegen die Oma sagen.“ Der Patrick lächelt. „Ist vielleicht einfacher, wenn es nicht die eigene Mutter ist. Und außerdem ist es besser, eine Oma zu haben, die schimpft, als eine, die einen gar nicht sehen will.“ So hab ich das noch nie betrachtet. Aber eigentlich hat der Patrick recht. Ich schau ihn an. Er tut mir leid. Er sieht so uncool aus. Wie ein Streber, brave Frisur, ein normales Gewand. Wenn ich der Barbara und der Kathi erzähl, dass der Patrick aus Wien kommt, glauben sie immer, er wär ein Punk. Gott sei Dank haben sie ihn noch nie in echt getroffen. So kann ich zumindest so tun, als wär er cool.

„Ich will meine Oma besuchen“, sagt er auf einmal. „Wen?“, frag ich. „Na meine Oma“, antwortet er. „Da fährt sicher ein Bus, oder? Ich glaube nicht, dass uns wer mit dem Auto bringen will.“

„Die Tante Irmgard?“, frag ich. „Oh, das ist nicht so leicht. Ich glaub, um halb sieben in der Früh geht einer, zu Mittag und einer am Abend.“

„Echt? Nicht öfter?“

„Es sind Ferien, da fährt der nicht so oft. Wir sind ja nicht Wien.“ Will der jetzt echt nach Klagenfurt mit dem Bus? Ich pack es nicht. Wie kommt der drauf? Der schaut doch aus, als würd er sich nicht mal allein zur Bushaltestelle trauen. Vielleicht will er sich nur wichtigmachen und zeigen, dass er sich nichts scheißt, und tut nur so, als würd er echt fahren. Aber dann fragt er mich: „Kommst du mit, dann fahren wir morgen früh los.“ Und ich antwort einfach, ohne groß nachzudenken: „Sicher“, weil ich denk, dass wir eh nicht fahren werden und der Patrick irgendeine Ausrede haben wird.

Am nächsten Morgen bekomm ich fast einen Herzinfarkt, als der Wecker um sechs läutet. Der Thomas hört ihn nicht einmal. So schlafen möcht ich auch können. Ich zieh mich an, geh runter, die Mama ist auf und schaut mich groß an. Der Patrick steht auch in der Küche und steckt eine Flasche Wasser in seinen Rucksack. „So früh wach in den Ferien? Wollt ihr weg?“, fragt die Mama. „Ja, wir machen einen kleinen Morgenspaziergang“, sagt der Patrick und die Mama sieht ihn erstaunt an. „Wie ihr meint.“ Der kann lügen. Ich bin voll fertig. Was ist da los? Mein Bruder ist auf einmal schwul, der Patrick ein Lügner und bei uns im Gasthaus ist eine Grunge-Party? Was kommt noch? „Gehen wir?“, fragt er. Der will es tatsächlich durchziehen! Also gut. Dann gehen wir eben, stellen uns an die Bushaltestelle. Der Bus kommt und wir steigen ein. Der Patrick zahlt beide Tickets. Am Bahnhof checkt er sogar noch den Zug, besorgt wieder die Tickets und wir sitzen im Waggon. Als wir ankommen, fällt mir ein, dass ich keine Ahnung hab, wo die Tante Irmgard wohnt. Ich weiß überhaupt nichts von ihr. Der Patrick zieht einen Stadtplan (wo hat er den her?) aus dem Rucksack, zeigt auf die mit Bleistift eingeringelte Straße (woher weiß er wohin?), skizziert mit dem Finger den Weg, den wir nehmen müssen, und marschiert los. Ich geh neben ihm. Er sieht ernst aus. Er hat eklige eitrige Pickel im Gesicht, die ich versuch zu ignorieren. Wir gehen durch verschiedene Gassen. Wie hat er sich die Strecke gemerkt, ohne noch einmal nachzusehen? Vor einem alten, grauen Haus mit großen Fenstern und einem hölzernen Eingangstor bleibt er stehen. „Wir sind da“, sagt er und sucht die richtige Türnummer, Namen gibts da nicht. Mir kommt das Haus nicht bekannt vor, ich kann mich nicht erinnern, jemals hier gewesen zu sein. Er drückt auf die Klingel und das Tor geht auf. Wir marschieren durch einen Gang in einen kleinen Innenhof. Solche Gebäude kenn ich nicht, diese alten Häuser in der Stadt sind ganz anders als die auf dem Land. Bei uns lebt in jedem Haus eine Familie. Hier wohnen viele Leute in einem Haus in unterschiedlichen Wohnungen. In dem Hof stehen Mülltonnen, um die Krähen fliegen. Er ist gepflastert, teilweise sind die Steine locker. Ich folg dem Patrick weiter über eine steinerne Treppe. Wir kommen an hohen Holztüren mit einer eingearbeiteten Glasfläche in der Mitte vorbei. Die Stiegen schrauben sich hinauf. Die Wände sind gräulich verfärbt. Hinter einer Tür hört man ein Baby schreien. Im zweiten Stock bleibt der Patrick vor der Tür mit der Nummer sechs stehen. Keiner von uns traut sich weiter.

Am liebsten würd ich die Hand vom Patrick nehmen. Hinter dem Türspalt ist es finster. Wir sehen nichts. „Wer ist da?“, fragt eine Frauenstimme. Der Patrick räuspert sich. Ich bring keinen Ton heraus und stoß ihn an. „Wir, also, wir sind … du, du bist … ich bin dein, ich heiße Patrick.“ Er holt Luft. Der Spalt wird nicht größer, doch die Tür bleibt zumindest offen. „Ich kenne keinen Patrick. Sie haben sich geirrt.“ Schon will die Frau die Tür schließen. „Tante Irmgard, erkennst du mich nicht? Ich bins, die Geri. Und das ist der Patrick. Du bist seine Oma!“, ruf ich da einfach. Auf einmal ist es still.

Dann öffnet sich die Tür. Dahinter steht eine Frau, die jünger aussieht, als ich gedacht hätte. Sie wirkt voll elegant, die kurzen, gelockten (sicher gefärbt!) Haare sind perfekt frisiert, sie trägt Perlenohrringe und eine lange goldene Kette, eine wollene Weste in Dunkelrot, einen schwarzen Rock und eine Bluse. So sieht meine Oma nur zu Weihnachten aus. Sie lässt uns ohne ein Wort herein. Der Patrick zieht sich die Schuhe aus. Bei uns zuhause zieht sich niemand die Schuhe aus, aber hier mach ich es auch. Die Tante Irmgard geht voraus in ein geräumiges Wohnzimmer mit einem Luster an der Decke. „Setzt euch“, sagt sie. Wir hocken uns nebeneinander auf das Plüschsofa. Wie ein ertapptes Kind, das etwas ausgefressen hat, komm ich mir vor. „Wollts was trinken? Ihr müsst euch selbst bedienen.“ Wir schütteln beide den Kopf. Sie setzt sich uns gegenüber auf einen Stuhl. Ich hab sie ewig nicht mehr gesehen. „Patrick“, sagt sie und mustert ihren Enkel. Ungeniert schaut sie ihn von oben bis unten an. „Siehst ihr ähnlich“, sagt sie nach einer Weile. Erst jetzt fällt mir auf, dass Herta ihrer Mutter eigentlich gar nicht ähnlich sieht. „Was willst du?“ Es klingt nicht unfreundlich, aber auch nicht einladend. Patrick lässt sich nicht einschüchtern. „Ich will wissen, was du gegen meinen Vater hast“, sagt er ohne Umschweife. Ich wunder mich, dass er sich das traut. Ihr Mund wird schmal. „Deinen Vater“, sagt die Tante Irmgard, „ich bin nicht gegen ihn. Ich war nur gegen die Hochzeit.“ Sie schaut zu einer Kommode, auf der Bilder stehen. Alte Schwarz-Weiß-Fotos von Leuten, die ich nicht kenn. „Dann bist du auch gegen mich. Ohne meinen Vater wär ich nämlich nicht da“, stellt Patrick nüchtern fest. Die Tante mustert ihn wieder. „Du bist ein schön mutiges Bürschchen. Das hätte ihm gefallen.“ Ich weiß nicht, wen sie mit *ihm* meint. Ich wipp mit dem Fuß. Mir fällt auf, dass ihr elegantes Auftreten über ihr Alter hinwegtäuscht. Die Oma könnt sich ruhig auch ein bisschen mehr herrichten. „Scheidung. Und dann davonlaufen mit so einem. Wenigstens ein Bauer. Oder ein Mann mit einem anständigen Beruf. Aber nein, ein Knecht?“, murmelt die Tante vor sich hin. „Gott sei Dank hat er es nicht mehr erlebt.“

„Wer er?“, fragt der Patrick und stellt sich blöd. Der scheißt sich echt nichts. Sie schaut ihn lange an und sagt dann: „Dein Großvater natürlich“, mit einem Ernst in Gesicht und Stimme, dass mir ein Schauer über den Rücken läuft. Sie richtet sich auf, geht zu der Kommode und holt das Bild ihres Mannes, der in die Kamera lacht. Er sieht freundlich aus. „Das ist er, dein Großvater.“ Das Wort Großvater betont sie. Der Patrick nimmt den Bilderrahmen in die Hand und betrachtet das Foto. Er sieht es lang an, als würd er jeden einzelnen Millimeter genau studieren und analysieren müssen. Ich unterdrück ein Gähnen. Dieser Ausflug ist schön anstrengend. „Der Opa“, sagt der Patrick nun wie zu sich selbst, „er war Arzt, gell?“

„Ja, ein sehr erfolgreicher und beliebter Arzt. Bei seinem Begräbnis sind viele wichtige Menschen gekommen.“ Die Tante Irmgard setzt sich wieder hin und hebt stolz den Kopf.

„Er war ein Nazi“, sagt Patrick nüchtern. Was um alles in der Welt?! Ich reiß den Mund auf, mir bleibt die Spucke weg. Die Tante starrt den Patrick an. Außer dem lauten Ticken der Wanduhr bleibt es einige, nein, unendlich viele Sekunden still. „Er war ein guter Mann“, kontert die Tante scharf. „Er war ein Nazi“, wiederholt der Patrick. „Und es ist gut, dass er meinen Vater nicht kennengelernt hat. Da hast du recht.“ Die Tante Irmgard schweigt. Ich könnt jetzt daneben kollabieren, die beiden würden es nicht bemerken. „Ja, da habe ich recht.“ Nun klingt sie richtig harsch und abweisend. „Hat deine Mutter erzählt, dass er ein Nazi war?“

„Mama? Sie hat nie ein böses Wort über ihren Vater gesagt. Nein. Ich habe es selber herausgefunden. Er war bekannt. Aber beliebt war er nicht überall.“ Die Tante Irmgard sagt nichts darauf. Mir ist schlecht. Der Onkel, also der Mann von Omas Schwester, war ein Nazi? Die Luft ist zum Schneiden. Die Tante bekommt fix gleich einen Herzinfarkt. „Woher weißt du denn, wie es gewesen ist? Ihr habt ja keine Ahnung“, zischt sie. „Das stimmt. Ich war nicht dabei“, antwortet der Patrick. „Und ich weiß auch nicht, was ich gemacht hätte. Aber ich hab viel nachgelesen. Mich erkundigt. Es erstaunt mich – weißt du, meine Mama, sie liebt ihn noch immer über alles, also war er ihr wohl ein guter Vater. Aber wie kann ein guter Vater ein Nazi sein und über Leichen gehen?“

„Er hat doch niemanden umgebracht“, wehrt sich die Tante. „Er hat geholfen! Als Arzt war er dort und hat die Leut, bei denen nichts mehr zu machen war, von ihren Leiden erlöst.“

„Erlöst“, murmelt der Patrick. Ich kenn mich nicht mehr aus. Warum hat nie wer was gesagt? Was sind das für Geschichten? „Er hat das gemacht, was zu tun war. Die anderen haben sich verkrochen. Aber so war er nicht. Er war ein guter Mann und der beste Vater. Und vergiss eins nicht“, die Tante Irmgard hebt den Zeigefinger in Patricks Richtung, „du bist von seinem Blut.“ Der Patrick erwidert nichts. Er schaut sie lang an. Sie lehnt sich zurück und wirkt erschöpft. „Gut, ich wollte dich nur fragen“, sagt er dann plötzlich und steht auf. „Es ist schön, dass du dir Zeit für uns genommen hast, danke.“ Er streckt ihr die Hand entgegen. Der abrupte Aufbruch überrascht mich genauso wie die Tante. Wir schütteln ihr die Hand und verschwinden so schnell, dass mir vorkommt, ich hätt was in der Wohnung vergessen.

Im nächsten Moment stehen wir auf der Straße. Es ist, als würden wir aus einer anderen Welt kommen. In den Gassen sind Leute unterwegs, die einkaufen, arbeiten, sich treffen – Dinge, die nichts mit der Wohnung und der Tante dort oben zu tun haben. Ich hab viele Fragen in meinem Kopf. „Woher weißt du das alles? Ist meine Oma auch mit einem Nazi verheiratet gewesen? Und was ist für dich überhaupt ein Nazi?“ Mir fällt ein, wie gern ich die Oma als Kind gehabt hab. Wann hat das aufgehört? Warum? Und wer ist sie überhaupt? Mir fällt ein, dass ich meine Mama mal gefragt hab, was sie hätt werden wollen, wenn es das Gasthaus nicht gegeben hätt. Lehrerin vielleicht, irgendwas mit Mathematik, hat sie gemeint. Warum ist sies nicht geworden? Was wollte die Oma werden? Wollte sie überhaupt was werden? Patrick stößt mich an. „Ich hab Hunger", sagt er. „Gibts in dem Kaff einen McDonald's?" Ich nicke. Den Rest des Tages schlendern wir durch die Stadt und reden über Fußball und Schule.

Als wir am Abend heimkommen, sind alle besorgt. „Wo wart ihr denn?", will die Tante Herta wissen. „Wir haben eine Reise in die Vergangenheit gemacht", sagt der Patrick trocken und lächelt. „Aha." Die Tante Herta zündet sich eine Zigarette an und fragt nicht weiter nach. Sie inhaliert tief. Erst jetzt fällt mir auf, wie gelb ihre Finger sind.

JOHANNA, 1980

„Da will ein Mann mit dir reden. Ich kenne ihn nicht“, sagte Marianne. Johanna ging hinaus, sie wurde im Gastgarten erwartet. Die Sonne brannte vom Himmel. Sie straffte die Schürze, die sie über ihrem langen, schwarzen Rock trug, und hob die Brust. Eine gestandene Wirtin, kein Mädchen vom Land mehr war sie, alt, faltig, aber immer noch mit langen, dünnen Fingern. Draußen waren Schirme aufgespannt. Sie hatten sie seit Kurzem, Marianne hatte das beste Angebot herausgesucht. Knallgelb machten sie der Sonne Konkurrenz. Die Gäste darunter schwitzten trotzdem. Rotgesichtig und immer wieder stöhnend („Diese Hitze!“) machten sie sich über das Essen her. Pommes frites waren der neueste Schrei in der Küche. Die Fritteuse war im Dauerbetrieb, alles wurde gebacken: Fleisch, Erdäpfel, sogar das Gemüse. Sie musste ihn nicht lange suchen. Er sah genauso fehl am Platz aus wie der Chauffeur Jahrzehnte zuvor. Trotz der Hitze trug er ein ordentlich gebügeltes Leinensakko, darunter ein blütenweißes Hemd. Er hatte einen sommerlichen Hut auf. Im Gegensatz zu den übrigen Gästen sah er wohlhabend aus. Johanna wusste nicht genau, wie man „reich“ aussah. Vielleicht war es die gerade, selbstsichere Haltung, das strahlend weiße Hemd, die glänzend polierten Schuhe, die unter dem Tisch hervorblinkten – oder weil er nicht so einen roten Kopf hatte wie viele der anderen Gäste. Vor ihm stand ein kleines Bier, das er mit seinen Händen umschlungen hielt, an einem Finger trug er einen Ring. Sie erkannte, wer hier saß, es war der jüdische Freund des gnädigen Herrn. Er las in einer großformatigen Zeitung, die er mitgebracht haben musste. Bei ihnen gab es nur die Regionalzeitung. Er war in seine Lektüre vertieft, als Johanna „Grüß Gott" sagte. Freundlich sah er sie an. Dann stand er auf, gab ihr die Hand. Aus der Nähe sah er viel älter aus, als es zunächst den Eindruck gemacht hatte. Sein Haar war so weiß wie seine Zähne. „Guten Tag. Simon Bernstein", sagte er. Sein Auftreten und Aussehen erinnerten an die Kukident-Werbung. „Grüß Gott", sagte Johanna erneut. Seine Hand war trotz der Hitze nicht verschwitzt. Plötzlich genierte sie sich, genau wie damals beim Chauffeur. Für die Schürze, die sie trug, ihre derbes „Grüß Gott", die ordinäre Gegend, das knallige Gelb der Schirme, ihr ländlich einfaches Gesicht – einfach für alles hier. „Bitte, setzen Sie sich", sagte der Mann galant. Es kam ihr vor, als wären sie in einem Salon der feinen Gesellschaft, er stand auf, rückte ihren Stuhl zurecht und ließ sich dann erst wieder nieder, so elegant und schwungvoll wie ein junger Bursche. Kurz sah er sie still lächelnd an und sie errötete, wurde augenblicklich das junge Mädchen, das sie gewesen war. „Sie haben sich gut gehalten", sagte er fröhlich. „Danke", murmelte sie höflich.

Sie faltete die Hände im Schoß. Vermutlich wollte er ihr das Klavier abkaufen. Warum sollte er sonst den weiten Weg auf sich nehmen und ihr schmeicheln? Der Chauffeur war erst vor Kurzem verstorben, sie hatte seine Parte bekommen. Sollte sie ihn direkt ansprechen? Das würde das peinliche Zusammentreffen beenden. Bevor sie es tun konnte, ergriff er bereits das Wort. „Sie fragen sich bestimmt, was ich hier will. Und wahrscheinlich glauben Sie, ich wäre an dem Flügel interessiert, den Ihnen Albert hinterlassen hat." Wie hatte er sie so schnell durchschaut? Albert, dachte sie. Diese Vertrautheit, mit dem er den Vornamen des gnädigen Herrn aussprach.

Sie wippte mit dem Fuß. Was war los? Sie war eine Wirtin. Also räusperte sie sich, richtete sich auf und verschränkte die Hände auf dem Tisch. Er deutete mit dem Kopf darauf. „Ihre Hände hat er immer bewundert." Eine Erinnerung schien ihm durch den Kopf zu gehen. Johanna musste sich zusammenreißen, die Hände nicht wieder verschwinden zu lassen. „Wissen Sie, er hat Sie überhaupt bewundert." Was redete er da? Wollte er sie einkochen? Ihr etwas verkaufen? Warum machte er ihr Kompolimente? Niemals hatte der gnädige Herr sie bewundert. Er hatte vielleicht Mitleid mit ihr gehabt, womöglich, ja, sicher, warum nicht, vielleicht hatte er tatsächlich gefunden, sie habe eine Chance verdient und ihr deshalb das Klavier überlassen, aber bewundert – ein gebildeter Herr so eine dumme Gans vom Land?

„Sie glauben mir nicht, aber er hat es gesagt. Er meinte, Ihr Talent sei außergewöhnlich. Er hat mir geschrieben, wissen Sie. Seine Briefe habe ich aufbewahrt. Er hat viel von Ihnen geschrieben. Von der Hoffnung, die Sie ihm gaben. Ein einfaches Mädchen, das so spielen könne, ließe ihn hoffen, dass die Welt doch ein guter Ort sei. Ein bisschen kitschig, wenn man das heute so hört. Altmodisch. Aber das hat Albert geschrieben." Der Mann lächelte nachsichtig. „Sie war leider tatsächlich kein guter Ort, diese Welt, und manchmal fürchte ich, dass sie es niemals sein wird." Er nahm einen Schluck von seinem Bier. Johanna hatte nicht gewusst, dass der Herr mit seinem, nun ja, wie sollte sie ihn nennen, „besonderen Freund“ nach dessen Flucht in Kontakt geblieben war. Noch weniger verstand sie, weshalb er hier saß und ihr all das erzählte. „Sie fragen sich sicher, was ich hier mache, warum ich die Vergangenheit hervorkrame. Glauben Sie mir, ich wäre früher gekommen, wenn ich Ihren Namen und ihre Adresse gekannt hätte. Beides habe ich erst von Alberts Chauffeur erfahren.“ Er machte eine Pause, schob das Bierglas hin und her, als müsste er nachdenken, ob er weitersprechen sollte. „Sehen Sie, ich bin ein alter Mann. Das Alter macht milde. Ich habe den Chauffeur, den Sie ja auch kennen, lange nicht aufsuchen können. Er war für mich ein Verräter. Der Grund, dass Albert – nun ja. Sie wissen, wie er sein Leben beendet hat.“ Er senkte den Kopf. „Zahlen“, hörte Johanna von weit weg. Sie rührte sich nicht. „Aber wie ich schon sagte: Das Alter macht milde. Es verändert die Menschen. Die Erfahrungen. Die Erinnerungen. Wie auch immer. Ich habe Alberts Chauffeur besucht. Er war zu dem Zeitpunkt bereits schwer krank. Ich habe ihm so gut es ging verziehen. Und kurz danach ist er verstorben. Vielleicht ist es ein dummer Gedanke, aber ich glaube, er hat dieses Verzeihen gebraucht, um in Ruhe zu sterben.“

Er hielt kurz inne, sah vor sich hin, schien sich völlig in seinen Gedanken verloren zu haben, den Blick weit weg von allem, was um sie herum war. „Erst jetzt weiß ich, dass es nicht der Chauffeur war, den ich nicht treffen wollte. Ich wollte mich nicht mit mir selbst konfrontieren. Schließlich war ich es, der Albert verlassen hat. Verstehen Sie?“ Die letzten Worte murmelte er vor sich hin, als hätte er vergessen, dass Johanna vor ihm saß und lauschte. Sie wartete geduldig, bis er weitersprach. „Wie dem auch sei“, seine Stimme klang frisch und aufgeräumt, „der Grund, weshalb ich mich entschlossen habe, Sie aufzusuchen, ist eigentlich eine einfache Frage: Warum haben Sie den Flügel nicht abgeholt?“ Er sah sie neugierig und freundlich an. Johanna rutschte auf ihrem Stuhl hin und her. Damit hatte sie nicht gerechnet und die Frage war nicht so einfach zu beantworten. Sie stotterte herum: „Wissen Sie, es ist ein weiter Weg nach Niederösterreich, die Kosten für den Transport, der Platz und die Zeit, ich habe ja immer zu tun.“ Er grinste. Seine strahlenden Zähne blitzten in der Sonne. Plötzlich sah er nicht mehr reich und elegant aus, sondern wie ein Spitzbub, fand Johanna. Vom Tisch gegenüber drang aufdringliches Lachen in ihr Ohr. „Sie fürchten sich, nicht wahr?“, vermutete er. Johanna musste lachen. „Fürchten? Vor einem Klavier? Nein, wie kommen Sie darauf? Wissen Sie, ich bin Wirtin und eine einfache Frau vom Land. Ein Flügel ist so wunderbar, aber ich glaube, nichts für mich.“

„Nein, bitte, sagen Sie das nicht. Albert hat erkannt, was in Ihnen steckt. Zögern Sie nicht zu lange, es ist schade um jeden Tag. Und ich werde Ihre Ausreden nicht akzeptieren und Sie regelmäßig erinnern.“ Er zwinkerte mit dem rechten Auge und grinste wieder sein Spitzbubengrinsen. Johanna dachte an das Klavier, erinnerte sich an den Klang, die Töne, die es von sich gab, je nachdem, wie man spielte, wie sie spielte. „Gut. Ich werde das Klavier holen“, versicherte sie entschieden und richtete sich auf. Er hob die Augenbrauen. „Bald“, fügte sie hinzu. „Ich werde Sie erinnern“, sagte er und sah sie prüfend an. Johanna nickte. Nachdem er den letzten Schluck getrunken hatte, sagte er: „So. Und jetzt möchte ich bitte gern noch ein schönes kaltes Bier. Und Sie erzählen mir, wie es Ihnen ergangen ist." Johanna erhob sich. „Kommt sofort, aber ich weiß nicht, ob ich so viel Zeit habe, um mit Ihnen zu plaudern, vielleicht später." Er lachte, hob seinen Arm und zeigte auf die Gäste. „Sehen Sie sich um. Ich sehe nur lauter zufriedene Gesichter." Er hatte recht. Und obwohl sie das Gefühl hatte, sie müsste arbeiten, holte sie das Bier, kehrte zurück und setzte sich zu ihm. „Haben Sie Kinder?", wollte er wissen. Johanna bejahte. Sein Interesse wunderte sie. Es schien keine reine Höflichkeit zu sein, er war tatsächlich neugierig. „Meine zwei Söhne leben mit ihren Familien woanders, aber meine Tochter", sie zeigte auf Marianne, „hilft hier mit und ich habe Enkel." Er folgte ihrem Blick. „Und wer hat die Musikbegeisterung geerbt?" Sie seufzte. „Wohl nur meine Nichte Herta."

„Sie spielt Klavier?"

„Nein, sie singt, allerdings Schlager, und träumt von Auftritten im Radio und im Fernsehen." Johanna lachte übertrieben, um klarzustellen, wie lächerlich sie das fand. Aber ihr Besucher wirkte eher nachdenklich als amüsiert. „Hat sie eine wirklich gute Stimme? Sind Sie sich sicher?" Johanna nickte überzeugt. „Dann geben Sie ihr bitte meine Visitenkarte. Schauen wir mal, ob ich etwas tun kann." Sie nahm die Karte entgegen und wusste nicht, was sie sagen sollte. Er erzählte ihr von seinem Werdegang, wie er in London ins Musikgeschäft eingestiegen und ein erfolgreicher Musikproduzent geworden war. „Erst in den Sechzigern kehrte ich nach Wien zurück. Ich lebte in London und den USA und jetzt bin ich mal hier, mal dort. Ich bin allein, aber das gibt mir die Freiheit zu tun, was ich möchte." Er lächelte und berichtete von einem Leben in den Großstädten, das so weit von Johannas entfernt war. Erstaunt hörte sie ihm zu. „Mein Zug geht in einer Dreiviertelstunde, könnten Sie mir ein Taxi bestellen?", fragte er schließlich. „Wollen Sie nicht hierbleiben? Ich kann Ihnen ein Bett herrichten, wir haben noch ein Zimmer frei!" Er verneinte. „Danke, aber ich muss zurück."

„Sie sind doch nicht etwa nur wegen mir gekommen?", fragte sie überrascht. „Warum denn nicht?", fragte er. Als das Taxi eine Viertelstunde später auftauchte, nahm er ihre Hand, zwinkerte ihr zu, stieg ein und war weg.

Am Abend telefonierte Johanna mit Herta und gab ihr den Namen und die Nummer auf der Visitenkarte durch, ohne weiter darüber nachzudenken. Einige Monate später rief Herta aufgeregt an. „Tante, Tante, stell dir vor, wir haben eine Schallplatte aufgenommen! Der Willi und ich! Und ihr müsst am Samstag alle zuschauen, wir sind dabei, wir sind echt dabei, bei *Tritsch Tratsch*!" Ihre Stimme überschlug sich.

Am Samstagabend saßen sie gebannt vor dem Fernseher, sie hatten extra eine Kellnerin im Gasthaus engagiert, und Marianne rannte immer wieder hektisch zwischen Gaststube und Stüberl hin und her. „Meinst du, sie kommen wirklich?", fragte die kleine Trudi und hüpfte vor dem Bildschirm nervös auf und ab. „Jaja. Bald, bald", beruhigte Marianne ihre Tochter, aber sie war ebenso aufgeregt. Und dann auf einmal standen sie da. Auf der Bühne. Im Fernsehen. Bei *Tritsch Tratsch*! Herta mit einer toupierten Hochsteckfrisur im engen, weit ausgeschnittenen Dirndl und Willi in

Lederhose und Trachtenhemd. „Da sind sie, da sind sie!“, brüllte Trudi. „Pscht!“, schimpfte Marianne und endlich setzte sich Trudi hin und sie hörten andächtig zu. Das Lied, das die beiden sangen, war schrecklich, der Applaus groß und Hertas Strahlen so rührend, dass Johanna verstohlen ihre Tränen abwischen musste.

MARIANNE, 1994

Jeden Montag um 6 Uhr 10 fuhr Marianne mit dem Wagen ihrer Mutter zum Großmarkt. Früher waren es riesige Mengen, die sie dort einkaufte, jetzt war es nicht einmal mehr die Hälfte. Es war zu wenig los im Gasthaus, an manchen Nachmittagen kam nicht einmal Adi. Eigentlich hätte es gereicht, nur mehr Bier auszuschenken. Bier ging immer.

Es war 6 Uhr 36, als sie fertig war. Die meisten Leute hatten noch nicht einmal zu arbeiten begonnen. Da sah sie Erwin. Er wollte die Straße überqueren. Sie machte eine Vollbremsung, dass die Schachteln, die sie hinten eingeladen hatte, mit einem Rumms umfielen. Die Eier waren sicher kaputt. Die Milch womöglich verschüttet. Egal. Er sah sie. Ganz sicher. Und dann lächelte er. Und sie auch. Ein vertrautes Lächeln. Ein einladendes Lächeln. Ein Lächeln, das ihr Gänsehaut machte. Ein Lächeln, das sie da unten etwas spüren ließ. Im Auto hinter ihr hupte jemand. Erwin deutete ihr stehen zu bleiben. Sie fuhr einige Meter weiter und hielt am Straßenrand. Kurz dachte sie an die Eier, die sie aufwischen musste. Sie blieb sitzen, kurbelte das Fenster herunter. „Servus", sagte Erwin, Marianne grüßte zurück. „Auch früh unterwegs." Sie nickte, ihr fiel nichts ein, sie war nicht gut im Plaudern. Er kannte sie, er musste ja wissen, dass da nicht mehr kam. „Na gut, dann …" Er zögerte, drehte sich langsam zur Seite und wollte gehen. „Warte!", rief sie hastig und stieg aus. „Wie, ich meine, wo, also deine Wohnung, ist die hier in der Nähe?

Vielleicht, natürlich nur wenn du magst, aber willst du sie mir, ich würde sie gern, magst du sie mir zeigen?“

„Ja sicher, gern, komm mit.“ Marianne ließ das Auto einfach stehen. Sie dachte nicht mehr an die Eier. Die Wohnung war ihr ehrlich gesagt egal. Sie wusste, dass Erwin wusste, was sie wirklich dachte. Und sie wusste, dass er wusste, dass sie wusste, was er dachte. Sie gingen schweigend nebeneinander her. Es gab auch nichts zu reden. Es waren nur wenige Leute unterwegs und es war unwahrscheinlich, dass sie zusammen gesehen wurden. Selbst wenn – warum sollten getrennte Eheleute nicht miteinander, ja was, was? Erwin holte den Schlüssel aus seiner Jackentasche. „Da sind wir“, sagte er vor einem Haus. Sie sahen sich nicht an. Im Stiegenhaus ging er vor. Er blieb vor einer dunklen Tür im zweiten Stock stehen und öffnete sie. Er ließ Marianne zuerst eintreten, sie sah sich um. Die Eingangstür führte in einen kleinen nichtssagenden Vorraum. Und jetzt? Sie konnte doch nicht einfach – nein, das ging nicht. „Schön“, stammelte sie. „Also, alles da. Gut. Danke fürs Zeigen, ich werde dann wieder gehen, ok?“ Sie drehte sich zu ihm und warf ihm einen flehentlichen Blick zu. Erwin verstand sofort. Er wollte das Gleiche. „Bleib doch“, sagte er, zog sich den Mantel aus und nahm ihr die Jacke ab. Dabei streifte er ihren Rücken. Warum kam da nichts aus ihrem Mund? Sie sah ihn nur an, schämte sich, eine erwachsene Frau, bald geschieden von diesem Mann, und jetzt, in ihrem Alter, was wollte sie? Erwin nahm ihre Hand, sanft zuerst. Zwanzig Jahre, da musste man doch wissen, wie wer dreinschaute und wer was wollte und welche Geste was bedeutete. Und dann küsste er sie. Drückte seinen Mund auf ihren, küsste sie wild, hielt sie fest an den Armen, drückte sie gegen die Wand, riss seine Hose auf, schob ihren Rock hoch und steckte sein Ding hinein. Wie gut das tat. Wie gut es ihr tat. Sie schafften es nicht ins Bett, sie schafften es nicht einmal auf das kleine, traurige Sofa oder auf den runden Tisch. War nicht notwendig. Marianne war laut, zum ersten Mal, lauter, als sie es jemals gewesen war, ohne Kinder, ohne die Mutter, ohne Gäste und ohne – ja, tatsächlich, auch ohne Ehemann. Er war ein Mann, nicht mehr ihrer. Die Scham überkam sie wie ein Schleier, bedeckte sie, die nackten Schenkel, die aufgerissene Bluse, den herausgedrückten Busen. Ihre Schreie, die durch das Haus gedrungen sein mussten. Wie sollte sie es wagen, sich im Stiegenhaus blicken zu lassen? Nackt liegen zu bleiben war auch keine Option. Es war 8 Uhr 23, sie musste dringend die Einkäufe nachhause bringen. Sie stand wortlos auf, zog sich an, obwohl das weiße Zeug noch an ihren Oberschenkeln herunterrann. Egal, nur weg, die Jacke noch, Tür auf, raus. Keine Verabschiedung.

Sie lief, rannte, so schnell, wie sie es seit ihrer Kindheit nicht mehr getan hatte, die Stiegen runter, aus der Haustür, die Straße entlang, keinen ansehen, der ihr entgegenkam, das Auto, das noch immer da stand, wo es gar nicht stehen durfte. Ein Zettel an der Windschutzscheibe, das Strafmandat für zu langes Parken. Sie fuhr zu schnell. Als sie zuhause ankam, lief sie weiter, rannte, ohne die Mutter zu registrieren, ins Bad, riss sich ihren Rock vom Leib, wusch sich zwischen den Beinen, die Oberschenkel und dann die Strümpfe, die Unterhose. Die Mutter klopfte an die Tür. „Alles in Ordnung? Was ist denn los?“

„Ich habe argen Durchfall!“, log Marianne. „Was?“ Konnte sie ihr nicht einfach glauben und gehen? „Die Eier im Auto sind umgefallen“, fiel ihr ein. „Was?“, wiederholte die Mutter. „Ich machs schon!“ Marianne wickelte sich das Handtuch um den Körper und trat hinaus. Die Mutter stand noch immer da und betrachtete sie erstaunt. „Du schaust gar nicht krank aus“, stellte sie fest. „Du hast ja ganz rote Wangen. Eigentlich schaust sehr gut aus!“ Marianne zuckte die Schultern. „Ist was Komisches, sicher der Kreislauf“, meinte sie. „Ich leg mich kurz ein bisschen hin und dann putz ich das Auto.“ Sie verschwand in ihrem Zimmer, bevor die Mutter noch etwas sagen konnte, schloss die Tür, verkroch sich ins Bett und blieb eine Stunde mit weit geöffneten Augen, rotem Kopf und pochendem Herzen liegen.

Es war 10 Uhr 39, als sie zum Auto kam, die Mutter hatte alles erledigt. Als sie sich bei ihr bedankte, fragte sie: „Geht es dir besser?“

„Ist schon gut“, antwortete Marianne. Ihre Hände zitterten den restlichen Tag. Als sie eine Suppe servierte, schwappte ein Teil über. „Leg dich wieder hin!“, befahl die Mutter. Marianne würde das nie wieder tun. Nie wieder!, schwor sie sich.

Eine Woche später war sie mit ihrem Lieferwagen zur gleichen Zeit an der Kreuzung, an der sie Erwin entdeckt hatte. Er stand wieder da. Sie blieb nicht mehr so plötzlich stehen, sondern hielt nur kurz an und nickte ihm zu. Sie parkte dort, wo es nicht zahlungspflichtig war. Ihre Schreie hielt sie auch diesmal nicht zurück. Sie wusch und kleidete sich in seinem Beisein an und ging normalen Schrittes zum Auto zurück. Die Eier kaufte sie erst danach.

JOHANNA, 1994

Die Burschen schauten seltsam aus mit den langen Haaren. Johanna verstand das nicht. Warum kamen die so zerzaust daher? Und das Gewand war komisch. Früher sahen die Leute im Ort auch so aus, mit zu großen Jacken und löchrigen Schuhen. Später sind das die Sandler und Bettler gewesen, die Landstreicher oder die Dorfdeppen. Die hat man nicht haben wollen. Und jetzt trugen die jungen Leute, die sicher genug Geld hatten, sich etwas Anständiges zu kaufen, freiwillig solch zerrissene Sachen? Trudi hatte ihr gesagt, dass das jetzt „Mode" war, wenn man mit einem abgetragenen Janker herumlief.

Die drei saßen da und gaben ihr die Hand. Die Bärte der Burschen waren ungepflegte Härchen, die ihnen aus dem Gesicht sprossen. Lächerlich. „Grüß euch", sagte sie streng. Auf keinen Fall würde sie diese Kinder mit „Sie" anreden. Da standen sie auf, um sie zu begrüßen, die drei Burschen, die irgendeine Party organisierten. Grandsch, sagten sie immer. Oder Krantsch? Was das heißen sollte, wusste sie nicht. Das ist eine Musikrichtung, hatte Trudi ihr erzählt. Johanna kannte sich schließlich mit Musik aus, mit Noten, Halbtönen und Harmonien, aber was dieses Krantsch sein sollte, war ihr schleierhaft. Immerhin konnten sie anständig die Hand geben. „Danke, dass wir unsere Party da bei Ihnen machen dürfen", sagte einer mit blonden, kinnlangen Strähnen. „Wenn ihr anständig seid." „Bestimmt. Dürfen wir uns unten einmal umschauen?", fragte ein anderer, der für Johanna aussah wie ein Zigeuner.

„Ja, schauts nur. Meinetwegen“, sagte sie.

Adi saß wieder einmal an der Theke und verfolgte das Geschehen. Trudi und ihre Freundin standen daneben. Eigentlich war diese Freundin ein nettes Mädchen, wenn sie sich nicht so fürchterlich herrichten würde. Diese Haare waren einfach schrecklich.

„Gehts nur. Dort gleich die Stiegen runter“, sagte Johanna. „Stellts nichts an“, rief Adi ihnen nach und zeigte beim Lachen seine Zahnlücke. Johanna sah das Bild von Karl hinten im Eck stehen. Mittlerweile war es vergilbt. Was würde er zu diesen Burschen und der Party sagen? Wie hätte er wohl als alter Mann ausgesehen? Manchmal beneidete sie ihn um seinen Tod. So hatte er wenigstens Ruhe.

„Willst nicht nachschauen? Wer weiß, was die da unten machen“, meinte Adi nach einer Weile grinsend. Sie schüttelte den Kopf. „Wird schon alles passen.“

Als die jungen Leute wiederkamen, war Adi bei seinem zweiten Bier. „Und?“, fragte er. „Passt alles, ja?“ Die Burschen schlurften zur Theke. Dass die nicht normal gehen konnten. Dabei hatten sie zumindest anständige Schuhe, richtige feste Stiefel mit einem Metallstück vorn, als würden sie harte Arbeit am Bau machen. „Ja, passt super!“, sagte der Blonde. „Also wenn es für Sie okay ist, Frau Eckert, dann würden wir Plakate für Samstag in drei Wochen machen.“ Er klang jung und freundlich. Hätte sie gar nicht erwartet bei dem Aussehen. „Und wir räumen alles weg und wieder her, das ist eh klar.“ Die anderen nickten zustimmend. Trudi sah ihre Oma als Einzige nicht an. „Mir soll es recht sein“, sagte diese. „Wollts was trinken?“ Adi grinste. „Freilich wollen die was trinken, schauen ja durstig aus." Johanna fragte sich, ob sie gerade einen Fehler machte, das Fest zu erlauben. Die jungen Leute würden sicher kein Geld einbringen. Aber vielleicht tat es Trudi gut, auf andere Gedanken zu kommen, so ein geschiedenes Kind, das war doch arm – auch wenn sie oft viel zu frech war. „Danke", sagte der Blonde, „aber wir müssen noch mal runter und die Anschlüsse checken." Sie verschwanden, Trudi und Barbara liefen ihnen hinterher. Die Mädchen mittendrin, früher war das nicht so. Außer, wenn ein Kirtag war oder eine Hochzeit. Manchmal fensterlten die Burschen, Edith war so schön, die konnte sich kaum retten vor Verehrern. Alles geschah unter den Augen der Mutter. Nein, nicht alles. Bis auf – ja, bis auf. Johanna seufzte. Die Zeit verging und die jungen Leute waren noch nicht zurückgekehrt. Ob sie doch nachsehen sollte? „Pass du geschwind in der Gaststube auf, Adi, ich schau nach, was die da unten treiben", sagte sie und ging langsam die Stiegen hinab.

Es war laut. Allerdings erkannte sie erst nach einiger Zeit, dass das nicht irgendein Krach war, sondern Musik. Wobei: Das war keine Musik. Wie konnten die bei diesem Lärm überhaupt reden? Typisch für die jungen Leute von heute: auf dem Boden sitzen und schwatzen. Am Ende würden alle eine Blasenentzündung haben statt einer Feier. Johanna trat auf sie zu. Barbara ging zur Anlage und drehte leiser. „Habt ihr euch überlegt, wie ihr es machen wollt und was ihr wegräumen wollt?" Die Burschen sahen zu ihr auf. „Ja, so ungefähr." „Dann fangts doch einfach an, beim Arbeiten kommt man auf die besten Ideen", sagte sie. Die fünf sahen sie an. „Wir wissen aber noch nicht genau …", begann der Bursche mit den

Würsten auf dem Kopf. „Das ist egal!", bestimmte Johanna. „Die Fässer müssen auf alle Fälle in den hinteren Kellerraum. Das könnt ihr gleich machen." Sie stemmte die Hände in die Hüften. „Okay, dann fangen wir halt an", sagte der Wurstkopf verwundert, daraufhin sprangen die anderen Burschen auch auf und halfen. „Da, die Kisten gehören weg", sagte Johanna und Barbara stemmte sich hoch. Sie trugen Kisten, Tische, die im Weg standen, alte Sessel, die nicht mehr gebraucht wurden. Johanna nickte zufrieden. Weniger reden, mehr arbeiten, das brauchten die jungen Leute. Am liebsten hätte sie Thomas auch dazu geholt. Aber der war ja nicht da. Saß auf der Uni herum und tippte irgendwas – was auch immer das war. Johanna ließ sie werken und ging zurück in die Gaststube. Wie zu erwarten, gab es keine neuen Gäste. Sie nickte, Adi griff nach seinem Bier. Sie drehte das uralte kleine Radio auf, das in der Küche gestanden war. Sie hatte es mit ins Gasthaus genommen. Mit einem Verlängerungskabel reichte es bis hinter die Theke. Es störte Adi nicht, wenn sie neben der Arbeit leise ein Klavierstück hörte. Er trank aus und bestellte noch ein Bier.

Es war ein Klavierkonzert. Sie erinnerte sich an die Melodie, sie war neben dem feinen Herrn gesessen, damals in Wien, und er hatte es gespielt. Sie stellte das Glas vor Adi und sich selbst näher zum Gerät, um keinen Ton zu verpassen. Sie begutachtete ihre Hände, die Finger, streckte sie.

„Ich zahl dann", sagte Adi.

Sie tauchte wieder auf. Kassierte, wartete, bis er das Gasthaus endlich verlassen hatte, und als die Eingangstür zuging, drehte sie lauter. Johanna ließ das Klavier durch die alten Wände über den schmutzigen Boden entlang der speckigen Tische und gegen die trüben Fensterscheiben spielen. Den Rücken gerade liefen ihre langen Finger auf einer Fantasietastatur auf der Theke entlang. Und sie erinnerte sich wieder an die Stimme des Herrn, wie er sagte: „Mendelssohn, ein Melancholiker, wie ich." Sie hatte keine Ahnung, was das bedeutete, aber es klang schön. Sie hatte nicht gemerkt, dass Trudi und ihre Freunde wieder heraufgekommen waren. Auf einmal standen sie vor der Theke und starrten sie an. Schnell griff sie zum Radio und drehte es ab. „Müsst ihr euch so hereinschleichen?", schimpfte sie. „Aber Oma", fing Trudi an und Johanna schüttelte den Kopf. „Schon gut." Sie betrachtete die leicht geröteten Gesichter der Kinder. Kinder. Das waren sie gar nicht mehr. In dem Alter hatte Johanna bereits gearbeitet wie ein Esel. Das bisschen Schleppen und schon wurden sie rot. Die waren alle viel zu faul. „Seid ihr fertig?", fragte sie, die Burschen bejahten. „Na dann", sagte sie lächelnd. „Wollts jetzt ein Bier?" Die Gesichter der Burschen hellten sich auf. Trudi wurde noch röter und Barbara grinste. „Das muss echt nicht sein, Oma", meinte Trudi und der Bursche mit den Wursthaaren sagte: „Ja, bitte, wenns geht, sagen wir nicht Nein. Das wär super." Johanna deutete mit dem Kopf zu einem Tisch. Sie brachte allen ein Bier, sogar den Mädchen, die bekamen zwar nur ein kleines, aber zum Teufel nochmal, sie hatten es sich verdient. Einer der Burschen zündete sich eine Zigarette an, dann hatte auch Barbara eine in der Hand. Da hatten sie ja schon alle schlechten Angewohnheiten, dachte Johanna. Sie ließ die jungen Leute allein. Wenn sie ihre Feier hier machen wollten, sollte es ihr nur recht sein. Da fiel ihr plötzlich Herta ein. Sie erinnerte sich an die Schlager, die Herta immer gehört hatte und wie sie aufgetreten war mit dieser schönen, klaren Stimme. Sie vermisste sie. Herta saß in ihrer Gemeindebauwohnung und weigerte sich, endlich zu begreifen: Ihre Träume würden Träume bleiben. Sie sahen sich kaum, telefonierten selten. Alle hatten ihr Leben, alle ihre Sorgen. Ihr älterer Sohn Bruno hatte längst seine eigene Familie. Er musste bald vierzig sein. Nur Patrick lebte noch bei ihr, ein ruhiger Junge, seinem Vater wie aus dem Gesicht geschnitten. Ein, zwei Mal im Jahr kamen sie, zu Ostern oder im Sommer, meist auf der Durchreise, auf dem Weg in den Urlaub ans Meer. Das Meer, an das hatte Johanna auch viele Gäste verloren. Die Leute buchten keine Sommerfrische mehr, sondern Pauschalreisen in die Türkei oder nach Griechenland. Ein altes Paar aus Deutschland kam noch brav jedes Jahr, sammelte Eierschwammerl und wurde von der Gemeinde für seine Treue ausgezeichnet. Lange würden sich die beiden die Fahrt von Deutschland nicht mehr antun, das war Johanna klar.

Sie ging am Tisch der Jungen vorbei und öffnete ein Fenster. Draußen fuhren Autos vorbei. Der Verkehr wurde immer mehr, die Gäste immer weniger. Ein komischer Zusammenhang, dabei hatte Johanna gedacht, die Lage direkt an der Straße sei optimal, da bliebe man einfach stehen. Sie blieben aber nicht stehen. Die Autos, Lastwagen, Wohnwagen, alle mussten weiter. Zuhause setzten sie sich vor den Fernseher und schauten *Wetten, dass..?*, statt sich im Gasthaus zu treffen wie früher. Und wenn sie essen wollten, dann fuhren sie gleich in die Stadt und gingen dort in die Pizzeria. Als wäre so eine dünne Flade mit lauter Zeug drauf besser als ein anständiger Schweinsbraten. Wenn sie ehrlich war, hätte Johanna auch lieber *Wetten, dass.. ?* geschaut, als hier herumzustehen und den paar Gästen, die vielleicht noch kommen würden, ein Getränk zu bringen. Mehr als dieses eine Getränk konsumierten sie nicht, sie sparten – für ein größeres Auto, eine neue Küche, einen riesigen Fernseher. Der Autolärm störte sie. Sie schloss das Fenster und ging hinter die Theke zurück. Die Jungen waren aufgestanden und kamen zu ihr. Erst jetzt fiel ihr Trudis Hose auf. Wie konnte sie sich so anziehen? Unmöglich. Weit und unförmig, sie sah aus wie einer der Burschen – und die wiederum wie Mädchen. Und das sollte Mode sein?

„Wenn es für Sie passt, kommen wir nächste Woche am Samstag wieder. Dann bringen wir auch die Sachen mit, die wir brauchen“, erklärte der Bursche mit den Wursthaaren. „Passt, aber nicht so spät. Je früher, desto besser“, erwiderte Johanna. Vielleicht kam Trudi dann auch einmal vor 11 Uhr aus dem Bett. Dieses ewige Schlafen konnte sie überhaupt nicht leiden. „Trudi kann euch ja aufmachen.“ Die Enkelin warf ihr einen vernichtenden Blick zu und wurde daraufhin knallrot. Ihr fiel ein, dass Trudi irgendetwas gesagt hatte. Dass sie einen anderen Namen zu ihr sagen sollte, aber der fiel ihr gerade nicht ein. Sonst reagierte keiner, die anderen nickten nur, fast wirkte es ein bisschen feierlich. Der Bursche streckte ihr die Hand entgegen und die anderen taten es ihm gleich. Immerhin, Manieren hatten sie.

MARIANNE, 1994

Um 15 Uhr 19 stand sie in dem verwaisten Gasthaus, wartete auf Kundschaft, vor ihr das aufgeschlagene Mathematikbuch aus Thomas' Schulzeit. Sie war getrennt. Es ging ihr gut.

„Gustav kommt in der Nacht nachhause und muss im Dunkeln die Haustüre aufsperren. An seinem ringförmigen Schlüsselbund hängen fünf gleiche Schlüsseltypen, von denen nur einer sperrt. Er beginnt die Schlüssel zufällig und nacheinander zu probieren. Die Zufallsvariable X gibt die Anzahl k der Schlüssel an, die er probiert, bis die Tür geöffnet ist. Aufgabenstellung: Ergänzen Sie in der Tabelle die fehlenden Wahrscheinlichkeiten und ermitteln Sie den Erwartungswert E(X) dieser Zufallsvariablen X!"

Marianne war fasziniert, dass die Buchstaben nach und nach die Rolle der Zahlen übernommen hatten, viele Rechnungen aus Texten bestanden, aus Variablen und Definitionen. Herrlich! Das zu erwartende „E", das immer wieder vorkommende und ständig gesuchte „X", das klare „K". Bevor sich Marianne über die Übung beugte, nahm sie den Kugelschreiber in die linke Hand, hielt ihn triumphierend in die Höhe und legte los. Kurz hielt sie inne, als sie ein Knarren hörte. Die Eingangstür. Wer wollte sie jetzt stören? Kam tatsächlich ein Gast? Hatte Adi nicht irgendeine Hilfsarbeit angenommen? Er arbeitete immer mal wieder irgendwo als irgendwas, dazwischen ging er stempeln. Sie lauschte, sah auf die Uhr.

15 Uhr 28. Zum Glück nur der Briefträger. „Guten Tag“, sagte er. „Grüß Gott. Sie sind heute aber spät“, bemerkte sie. „Ja, das Auto war kaputt“, erklärte der Briefträger. Wie seltsam, der tägliche Besuch eines Mannes, von dem sie nichts außer seinem Vornamen wusste: Herr Fritz. Er legte die Post auf die Theke und verschwand. Ganz oben lag ein Brief an sie adressiert. Vom Bezirksgericht. Marianne öffnete ihn nicht. Es war klar, was drinnen war. Die einvernehmliche Scheidung, der das Bezirksgericht nun stattgegeben hatte. Gelöst wie eine Rechnung, die ein klares Ergebnis hatte: Sie war nicht mehr nur getrennt, sie war geschieden. Auch wenn sie jeden Montag vor dem Einkauf in Erwins Wohnung nackt herumlag und sich von ihm überall … Sie schämte sich vor sich selbst. Wusste vielleicht irgendjemand davon? Nein. Nur Erwin und sie wussten, was in seiner kleinen Wohnung vor sich ging. Und vielleicht ein paar Nachbarn, die lauschten und genauso rot wurden, wie sie es jetzt war. Angenehm rot. Erwin würde sie nicht verraten, bestimmt nicht. Er wollte sicher auch nicht, dass jemand erfuhr, was er so tat, mit ihr, wenn er …

„Gustav kommt in der Nacht nachhause“, las sie erneut. Aber sie sah keinen Gustav mit einem Schlüsselbund. Mariannes Herz pochte. Vor ihr die Scheidungspapiere im Briefumschlag, das Mathebuch, Gustav, sie riss sich zusammen, die Buchstaben, die Zahlen, eine Lösung finden. Wenn sie an Erwin dachte, fielen ihr nie sein Gesicht oder seine Stimme ein, seine Gesten, die Art, wie er sich zum Angeln verabschiedete, oder das leichte Schlürfen, wenn er Suppe aß. Sie dachte nur daran, was er mit ihr anstellen konnte. Seit fünf Wochen ging sie zu ihm, sie redeten nicht. Sie taten nur.

In manchen Zeitschriften stand das Wort, das hatte sie gesehen. Ungeniert waren die in dieser *Bravo*, die Trudi früher gekauft hatte. Einmal hatte Marianne sie in ihrem Zimmer gefunden. „Was heißt blasen?“, hatte ein Mädchen auf einer Seite gefragt, auf der irgendwas mit „Dr. Sommer“ stand. Bei der Altersangabe des Mädchens stand vierzehn. Nachdem Marianne die Antwort gelesen hatte, war sie mit heißem Kopf aus dem Zimmer gelaufen. Was Erwin und sie taten, stand in einem Heft für Jugendliche. Und was wusste sie schon, was ihre eigenen Kinder so taten, die aus ihrem versauten Fleisch und Blut waren?

Vorige Woche hatte sie im Gasthausklo eine Binde entdeckt, die jemand einfach weggeworfen hatte. Mit einem sichtbaren roten Fleck lag sie im Mistkübel. Machte man das jetzt so? Trudi verwendete seit einiger Zeit nur noch Tampons. In ihrer Jugend hatte es das nicht gegeben, sie hatten sich dicke Stoffwindeln zwischen die Beine gepackt. Und die Mutter hatte noch lang geglaubt, dass Menstruationsblut giftig sei. Zum Glück waren sie heute klüger. Obwohl sie nicht wusste, was ihre Tochter dachte. Sie gab ihr immer nur Befehle. Mach die Hausübung. Räum dein Zimmer auf. Hilf in der Gaststube aus. Sie wusste nichts über Trudi. Was waren ihre Träume, Wünsche, Vorstellungen? Sie spielte gern Ball, das ja. Als Mädchen war das seltsam genug. Aber seltsam war sie auch. Warum führte sie sich so auf? Sie war eine erwachsene Frau. Kein liebestoller Teenager, der sich nicht unter Kontrolle hatte. Sie musste sich zusammenreißen. Sie war jetzt geschieden. Keine Treffen mehr. Das Mathematikbuch war genauso unterhaltsam.

16 Uhr 56. Seit eineinhalb Wochen musste sie ständig aufs Klo. Schnell lief sie auf die Gästetoilette. Als sie fertig war und sich wieder anziehen wollte, überkam sie eine Übelkeit und sie erbrach in einem Schwall auf den Boden. Das hatte sie davon, dass sie sich ständig mit Erwin traf, wahrscheinlich rebellierte ihr Körper dagegen, es geschah ihr recht. Schnell wischte sie das Erbrochene auf, ihr grauste davor, aber noch mehr vor sich selbst. Sie sparte nicht an Putzmittel, um den ätzenden Geruch zu vertreiben, der von ihrem Inneren ausging. Dann öffnete sie das Klofenster, ließ die kühle Luft herein und atmete tief durch. „Marianne, wo bist denn? In der Gaststube ist keiner", rief die Mutter, deren Anblick sie jetzt nicht auch noch ertragen konnte. „Mutti, ich bin hier, im Gästeklo. Mir war auf einmal schlecht, vielleicht war der Käse heute nicht gut", log sie. „Geh du derweil in die Gaststube, bitte." Erleichtert vernahm sie, wie sich die Schritte der Mutter entfernten. Dann blickte sie in den Spiegel, musste sich ansehen, ihr verdorbenes, verbotenes Selbst. Mit der linken Hand wischte sie sich die Tränen aus den Augen. Dann hielt sie kurz inne und betrachtete diese linke Hand, mit der sie gerade aufgewischt hatte und die so gern verbotene Dinge tat: Vielleicht trug sie ja doch die Schuld an allem. Mit Herta hätte sie vielleicht über alles reden können. Damals, als sie noch jünger waren, hatten sie sich ausgetauscht, wobei sie nie darüber sprachen. Was wusste sie schon, vielleicht würde Herta sie genauso pervers finden? Sie legte die Hand auf ihren Bauch. Hoffentlich würde sie bald in den Wechsel kommen, dann würde das alles vorbei sein, der Schamesschweiß, das Blut, die Lust. Und Erwin konnte sich eine Neue suchen und

beglücken, eine, die still war und trotzdem schön, eine mit glatter Haut unter den Achseln. Marianne überkreuzte die Arme und legte die Hände in die Achselhöhlen. Auch jetzt konnte sie die Wärme durch den Stoff der Bluse spüren. Ob es ihm gefallen würde? Marianne stand auf, ging ins Familienbad und knöpfte sich die Bluse auf. Aus dem Spiegelschrank nahm sie eine Rasierklinge, die Erwin hatte liegen lassen. Sie ließ Wasser darüber rinnen und rasierte sich unter den Achseln. Zuerst auf der einen, dann auf der anderen Seite. Dazwischen blies sie die Haare aus der Klinge. Als sie fertig war, hob sie die Arme. Die Haut war gerötet und blutete ein wenig an manchen Stellen. Sie fuhr mit der Hand darüber. Es war weich. War es schön?

Schnell sammelte sie die Haare ein und warf sie ins Klo. Sie wischte sich das Blut ab und hoffte, es würde nicht durch die Bluse drücken. Sie zog sich an und ging hinunter. Da stand ihre Mutter und schaute die Post durch. Sie wedelte mit einem Brief in der Hand. „Vom Bezirksgericht“, sagte sie anklagend. Marianne biss sich auf die Lippen. Den hatte sie vergessen. „Ja, die Scheidung“, sagte sie knapp, nahm den Brief, riss ihn auf, tat, als würde sie lesen, nickte und unterschrieb. Johanna schüttelte den Kopf. „Da hilft nix mehr“, sagte sie schließlich, seufzte theatralisch und verließ die Stube. Unweigerlich musste Marianne ihr recht geben. Da half wirklich nichts mehr. Sie betrachtete die leeren Stühle, die verlassenen Tische, die offenen Rechnungen. Vielleicht wäre es doch besser gewesen, sie wäre mit Erwin zusammen in ein Haus gezogen. Dann wäre die Mutter jetzt allein im Gasthaus und wer weiß, womöglich wäre es ihr sogar lieber. Und sie, Marianne, hätte als verheiratete Frau all die Dinge tun können, bei denen sie zwar rot wurde, sich aber zumindest nicht übergeben musste.

Sie sah das Buch vor sich. Auf die Mathematik war Verlass. Gustav wartete noch immer auf das Ergebnis seines Schlüsselproblems. Sie dachte nach, überlegte, die Zeit verging.

$$E(X) = (1 \cdot 1/5 + 2 \cdot 1/5 + 3 \cdot 1/5 + 4 \cdot 1/5 + 5 \cdot 1/5) = 3$$

GERTRUD, 1994

Ich muss alle paar Minuten aufs Klo. Ich glaub, ich werd krank. Es ist erst elf. Die Kathi und die Barbara wollen um zwei kommen, alle anderen um vier. Was mach ich bis dahin? Ich bin sogar zu aufgeregt zum Ballspielen. Was ist, wenn auf einmal die Oma bei der Party auftaucht und irgendwas Peinliches macht? Was ist, wenn die Polizei kommt, weil irgendwer denen gesagt hat, hier werden Drogen genommen? Was ist, wenn wer was findet, womöglich uralte Kriegssachen, die beweisen, dass wir eine Nazifamilie sind? Heute ist alles möglich. Am liebsten möcht ich mich verkriechen und gar nicht dabei sein. Es ist alles hergerichtet, die Lautsprecher sind angeschlossen. Wir haben uns sogar ein Mischpult und eine Anlage ausgeborgt. Alles ist dekoriert. Wobei dekoriert vielleicht das falsche Wort ist. Wir haben halt alles mit schwarzen Tüchern und Papier abgedeckt. Die alten eisernen Verzierungen hinter den Holzbänken sind hinter dem Schwarz verschwunden. Sogar auf den Bänken liegen ein paar schwarze Polster. Die hat die Barbara aus ihrem Zimmer mitgebracht. Alles, was irgendwie in Frage gekommen ist, haben wir zusammengetragen, sogar eine Wasserpfeife. Zum Glück hat die Oma die noch nicht gesehen.

„Oma, du brauchst heut aber nicht hinunterkommen, okay?“, sag ich beiläufig. Sie ist in der Küche und putzt Gemüse. Ich setz mich ihr gegenüber und nehm die Zeitung. Im Lokalteil haben sie heute sogar eine Anzeige für die Party gedruckt. Die Oma tut, als hätte sie nichts gehört. „Wir machen das mit der Party, du musst dir keine Sorgen machen“, schrei ich ihr ins Ohr. „Jaja“, sagt sie, „keine Angst, ich lass euch.“ Ich glaub ihr nicht, bin mir sicher, dass sie früher oder später auftauchen wird – ob aus Neugierde oder Sorge. Ich muss schon wieder! Das ist das 350. Mal an diesem Tag! Okay, jetzt reicht es. Ich brauch ein bisschen Entspannung. Also geh ich nach dem Klo in die Garage und hol den Ball. Ich knall den Ball gegen das Tor und die Mauer. Es sind etliche Flecken drauf. Das ist aber egal, so wie alles hier egal ist. Ich schieß mit voller Wucht. Wenn das heute gut geht, dann helf ich die nächsten Male fix freiwillig im Gasthaus mit. Das versprech ich. Was immer das auch heißt: gut ausgehen. Ich fang den Ball mit den Händen, setz mich auf den Boden und schau in den Himmel. Die Oma hat erzählt, dass es der Tante Irmgard nicht gut geht. Sie muss wahrscheinlich ins Krankenhaus. Vielleicht sind ja der Patrick und ich dran schuld. Oder das war die Rache für ihr unmögliches Verhalten. Vor ein paar Tagen hab ich die Oma gefragt, wie das war, früher, mit dem Hitler und so. Sie hat nicht wirklich drüber reden wollen. Keiner hat auskönnen, hat sie gemeint, es war halt so. Ich wollt nicht weiterfragen. „Ist es nicht zu kalt auf dem Boden?“, ruft der Adi von der gegenüberliegenden Straßenseite. Ich verdreh die Augen. Was will der denn jetzt? Fehlt nur noch, dass der herkommt. Aber genau das tut er natürlich.

„Wirst heut die Party feiern, was?“, sagt er und grinst blöd. Ich nicke. Wie kann es sein, dass dieser Säufer, der sicher einiges intus hat, sich daran erinnern kann? „Ja super, bist aufgeregt?“ Ich schüttel den Kopf. Er ist mir unangenehm, merkt er das nicht? Sein kleiner, untersetzter Körper mit dem Bierbauch, die winzigen Schweinsaugen, der schiefe Mund: ein eindeutiger Trottel, sogar hier im hintersten Dorf der Allerletzte, und gerade der muss hier bei mir stehen bleiben. „Das wird gaudig, wirst sehen. Wenn ihr eine gute Musik habt." Auf einmal bekomm ich Panik: Will der etwa kommen? „Kommen nur junge Leute, alle mein Alter", beeil ich mich zu sagen. Er sieht mich komisch an: „Ach so. Spielt eine Kapelle?"

„Eine Kapelle? Was? Nein. Also, es gibt keinen Auftritt." Glaubt der, das wird ein Trachtenfest, oder was? Wieso will er das wissen? Ich bekomm einen Schweißausbruch. „Nur Platten und so."

„Ach so." Der Adi glotzt mich weiter an, er hat so eine komische Angewohnheit, er kaut, obwohl er nichts im Mund hat. Manchmal hat er einen Zahnstocher im Mundwinkel, den er hin- und herschiebt. Das ist voll ekelhaft. Ich bin mir sicher, dass er immer denselben verwendet. Endlich geht er ins Gasthaus und lässt mich in Ruhe. Die Oma ist drinnen, die ist immer freundlich zu ihm, genauso wie die Mama.

Ich will noch baden und ein paar CDs heraussuchen, damit ich sie später unauffällig und lässig dem Martin zeigen kann. Er soll ja mitkriegen, dass ich cool bin, auch wenn ich in so einer verstaubten Bude mit meiner Mama und Oma wohn. Ich streichel über den Ball. Er ist alt und abgenutzt. Schmuddelig und grindig. Alles bei uns ist schmuddelig und grindig und alt und abgenutzt. Sogar die Leute, die kommen, sind das. Bei der Kathi und der Barbara glänzt alles und ihre Eltern tragen schicke, moderne Sachen, nicht wie die Mama. Ich lass den Ball fallen, seh ihm nach, wie er die Einfahrt runterrollt. Er ist verdreckt und Fetzen hängen herunter. Armer Ball.

Und ich, ich bin auch arm. Ich verdrück ein paar Tränen. Am Nachmittag kommen dann endlich die Barbara und die Kathi. Wir haben noch tausend Ideen, wie wir den Raum cooler dekorieren, welche CDs wir noch holen und mit was für Klamotten wir uns aufmotzen könnten. Am Ende machen wir gar nichts, weil wir nicht wissen, wo wir anfangen sollen. Die Kathi hat rote Wangen und ich find das gut. Damit sieht sie wenigstens ein bisschen nach Bauerntrampel aus. „Das wird so geil", sagt sie in einem fort und es klingt fast wie eine Beschwörung. Alle paar Minuten sucht sie nach Gründen, wie sie unauffällig nachschauen kann, und rennt raus. „Jetzt gehen wir halt einfach alle vor die Tür", sag ich irgendwann, als wir vor Erwartung erschöpft sind. „Vom Herumsitzen sind sie auch nicht schneller da." Ein frischer Wind pfeift draußen durch die Maschen unserer Strickjacken. Sobald ein rotes Auto kommt, halt ich den Atem an. Dann tun wir so, als würden wir gerade was suchen. Die sollen nicht glauben, dass wir auf sie warten. „Da sind sie", flüstert die Kathi beim fünften oder sechsten Mal. Ich muss hinschauen und seh, wie der Wagen über die Schottereinfahrt auf den Parkplatz fährt, hält und alle aussteigen. Wir nicken uns zu, dann gehen wir in den Keller. Die Burschen legen sofort CDs auf. Die Mama kommt. Sie sieht zwar nicht super aus, aber auch nicht schlimm peinlich. Gott sei Dank! Obwohl die Burschen was trinken wollen und rauchen, verzieht sie keine Miene. Der neue Qualm verdrängt den kalten, abgestandenen Rauch. Er brennt in den Augen. Die Mama stellt Bier, Schnaps und Spritzer auf die Theke und kümmert sich nicht weiter. Sie ist die Beste. Ich werd sie nie im Stich lassen. Die Musik klingt gut, auch wenn der Martin und der andre Typ, den Kathi und ich nur Schlafmütze nennen, ständig auf Knöpfe drücken und vom schlechten Sound und Bass reden.

Bis die Party beginnt, dauert es ewig, irgendwie vergeht die Zeit nicht. Die Burschen trinken und drücken weiter auf dem Mischpult rum. Sie geben sich gegenseitig die Kopfhörer und wippen im Takt. Die Kathi, die Barbara und mich schauen sie nicht an. Wir geben vor, wichtige Dinge zu besprechen, aber in Wahrheit haben wir uns gar nichts zu sagen, wir warten nur. Auf einmal, ich weiß gar nicht, wie spät es mittlerweile ist, kommen die Leute. Sie schauen sich um, bestellen was, bewegen sich zur Musik. Dann kommen noch welche. Und immer mehr. Bis es richtig voll ist in der Kellerbar. Es sind alle da, die da sein sollten. Zuerst tanzen zwei Mädels (voll peinlich!) und bei Pearl Jam ist die Tanzfläche dann voll und wir gehen auch. Ich tanz nicht so richtig gut, irgendwie, hier im Gasthaus, zwischen der Mama und dem Martin und der Oma, die jeden Moment reinkommen kann – wie soll ich da tanzen können? Ich fühl mich beobachtet, obwohl mich niemand anschaut. Neben mir steht der Pirke und headbangt, seine Hände stecken in den Hosentaschen. Ich hab keine Ahnung, wie er wirklich heißt, seinen richtigen Vornamen kennt keiner. Pirkes Haare hängen in sein Gesicht, er schwitzt, aber das tun wir alle. Der Song ist aus. Er stupst mich mit der Schulter an, deutet mir mit dem Kopf, ihm zu folgen. Er ist einer von den Coolen und älter, natürlich geh ich mit, was denn sonst. Ich dreh mich noch mal um, will der Kathi und der Barbara zeigen, dass ich weg bin, aber die beiden quatschen und sehen nichts.

Der Pirke geht quer durch den Raum, vorbei am Martin, der ihm kurz zunickt und sich sofort wieder abwendet. Wir sind im Vorraum, der hinauf und weiter durch eine Eisentür in einen Nebenraum führt, in dem wir Getränke, Obst und Gemüse aufbewahren. Wo will der denn hin? Vielleicht hat er da irgendwo sein Gras versteckt. Womöglich will er mit mir was rauchen, aber warum gerade mit mir? Wir haben bisher keine zwei Worte miteinander gewechselt. Er geht zielstrebig in den hinteren Raum, ich folg ihm etwas verunsichert, die Eisentür geht zu. Hier ist es angenehm kühl, in dem feuchten Steinkeller, in den ein paar Bretter einfach hineingezimmert sind, auf denen Kisten voller Äpfel, Erdäpfel, Karotten und Kohlköpfe liegen. Es riecht nach Erde und Wasser, leicht modrig. Ich hab das alte Ripp-Unterleiberl vom Thomas an, die Kälte verwandelt den Schweiß in Gänsehaut. Der Pirke bleibt stehen, lehnt sich gegen eine der Kisten und sieht mich durch seine fettigen Haare an. Strähnig hängen sie ihm ins Gesicht, verdecken seine Augen, die Nase schaut raus und erinnert mich an eine Comicfigur. Aber mir ist nicht zum Lachen. Ich zitter ein wenig und überkreuz die Arme. „Kalt hier“, sag ich. Er sagt nichts, legt einfach nur seine Hände auf meine Schultern, zieht mich zu sich und drückt seinen Körper dicht an meinen. Er schlabbert mit seiner Zunge an meinem Hals und den Schultern herum. Was soll das jetzt? Ich schluck, spür Halsschmerzen, Ekel und fühl seine Hände gleich auf dem Busen. Ich will das nicht. Das gefällt mir nicht, aber ich trau mich nicht, zu dem Typen, der zu den Coolsten gehört, Nein zu sagen. Das geht nicht, das wär verrückt, was bild ich mir ein, wer ich bin? Er merkt, dass ich zöger, und labert auf mich ein, dass ich mich nicht so anstellen soll. Er will ja nur ein bisschen Spaß mit mir. Mit mir? Echt? Also lass ich es zu und tu sogar so, als würd es mir gefallen. Geht schon, es gefällt mir ja auch, das muss es! Ich seh hinter ihm die Äpfel liegen, rund und gelb, eine mehlige Sorte, die ich nicht ausstehen kann, am liebsten würd ich damit jetzt Fußball spielen, oben vor dem Garagentor stehen und kleine Kunststücke machen. Nicht hier unten im Keller. Der Pirke fingert an meinem Gürtel rum, den ich locker gebunden hab. Echt jetzt? Warum bin ich nicht in dieses blöde Sportinternat gegangen? Er öffnet den Reißverschluss der Hose.

JOHANNA, 1994

Es war ein Höllenlärm. Der Bass war so laut, dass der Boden vibrierte. Welches Instrument konnte überhaupt solche Töne erzeugen? Johanna legte die Zeitung beiseite. Sie konnte sich nicht konzentrieren. Den Gastraum hatte sie bereits geschlossen, Adi wäre wahrscheinlich noch sitzen geblieben. Sie dachte an ihre Schwester Irmgard. Wie schnell sie sich verändert hatte, von einer stolzen, eleganten Frau zu einem Bündel magerer Knochen und Hilflosigkeit. Wen konnten die wässrigen Augen noch erkennen, was die vertrocknete Zunge noch schmecken, wie viel die mühsam schnaufende Nase noch riechen? Und die Ohren, was konnten die Ohren ihrer Schwester noch hören? Johanna hörte noch immer sehr gut. Sie hörte den Organisten in der Kirche und wie ihre Mutter das Tschoppale gerufen hatte und sein Geschrei hinter der verschlossenen Tür. Sie hörte Karl, wie er ins Bett stieg und sich neben ihr niederließ. Mariannes leises Wimmern als Baby und das laute, fordernde Schreien der Söhne. Sie hörte Hertas Stimme und Willis, als er unter dem Baum um sie geworben hatte. Sie hörte die Gäste rufen, wie die Gläser klapperten und wie es klang, wenn eines zerbrach. Die feinen Töne, die harten Klänge, die zarten Stimmen, die schweren Bässe. Und wieder das Klavier, immer wieder das Klavier.

Sie hatte Angst, eine Angst, die sie seit Irmgards Krankheit heimsuchte und bis in die Träume verfolgte. Das Klavier stand vor ihr, aber sie konnte ihre Hände nicht bewegen. Sie folgten ihr nicht, verharrten in ihrem Schoß und als sie vor lauter Verzweiflung mit ihrer Nase eine Taste berührte, konnte sie keinen Ton vernehmen: Sie war taub. Taub und lahm.

Jemand schritt die Stiegen hinauf, Lachen. Die Jugend war laut. In ihrer Zeit hatte man sich das nicht getraut, man hatte den Mund zu halten und nicht zu fragen. Auch bei ihren eigenen Kindern hatte sie es so gehalten. Den Mund halten, nicht fragen, es gab keine Antworten. Erst im Krankenbett holte einen die Wahrheit manchmal ein und man spuckte sie aus, zusammenhanglos, verwirrt und ohne zu bedenken, was sie auslösen könnte. Die Schritte waren auf dem Gang zu hören, begleitet von einer schrillen sowie einer dumpfen Stimme. Ein Mädchen und ein Bursche, die draußen ungestört schmusen wollten, vermutete Johanna. Es war immer das Gleiche. Wenn sie sich nur zusammenrissen, diese unvorsichtigen Dinger. Sie öffnete die Tür und ging hinaus, sie sollten ruhig wissen, dass sie nicht allein waren. „Grüß Gott", sagte das Mädchen vorlaut, wobei es dem Aussehen nach ein Bub hätte sein können. Die beiden lachten und ließen sich nicht von ihr stören. Johanna nickte nur und wollte die Schmuserei nicht länger mitansehen. Brummend ging sie Richtung Party, dem wummernden Bass entgegen. Sie war nicht neugierig, aber jemand musste ja aufpassen. Langsam schritt sie die steinernen Stufen hinunter. Es war so steil, wenn da nur niemand ausrutschte. Im Rausch! Sicher würden alle viel Bier und Schnaps trinken. Wahrscheinlich mehr, als sie vertrugen. Und bestimmt würden sie dann mit dem Auto fahren, wie früher. Vor Jahren, als es noch das Gwölb gegeben hatte, war einer rauschig in den Straßengraben gefahren. Er habe ja nichts dafürkönnen, hatte es damals geheißen, er sei halt betrunken gewesen. Heute kostete das den Führerschein. Wie sich die Zeiten änderten. Aber sie hatte Trudi gewarnt. Wenn sie auch nur einen mit Haschisch – oder wie das Zeug hieß – erwischte, war die Party sofort vorbei. Marianne war viel zu gutmütig, sie selbst musste da hart durchgreifen. Johanna stieg die letzten Stufen hinunter und folgte dem Gang in den Tanzkeller. Wie konnten sie dieses Gejohle Musik nennen? Der Rauch trieb ihr Tränen in die Augen und ihre Lesebrille, die sie abzusetzen vergessen hatte, beschlug. Sie erkannte nichts, nahm die Brille ab, rieb sich die Augen, stapfte vorbei an schwitzenden Leibern weiter bis zur Theke. „Alles in Ordnung", brüllte ihr Marianne zu, die sie nur verschwommen wahrnahm. Die Luft war zum Schneiden. Das war nichts für sie, sie musste weg. „Wenn du Trudi siehst, sag ihr, sie soll mir helfen!", rief Marianne ihr hinterher.

Der Lärm verfolgte sie, als sie den Vorraum betrat, hier unten stand alles offen bis auf die Eisentür in den Lagerkeller. Komisch, die war doch sonst immer geschlossen, dachte sie und wollte nachsehen. Sie vernahm etwas, konnte es aber nicht zuordnen. Die Eisentür war verzogen und ließ sich nur schwer öffnen. Doch Johanna war immer noch kräftig. Mit einem Ruck stieß sie sie auf. Eine nackte Glühbirne spendete in dem länglichen, feuchten und fensterlosen Raum spärliches Licht. Kurz musste sie die Augen zusammenkneifen. Sehen konnte sie nichts, aber sie hörte Geräusche, ein Rascheln, Flüstern, Schmatzen, Atmen. Als sich ihre Augen an das Licht gewöhnt hatten, sah sie vor sich den Rücken und die langen, strähnigen Haare eines der Haltung und des Körperbaus nach jungen Mannes, der sich über eine andere Person beugte.

Sofort hatte sie sich und ihren Schwager vor Augen. Damals. Seinen stinkenden Atem, seine gierigen Augen, seine groben Hände. Und dann erkannte sie ihre Enkelin. Sie sah trotz der verwischten Schminke aus wie ein kleines Kind. Der Bursche murmelte vor sich hin und drückte sie gegen die Wand. Trudi sah abwesend aus. Johanna wusste, dass der Bursche ihr an die Wäsche wollte. Keiner der beiden registrierte sie. Der Raum war nicht breiter als vier Meter. Auf beiden Seiten befanden sich Bretter mit Kisten voller eingelagertem Obst und Gemüse.

Johanna stieg der Geruch nach Geselchtem in die Nase, nach Salz, Kohle und dem Speck, der von der Decke hing. Sie hörte das Schnaufen des Schwagers. Und dann hörte sie die Orgel. Was gerade passierte, war nicht richtig. Da war sie sich sicher. Sie griff, ohne zu überlegen, nach einem Erdapfel und warf ihn mit aller Kraft in Richtung des jungen Mannes, der gerade seinen Kopf hob. Und sie traf. Er sackte in sich zusammen und lag auf dem Boden. Trudi sah zuerst ihn, dann sie an. „Oma!?", rief sie völlig entgeistert. Johanna war ruhig und ging zu ihnen. Sie wollte nachsehen, wie schlimm es den Burschen erwischt hatte. Sie hob seinen Kopf an, ein wenig Spucke lief ihm aus dem Mund und seine Augen blinzelten. Er murmelte etwas, was so klang wie „Was ist passiert?". Er griff sich an den Kopf. Trudi hielt die Hand vor den Mund. „Ich habe deinen Kopf getroffen. Du bist gestürzt", sagte Johanna, als wäre es das Normalste auf der Welt. „Aber wie, warum, was …" Langsam erhob sich der Bursche wieder und schaute sich erstaunt um, als hätte er vergessen, wo er sich befand. „Ich sag dir was. Das ist ein Lagerraum. Und keiner zum Herumschmusen", schimpfte sie und stemmte die Hände in die Hüften. Trudi starrte die beiden abwechselnd an. „Raus mit dir an die frische Luft! Und mir aus den Augen!" Er nickte, fasste sich noch einmal an den Kopf, wo sich eine dicke Beule bildete. „Erdäpfel sind vielseitig", erklärte Johanna trocken, „und jetzt verschwind!" Er öffnete den Mund, schloss ihn wieder und wankte durch die Tür. Sie sahen ihm nach. Trudi zitterte, ob vor Kälte oder wegen der Geschehnisse war Johanna nicht klar. Sie wollte ihr eine Moralpredigt halten. Aber wie sollte sie die junge Frau schimpfen, die sie selbst einmal gewesen war?

„Es, ich … keine Ahnung." Trudi hob die Schultern, hielt sich selbst umarmt, sie hatte Gänsehaut. „Brauchst nichts zu sagen", erwiderte Johanna, strenger als gewollt. „Ich hoffe, er hat dir nicht wehgetan", fügte sie leise hinzu. Trudi schüttelte vehement den Kopf. „Bestimmt nicht." Sie senkte den Blick. „Ich weiß nicht, ich hab gedacht … Er ist einer von den Wichtigen", sagte sie. Johanna fragte sich, wer von diesen jungen Menschen hier wichtig genug sein konnte dafür? Sie hatte das seltsame Bedürfnis, ihre Hand auf Trudis Schultern zu legen und sie zu wärmen, sie zu berühren, aber sie traute sich nicht. „Die Wichtigen sind erst recht die Arschlöcher", sagte Johanna dann, ohne eine Miene zu verziehen. Es war das erste Mal, dass sie dieses Wort in Trudis Gegenwart benutzte, und Trudi quittierte es mit einem schüchternen Grinsen. „War ein guter Schuss", befand sie dann und lachte wieder ein wenig. Johanna grinste ebenfalls. „Zum Glück habe ich den Richtigen getroffen. So. Da drinnen ist es mir zu laut und deine Mama braucht Hilfe. Also lauf schnell zu ihr hinter die

Theke, damit wir heute noch was verdienen." Trudi nickte, richtete ihre Kleidung und verschwand. Johanna blieb zurück. Von hinten drang wieder der Lärm zu ihr durch. Sie roch nichts mehr von dem Geselchten, dem Salz, der Kohle und dem Speck. Sie drehte das Licht ab und blieb noch kurz in der kalten Kammer stehen. Die Orgel war verklungen. Sie würde das Klavier holen.

MARIANNE, 1994

Bei der Anmeldung flüsterte die Sprechstundenhilfe. Die Tür zum Wartezimmer stand offen. Die Patientinnen schwiegen. Allein Blättern der Zeitschriftenseiten durchbrach die Stille. Marianne schlich sich zu einem freien Platz neben einer älteren Dame mit Seidentuch und Perlenkette, die sie über die Lesebrille hinweg streng ansah. Marianne setzte sich, zog die Füße ein und wagte es nicht, eine Zeitschrift vom Stapel zu nehmen. Als eine Frau aus dem Behandlungszimmer kam, ertönte die sonore Bassstimme des Arztes aus dem Hintergrund: „Lassen Sie die Tür ruhig offen."

Die junge Frau trug einen Babybauch vor sich her, trotz ihrer prallen Körpermitte war sie schlank und zog gelenkig ihre Jacke an. „Auf Wiedersehen", sagte sie. Die alte Frau neben Marianne quittierte ihren Gruß mit einem missbilligenden Blick, bis sie selbst aufgerufen wurde: „Frau Berger", rief die Stimme aus dem Arztzimmer. Sie erhob sich umständlich, griff nach ihrer Handtasche und schritt stolz und entschlossen durch die Tür. Jetzt konnte Marianne eine der Zeitschriften nehmen. Sie wartete gemeinsam mit zwei Frauen, einer jüngeren, die ebenfalls in ein Modemagazin vertieft und für Mariannes Geschmack viel zu stark geschminkt war, und einer in ihrem Alter, die ihr Strickzeug ausgepackt hatte. Von ihr hatte sie keine strengen Blicke zu befürchten, befand Marianne und nahm sich die oberste Illustrierte vom Stoß. Die ersten Seiten waren voll mit Werbeanzeigen, dann kamen welche, auf denen traurige Mädchen mit schwarz geschminkten Augen und abgemagerten Körpern zu sehen waren. Das sollte Mode sein? Es war nicht viel erkennbar von der Kleidung, oft waren nur Ausschnitte auf den Schwarz-Weiß-Aufnahmen zu sehen, eine Schulter, der Ansatz eines langen Halses, ein Stück Stoff. Der Preis dieses Stoffes, das wahrscheinlich Teil einer Bluse war, ließ Marianne allerdings erstaunt die Luft einziehen. Sofort blickten sie die anderen Frauen an und sie räusperte sich. Die Zeitschrift war komisch, sie bestand zum Großteil aus edler Werbung, auf denen weitere abgemagerte und traurig dreinschauende Mannequins Taschen, Lippenstifte und Parfüms bewarben. Manche sahen so alt aus wie Trudi, dürr und ohne Busen. Am meisten beeindruckten Marianne die langen Beine der Mädchen, wie Stelzen wirkten sie, so gleichmäßig und dünn. Sie konnte sich nicht erinnern, dass ihre Beine jemals schlank gewesen waren. Selbst als junges Mädchen hatten die Oberschenkel aneinandergerieben und die Haut im Sommer, wenn es heiß war und sie Röcke trug, einen Ausschlag bekommen.

Sie blätterte weiter. Auf der nächsten Seite zeigte sich ein langhaariger Mann, der nur mit einer Gitarre bedeckt war. Fast hätte Marianne wieder geschnaubt, doch sie riss sich zusammen. Es war weniger das Bild an sich als die Verwunderung darüber, plötzlich diesen halb- oder eigentlich komplett nackten Mann in einer Zeitschrift präsentiert zu bekommen, der als „genialer Gitarrist“ vorgestellt wurde. Dabei war er hühnerbrüstig ohne ein einziges Haar auf der Brust. Warum gab es keine männlichen Männer und weiblichen Frauen mehr? Die sahen alle irgendwie gleich aus, aalglatt wie die Haut unter ihren Achseln. Ihre Achseln! Sie durfte die Arme auf keinen Fall heben, wie peinlich, wenn der Gynäkologe sehen könnte, welch kindische Anwandlung sie gehabt hatte, wer weiß, was er dann von ihr denken würde. „Frau Eckert bitte!", tönte es sogleich aus dem Behandlungszimmer.

„Was kann ich für Sie tun?", fragte er, nachdem sich Marianne ihm gegenüber auf den Stuhl vor seinem breiten Schreibtisch gesetzt hatte. Der Arzt hatte eine leise, zurückhaltende Stimme, leicht angegrautes Haar und trug eine Brille. Marianne räusperte sich. „Ich würde mich gern untersuchen lassen, zur Kontrolle. Es ist so, dass ich vor ein paar Monaten mit der Pille aufgehört habe." Der Arzt runzelte die Stirn. „Wieso das?", fragte er und nahm ihre Kartei aus der Schublade. „Also mein Mann und ich, wir haben uns getrennt." Es war ein Blödsinn gewesen, einfach so die Pille abzusetzen, das sah sie jetzt ein. „Es tut mir leid", sagte sie. Er lächelte dezent. „Bei mir müssen Sie sich nicht entschuldigen. Sie wissen ja selbst, dass es keine gute Idee ist, einfach aufzuhören."

„Ich habe auch keinen regelmäßigen Zyklus mehr seitdem. Wobei das ja der Wechsel sein könnte, oder?"

„Der Wechsel?", murmelte der Arzt, taxierte sie und schien sie erstmalig richtig anzuschauen. „Sie sind vierundvierzig, nicht wahr? Nun gut, wir werden mal kontrollieren, ob alles in Ordnung ist. Nachdem Sie keinen Verkehr haben, können wir eine Schwangerschaft ausschließen, nehme ich an." War das eine Feststellung? Eine Frage? Marianne erschrak. Warum hatte sie daran noch gar nicht gedacht? Tatsächlich hatte sie überhaupt nicht daran gedacht. Nein, das war nicht möglich,

Erwin hatte aufgepasst! Was sollte sie sagen? Sollte sie etwas sagen? Ich bin zwar getrennt, aber Verkehr habe ich trotzdem? Der Arzt unterbrach ihre Gedanken. „Kleiden Sie sich bitte mal aus." In der Ecke stand ein Stuhl, davor ein Vorhang, wie in einer halben Umkleidekabine. Doch Marianne stand nicht auf. Sie fühlte sich so schlecht, so verboten und mehr als alles andere schämte sie sich vor dem Arzt. „Es könnte sein, nun ja, es wäre möglich, ein Unfall, sozusagen", stotterte sie. Er betrachtete sie. „Ich verstehe", bemerkte er, dann wandte er sich rasch ab und suchte in dem Arzneischrank hinter sich etwas. „Hier", sagte er und gab ihr ein Päckchen. Schwangerschaftstest stand darauf. „Damit gehen Sie bitte gleich auf die Toilette, dann haben wir Gewissheit. Wie es funktioniert wissen Sie, oder?" Ohne aufzublicken, ging Marianne aus dem Untersuchungszimmer durch den Warteraum zum WC, wo sie sich einschloss. Sie setzte sich hin und wartete ein paar Sekunden. Ihr Herz raste. Am liebsten wäre sie einfach sitzen geblieben, bis die Ordination schloss. Aber sie riss sich zusammen, öffnete das Päckchen, las die Anleitung, zog die Hose hinunter und urinierte auf den Streifen, den sie in einen Becher gab. Dann wusch sie sich gründlich die Hände und gab den Becher so unauffällig wie möglich bei der Sprechstundenhilfe ab. Diese nahm ihn wortlos entgegen, ohne Marianne anzusehen. Die Frauen im Warteraum waren nach wie vor in ihre Zeitschriften vertieft, zumindest taten sie so. Sie setzte sich dazu, nahm sich wieder eine Illustrierte, ohne hineinzuschauen. Sie konnte kaum einen klaren Gedanken fassen. Bitte nicht, bitte nicht, wiederholte sie innerlich, auch wenn ihr Körper, jetzt, wo es ihr bewusst war, keine Zweifel mehr daran ließ. Die Übelkeit, die angespannten Brüste, der seltsame Ekel vor Bier- und Kaffeegeruch. Wie hatte sie das nicht kapieren können? Ein Kind? Was sollte sie mit einem Kind? Was sollte sie mit einem Kind, von dessen Vater sie sich gerade hatte scheiden lassen? Es gab nur eine Möglichkeit, das war ihr klar. Wo konnte man das machen? Wie lange dauerte es? Was sollte sie der Mutter sagen, ihren Kindern, wenn sie es – ja was? – wegmachte? Erwin würde es gar nicht erfahren. Niemals würde sie es ihm sagen. Marianne war nervös. Sie wippte mit dem Fuß, sah auf die Uhr, 13 Uhr 54. Wie konnte so etwas einer erwachsenen Frau passieren? Dabei hatte sie Angst gehabt, dass Trudi irgendwann mit so einer Botschaft nachhause kam. Und jetzt sie?

„Frau Eckert!" Sie stand auf, ihre Hände zitterten, sie umfasste sie, nahm mit gesenktem Kopf wieder Platz, bereit, ihr Urteil zu erfahren, bereit, die Schande anzunehmen. „Nun, ich darf Ihnen gratulieren." Tränen schossen ihr in die Augen, dabei weinte sie nicht so schnell. „Wann hatten Sie Ihre letzte Blutung? Dann können wir in etwa auf die Woche schließen." Marianne teilte es ihm auf die Minute genau mit. Wie eine Maschine. „Gut, dann gehe ich von der 6. Woche aus. Falls die Schwangerschaft nicht gewünscht ist, gebe ich Ihnen einige Broschüren mit. Es sind darin Möglichkeiten eines Abbruchs aufgezeigt. Andererseits muss ich Ihnen natürlich auch mitteilen, dass es in Ihrem Alter gewisse Risiken gibt, sollten Sie sich dafür entscheiden." Jetzt begann sie tatsächlich zu weinen. Der Arzt schob ihr schweigend eine Packung Taschentücher hin und meinte beschwichtigend: „Sie können noch zuwarten, bis zum dritten Monat ist alles möglich. Ich würde aber gern einen Ultraschall durchführen, zur Sicherheit, die Kosten dafür müssten Sie selbst tragen."

Kosten? Natürlich, irgendwer musste das ja bezahlen! Sie, die nie das Geld vergaß! Und das Kind würde kosten, ein Kind kostete immer, es war ein Zusatzaufwand. In Mariannes Kopf kreisten sofort die Zahlen, was sie einnahmen und mit dem Gasthaus verdienten, was Trudi sie noch kosten würde und Thomas mit seinem Studium. Sie legte sich auf die Liege und der Arzt untersuchte sie. „Schauen Sie! Es ist alles in Ordnung." Marianne konnte sich dunkel daran erinnern, dass die Untersuchungen bei Thomas und Trudi anders abgelaufen waren. Damals wusste sie sofort, was los war. Sie hatte keinen Schwangerschaftstest gebraucht. Und jetzt, nach fast zwanzig Jahren, lag sie da und wünschte sich, da wäre nichts. Sie zog sich wieder an. „Sie denken bitte in Ruhe nach und melden sich. Gut? Dann auf Wiedersehen", sagte der Arzt und streckte ihr die Hand hin. Marianne schüttelte sie schweigend und ging. „Sie können die Tür offen lassen", rief er ihr noch hinterher.

GERTRUD, 1994

Die Kathi und die Barbara finden, dass es die beste Grunge-Party überhaupt gewesen ist. Ich hab ihnen gesagt, was mit Pirke passiert ist. Beim Erzählen hat es gar nicht mehr so arg geklungen. Und als ich bei der Stelle angekommen bin, wie die Oma ihn mit einem gezielten Erdapfelwurf k. o. geschossen hat, haben sie sich gar nicht mehr einkriegen können vor Lachen. Es ist auch echt witzig. Die Barbara hat gemeint, meine Oma ist die coolste Frau, die würd sich sogar vorm Pirke nichts scheißen. Das stimmt. Ich würd gern wissen, ob der Pirke die Geschichte auch weitererzählt. Oder ob der lieber nichts sagt und es ihm peinlich ist. Die Woche über bin ich trotzdem voll fertig. In der Schule schlaf ich beinah ein. Nach der Aufregung bin ich nur noch müde. Während der Italienischstunde will die Kathi gleich die nächste Grunge-Party planen. Ich zeig ihr einen Vogel. „Spinnst du? So einen Stress brauch ich nicht mehr." Sie hat unter dem Tisch wieder ihr Freundschaftsband, das sie knüpft. „Aber dann haben wir ja gar nichts, worauf wir uns freuen können", sagt sie und das stimmt. Im Bus denk ich nochmal drüber nach. Und ich denk an den Martin. Als ich ankomm, fällt mir auf, dass das Gasthaus zu ist. Das ist komisch, weil normalerweise haben wir am Freitag immer offen. Die Mama und die Oma hab ich die Woche über selten gesehen, aber das ist kein Wunder, die meiste Zeit war ich in meinem Zimmer und hab gelernt oder geschlafen. Die Kathi hat recht, ohne Grunge-Party ist es irgendwie aussichtslos.

Ich muss auf die andre Seite vom Haus, damit ich reinkomm. Aber als ich aufsperren will, wird mir von innen aufgemacht. Die Oma steht da. Sie sieht anders aus. Normalerweise hat sie ihre Haare zurechtgemacht. Wie alle alten Frauen hat sie Dauerwellen. Aber heute stehen sie komisch ab. „Ach du bist es, komm herein.“

„Hast du auf wen gewartet?“, frag ich. „Ja, deine Mama ist mit dem Auto einen Blumenstrauß holen gefahren. Wir wollen ins Krankenhaus.“

„Ins Krankenhaus? Was ist passiert, warum ist zu?“ Die Oma nickt traurig. „Tante Irmgard“, sagt sie. „Ist es schlimm?“, frag ich. An die Tante Irmgard hab ich gar nicht mehr gedacht. „In dem Alter ist es halt nicht mehr so“, sagt die Oma. Warum kann sie mir nicht einfach eine klare Antwort geben? In dem Moment kommt die Mama mit dem Blumenstrauß. Wir haben noch nie einen Blumenstrauß gekauft. Die Oma findet, das ist viel zu teuer. „Kommst du mit?“, fragt sie mich. Ich hab Angst. Was, wenn die Tante Irmgard mich sieht und dann einen Herzinfarkt hat? „Jetzt komm halt, die Irmgard freut sich“, sagt die Oma und hält mir die Tür auf. Auch wenn ich weiß, dass sie sich sicher nicht freut, fahr ich mit, obwohl ich mich fast anmach vor Panik, aber noch schlimmer ist es, nicht zu wissen, ob der Patrick und ich es gewesen sind und sie wegen uns vor Schreck und Ärger krank geworden ist.

„Was hat sie?“, frag ich nochmal im Auto. „Sie hat Krebs“, sagt die Mama, „und jetzt hat sich der Tumor weiter ausgebreitet. Und dann kommen noch ein paar Sachen dazu.“

„Sie ist eben alt“, fasst die Oma zusammen. Sie klingt, als

würde sie selbst halb im Grab liegen. Na gut, ich bin etwas beruhigt, das klingt jetzt nicht nach einem plötzlichen Herzstillstand oder so. Dann sind wir ja doch nicht schuld gewesen.

Bei der Tante im Zimmer im Krankenhaus liegt noch eine andre Frau. Zuerst erkenn ich sie gar nicht. Sie sehen beide gleich aus. Eingesunken in ihren Polstern, die Gesichter klein und eingeschrumpelt, die Münder verzogen, die Augen ins Nichts gerichtet. Es riecht nach alt und krank und tot. Am liebsten würd ich umdrehen und gehen. Von der Frau, die Patrick und ich gesehen haben, ist nichts mehr da, hier liegt ein halber Totenkopf. „Grüß dich", sagt die Oma, so lieb sie kann. Die Tante reagiert nicht. Ich weiß nicht, ob ich was sagen soll. Ich weiß nicht, was ich sagen soll. Die Mama geht um das Bett und streicht ihr über die Wange. Mir graust davor, diese faltige Haut zu berühren. Das ist gemein. Aber es ist so. „Wie gehts dir denn?", fragt die Oma laut. Die Frau gegenüber schnarcht. Sie hat ihren Mund offen. Die Tante stammelt etwas. „Magst du etwas trinken?", fragt die Mama, nachdem sie die Blumen in eine Vase gestellt hat. Die Tante nickt, zumindest nehme ich an, dass sie das tut. Ich bereu, dass ich mitgekommen bin. „Die Trudi ist auch da!", sagt die Oma und winkt mich zu sich. Folgsam wie ein kleines Kind geh ich etwas näher ran. Eigentlich müsst ich mich aufregen, dass die Oma mich immer noch Trudi nennt. Aber hier braucht man sich über gar nichts mehr aufregen. Hier ist alles egal. Die Mama bringt Tee in einer Schnabeltasse, sie hilft der Tante Irmgard den Kopf aufzurichten. Die schlürft vor sich hin und die Hälfte läuft ihr wieder aus dem linken Mundwinkel, der irgendwie schlaff nach unten hängt. „Wo ift daf Schoppal?“, fragt sie. Erst jetzt fällt mir auf, dass sie kein Gebiss trägt. Vielleicht ist das die Rache für all die Sachen, die die Tante Irmgard in ihrem Leben gemacht hat. Obwohl ich nicht wirklich weiß, was sie gemacht hat. Es kann sein, dass sie eben genau nichts gemacht hat und dass genau das das Schlimme ist. „Die Herta kommt auch, mit dem Bruno und dem Patrick“, sagt die Oma jetzt. „Sie hat gemeint, sie kommt am Wochenende.“ Ich weiß nicht, ob die Tante Irmgard das verstanden hat. Sie hat die Herta immerhin einige Jahre nicht mehr gesehen. Sie schaut drein, als würd sie gar nichts mehr verstehen, als würd sie gleich sterben. Ich mag weg.

„Daf Schoppal. Wo hat die Mutter ef hingetan?“, fragt die Tante wieder, ohne die Augen zu öffnen. Ich weiß nicht, was sie meint, von welcher Mutter sie redet und wer das sein soll. Wahrscheinlich ist sie einfach wirr. „Die Mutter hat es nirgends hingetan. Es ist alles gut. Es geht ihm gut.“ Die Oma redet jetzt auch wirr. Sicher will sie der Tante nur gut zureden. Auf einmal schreckt sie hoch und reißt die Augen auf. „Nicht einsperren!“, ruft sie. Es ist gruselig. Dieses Zimmer ist wie in einem Horrorfilm, obwohl die Sonne hereinscheint und der Blumenstrauß strahlt. Er kann gar nicht genug duften und strahlen, um das hier zu vertreiben. Verwesung ist das Wort, das hier richtig ist. „Wo ift ef?“, fragt die Tante nochmal. „Wo ist wer?“, frag ich die Oma leise. Vielleicht denkt sie an irgendwelche Leute aus dem Krieg. „Das Tschoppale“, antwortet die Oma, aber sie redet nicht mit mir, sie spricht zu sich selbst. „Das Tschoppale“, wiederhol ich für mich. Als ich klein war, hat das die Oma manchmal zu mir gesagt, wenn ich was nicht kapiert oder mich ungeschickt verhalten hab. Und wir haben es früher verwendet, für das mongoloide Mädchen, das mit uns im Bus in die Schule gefahren ist. Was ist ein Tschoppale? Die Oma sagt: „Die Mama lässt ihn hinaus, es ist alles gut, er kommt eh." Das beruhigt die Tante anscheinend, denn sie ist jetzt still, schmatzt nur vor sich hin. Die Mama rennt wie aufgescheucht herum. Sie stellt die Vase um, geht aufs Klo, holt ein Taschentuch, tupft der Tante damit die Stirn ab, obwohl die nicht schwitzt, sondern vielmehr erfroren wirkt. „So", sagt sie jedes Mal und ich frag mich, was ihr noch alles einfällt, ob sie vielleicht anfängt die Fenster zu putzen, so geschäftig, wie sie ist. Ich weiß nicht, was sie hat. Die Tante Irmgard hat den Mund geöffnet und atmet röchelnd. Es klingt schrecklich. Was, wenn sie hier jetzt stirbt? Wie viele Menschen hat die Oma in ihrem Leben sterben sehen? Und wie viel Schuld haben sie und ihre Familie am Tod anderer? Der Opa, den ich nie kennengelernt hab, den sogar meine Mutter nie kennengelernt hat, warum ist der eigentlich so früh gestorben? Die Tante schmatzt. „Sie trinkt viel zu wenig", sagt die Mama und seufzt. Vielleicht hat die Tante keine Lust mehr zu trinken. Vielleicht hat die Tante keine Lust mehr zu leben. „Können wir dann gehen?", frag ich die Mama. Sie sagt nichts, jetzt, nachdem sie ständig herumgezischt ist, tut sie auf einmal gar nichts mehr. Es ist, als wär sie woanders. „Mama?", sprech ich sie nochmal an und sie schaut, als würd sie mich erst jetzt registrieren.

„Ja?"

„Können wir dann gehen?" Sie nickt. „Wie groß du schon bist", sagt sie und ich weiß nicht, wie sie draufkommt. Die Tante Irmgard röchelt wieder. Die Mama dreht sich um und gibt ihr einen Kuss auf die Stirn. Die Oma streicht ihr über die Wange. Während ich neben dem Bett steh und nicht weiß, was ich tun soll. „Ciao“, flüster ich und lächel sie an, obwohl sie die Augen geschlossen hat. Als wir das Gebäude verlassen, ist es, als wär irgendwas Schweres da drinnen geblieben – und das ist es irgendwie ja auch. Ich fühl mich besser und bin erstaunt: Draußen ist die Welt in Ordnung. Die Vögel pfeifen, die Autos fahren, die Menschen reden. Nichts hat sich verändert. Wie damals, als ich mit Patrick aus der Wohnung von der Tante gekommen bin. „Sie wird es nicht mehr lang machen“, sagt die Oma im Auto. Sie klingt ernst und gefasst. Mag sie ihre Schwester überhaupt? Ich trau mich nicht fragen. „Wer weiß, ob sie durchhält, bis die Herta kommt“, murmelt sie. Die Mama antwortet nicht. Und ich hab dazu sowieso nichts zu sagen. Mittlerweile sind wir auf der Landstraße unterwegs. Kühe, Bäume, Äcker, Wiesen. „Das Begräbnis wird dann in Klagenfurt stattfinden, sie will sich neben ihrem Mann beerdigen lassen.“ Mama schaltet. „Du redest, als wäre sie tot“, sagt sie zur Oma. „Viel fehlt ja nicht mehr“, erwidert sie. „Das ist aber arg“, sag ich jetzt. Die Oma schaut über den Rückspiegel zu mir. „So ist es aber. Ein Kommen und Gehen. Manche früher, manche später, aber alle sicher.“ Wer so redet, hat schon viel gesehen, denk ich mir. Die Mama biegt in die Straße zu uns ein. „Übrigens, ich bin schwanger.“

JOHANNA, 1976

Sie kehrte nach so vielen Jahren wieder zurück nach Wien. Neben ihr saß ihre hochschwangere Tochter Marianne. Sie füllte den Sitz aus, durch das Baby im Bauch war sie noch üppiger. Als ein Mann in das Zugabteil trat und sich neben sie setzte, sorgte Johanna sich, ob er nicht zu eingequetscht war, aber er beschwerte sich nicht. Es war stickig, der Mann und eine Frau rauchten, ein anderer paffte seine Pfeife. Trotzdem war die Zugfahrt bequem, anders, als es Johanna in Erinnerung hatte, damals in den Dreißigerjahren. Sie saßen diesmal sogar in der zweiten Klasse, aber nur, weil die dritte mittlerweile abgeschafft worden war. Wie damals regte sie sich nicht, blieb auf ihrem Platz und schaute aus dem Fenster, an dem die Landschaft vorbeizog. Mehr Autos waren unterwegs. Auf den Feldern sah sie Traktoren und Maschinen, die die Arbeiten der Menschen übernommen hatten. Nur die Kühe und Schafe waren geblieben.

Sie hielten an Bahnhöfen, an denen kaum Reisende aus-, aber immer wieder welche einstiegen. Alle wollten nach Wien, dachte sie. Marianne hatte die Augen geschlossen. Wie konnte sie so eine aufregende Fahrt verschlafen? Diese Tochter, sie war so weit weg von ihr, nichts hatten sie gemeinsam, keine verstand die andere. Was Johanna interessierte, rief in Marianne nicht die kleinste Regung hervor. Von Musik verstand sie nichts, ob ein Tisch elegant oder geschmacklos geschmückt war, fiel ihr nicht auf, die besonderen Bilder, die so mancher Sonnentag im Winter zauberte, ließen sie kalt. Selbst beim

Essen war sie nicht wählerisch. Dafür konnte sie Ewigkeiten über Rechnungen brüten und darin Dinge sehen, die Johanna gänzlich verborgen blieben. Über den Semmering fuhr der Zug, vorbei an imposanten Hotels. „Das Panhans“, rief Johanna plötzlich aus, was die anderen Passagiere mit einem leicht genervten Blick quittierten. Marianne schlief weiter. Johanna lehnte sich verstohlen zurück. „Das hat seine besten Zeiten schon hinter sich“, sagte der Mann, der neben Marianne saß, und zog an seiner Zigarette. Dann begann er ein Gespräch mit einer Frau, die zwischendurch zugestiegen war, über Hotels in der Gegend, über Autos und Benzinpreise. Johanna vernahm das bellende „A“ und „O“ der Steirer, was für ein schlimmer Dialekt, aber ihrer klang wahrscheinlich nicht besser. Dabei sahen die Frau und der Mann nobel aus, waren in teuren Stoff gehüllt, nur ihre Aussprache und das Zweite-Klasse-Ticket verrieten sofort, woher sie wirklich kamen. Aber nicht, wohin sie wollten, dachte Johanna und betrachtete wieder die Landschaft. Der Zug ruckelte weiter über den Berg. Oben lag Schnee, er glitzerte in der Sonne. Wie schön das war, welchen Zauber die Natur doch hatte. Viel zu selten hatte sie die Zeit, einfach nur zu schauen. Der Zug fuhr durch Tunnels und an kahlen Felsen vorbei, an großen Anwesen und eingeschneiten kleinen Häusern. Wie mochte es sein, hier zu leben? Wie mochte es sein, jeden Tag die Eisenbahn an sich vorüberziehen zu sehen und zu wissen, dass man nicht mitkonnte, dort bleiben musste, wo man hingehörte? Je näher sie der Stadt kamen, desto aufgeregter wurde Johanna. Sie blieben in Wiener Neustadt stehen und Johanna wollte aufspringen und den Zug verlassen, dabei waren sie noch gar nicht da, das war die falsche Station, die falsche Stadt, auch wenn sie ihr groß erschien. Es war schon damals erstaunlich gewesen, dass die Stadt nicht plötzlich begann, sondern das Land immer mehr in sie überging. Zuerst kamen Fabriken, dann Häuser, die mehr wurden, und dann immer enger aneinander standen, höher wurden, dafür wurden die Straßen schmäler und der Verkehr dichter, dazwischen schlängelten sich die Tramways wie rote Würmer hindurch. Als sie in den Bahnhof einfuhren, schlug Marianne die Augen auf, sah verschlafen aus dem Fenster und verfolgte gelangweilt das Geschehen. Auf dem Bahnsteig registrierte sie mit Genugtuung, dass nun auch Mariannes Mund offen stehen blieb. So viele Menschen hatte ihre Tochter bisher noch nie auf einem Haufen gesehen. Zu gut gekleideten Leuten mit Koffern gesellten sich Zeitungsverkäufer, Gastarbeiter, herumstreunende Kinder, untergehakte Paare, winkende Frauen, abfahrende Männer und umgekehrt. Männer mit unheimlichen Gesichtern, Frauen mit unglücklichen Gesichtern. Bunte Film- und Werbeplakate zierten Wände, Tauben gurrten und liefen aufgeschreckt durch die Bahnhofshalle und es war laut. So laut, dass Johanna sich am liebsten die Ohren zugehalten hätte. Sie suchten den Ausgang, eine Tramway und ein Bus würden sie zu Herta bringen, zu ihrem neuen Zuhause in einem neuen Stadtgebiet, wie sie aufgeregt am Telefon erzählt hatte. Es war so verwirrend, die vielen Hinweisschilder, die Tramway, die Autos, Lastwagen, alles fuhr herum, es war noch viel mehr Verkehr als damals. Marianne fragte sich durch – dafür wäre Johanna viel zu nervös gewesen – und irgendwann saßen sie in der richtigen Tramway und danach in einem Autobus. Sie fuhren wieder hinaus aus der Stadt. Johanna war verwirrt, das war nicht die Gegend, die sie kannte. „Ich habe nicht gewusst, dass Herta auf dem Land wohnt“, sagte Marianne, als der Busfahrer anhielt und rief: „Hier müssens hinaus und da noch durch die Siedlung!“ Sie stiegen aus und der Lenker sah sie nicht mehr an, obwohl Marianne ihm dankend winkte. Sie gingen über die Straße und dann schmale Wege entlang, die an Häusern vorbeiführten, die alle in Reih und Glied standen, alle dreistöckig, alle mit mickrigen Bäumen und Büschen davor. Alles sah gleich aus. Johanna hatte nach der zweiten Abbiegung bereits die Orientierung verloren. Marianne hatte einen Plan in der Hand und kannte sich aus. „Da müssen wir hin!“, sagte sie und zeigte auf ein Feld, noch bevor Johanna festgestellt hatte, wo sie sich selbst auf der Karte befanden.

Als sie vor einem dreistöckigen Haus mit der Nummer 46 standen, sagte Marianne: „Wir sind da.“ Es war genauso schmucklos und nüchtern wie all die anderen. Ein Stiegenaufgang führte durch das Haustor. Sie mussten in den zweiten Stock hinauf. Marianne läutete. Ein Türsummer erklang und Marianne öffnete. Im Stiegenhaus war es eng und dunkel.

Johanna war enttäuscht. Sie hatte große, helle Räume erwartet, hohe Fenster mit Kreuzen und vielleicht auch Stuck an der Decke und altes, knarziges Parkett. Natürlich alles nicht so schön und glänzend wie damals beim Hofrat, aber doch ähnlich. Herta erwartete sie an der geöffneten Wohnungstür. Sie hielt ihr Baby im Arm. „Wollt ihr vielleicht Patschen haben? Das ist gemütlicher“, sagte sie. Marianne nickte begeistert, Johanna schüttelte den Kopf. Wie kam Herta nur auf diese Idee? „Hier ist das Wohnzimmer. Es ist alles so praktisch hier", schwärmte Herta, die sie dann durch die anderen Zimmer und in die längliche Küche führte. Sie hantierte mit dem Kaffee und hielt das Baby auf der Hüfte, als würde sie eine Vorführung machen. Das Kind hatte eine aufgeweichte Semmel in der Hand und schaute die fremden Frauen mit großen Augen an. „Der Kaffee ist gleich fertig. Kommt, wir setzen uns derweil ins Wohnzimmer."

Erst jetzt fiel Johanna auf, dass Herta anders sprach. Sie schien ihren Dialekt so gut wie möglich verstecken zu wollen. „Macht es euch gemütlich. Der Bruno kommt leider nicht. Der ist ja jetzt beim Militär, da kann er nicht so einfach weg." Johanna und Marianne nahmen auf dem Sofa Platz, auf dem eine braune Decke lag. „Haben wir gerade gekauft, ist es nicht herrlich weich? Ich muss aber die Decke drauflegen, sonst wird alles schmutzig von dem kleinen Herrn da." Sie lachte übertrieben. Aus der Küche hörte man die Kaffeemaschine blubbern. Johanna machte ihren Kaffee noch immer aus Malz, nur wenn sie jemand aus dem Gasthaus einlud, gönnte sie sich einen echten Bohnenkaffee, den sie immer wieder neu aufgoss. „Also, wie gehts euch? Ihr müsst mir alles erzählen. Bei uns läuft es gut. Willi hat Arbeit gefunden, auf einer Baustelle, hier wird so viel gebaut und es ist gut bezahlt." Herta war schmal, ihre Wangen waren eingefallen, nur ihr Busen war prall. Das Baby tatschte daran herum. Es war ein hübscher Bub, seinem Vater wie aus dem Gesicht geschnitten. „So, ich glaube, der Kaffee ist durch, ich komme gleich", sagte sie und stellte das Kind in die Gehschule. Es war seltsam ruhig. Womöglich war etwas nicht in Ordnung? Johanna erinnerte sich an Marianne, auch sie war ein ruhiges Kind gewesen, das weder gelacht noch geschrien, sondern meist vor sich hingestarrt hatte, auf Dinge, die Johanna nicht sehen konnte. Der Bub sah normal aus. Johanna und Marianne schwiegen, saßen steif auf dem Sofa und betrachteten das Kind, die Wohnung, zwei Fremdkörper in einer viel zu modernen Wohnung, mit zu hellen Möbeln und zu wenig Platz. „Schön ist es hier", flüsterte Marianne und hob ihre Füße leicht an, als hätte sie Angst, den Teppich zu beschmutzen.

„Da haben wir alles!" Mit einem Tablett kehrte Herta zurück, darauf standen ein Gugelhupf, Tassen, Zucker, eine Kaffeekanne und eine Schlagobers-Kanone. Noch nie in ihrem Leben hatte Johanna so etwas benutzt. „Das ist so praktisch", sagte Herta, schenkte Kaffee ein und drückte auf das Gerät, das auf den Kaffee einen Schlagoberskringel zauberte. Marianne strahlte. „Lasst es euch schmecken." Herta schnitt den Kuchen an, gab jeweils zwei Stücke auf zwei Teller, drückte eine Portion Schlagobers daneben und servierte sie. Freudig machte sich Marianne sofort darüber her. „Isst du nichts?", wollte Johanna wissen, denn für sich selbst hatte Herta nichts vorbereitet. „Ich mach mir nichts aus Kuchen", erwiderte sie, setzte sich auf den Stuhl, der neben der Gehschule stand, und zündete sich eine Zigarette an. Sie erzählte von den netten Nachbarinnen, die sie bereits kennengelernt hatte, vom Kindergarten, der gleich in der Nähe war, und den vielen spannenden Dingen, die es in der Stadt gab. „Wo warst du schon?", fragte Johanna. „Also, na ja, jetzt mit dem Kind komme ich ja nirgends hin. Aber wir wollen auf alle Fälle einmal in die Oper gehen." Johanna runzelte die Stirn. „Die Oper", murmelte sie und löffelte das Schlagobers vom Kaffee. „Für den Eintritt muss man aber sehr viel zahlen.“ Herta zuckte die Schultern und blies den Rauch aus. „Ja“, sagte sie kurz. „Ich muss auch nicht in die Stadt, hier ist es sehr schön. Es ist alles neu. Habt ihr gesehen, es gibt sogar eine Waschküche.“

„Wie findest du nachhause, wenn du fortgehst?“, fragte Johanna ernst. „Hier sieht doch alles gleich aus. Ich hab beim Ankommen überhaupt nicht gewusst, ob wir nicht ständig im Kreis gehen.“ Herta lachte übertrieben. „Tante, du bist lustig, wir sind hier halt nicht auf dem Land. Aber wir kennen uns aus. Und zur Not gibts ja Hausnummern.“

„Wenn dein Kind so ist wie Marianne, kann es die vielleicht früher lesen, aber sonst kannst ihn erst ab der Schule hinausschicken. Und überhaupt, da sind ja auch so viele Leute.“

„Es sind freundliche Menschen, viele Kinder, Patrick wird da in kurzer Zeit –“

„Patrick!“, schnaubte Johanna. Das war doch kein Name, wie das klang! „Mir gefällt Sascha“, warf Marianne leise ein. Sie saß da und schaute aus dem Fenster. Herta tat, als hätte sie es nicht gehört. „Patrick hat dann viele andere Kinder und sie können gemeinsam spielen. Das ist wie eine richtige große Familie hier.“ Johanna schüttelte skeptisch den Kopf. „Familie“, murmelte sie. „Wie viele Leute wohnen denn da? In dieser Familie?“ Herta schnitt noch ein Stück Kuchen ab und legte es auf Mariannes Teller. „Wenn alles fertig ist“, sagte sie stolz, „um die 10.000, das ist mehr als in der Stadt bei euch.“

„Pffff“, machte Johanna. Herta drückte ihre Zigarette im Aschenbecher aus. Der Bub, dessen Namen Johanna nicht einmal in Gedanken aussprechen wollte, hatte ein Spielzeug entdeckt und speichelte es voll. „Ich habe mir einiges überlegt.

Liederabende zum Beispiel. Es gibt sicher genug Leute, die so etwas gern besuchen."

„Und der Bub?"

„Der kann mit."

Herta sah schlecht aus. Johanna konnte ihren Ärger nicht verbergen, sie verstand alles, die Liebe zu diesem Mann, die Flucht von daheim, aber warum hausten sie hier, am Rande der Stadt in einer Siedlung, wo sollte sie hier singen? Wer sollte sie hier entdecken? Wer sollte hier auf ihre Stimme aufmerksam werden? Nun fing sie mit dieser verrückten Träumerei an. „Wie geht es denn dir, Marianne? Fühlst dich wohl? Wir können dann spazieren gehen. Die Sonne scheint", schlug Herta vor. „Spazieren gehen?", fragte Johanna. Sie war in ihrem Leben noch nie spazieren gegangen. Wenn sie ging, dann hatte sie etwas zu tun, wer ging schon freiwillig zu Fuß? „Geht ihr mit dem Buben, ich werde mich ein bisschen hinlegen." Marianne, Herta und Patrick verließen die Wohnung. Johanna legte sich auf das Sofa, das zu klein für sie war, aber ein größeres hätte keinen Platz gehabt. Sie sah sich um. Der Raum war so beengend, dass sie aufstehen und das Fenster öffnen musste. Die Geräusche von draußen waren ungewohnt. Stimmen, Vogelgezwitscher, Autolärm. Nichts davon war wie das, was sie als junge Frau gehört hatte. Die beängstigenden Laute der Menschen, das Klingeln der Tramway und dazwischen, nur in ihrem Kopf, die Töne des Klaviers. Ihres Klaviers. Erst jetzt fiel ihr auf, dass von irgendwoher Musik kam. Sie suchte nach der Quelle, bis sie das Radio in der Küche gefunden hatte. Was für eine Stromverschwendung! Sie drehte es ab. So, endlich Ruhe, dachte sie, das war ja Katzenmusik, und legte sich wieder hin. Aus der Wohnung darüber waren Schritte zu hören. Sie horchte. Wieder Schritte. Fremde Menschen im gleichen Haus, eine gruslige Vorstellung. Sie blieb wach, starrte die Vase an, die auf dem Tisch stand. Alles hier erinnerte Johanna an eine Werbung, die sie vor Kurzem gesehen hatte. Irgendetwas über die perfekte Hausfrau. Sogar einen Fernseher hatten Willi und Herta.

Die beiden Frauen waren nach kurzer Zeit zurück, der Bub schrie sich die Seele aus dem Leib. „Da hat einer aus dem Fenster geschimpft, dass der Fratz seinen Mund halten soll“, erzählte Marianne aufgeregt. „Der hat das nicht so gemeint“, beruhigte Herta sie. „Die Leute sind alle nett.“ Sie gab dem Kind ein Fläschchen. „Die Ärzte haben gemeint, das ist besser als Stillen. Da sind keine Bakterien drinnen“, erklärte sie. Der Nachmittag ging in den Abend über. Herta ließ sich Geschichten vom Gasthaus und den Gästen erzählen. Johanna bereitete ein Abendessen zu. Die Würste hatte sie mitgebracht. Obwohl sie sie so gut verpackt hatte, roch der Kofferinhalt nach Geselchtem. In der kleinen Küche fand sie sich nicht gleich zurecht, beim Herd brauchte sie Hilfe und es irritierte sie, dass durch das Fenster Düfte von oben und unten hereinzogen. „Da wird gekocht“, sagte Herta, „sind ja alles anständige Leute.“

Willi kam spät nachhause, er sah müde aus und war genauso abgemagert wie seine Frau. Er redete wenig, war höflich, bedankte sich für das Essen. „Ich muss gleich wieder weg, ich habe noch eine Arbeit“, sagte er, „aber es wird schwieriger, die Gastarbeiter nehmen einem alles weg.“ Die Frauen nickten, als hätten sie eine Ahnung. Er aß drei Würste und Johanna wunderte sich, wie er so mager sein konnte. „Ihr könnt bleiben, so lange ihr wollt", sagte er, als er fertig war. „Ist nicht viel Platz, aber genug." Johanna und Marianne lächelten höflich. „Danke, aber wir fahren morgen zurück."

„Ach schon?" Herta sah enttäuscht aus und diesmal konnte Johanna nicht erkennen, ob es echt war oder nicht. Sie und die hochschwangere Marianne durften im Schlafzimmer nächtigen, Herta und Patrick blieb das Sofa, Willi schlief auf dem Boden. Es war eine unruhige Nacht.

„Müsst ihr wirklich los? Bleibt doch noch, wir könnten noch gemeinsam frühstücken?", schlug Herta am nächsten Morgen vor. Sie klang verzweifelt und bettelte, ohne dass das Lächeln aus ihrem Gesicht verschwand. „Bist du allein?", fragte Johanna. „Was? Allein? Wie allein, ich habe ja das Kind und –" Johanna schüttelte den Kopf. „Kennst irgendwen hier? Was tust den ganzen Tag?" Kurz verschwand Hertas Lächeln und ihr Gesicht spiegelte das wider, was ihre Stimme verraten hatte. Doch bevor Johanna noch etwas sagen konnte, stieß sie ein leicht schrilles Lachen aus. „Allein? Wo du hindenkst, Tante. Ich bin doch nicht allein, hier ist die Stadt, da sind genug Leute, es ist nicht so trostlos wie auf dem Land." Sie machte eine kurze Pause und sagte: „Nächstes Mal müsst ihr länger bleiben." Marianne nickte. „Aber vorher kommst du zu uns, ihr könntet doch im Sommer länger bleiben. Die Luft tut dem Buben sicher gut!" In Hertas Augen blitzten Tränen, die sie schnell wegwischte. „Jetzt fang ich Urschl an zu flennen!" Als Johanna und Marianne gingen, hatten sie das Gefühl, sie ließen Herta und ihren Sohn im Stich. Herta winkte und als Johanna ihr noch einen letzten Blick zuwarf, konnte sie ihre Tränen, die auf den Kopf des Kleinen tropften, nicht mehr verbergen. Johanna hatte einen Klumpen im Bauch. Sie verließ das Kind, ihr Kind, dem sie nicht helfen konnte. Aber sie war nicht für sie verantwortlich, sie war nie für sie verantwortlich gewesen. Sie blieb kurz stehen. Das machte es nicht leichter. Johanna sah sich um. Wien. Diese Stadt. Sie war hier genauso allein gewesen und trotzdem hatte sie sich nicht einsam gefühlt. Das Klavier. Nein, das war ein Blödsinn. Sie musste zurück ins Gasthaus, dorthin, wo sie hingehörte.

MARIANNE, 1994

Warum hatte sie das jetzt gesagt? Marianne war völlig überrascht von sich selbst, musste sich aber auf den Verkehr konzentrieren. Es herrschte Stille im Auto. Zuerst lachte Trudi, doch dann bemerkte sie, dass ihre Mama keinen Scherz gemacht hatte, und verstummte. Marianne blickte stur geradeaus auf die Straße. Sie spürte, wie die Mutter sie von der Seite ungläubig anstarrte. Sie musste etwas sagen. Jetzt war es nicht mehr rückgängig zu machen. „Es ist kein Scherz“, sagte sie und war über ihre feste, klare Stimme erstaunt. „Ich bekomme ein Kind.“ Vor ihr fuhr ein kleiner weißer Wagen, den sie überholte. Das machte sie sonst nie. Die Mutter hielt sich verkrampft an der Halterung fest und zog hörbar die Luft ein, als würde Marianne gleich einen Unfall bauen. Als hätte sie nicht alles im Griff. Was hatte sie vor? Mit Mitte vierzig, als erwachsene Frau, führte sie sich auf wie ein Teenager. Wenn Trudi so reagierte, dann war das verständlich, ihre Tochter könnte selbst schwanger sein und sie Oma werden. Marianne wurde schlecht. Ihr war nicht klar, ob es an ihren Gedanken oder an dem Wesen in ihrem Bauch lag, das dort nicht sein sollte, das dort nicht hingehörte, das sie eigentlich hatte wegmachen wollen, und jetzt, jetzt redete sie davon, als würde sie – was? Sie steuerte das Auto an den Straßenrand und hielt in einer Hauseinfahrt. „Mama! Was machst du?“, fragte Trudi, aber Marianne reagierte nicht, sie schnallte sich ab, riss die Tür auf und erbrach sich. Sie hörte, wie die Beifahrertür geöffnet wurde. Die Mutter stand neben ihr und reichte ihr ein Taschentuch. Sie nahm es, wischte sich den Mund ab und steckte es ein. Die Mutter verwendete noch immer Stofftaschentücher, Marianne würde es danach gut auswaschen müssen, am besten gleich mit der Hand. Was für unnötige Gedanken sie sich um ein Taschentuch machte. Trudi tauchte auf und legte schüchtern die Hand auf ihren Rücken. „Geht es dir gut, Mama?“, fragte sie. Marianne hätte sie gern umarmt, gedrückt und geküsst. Aber das ging nicht, mit diesem Geschmack im Mund, mit diesem Kind im Bauch, mit dieser Frau, die sie war. „Schon wieder in Ordnung. Mir war nur kurz unwohl.“ Sie stützte sich am Autodach ab. „Soll ich fahren?“, fragte Johanna und nahm ihr, ohne auf eine Antwort zu warten, den Autoschlüssel ab. Trudi kletterte nach hinten auf die Sitzbank und Marianne ließ sich auf den Beifahrersitz fallen. Sie war müde. Am liebsten wäre sie jetzt einfach eingeschlafen und in einem Jahr wieder aufgewacht, oder gar nicht mehr. Johanna fuhr so langsam, dass Marianne eindöste.

Als sie zuhause ankamen, blieben sie alle drei im Auto sitzen, als wartete jede auf die andere, keine wollte als Erste aussteigen. „Ja dann gehen wir mal hinein“, sagte schließlich Johanna, zog den Schlüssel ab und nahm ihre Handtasche, die zu Mariannes Füßen lag. Auch Trudi begann sich zu rühren. Seufzend öffnete Johanna die Autotür und stieg aus. Trudi stieg ebenfalls aus, dann blieb sie stehen und sah ihre Mutter prüfend an und begann zu lachen. Als wäre es ein schlechter Witz, der aufgeklärt werden musste, und danach würde alles weitergehen wie gewohnt.

Zurück auf Start: eine Familie, in der es einen Vater gab, der unter der Woche arbeiten und am Sonntag angeln ging.

Johanna stapfte voran in die Gaststube, Marianne und Trudi folgten ihr. Sie drehte das Licht auf, es war kalt und roch nach Zigaretten. Marianne merkte, wie die Übelkeit wieder hochkam. Nein, sie würde nicht noch einmal erbrechen. Trudi sah sie besorgt an. Das Mädchen wirkte plötzlich wieder wie das kleine Kind, das sie getragen, gewiegt, gewickelt und getröstet hatte. Für die Kinder war nie genügend Zeit gewesen und jetzt wäre sie da, aber Trudi und Thomas waren keine Kinder mehr. „So“, sagte Johanna, „ich brauch ein Bier. Wollt ihr auch eins?“ Niemand antwortete. Marianne und Trudi nahmen am Stammtisch Platz, Johanna ging hinter die Theke und zapfte sich ein großes Glas mit einer perfekten Schaumkrone. Dann zapfte sie zwei weitere Bier, allerdings in kleinen Gläsern. „Holen kommt ihr sie selbst, bedienen tu ich euch nicht“, sagte sie. Kein einziges Mal in ihrem bisherigen Leben hatte Marianne gesehen, dass die Mutter sich selbst ein Bier zapfte. „Ich hol sie“, sagte Trudi, stand auf und legte Bierdeckel auf den Tisch. Marianne beobachtete die Mutter. Sie war alt geworden. Ihre Haare grau, die Falten am Hals, um Mund und Augen tiefer. Sie nahm einen kräftigen Schluck, obwohl sie normalerweise nie Alkohol trank.

„So“, sagte Johanna wieder. Auf ihrer Oberlippe klebte ein bisschen Schaum, den sie mit dem Handrücken abwischte. „Jetzt erzähl.“

„Es ist vom Erwin“, sagte Marianne. Die Mutter seufzte. Marianne trank jetzt auch einen Schluck. Trudi saß zwischen den beiden Frauen und blickte wie ein aufgescheuchtes Reh hin und her. „Kommt ihr jetzt wieder zusammen, du und der Papa?“, fragte sie leise. Marianne musste lächeln. So erwachsen sie oft wirken mochte, so jung war dieses Mädchen doch noch. „Nein", sagte sie liebevoll. Sie konnte nicht deuten, ob Trudi enttäuscht oder erleichtert war. „Und was sagt er dazu?", warf Johanna ein. „Er weiß es noch gar nicht", antwortete Marianne. Wieder Schweigen. Johanna trank einen noch größeren Schluck. „Dann werden wir es ihm sagen müssen."

„Ich bekomm jetzt noch einen Bruder oder eine Schwester", murmelte Trudi. Sie klang alles andere als begeistert. „Ja, jetzt ist es so und aus", sagte Johanna in einem bestimmenden Ton, der keinen Widerspruch zuließ. „Das werden wir wohl noch schaffen. Einen Mann brauchen wir dazu nicht." Mariannes Tränen flossen, als hätten sie jahrzehntelang darauf gewartet, endlich herauszudürfen. Sie nickte und war froh. Die Mutter hatte ihr die Entscheidung abgenommen. Einen Entschluss, den sie nicht hatte treffen können. Eine Gleichung, zu der sie kein Ergebnis gefunden hatte. Jetzt war es klar. Die Mutter hatte das gemacht, wofür sonst immer sie zuständig gewesen war: eine Lösung zu finden. Einen Plan zu haben. „Wenn du fertig geweint hast, rufst du Erwin an", sagte Johanna und leerte den Rest ihres Bieres mit einem großen Schluck.

Marianne nickte. „Warst du beim Arzt?", wollte Johanna wissen. Marianne nickte erneut. „Im wievielten Monat bist du denn? Man sieht ja noch nichts", bemerkte Trudi. „Am Anfang", stammelte Marianne, immer wieder vom Weinen unterbrochen. „Es soll Ende Jänner kommen." Trudi nahm nun auch einen kräftigen Schluck Bier. „Wird es ein Bub oder ein Mädchen?", fragte sie. Marianne zuckte mit den Schultern. „Das weiß man noch nicht." Langsam wurden ihre Tränen weniger, ihr Atem ruhiger. „Thomas, wir müssen es dem Thomas sagen", rief Trudi aufgeregt. „Ja, das müssen wir." Niemand rührte sich. „Ich weiß gar nicht mehr, wie das geht mit einem Kind", sagte Marianne zu sich selbst. Hatte sie schon wieder laut gedacht? Es war, als wollten all diese Sätze endlich aus ihr heraus. „Was soll denn das heißen? Das Kind kommt auf die Welt und ist da", stellte die Mutter klar. „Man braucht Windeln", warf Trudi ein. „Und einen Schnuller. Hatte ich einen Schnuller?" Marianne schüttelte den Kopf, Johanna nickte.

„Wie jetzt?" (Trudi)

„Natürlich hatte sie einen!" (Johanna)

„Davon gibt es sogar Fotos im Album." (Marianne)

„Also ich kann mich an gar nichts mehr erinnern." (Trudi)

„Aber dafür hast du ewig gebraucht, bis du sauber warst." (Marianne)

„Echt? Aber hatte ich wenigstens schon normale Windeln oder noch diese ekligen Dinger?" (Trudi)

„Natürlich hatten wir damals alle Stoffwindeln." (Johanna)

„Nein, Mutti, bei Thomas hatten wir die. Aber bei Trudi waren es sicher normale." (Marianne)

„Also ich weiß noch, dass ich Stoffwindeln gewaschen habe." (Johanna)

„Bäh, ist das grausig. Gott sei Dank gibt es die nicht mehr." (Trudi)

„Ja, das war viel Arbeit. Aber waschen war früher sowieso eine andere Arbeit. "(Johanna).

„Wie habt ihr die Wäsche denn gewaschen?“ (Trudi)
„Im Waschkessel haben wir sie aufgekocht über dem Herd und dann mit der Waschrumpel und Bürsten geschrubbt. Meine Hände waren im Winter jedes Mal rot und wund, aber wehe die Mutter hat noch einen Fleck gefunden. Harte Arbeit war das und nicht so ruckzuck fertig wie heute mit der Waschmaschine.“ (Johanna)
„War deine Mutter eine liebe Mama?“ (Trudi)
„Zum Liebsein war keine Zeit. Aber sie hat geschaut, dass aus uns allen was wird. Dass wir was haben und wohin kommen. Wo unterkommen. Das waren andere Zeiten damals.“ (Johanna)
„Wolltest du ins Gasthaus nach der Hochzeit mit dem Opa?“ (Trudi)
„Nein, am Anfang hab ich mich gefürchtet. Fremde Leute dahaben. Das hat mir nicht gefallen. Aber das konnte man sich nicht aussuchen.“ (Johanna)
Sie schwiegen.
„Wenn es ein Mädchen wird, kann es dann Laura heißen?“ (Trudi).
„Das ist ein Papageienname!“ (Johanna)
„Mir gefällt Rosemarie!“ (Marianne)
„Das ist ein Oma-Name!“ (Trudi)
„Vielleicht wird es ein Bub. Dann darf der Thomas den Namen aussuchen.“ (Marianne)
„Dem fällt sicher nichts Gescheites ein. Das müssen schon wir übernehmen. Ich bin für Sebastian oder Gabriel.“ (Trudi)
„Fürchterlich!“ (Johanna)

„Zu edel. Bernd ist gut!“ (Marianne)

„Bernd? Nein!“ (Trudi und Johanna)

Es klopfte an der Fensterscheibe. Sie erschraken. Draußen stand Adi. „Habts ihr heut nicht offen, oder was?“, rief er herein. Die drei sahen sich an und grinsten. „Freilich, ich lass dich gleich rein“, rief Johanna, stand auf und ging in Richtung Eingangstür. „Wie heißt der Adi eigentlich richtig?“, fragte Trudi. „Adolf natürlich“, antwortete Marianne. „Wie der Hitler?“, fragte Trudi verwundert. „Ja, ist halt auch ein Name.“ Tatsächlich war Marianne noch nie auf die Idee gekommen, sich darüber zu wundern. „So darfst ihn auf alle Fälle nicht nennen.“

„Nein, natürlich nicht.“ Adi trat ein. „Was habts ihr da? Ein Geheimtreffen?“ Er lachte. „Bier trinken hab ich euch noch nie sehen.“

„Ja, manchmal muss das sein. Das Übliche, Adi?“, fragte Marianne. „Lass nur, geht ihr hinein, telefonieren“, sagte Johanna. Marianne nickte. Trudi und sie standen auf. „Hast einen neuen Freund?“, fragte Adi grinsend. Alle im Ort wussten von Mariannes Scheidung. Hier ließ sich nichts verheimlichen. „Nein, den alten“, sagte sie. Sie gingen in die Küche. Trudi setzte sich an den Tisch auf die Eckbank. Sie stützte ihren Kopf in die Hände, die abgetragene Jacke hatte sie über die Finger gestülpt. Plötzlich brach es aus ihr heraus. „Ich will nicht, dass du ein Kind kriegst, Mama“, sagte sie und fing an zu weinen. Marianne setzte sich zu ihr. Und diesmal nahm sie sie in den Arm. Wie lang sie das schon nicht mehr getan hatte. Die knochigen Schultern und das weiche, dünne Haar.

Sie zog Trudis Kopf zu sich, berührte mit ihrer Wange die der Tochter. „Ich weiß, mein Schatz, aber die Oma hat recht. Wir werden das schaffen." Marianne drückte sie. Sie drückte sie so fest, dass sie keine Luft bekam. „Ich werde jetzt den Papa anrufen, okay?" Trudi hatte die Tränen hinuntergeschluckt und klang gefasst. „Aber warum, ich mein, warum wart ihr trotzdem zusammen, wo ihr euch doch getrennt habt?"

„Es war ein Fehler", antwortete Marianne. „Es wird nicht wieder vorkommen." Trudi atmete tief ein. „Es ist so, so peinlich", stammelte sie. Peinlich. Ja. Das war richtig. So wie die ganze Marianne. Mit ihrem drallen Körper, der vorwitzigen linken Hand, dem Rechentick und der schamlosen Sucht. Bis jetzt hatte sie all diese Peinlichkeiten gut verstecken können. Ihre unauffällige Art war wie ein Schleier. Jetzt war dieser Schleier gefallen und sie stand entblößt da. Nicht schön, sondern peinlich. „Du hast recht", flüsterte sie. In dem Moment kam Johanna zur Tür herein. „Und habt ihr noch immer nicht angerufen?", fragte sie. Marianne schüttelte den Kopf. „Ging noch nicht." Johanna stemmte die Hände in die Hüften. „So jetzt ist einmal aus. Trudi, geh bitte in den Keller und hol eine Kiste Cola herauf. Und Marianne, du rufst jetzt an."

Sie wartete, bis diese den Telefonhörer in die Hand genommen hatte und Trudi Richtung Keller gegangen war. „Traurig sein können wir später", brummte sie und verschwand wieder in der Gaststube.

Marianne wählte, das heißt sie drückte die Zahlen der Telefonnummer auf der Tastatur des neuen Telefons. Schade, dass sie das mit der Drehscheibe ausgetauscht hatten. Damit hätte es länger gedauert. Jetzt ging es viel schneller und wenn man sich nicht beeilte, tutete es dazwischen bereits. Sie konnte sich nicht einmal die Zeit lassen, die Ziffern einzeln zu genießen, die sie normalerweise beruhigten. Es tutete. War er überhaupt schon da? „Mischnig?", tönte es am anderen Ende der Leitung. Marianne wollte auflegen. „Hallo? Wer spricht?", fragte Erwin. Sie räusperte sich. „Hallo, ich bin es. Marianne. Grüß dich."

„Hallo, was für eine Überraschung." Er klang gut gelaunt. „Ich, also, es ist … ich, wir … ich muss dir was sagen."

„Gut." Er betonte das Wort, sprach es extra lang aus, als würde er etwas Amüsantes erwarten. Was erwartete er? Dass sie ihn um die Rücknahme der Scheidung bat? Ein Treffen für ein Schäferstündchen ausmachte? Marianne stotterte. In dem Moment kehrte Trudi aus dem Keller zurück. Sie öffnete die Tür, nahm die Kiste Cola, die sie davor abgestellt hatte, trug sie quer durch die Küche und ließ sie vor der Tür zur Gaststube wieder hinunter. Marianne wartete. Konnte man hier nie allein sein? „Marianne? Bist du noch dran? Ist was passiert", fragte Erwin langsam etwas besorgt. „Ja, also nein, es ist, ach kannst du es dir nicht denken?"

Marianne wickelte das Kabel des Telefons um ihren Zeigefinger. Sie starrte auf die Zahlen auf der Tastatur und versuchte sich zu beruhigen. „Ich versteh nur Bahnhof. Ist was mit dir?"

„Ich bin schwanger", sagte sie. Mittlerweile hatte sie das Kabel so fest um ihren Finger gewickelt, dass die Kuppe rot wurde. Sie konnte Erwin atmen hören. „Was? Sicher?", fragte er. „Ja, sicher." Wieder Schweigen, atmen. Der Finger war noch immer eingeschnürt, bald würde er kein Blut mehr haben und weiß werden. „Ja, also, das kommt überraschend."

„Ja."

„Und du, das heißt, das Kind, das ist sicher?"

„Ja, sicher. Außer, außer man macht es weg."

„Man macht es weg? Das darfst du nicht. Das will ich nicht", sagte er scharf, klar und eindeutig. Marianne weinte ein bisschen, riss sich aber zusammen, damit Erwin es nicht durch das Telefon hören konnte. Er schien seinen Gedanken nachzuhängen, es blieb wieder still, dann fragte er sanft: „Wann ist es so weit?"

„Voraussichtlich Ende Jänner."

„Ende Jänner. Winter also." Sie schwiegen. „Ich weiß jetzt gar nicht, was ich sagen soll."

„Gar nichts. Wie schlafen erst mal drüber und dann hören wir uns wieder, gut?"

„Gut." Marianne legte auf. Der Apparat fiel hinunter, sie hatte vergessen, ihren Finger auszuwickeln.

GERTRUD, 1994

Das kann doch alles nicht wahr sein. Wie kann sie mir das antun? Das Einzige, worauf man sich verlassen kann, ist der Fußball. Der rollt immer und dreht sich nicht einfach mittendrin um, weil er draufkommt, dass er doch in die andre Richtung will. Wie kann die Mama so was machen? Ekelhaft! Warum haben die sich überhaupt getrennt? Kann mir das mal irgendwer erklären? Kann mir irgendwer irgendwas erklären? Ich steh vor dem Garagentor, lass den Ball locker vor mir her rollen, bis ich genug Abstand hab. Und dann zieh ich voll durch, hau voll drauf. Nochmal, nochmal, nochmal. Der Ball knallt gegen das Tor, es ist laut, aber es ist mir egal, ich hör nicht auf, ich werd so lang drauf eindreschen, bis das Tor kaputt ist oder irgendwas anderes passiert, irgendwas. Aber nichts passiert. Niemand kommt und rettet mich. Es ist immer das Gleiche. Ich bin allein, kein Martin ruft mich an und tröstet mich, ich bin halt nur die Geri, so sehr ich versuch, mich zu ändern. Ich bleib das Mädel aus dem Gasthaus. Die Tochter einer Wirtin. Und jetzt werd ich die Schwester von einem Kind, das siebzehn Jahre jünger sein wird als ich. Ich kenn niemanden, bei dem das so ist. Ich fang den Ball und setz mich auf die Bank vorm Haus. Leider kann ich nicht feststellen, dass es mir besser geht nach dem Geballer, aber schlechter auch nicht. Wenn das Kind auf die Welt kommt, werd ich nicht mehr lang da sein. Mit achtzehn hau ich ab nach Wien. Ich kümmer mich sicher nicht um das Baby. Das hätt sich die Mama mal lieber früher überlegen sollen. Ich kann mir gar nicht vorstellen, wie das ist. Die Barbara hat einen jüngeren Bruder, der ist acht und nervt nur. Eine streunende Katze bleibt ein paar Meter entfernt stehen. Ein grauer Tiger, den seh ich öfter. Die Oma meint, es sind viel zu viele Katzen, die gehören alle weg. In der Nacht im Frühling hört man sie, es klingt, als würden Kinder schreien. Vielleicht kann das Kind von der Mama dann mitschreien. Ich könnt die Kathi anrufen, ihr alles erzählen. Aber wie soll sie mir helfen? Sie weiß ja trotzdem nicht, wie das ist. Aber vielleicht sollt ich den Thomas anrufen? Ja, der geht mir jetzt echt ab. Hätt ich nicht gedacht. Ich brauch meinen Bruder. Die Katze schaut mich an, sie maunzt. Ich kick den Ball vor mir hin und her. Sie beobachtet es genau, manchmal durchzuckt es sie, dass ich glaub, sie springt gleich mit einem Satz her. Wir bleiben beide, wo wir sind. Aber immerhin wissen wir, dass wir da sind. Ich heb den Ball auf und geh hinein. In der Küche ist niemand. In der Gaststube steht die Oma. Ich frag sie, wo die Mama ist. Sie zuckt mit den Schultern. „Bist wieder da?“, ruft der Adi und winkt, vor ihm steht sein Bier, er hat eine Zigarette in der Hand. Ich wink zurück. „Vielleicht oben?“, sagt die Oma. „Ich ruf jetzt den Thomas an“, sag ich. Normalerweise kommt ein „Aber nicht zu lang“, heute lässt sie es aus. Immerhin. Krass. Neben dem Telefon liegt der Notizblock, in den die Mama alle wichtigen Nummern notiert hat. Die Barbara hat mir erzählt, dass ihr Papa jetzt ein Handy hat. Der arbeitet viel im Ausland und da haben sie diese mobilen Telefone. Voll cool. Wir haben nicht einmal ein Schnurlostelefon, ich muss noch immer danebenstehen. Was solls. Die Nummer ist lang. Dann fällt mir ein, dass die Mama ihm ja noch gar nichts erzählt hat von ihrer Schwangerschaft. Darf ich das dann? Ich leg wieder auf. Sie hat mich auch nicht gefragt, ob ich ein Geschwisterchen haben will. Trotzdem, denk ich, such ich sie und frag sie halt. Ich geh hinaus in den Vorraum, die Stiegen hinauf, ruf sie, im Schlafzimmer ist sie nicht, im Bad und auf dem Klo auch nicht. Komisch. Ist sie im Keller oder auf dem Dachboden? Bevor ich hinuntergeh, hör ich Geräusche aus meinem Zimmer. Ich mach die Tür auf. „Mama?" Sie kniet auf dem Boden und sieht hinter der Schranktür hervor. „Was machst du da?" Meine Mama ist seit drei Jahren nicht mehr in meinem Zimmer gewesen. „Oh, du bist es. Ich such nur etwas." Ihr Gesicht verschwindet wieder im Kasten und sie holt die alten Schulsachen und Klamotten vom Thomas und von mir hervor, die wir da drin in Schachteln gestapelt haben. „Irgendwo muss es ja sein", murmelt sie und kramt weiter. „Was suchst du denn?", frag ich. „Eure Mutter-Kind-Pässe, die sind doch, die hab ich doch …" Es staubt, die Mama ist in einer richtigen Wolke. Auf dem Boden liegt alles durcheinander. „Wozu brauchst du unsere Mutter-Kind-Pässe?"

„Damit ich nachschauen kann, wie das bei der Geburt war, was da alles gemessen wurde und ob es wichtige Impfungen gibt und überhaupt." Sie verschwindet immer tiefer im Kasten und es sieht aus, als würd der sie gleich mit Haut und Haar verschlucken. „Ich glaub nicht, dass die da sind. Hast du nicht die Sachen bei euch im Zimmer? Also bei dir?" Die Mama seufzt. „Meinst du? Ich habe dort alles durchsucht." Sie setzt sich auf den Boden und schaut auf das Chaos rundherum. „So ein Sauhaufen", flüstert sie. Ich nicke. Sie seufzt noch einmal. „Vielleicht sollten wir das alles wegwerfen, wir verwenden das ja eh nicht mehr. Und das Baby wird Platz brauchen", sag ich. Die Mama sortiert die Hefte und Bücher und gibt sie in die Schachteln zurück. „Ja, vielleicht", sagt sie. Es klingt nicht so, als hätte sie mir zugehört. Ich möcht sie eigentlich gern fragen, was sie mit dem Papa geredet hat, aber ich trau mich nicht. Sie sieht so verwirrt aus. Das ist ungewohnt. Die Mama ist sonst immer so geordnet. Sie ist wie eine Mappe, in der es ein Register gibt und keine einzige Seite ist falsch abgelegt. „Also mit Papa habe ich geredet." Ich sehe, wie sie die Schachteln wieder in den Kasten stellt. Bei uns wird nichts weggeworfen. Noch tiefer und noch tiefer schieben wir die Schachteln voller alter Zettel, Mappen, Kleidung und Zeug hinein und dann machen wir den Kasten zu und warten, bis keiner mehr etwas findet und niemand mehr hineinschauen möchte. „Und mit dem Thomas?", frag ich. „Thomas", sagt die Mama abwesend. Ich wart, dass noch was kommt, aber sie spricht nicht weiter. „Ich will ihn anrufen. Oder magst du zuerst mit ihm reden?" Die Mama sagt noch immer nichts. Sie packt weiter ein und räumt zurück. Als alles wieder ordentlich eingeräumt ist, dreht sie sich zu mir um und sagt: „Komm, wir rufen ihn zusammen an."

Die Mama stemmt sich hoch, dann hält sie sich mit den Händen an der Tür fest. „Ist dir schlecht?", frag ich. Sie schüttelt den Kopf. „Geht schon." Ich stell mir vor, wie sie ausschauen wird mit Babybauch. Das ist ein komisches Bild. Bei uns an der Schule ist ein Mädchen, das ein Baby bekommen hat. Sie geht in die Maturaklasse. Ihren Bauch hat man fast nicht gesehen, sie war seit jeher groß und schlank. Aber die Mama ist klein und dick, sie wird dann wahrscheinlich aussehen wie ein Viereck. Ich bin froh, dass ich ihre Figur nicht geerbt hab. Wir gehen runter. In der Küche nimmt die Mama das Telefon und ich stell mich daneben. Es ärgert mich jedes Mal, dass wir keine Sitzecke dort haben, sondern neben dem Telefon stehen müssen. Die Mama ist irgendwie grün im Gesicht, also hol ich ihr einen Stuhl. „Danke", sagt sie, aber sie wählt nicht. „Was ist?", frag ich. „Jetzt fällt mir die Nummer nicht mehr ein", stottert sie herum und setzt sich. „Dann mach ich das, da ist doch eh das Telefonbuch." Ich sprech die Zahlen mit, damit sie sich beruhigt. Es tutet, dann hebt wer ab. „Hallo?", fragt eine Burschenstimme. „Hallo, ich möcht bitte den Thomas Eckert sprechen", sag ich, „ich bin seine Schwester." Es rauscht. „Thomas!", hör ich die Stimme rufen. Dann lacht jemand, Herumgeschlurfe, Rauschen. „Hallo?", fragt der Thomas. „Hi. Ich bins, die Geri, ich geb dir die Mama", sag ich und reich den Hörer weiter. „Hallo, mein Schatz, gehts dir gut?" Die Mama drückt ihren Rücken durch. „Nein, nein, keine Sorge, alles gut. Es ist nur, ja wie soll ich es sagen?" Auf einmal gibt sie mir den Telefonhörer. „Sag du es", flüstert sie und seufzt. „Hallo? Was ist denn?", fragt mein Bruder. „Hallo, ich bins wieder", sag ich. „Also die Mama ist schwanger."

„Waaas? Ist ja irre. Von wem? Vom Papa?"

„Ja."

„Okay, dann herzlichen Glückwunsch." Ich werd meinen Bruder nie verstehen. „Sie sind aber trotzdem nicht wieder zusammen", mach ich ihm klar. „Ja, verstehe. Na ja, ist halt so", sagt er. „Hallo, Thomas? Das ist alles, was du sagst? Also, ich find es schon arg." Ich weiß, dass das jetzt nicht schön ist für die Mama, dass ich das sage, aber ich kann einfach nicht anders. „Eh, aber ich meine, es ist jetzt ja niemand gestorben oder so." Der Thomas redet wie die Oma! „Super find ich es nicht", bemerk ich und vermeid, die Mama anzusehen. „Ich glaube, wenn es danach ginge, wären viele Leute nicht auf der Welt", sagt der Thomas und lacht und ich muss ihm recht geben, was ich natürlich nie zugeben würd. „Gib mir die Mama nochmal", bittet er mich. Ich geb ihr den Hörer. „Hallo? Ja jetzt weißt du Bescheid." Sie lächelt vorsichtig. „Danke schön. Danke. Es ist halt oft anders im Leben. Aber das werden wir schaffen. Hast du deine Prüfung bald?" Sie hört ihm zu. Mir fällt auf, dass sie erschöpft wirkt. Mit der linken Hand hält sie den Hörer, die rechte liegt ruhig auf ihrem Schoß. Sie trägt keinen Ehering mehr, ihre Nägel sind kurz geschnitten. Gerade als ich in mein Zimmer gehen will, gibt sie mir den Hörer zurück. „Rede du noch mit ihm. Ich werde weitersuchen." Die Mama steht auf wie eine alte Frau. Das schockiert mich. „Brauchst du was?", frag ich, aber sie schüttelt den Kopf und geht. „Hallo, ich bins wieder", sprech ich ins Telefon. „Ich komme am Freitag nachhause, okay?", sagt er. „Das ist gut", antwort ich und es ist nicht gelogen.

JOHANNA, 1994

Adi rauchte eine nach der anderen. Er hatte den Aschenbecher gefüllt. Angeblich schadete Rauchen einer Schwangeren, selbst dann, wenn sie nicht rauchte. Das hatte Johanna irgendwo gelesen. Früher war das alles egal gewesen. Kein Mensch hätte für ein Kind seine Zigarette ausgemacht. Sie räumte das leere Bierglas ab und stellte Adi ein neues hin, ohne dass er danach gefragt hatte. Mit so einem Stammgast verstand man sich stumm. „Jaja", sagte er seufzend, um die Stille zu durchbrechen, und fuhr fort: „Hoffentlich wird uns die EG nicht auffressen, wenn wir einmal drin sind."

Wer weiß, was noch alles kommt", erwiderte sie. Sie war mit den Gedanken woanders. Wenn Adi das mit der Schwangerschaft herausfand, würde es am nächsten Tag der ganze Ort wissen. Es würde sich sowieso nicht lang verheimlichen lassen. Vielleicht war es sogar das Beste, dann könnten sie sich alle das Maul zerreißen und hätten es erledigt, bis das Kind zur Welt kam. Und das Maul zerrissen sich alle sowieso nur, um nicht an den eigenen Sorgen zu ersticken, das war schon immer so. Sie schüttelte kaum merklich den Kopf. Dass sie sich nicht zusammenreißen und wieder zusammenkommen konnten. Wenigstens den Anschein einer Ehe könnten sie doch geben. Warum musste es ein lediges Kind werden? Anscheinend galten Treue und Ehe nicht mehr so viel, auch ihr Sohn Klaus, der nach Deutschland ausgewandert war, lebte getrennt, immerhin trug er noch den Ring am Finger. „So", sagte Adi, trank sein Bier aus, legte das Geld auf die Theke und stand auf. „Ich werd mal heimgehen, Forsthaus Falkenau schauen." Er nickte ihr zu. „Servus." Johanna wartete, bis er die Tür geschlossen hatte, und drehte das Radio auf. Eine Oper wurde übertragen. Sie hörte, wie die Stimme der Frau zuerst sanft und weit weg klang, dann immer näher zu hören war und schließlich mit einem unglaublichen Volumen ertönte, dass sie Gänsehaut bekam. Sie freute sich auf das Kind. Weder die Scheidung noch das drohende Gerede der Leute würden das verhindern.

Siebzehn Jahre war es jetzt schon her, dass sie so ein kleines Wesen im Arm gehabt hatte. Sie konnte sich kaum noch erinnern. Und wenn sie daran dachte, empfand sie immer wieder denselben schmerzvollen Stich in der Brust, wegen dem Kind, das sie ihr weggenommen hatten. Jahrzehntelang hatte sie sich immer wieder vorgebetet: Sie hätte nichts tun können. Aber das war falsch. Woher wollte sie, gerade sie, das Recht nehmen, über die Scheidung ihrer Tochter zu urteilen? Hauptsache, das Kind war gesund, Hauptsache, Marianne überstand die Schwangerschaft, Hauptsache, sie kamen über die Runden. Alles andere war nebensächlich, genauso wie ihr Klavier, das waren Träumereien. Das Geld würde für Marianne und das Kind schon reichen, sie mussten eben selber arbeiten, und solange Johanna konnte, würde sie mithelfen und wenn sie mal nicht mehr war, würde Marianne einen Weg finden. Und obwohl Erwin sie verlassen hatte, war er bestimmt anständig genug, regelmäßig zu zahlen. Johanna schaute ins Eck, in dem noch immer das Foto von Karl stand. Was für ein unglaublich junger, fremder Mann. Nie hatte sie ihn richtig kennengelernt, trotz der Jahre, die sie zusammen verbracht hatten, wusste sie kaum etwas von ihm. Was waren seine Träume? Hatte er welche? Wollte er Wirt werden? Fesch war er nicht gewesen, genauso wenig wie sie. Aber jung. Wie kurz sein Leben gegen ihres gewesen war, wie unvollständig. Johanna hatte Angst davor zu sterben und er hatte es freiwillig getan, hatte sich kaputt gesoffen, willentlich zerstört. Sie hatte ihn nicht aufgehalten. In letzter Zeit dachte sie oft an ihn, immer weiter zurück reichten ihre Erinnerungen, sogar die Mutter und der Stiefvater, die Geschwister und das Tschoppale tauchten wieder auf. Das Tschoppale, der einzige Mensch, dessen Tod sie noch heute zum Weinen brachte. Nichts hatten sie getan, um es zu retten. Nie würde sie es ihrer Schwester verzeihen, die irgendwo weit weg lebte und sich an nichts erinnern wollte. Vorgestern war wieder eine Karte aus Argentinien gekommen mit einem Foto, das ihr nichts bedeutete. „Zum Geburtstag alles Gute" hatte Edith wie jedes Jahr geschrieben. Nie bedankte sich Johanna, nie schrieb sie zurück. Nur mit Irmgard hatte sie Kontakt gehalten. Jetzt lag sie im Krankenhaus und lang würde es nicht mehr dauern, dann würde Johanna einmal Post nach Argentinien schicken. Eine Parte, mit der Edith einen ihrer letzten Kontakte in ihre alte Heimat verlor, und es geschah ihr recht.

GERTRUD, 1995

Der Babybauch von der Mama war bis zum Schluss nicht wirklich zu sehen. Das ist ein Vorteil, wenn man so rund ist wie sie. Ich möcht nie so rund sein, aber das wird auch nicht passieren, weil ich bestimmt kein Kind bekomm. Das ist nur anstrengend und laut und nervig. Lang dauert es nicht mehr, dann haben wir so was Anstrengendes, Lautes und Nerviges daheim. Wenigstens hab ich damit eine Ausrede und muss keine Grunge-Party mehr bei uns machen. „Die Mama soll sich schonen, der Lärm und der Rauch, das tut ihr nicht gut", hab ich gesagt und das haben alle verstanden, sogar die Kathi. Dass es bei den Veranstaltungen im Gasthaus immer laut ist und sie der Adi ständig mit seinen Tschick anbläst, hab ich natürlich nicht dazu gesagt. Bald wird alles anders. Ich weiß nicht, wie das dann mit dem Koxe wird. Wir sind jetzt zusammen, beim Schulball haben wir geschmust und er hat am nächsten Tag angerufen. Nicht wie der Bernhard, der sich nicht mehr gerührt hat. Der Koxe ist anders. Es ist komisch, dass er mir bis jetzt nie so richtig aufgefallen ist, dabei war er auf allen Grunge-Partys. Er wohnt in Erblach, in der Nähe von der Kathi. Ich weiß nicht, ob ich verliebt bin. Er kann Fußball spielen. Und er ist tätowiert. Das gefällt mir. Auf seinem Schulterblatt trägt er ein Sonnenzeichen. Im Sommer, wenn es wärmer ist, kann man es sehen, wenn er sein Oberteil auszieht oder ein Ruderleiberl trägt. Das ist schon cool. Wenn ich neben ihm geh, fühlt es sich gut an. Dass er auf mich steht, hab ich gar nicht gleich kapiert. Er ist sogar ein Freund vom Martin und wenn wir ihn treffen, grüßt er uns beide. Der Martin hat keine Tätowierung. „Schieß her“, ruft er. Ich ziel und er wirft sich hin, aber den Ball bekommt er trotzdem nicht. „Nicht schlecht“, sagt er und steht auf. „Hören wir auf, ich mag nicht mehr.“ Schade. Er setzt sich auf die Wiese und ich setz mich dazu. Er umarmt mich von hinten und küsst an meinem Hals und den Ohren herum. Ich mach die Augen zu und hoff, dass uns niemand sieht. Ich stell mir immer vor, dass mein Papa plötzlich auftaucht, obwohl der nie da in der Gegend ist. Der Koxe fährt mit seiner Hand unter meinen BH und ich schau mich nochmal um, aber wir sind allein. Der Park ist versteckt, hier verirren sich nur Leute mit Hunden her, aber selbst die sind heute nicht da. Ich dreh mich um, wir sehen uns an und schmusen weiter. Jetzt will er den BH aufmachen, aber das will ich nicht. Ich schieb seine Hände weg. „Wieso denn nicht?“, fragt er und stupst mich mit der Nase an. „Da sind Leute.“

„Hier ist niemand.“

„Aber es kann wer kommen.“ Der Koxe drückt seine Stirn gegen meine. „Ach Geri“, sagt er, „ich möcht mit dir schlafen.“ Mir dreht sich der Magen um. Gut, ich bin siebzehn, in meinem Alter haben die Mädchen bei *Bravo Girl* schon zwanzig verschiedene Sexpartner hinter sich. „Willst du nicht?“, fragt er. „Ich weiß nicht“, sag ich. „Okay“, sagt er. „Aber ich möcht das erste Mal gern mit dir haben.“

„Ich auch“, sag ich. Es ist nicht gelogen. Ich glaub, besser als mit dem Koxe geht es gar nicht. Mir fällt die Mama ein. „Sag, wenn es ernst wird“, hat sie mich gebeten. Sie will es wissen. Muss sie es wissen? Will ich, dass sie es weiß? Wie soll ich es sagen? Will ich es überhaupt? Ich frag mich, ob es mit dem Martin anders wär. Aber wenn ich an ihn denk, sind wir auch immer angezogen und schmusen nur. Ich hab gar keine Lust, mich auszuziehen und ihn nackt zu sehen. Vielleicht bin ich lesbisch. „Aber wo denn?“, fällt mir ein und ich bin froh, dass ich das sagen kann. „Meine Mama hat gesagt, dass sie uns allein lässt.“ Ich erschrecke. Das hab ich noch nie gehört, dass einen die Mutter allein lässt für das erste Mal. „Okay“, sag ich und hab keine Ausrede mehr. „Verhüten ist halt wichtig.“ Er nickt ernst. „Kondome sind schon besorgt. Wenn du magst, kannst du vorher zum Frauenarzt und dir zusätzlich die Pille verschreiben lassen.“ Jetzt kann ich echt nichts mehr sagen. Ich muss an die Mama denken, die mit vierundvierzig noch ein Baby bekommt. Warum hat sie nicht gewusst, wie man verhütet? Oder ist das Kondom geplatzt? Mir graust. „Wie spät ist es überhaupt?“, frag ich. Wir sind auf einer Parkbank, ich sitze und Koxe liegt auf mir drauf. „Halb fünf, wir müssen los, damit du deinen Bus erwischst.“

Händchenhaltend gehen wir zum Bahnhof. Zum Abschied winkt er und ich seh das Tattoo auf seiner Schulter aufblitzen. Wüsste die Oma davon, würde sie auf der Stelle tot umfallen. Wenn ich zuhaus bin, muss ich die Kathi anrufen. Sie hat auch einen Freund, den Erte, und sie haben schon öfter miteinander geschlafen, sogar untertags, weil die Kathi allein daheim ist. Ich hab immer gedacht, dafür braucht man es dunkel und eine ganze Nacht, wieso heißt es sonst „miteinander schlafen“? Die Kathi findet es super und sind der Erte und sie zusammen, tun sie nichts außer sich anzugrapschen. Auf der Fahrt bin ich richtig verwirrt, fast vergess ich auszusteigen, weil ich so daneben bin. Es ist alles so komisch. Der Thomas ist wahrscheinlich schwul. Der Papa bekommt ein Kind mit der Mama. Die Kathi schläft mit ihrem Freund im Kinderzimmer und ich genier mich, sobald Koxe meinen BH angreift. Irgendwie bin ich komisch. Irgendwie bin ich verloren. Als ich daheim ankomm, geh ich nicht hinein. Ich seh den Ball vor dem Haus liegen, lass die Tasche fallen und geh erstmal zum Sportplatz. Es ist keiner da, das ist gut. Jedes Mal, wenn der Ball im Tor landet, fühl ich mich ein bisschen besser. In Wahrheit lieb ich den Ball. Sonst nichts. Ich bin außer Atem, als ich die Kirchenglocken hör. 18 Uhr, Freitag. Wenn ich in Wien wohn, werd ich in der Nähe von einem Fußballplatz leben. Nicht mehr lang, dann bin ich weg. Ich leg mich auf die Wiese, stell mir vor, dass der Koxe und ich den Martin treffen. „Und was hast du vor nach der Matura?", fragt er mich. „Ich geh nach Wien", sag ich cool und er nickt anerkennend. Über meine Arme krabbeln Ameisen und kitzeln mich. Nie hat man seine Ruhe. Ich stemm mich hoch und setz mich hin. In Wien wird alles anders.

Ich geh langsam nachhause. Die Frau Salig kommt mir entgegen. Mittlerweile geht sie gebückt. „Grüß Gott", sag ich. „Grüß Gott", sagt sie und bleibt stehen. „Ist das die junge Eckert?"

„Ja."

„Auch so ein großes Diandle. Sagst der Mama schöne Grüße." Ich nicke und geh weiter, obwohl die Alte noch immer dasteht. „So schnell weg?", ruft sie mir hinterher. Wie ich es hier hasse! Es kann nur besser werden. In der Einfahrt steht noch meine Tasche. Die Oma wär ausgezuckt, wenn sie die gefunden hätt. Sie sperrt immer alles dreimal ab, sogar den Keller, in dem sie nur die Erdäpfel lagert, und die Garage, in der uraltes Werkzeug verrottet. Als würd sich irgendwer für den alten Schrott interessieren. Unser Gasthaus ist genauso verrottet. Ich frag mich, wie die Mama das machen will, wenn das Kind da ist. Aber darüber redet niemand. Bitte, soll mir recht sein. Ich bin eh bald weg. In der Gaststube ist blöderweise die Oma. Ich hab gedacht, dass die Mama heute Dienst hat. Ich hab keine Lust auf sie, also geh ich in die Küche und ruf die Kathi an. „Hallo", sagt sie, „wie läufts?"

„Der Koxe will mit mir schlafen", flüster ich, damit die Oma mich nicht hört. „Echt? Süß! Was hast du gesagt?"

„Dass wir wegen Verhütung schauen müssen."

„Das wird sicher super. Der Koxe ist wirklich ein Lieber." Ich nicke. „Meinst du, ich soll vorher zum Frauenarzt? Ich mein für die Pille, wenn das Kondom platzt oder so."

„Ich weiß nicht, ich nehm die Pille nicht, die macht dick. Bei uns ist noch nie was geplatzt. Wo wollt ihr es denn überhaupt machen?" Aus dem Gastraum tönt Omas Musik, Klaviergeklimper. Das ist gut, dann hört sie mich nicht. „Bei ihm daheim. Seine Mama hat nichts dagegen. Sie geht sogar extra weg." Die Kathi pfeift anerkennend. „Das ist voll cool. Magst du sagen, dass du bei mir übernachtest?" So weit hab ich noch gar nicht gedacht. „Ist kein Problem", versichert die Kathi. „Okay, super. Danke."

„Vielleicht dauert es gar nicht so lang", sagt die Kathi und lacht. Ich lach mit, obwohl ich nicht genau weiß, was sie meint. Wie lang dauert so was? „Du musst mich unbedingt auf dem Laufenden halten", sagt sie. „Logisch", antwort ich.

Mir gefällt der Erte auch gut. Manchmal stell ich mir vor, dass er in Wahrheit mehr auf mich steht, weil wir uns manchmal ganz lang anschauen. Aber das sag ich der Kathi natürlich nicht. Am Ende reden wir noch über alle möglichen Leute. Als ich aufleg, weiß ich genau, was ich tun muss. Ich kann die Nummer vom Koxe auswendig, obwohl er mich meistens anruft. Jedes Mal um dieselbe Zeit und er hat sich bis jetzt noch nie verspätet. Ich wähl seine Nummer, leg dann aber doch wieder auf. Vielleicht sollt ich vorher überlegen, was ich sagen möcht. „Ich will" klingt nach Hochzeit. „Für mich passt es, wann sollen wir?" Ist das zu unklar? Nein, er wird sicher sofort wissen, worum es geht. Oder klingt das zu ernst? Auf einmal läutet es. Ich erschreck so sehr, dass ich es klingeln lass. Die Oma stürmt herein. „Was machst du da? Wo warst du denn?", fragt sie und noch bevor ich antworten kann, ist sie beim Telefon und hebt ab. „Hallo?", fragt sie und ich bete, dass es nicht für mich ist. „Ja?", sagt sie nach einiger Zeit. „Wir kommen." Dann legt sie auf. „Trudi, du hast einen Bruder bekommen."

MARIANNE, 1995

Um 4 Uhr 03 begannen die Schmerzen im Zehn-Minuten-Takt. Ab 8 Uhr 47 kamen sie alle fünf Minuten. Das Spital betrat Marianne um 9 Uhr 32, die Mutter hatte sie gefahren. Um 19 Uhr 29 war das Baby da. Es war winzig. Es wog fast nichts. Die Augen standen weit auseinander. War das bei den anderen Kindern auch so gewesen? Marianne hielt es fest. Egal, es war ein großes Glück. Erwin saß bei ihr. „Kann ich es mal halten?", fragte er. Vorsichtig nahm er das Bündel und drückte es an sich. Bei den anderen beiden hatte er zu viel Angst gehabt. Erwin lächelte. „Hallo, kleiner Mann." Er streichelte die Wange des Babys und wandte sich Marianne zu. „War es schlimm?", fragte er. „Nein", log sie. Erwin hatte bei der Geburt dabei sein wollen, bis zum Schluss hatte er auf sie eingeredet. Aber sie wollte nicht. „Das ist nichts für dich", hatte sie gesagt und war nicht mehr darauf eingegangen. Erwin hatte es hingenommen und auf dem Gang gewartet.

„Es wäre wirklich nichts für dich gewesen", wiederholte sie und er zuckte die Schultern. „Kann sein." Dem Baby rann Speichel aus dem Mund. „Pass auf, dein Anzug."

„Das macht nichts."

„Was hast du in der Arbeit erzählt?"

„Dass ich nochmal Vater werde." Um 9 Uhr 48 hatte sie ihn angerufen. Er war sofort da gewesen, 9 Stunden und 42 Minuten hatte er gewartet, bis sie ihn endlich zu ihr ließen in das helle Zimmer mit den gelben Vorhängen und dem Babybettchen. „War dir nicht langweilig?", wollte sie wissen. „Ich habe versucht, Zeitung zu lesen. Zum Arbeiten habe ich keinen Kopf gehabt.“ Er betrachtete den Säugling. „Thomas und Gertrud haben mehr Haare gehabt“, stellte er fest. Er ließ einen Finger über den Kopf gleiten. Marianne lächelte, streckte die Beine aus und strich über ihren Bauch, der von einem zartrosa Nachthemd bedeckt war. „Ein Nachthemd?“, hatte die Verkäuferin gefragt und sich lachend zu ihrer Kollegin umgedreht. Marianne hatte ein neues für das Krankenhaus kaufen wollen, mit den uralten, ausgeblichenen Teilen, die in ihrem Schrank hingen, konnte sie den Ärzten nicht gegenübertreten. „Das trägt ja niemand mehr.“ Dann hatte ihr die Verkäuferin mit gespitzten Lippen ein paar Modelle auf den Tisch gelegt: „Es gibt ja doch welche“, hatte Marianne festgestellt. Noch hatte sie allerdings kein Arzt darin gesehen, denn kaum war sie in den Kreißsaal gekommen, hatte man ihr einen Kittel umgelegt, der hinten offen war und den sie bis zur Verlegung auf die Station tragen musste. Bevor Erwin zu ihr gelassen wurde, zog sie sich schnell um. Die Zeiten hatten sich geändert. Die Kreuze im Krankenzimmer waren dezent in den Hintergrund gerückt, statt Marien- gab es Blumen-, Baum- und Sonnenbilder. Bei Thomas, der am 5. August 1976 um 21 Uhr 34 auf die Welt gekommen war, war eine Ordensschwester ihre Hebamme gewesen und hatte sie mit strengen Worten zurechtgewiesen. „Reißen Sie sich in Gottes Namen zusammen“, hatte die Schwester sie angeherrscht und sie, eine junge Frau, hatte stumm den Sohn zur Welt gebracht. Auch vom Stillen hatten ihr die Ärzte damals abgeraten, ein Fläschchen sei hygienischer und keimfrei, hatten sie behauptet. Erst Jahre später hatte sie herausgefunden, dass das Spital einen Vertrag mit einer Milchpulverfirma abgeschlossen hatte. An Gertruds Geburt konnte sie sich nicht mehr genau erinnern, nur den Zeitpunkt wusste sie noch: Trudi war am 15. Jänner um 23 Uhr 04 auf die Welt gekommen. Sie hatte das Kind gestillt und war alle vier Stunden nach oben ins Schlafzimmer verschwunden, wo sie allein gewesen waren und Trudi an ihrer Brustwarze genuckelt hatte. Ein Gefühl, das sie jetzt wiedererkannte, wenn sie den gierigen Mund und das heftige Ziehen dieses kleinen Würmleins spürte. „Wir haben uns noch keinen Namen überlegt", fiel ihr ein. Erwin nickte. Während der Schwangerschaft hatten sie sich weiter getroffen und dabei aber nur wenige Worte gewechselt, waren immer im Bett gelandet und hatten sich jedes Mal aufs Neue versichert, dass es das letzte Mal war. „Mir fallen außer Bernd nur Mädchennamen ein", sagte sie. „Bernd? Nein!", erwiderte Erwin bestimmt. „Na gut. Welcher dann?", fragte sie und berührte die weiche Haut des Babys. Es war so winzig, viel zu klein, das hatte auch der Arzt bemerkt, bevor er zu einem Notfall gerufen wurde. Er hatte besorgt gewirkt, aber sie hatte sich nicht zu fragen getraut. „Benjamin", schlug Erwin vor. Sie lachte. „Das kann seine Oma nicht einmal aussprechen." Erwin grinste. Seit sie sich getrennt hatten, war er entspannter und humorvoller. „Karl", sagte er dann. Marianne schüttelte sich. „Brrrr, so hieß ja sein verstorbener Opa, ich weiß nicht." Er stupste das Baby mit dem Zeigefinger auf die Nase. „Dann mach du einen Vorschlag." Marianne lehnte sich zurück. Sie hatte gelogen, es waren ihr jede Menge Bubennamen eingefallen. Allen voran Bernd, aber irgendwie passte weder Bernd noch einer der anderen Namen zu diesem kleinen, unschuldigen Wesen. Selbst Gabriel wirkte zu roh. „Albert", überlegte Erwin weiter. „Albert", wiederholte Marianne. „Wie Einstein. Wieso nicht?" Das Kind speichelte wieder. „Vielleicht will es trinken", vermutete sie. „Dann gehe ich hinaus?", fragte Erwin und sie nickte.

Sie war in einem Vierbettzimmer untergebracht, eine Frau neben ihr schlief, ihr Neugeborenes im Gitterbett daneben. Die Frau war halb so alt wie sie und trug bestimmt einen modernen Pyjama. Die anderen beiden Betten waren frei. Marianne legte das Kind an, das sofort laut schmatzend zu trinken begann. Es klopfte an der Tür und statt ihrer Mutter und Trudi, die Marianne erwartet hatte, trat ein junger Mann ein, der ihr zunickte, dann zu der schlafenden Frau und dem Baby ging und beide mit einem Kuss auf die Stirn weckte. Er war nicht viel älter als Thomas. Erst jetzt bemerkte Marianne, dass die Frau kein Oberteil trug. Der Mann ließ sich nicht stören und setzte sich auf einen Stuhl, er trug kurze Hosen und Turnschuhe, auf seinem Oberarm blitzte eine Tätowierung.

Trudi hatte jetzt einen Freund, der tätowiert war. Erwin hatte die beiden händchenhaltend und schmusend durch die Stadt spazieren sehen. Der Bursche hatte ein weit ausgeschnittenes Leiberl getragen, das seine Tätowierung auf der Schulter weithin sichtbar machte. Erwin hatte beim Schuster seinen Gürtel abgeholt und draußen waren sie an ihm vorbei gegangen. Noch am selben Nachmittag hatte er Marianne angerufen und ihr geschildert, dass Trudi mit ihren feuerroten Haaren sich mit einem wilden Typen aus der Unterschicht traf. Sie hatte ihn beruhigt. Die jungen Leute ließen sich tätowieren, trugen zerrissene Kleidung, Ringe in der Nase und hatten komische Frisuren. Solange ihre Tochter nur die Haare färbte, war alles in Ordnung. Und der Bursche war ein völlig harmloser Schüler, dessen Eltern sie bereits kennengelernt hatte. Außerdem, wie kamen sie dazu, ihre Tochter zu schimpfen, wenn sie sich selber aufführten wie Teenager? Darauf hatte Erwin nichts mehr gesagt, nur noch irgendetwas Unverständliches vor sich hin gemurmelt. Marianne hatte Erwin angelogen. Sie hatte keine Ahnung von dem Burschen, geschweige denn je seine Eltern getroffen. Sie wollte mit Trudi reden, wusste aber nicht so recht wie. Also war sie einfach eines Morgens in ihr Zimmer gestapft, hatte die Vorhänge geöffnet und nebenbei ihrer Tochter geraten, mit ihrem Freund nicht mehr schmusend durch die Stadt zu laufen. Als Trudi fragte, woher sie es wusste, und Marianne ihr von Erwin erzählte, wurde ihre Tochter knallrot. „Alle haben einen Freund und der von der Kathi hat sogar ein Piercing", verteidigte sie sich, als würde das alles relativieren. „Pass auf, was du tust", war alles, was Marianne dazu sagte, und nach einer kurzen Pause fügte sie hinzu: „Und sag, wenn es ernst wird." Trudi war daraufhin noch röter geworden. Und jetzt hatte sie wieder ein Kind, einen Buben, mit dem sie alles noch einmal durchmachen würde. „Die Zeiten verändern sich, aber ich bin noch immer die Alte", dachte sie. „Eine Frau, die Zahlen liebt, im Gasthaus arbeitet und für ihre sexuellen Ausschweifungen bezahlen muss." Wieder klopfte es, diesmal traten tatsächlich die Mutter und Trudi ein, beide mit ernsten Gesichtern.

Marianne ärgerte sich. Trudi ging scheu hinter ihrer Oma her, als könnte das Baby sie beißen. Der Kleine registrierte die beiden gar nicht. Sanft versuchte sie ihn von ihrer Brust zu entfernen. Die Mutter übergab ihr feierlich einen Blumenstrauß, den sie offenbar im Garten selbst gepflückt hatte, um nicht mit leeren Händen aufzutauchen. Trudi murmelte ein undeutliches „Hallo“. Die Mutter lächelte jetzt immerhin und stellte die Blumen in eine leere Vase auf das Nachtkästchen. Marianne hob den Kleinen hoch, zog das Nachthemd wieder über ihre Brust. „Schau, Trudi, das ist dein neuer Bruder.“ Während ihre Tochter misstrauische Blicke auf das Baby warf, weiteten sich die Augen von Johanna, ihr Lächeln wurde breiter und dann strahlte sie: „Ein Tschoppale“, flüsterte sie gerührt und ihre Augen wurden feucht, als würde sie gleich zu weinen beginnen.

JOHANNA, 1995

Der Tod und das Leben liegen nah beieinander. Das hatte ihre Schwiegermutter immer gesagt, wenn in einer Woche eine Taufe und ein Begräbnis im Gasthaus stattfanden. Daran musste Johanna denken, als sie einen viel zu teuren Auslandsanruf machte. Sie hatte doch keine Postkarte geschrieben, sondern einfach anrufen wollen. Die Nummer hatte sie in Irmgards Notizbuch gefunden, das ihr Herta gegeben hatte. Herta hatte sie an die Zeitverschiebung in Argentinien erinnert. Sogar da musste ihre Schwester Edith noch Extrawürste haben. Albert lag neben ihr im Stubenwagen und sah sie mit seinem Silberblick an. Sie lächelte ihn an, winkte ihm. Sein Mund war geöffnet und er streckte die Zunge heraus. „Tu die Zunge hinein", sagte sie sanft, wie sie es beim Tschoppale getan hatte. Drei Monate war er jetzt alt und noch immer viel kleiner als normale Kinder. Trotz seines jungen Alters hatte er schon mehr Untersuchungen hinter sich als Johanna in ihrem ganzen Leben. Was sie heute alles wussten. Und wie böse alle schauten, wenn sie ihn zärtlich „mein kleines Tschoppale" nannte, wo er es doch war. Downsyndrom oder Trisomie 21 wurde es genannt, Begriffe, mit denen sie nichts anfangen konnte, die es zu ihrer Zeit nicht gegeben hatte.

„Si?", hörte sie da plötzlich eine Stimme in der Leitung. „Hallo?", fragte Johanna. „Spreche ich mit Edith Koflacher?" Kurz war nur ein Rauschen zu vernehmen und sie wollte fast schon wieder auflegen, als plötzlich ein „Ja?" ertönte. „Edith? Ich, also da ist die Johanna." Diesmal blieb es nur kurz still.

„Johanna? Du? Johanna, ist alles gut?“ Johanna holte Luft und sah das Baby an, das lauschte. „Edith, hörst du mich?“

„Ja, ich versteh dich gut.“ Es knackte in der Leitung. Edith war leise. „Edith, hör zu, ich muss dir was sagen.“

Johanna sprach laut und deutlich, das Kind folgte ihrer Stimme. „Die Irmgard ist tot! Hast du gehört? Die Irm-gard ist tot.“ Wieder Rauschen. „Oh, nein“, seufzte Edith über den Atlantik. „Wann ist … Johanna, wie?“ Johanna hielt sich den Hörer nah an den Mund. „Sie hatte Krebs.“ Sie zog das Wort in die Länge. „Sie war lang krank. Das Begräbnis ist nächste Woche.“ Edith murmelte etwas, was Johanna nicht verstand. Und dann sagte sie: „Ich komme!“ Johanna nickte, obwohl sie ihr nicht glaubte. Niemals würde ihre Schwester herkommen. „Gut. Am Samstag. Bei uns im Gasthaus. Ich schick dir den Partezettel, ja? Edith?“

„Ja“, antwortete diese knapp. „In Ordnung. Wenn was ist, ruf an. Ich werde jetzt auflegen. Das ist sehr teuer, weißt eh, sehr teuer!“, betonte Johanna, sollte Edith doch anrufen, wenn sie mehr erfahren wollte. Sie legte auf, holte das Kind aus dem Stubenwagen, hielt es an ihre Wange und genoss die weiche Haut an der ihren. „Nicht die Zunge rausstrecken“, wiederholte sie und lächelte.

Am nächsten Tag kam Herta mit Bruno und Patrick. Sie trug ein schwarzes Kostüm und wirkte noch dünner als sonst. Ihre Haut war faltig geworden, dafür glänzte ihr frisch gefärbtes Haar unter der Küchenleuchte. „Da ist er ja, der kleine Albert. Ich bin die Tante Herta“, jauchzte sie, als sie das Tschoppale entdeckte. Johanna seufzte innerlich, jedes

Mal zog sich ihr Magen zusammen, wenn sie den Namen des Kindes hörte. Albert, wie hatten Marianne und Erwin ihn so nennen können? Patrick lächelte das Tschoppale schüchtern an. Johanna fand ihn zu dick. Wahrscheinlich aß er alles, was Herta sich selbst nicht erlaubte. Immerhin war er höflicher als Trudi und ordentlicher anzuschauen, erstaunlich für ein Kind aus der Großstadt. Was hatten sie früher für freche Wiener Fratzen als Gäste gehabt. Nach einiger Zeit betrachtete Patrick das Kind genauer, als würde es ihn an etwas erinnern. Bruno, dessen Schläfen bereits weiß geworden waren, grüßte alle höflich und gab sogar dem Tschoppale die Hand. Trudi und Thomas kamen, Patrick verschwand mit ihnen. „Die Jugend", meinte Herta lächelnd, als Marianne, Johanna und das Tschoppale in der Küche zurückblieben. Auch Bruno verzog sich, er wollte im Stüberl arbeiten, schließlich hatte er extra seine Aktentasche mitgenommen, wie Herta stolz erklärte. Johanna fiel auf, dass sie alt geworden war, es aber nicht sein wollte, das verdeutlichte ihr abgemagerter Körper und ihr zu stark geschminktes Gesicht. „Edith hat mich angerufen, sie kommt morgen an", berichtete sie, während sie dem Kind die Rassel vor das Gesicht hielt, die sie ihm mitgebracht hatte. „Was? Edith kommt wirklich?", fragte Johanna. Noch einmal ließ Herta die Rassel scheppern. „Ja, wir haben telefoniert, sie hat einen Flug gebucht. Die Anreise ist ein Wahnsinn. Zuerst fährt sie jemand nach Buenos Aires, von da fliegt sie nach Frankfurt und dann nach Wien, wo sie übernachtet. Eigentlich", Herta sah auf ihre Armbanduhr, „müsste sie bald in Frankfurt landen. In Wien nimmt sie den Zug. Das muss man sich vorstellen, sie ist nicht mehr die Jüngste! Und es muss sie ein Vermögen gekostet haben." Johanna nahm das Tschoppale an sich, um sich hinter seinem Silberblick zu verbergen. Warum hatte Herta Kontakt mit Edith gehabt, wie war sie auf die verrückte Idee gekommen, diese Weltreise auf sich zu nehmen, und wo hatte sie das Geld her, um sich auf diesen langen Weg zu machen? Marianne erzählte Herta, welche Fortschritte das Tschoppale machte, wie gut er sich entwickelte und wie oft sein Vater sich um ihn kümmerte. „Als hätten wir uns scheiden lassen müssen, damit er ein richtiger Papa werden kann", meinte sie und Herta lachte. „Ja, das Leben geht oft komische Wege."

„Warum hat sie nicht mich angerufen?", murmelte Johanna vor sich hin. „Was meinst du?", fragte Herta. „Warum hat Edith nicht mich angerufen? Ich habe ihr doch gesagt, sie soll sich bei mir melden." Herta zuckte die Schultern. „Wir haben uns immer wieder geschrieben", sagte sie, als wäre es nichts Besonderes. „Geschrieben?" Johanna blickte ihre Nichte grimmig an. „Ja, warum denn nicht. Sie hat mir von ihrem Leben erzählt und ich ihr von meinem. In Argentinien war sie doch allein, glaube ich."

Johanna hatte gehofft, Edith wüsste nichts von ihrem Leben. Aber wahrscheinlich hatte Herta alles ausgeplaudert und jetzt wusste Edith Bescheid, vielleicht sogar, dass Marianne ein kleines Tschoppale zur Welt gebracht hatte, dabei ging sie nichts davon etwas an. „Sie hat gemeint, sie wolle dich nicht unnötig belasten", sagte Herta und legte den Arm auf Johannas Schulter, „und nicht zusätzlich aufregen." Was heißt da zusätzlich aufregen? Ja, Johanna regte sich auf. Aber einzig und allein wegen Edith! Jetzt, nach Jahrzehnten, musste sie wieder auftauchen. Warum? Um die gemeinsame Schwester Irmgard zu beerdigen, mit der sie nichts mehr verband? Um die Leute zu treffen, die sie nur aus Hertas Briefen kannte? „Und wo wird sie wohnen?“, fragte sie wütend. „Oder wird sie uns das erst mitteilen?“ Herta und Marianne tauschten einen Blick aus und verdrehten die Augen wie zwei Schulmädchen. „Wie gesagt, sie möchte dir keine Umstände machen, sie wohnt im Hotel Bruckenmüller.“ Johanna schnaubte. Edith, selbstverständlich groß und wichtig wie das vornehme Hotel, das in der Stadt neu eröffnet hatte und sündhaft teuer war. „Typisch“, zischte sie, doch Herta und Marianne kümmerten sich nicht darum. Nur das Tschoppale hatte sich ihr zugewandt, unbeirrt sah es sie an, mit seinem leicht geöffneten Mund, aus dem ein wenig Speichel floss, und unmerklich verzogen sich die Lippen zu seinem ersten Lächeln, das nur ihr gehörte. „Ich glaube ja, dass der Erwin und du wieder zusammenkommt“, sagte Herta und kitzelte mit ihren dunkelrot lackierten Fingernägeln die Füße des Kleinen. „Das halte ich für ausgeschlossen“, erwiderte Marianne. Nun spitzte Johanna doch die Ohren. Erwin war öfter bei ihnen gewesen, seit das Tschoppale da war. Seine Begeisterung und Aufmerksamkeit für das Kind hatten sie überrascht. Er wickelte es sogar! Johanna war gerade ins Zimmer gekommen, als er ihm die volle Windel auszog. „Ich mache das“, hatte sie sofort gesagt, aber er hatte sie weggeschickt. Sie war sich sicher gewesen, dass er nach Trudi oder Marianne rufen würde, aber kurze Zeit später hatte sie ihn zur Mülltonne wandern sehen, das Kind trug er auf dem Arm und in der anderen Hand hielt er die stinkende Windel. Jetzt fehlte nur noch, dass er mit dem

Kinderwagen durch den Ort spazierte.

Mit Marianne ging Erwin überaus freundlich, fast liebevoll um. Johanna hatte sich schon gefragt, ob nicht noch ein Funken entzündet werden konnte. „Vergesst es! Das wird nichts", sagte Marianne noch einmal zu Herta. „Wie geht es denn Willi?"

„Ach der", meinte sie nur und machte eine wegwerfende Handbewegung. „Wir werden uns auch trennen, wenn das so weitergeht." Johanna erhob ihre Stimme: „Herta, das ist nicht dein Ernst. Nicht schon wieder!" Herta zog eine Grimasse. „Ich will aber nicht mein Leben vergeuden", zischte sie. „Du wolltest ihn doch unbedingt!", schimpfte Johanna. „Weil er mir alles Mögliche versprochen hat. Und was hat er davon gehalten? Nichts." Johanna schüttelte den Kopf. „Er hat hart gearbeitet, damit die Buben und du ein Dach über dem Kopf habt, das hat sogar Irmgard zum Schluss erkannt."

„Ich wollte aber mit ihm singen, mehr nicht." Johanna pfiff durch die Zähne. „Jetzt bist du so alt und immer noch nicht schlauer. Wann wirst denn endlich erkennen, dass das nur Träume sind? Was willst denn machen allein? Wer wird dir deine Rechnungen zahlen? Deine Stimme sicher nicht."

„Ich trete zumindest auf!", verteidigte sich Herta.

„Ja, in irgendwelchen kleinen Spelunken, in denen du nichts verdienst."

„Dafür mache ich das, was ich wirklich will. Er hat seine Träume aufgegeben."

„Für dich und die Kinder!"

„Ich habe ihn nicht darum gebeten." Inmitten des aufgeregten Wortgefechtes schrie das Tschoppale auf. Es war ein begeisterter Ausruf über das Stimmengewirr, das ihn offenbar erfreute. „Deshalb habe ich Edith geschrieben und nicht dir, sie hat mich nie verurteilt", keifte Herta hintennach. Johanna holte tief Luft, aber das lachende Tschoppale besänftigte sie wieder. „Weil sie leicht reden hat am anderen Ende der Welt." Kurze Zeit blieb es still, nur das Glucksen und Schmatzen des Kindes und das Klappern des Geschirrs erfüllten den Raum. Dann räusperte sich Marianne und sagte mit ruhiger Stimme: „Also, das mit dem Erwin und mir wird sicher nichts mehr, weil er in ein paar Wochen seine Freundin heiratet."

GERTRUD, 1995

„Wie ist es so mit dem Albi?", fragt der Patrick in die Runde. Wir sitzen in meinem Zimmer und er dreht sich auf dem Schreibtischsessel. Der Thomas hat es sich auf dem Bett gemütlich gemacht, ich sitz im Schneidersitz auf dem Boden und putz CDs. Bei jedem anderen hätt mich die Frage gekränkt, aber bei dem Patrick ist es okay. Komisch. „Am Anfang war es mir voll peinlich", geb ich zu. „Ich musste dauernd an das Mädchen denken, das früher mit uns im Bus gefahren ist. Die haben wir ausgelacht und Mongo zu ihr gesagt." Ich schäm mich ein bisschen. Das hab ich noch nie jemand erzählt. Auch die Kathi weiß nichts davon. Der Patrick nickt. „Versteh ich", meint er und das tut gut. „Ich habe ihn immer super gefunden", erklärt der Thomas. „Aber ich bin nicht so viel daheim."

„Ich glaub, die Kathi graust sich vor ihm", sag ich. „Mich graust es auch, weil ihm ständig Spucke aus dem Mund rinnt", meint der Patrick. Ich bin ihm nicht böse, aber der Kathi schon. „Es ist lustig, weil Papa auf einmal voll mitmacht", sagt der Thomas und dreht sich auf die Seite. „Die Oma hat schockiert erzählt, dass er sogar die Windeln gewechselt hat. Das hätte er bei uns nie im Leben getan. Bei der Geburt wollte er dabei sein, aber das wollte die Mama nicht." Der Thomas gähnt und sieht zu, wie ich die CDs mit dem Geschirrtuch polier. „Irgendwie komisch, dass er jetzt wieder heiratet."

„Echt?", fragt der Patrick. „Euer Vater heiratet? Habt ihr

seine Freundin schon kennengelernt?“ Wieder ist die Frage direkt, warum kann er das, mir wär das peinlich. „Ja“, sag ich. „Er hat sie mir offiziell vorgestellt. Zuerst hab ich gar nicht kapiert, was er überhaupt will. Danach hab ich eine Woche nicht mit ihm geredet, weil ich das echt arschig find. Da bekommt er mit der Mama ein Kind und heiratet eine andere.“

„Ich auch“, pflichtet mir der Thomas bei. Es ist das erste Mal, dass er das so sagt. „Aber du hast doch gemeint, dass ich wieder mit ihm reden soll!“

„Weil wir nicht für die Mama böse sein müssen auf ihn.“ Ich versteh den Thomas nicht. „Jedenfalls hab ich gedacht, dass die Mama voll fertig sein wird deswegen, aber es ist ihr komischerweise völlig wurscht“, sag ich. „Sie hat sogar gesagt, sie findet seine neue Freundin nett!“, meint der Thomas. „Tante Marianne hat sie auch getroffen?“, fragt der Patrick. „Ja, sie sind sich in der Stadt über den Weg gelaufen. Papa war es ziemlich unangenehm“, erklärt der Thomas. „Kein Wunder“, sag ich. „Und wie ist sie so?“, will der Patrick wissen. „Sie probiert sich einzuschleimen“, sag ich. „Ich glaube, sie will einfach nur nett sein“, entgegnet der Thomas. Ich verdreh die Augen. Er tut immer so auf verständnisvoll. „Und es ist ihr egal, dass ihr neuer Mann ein kleines Kind hat, und das, na ja, anders ist?“, bohrt der Patrick weiter. „Keine Ahnung, scheint so. Für mich ist der Albi gar nicht mehr so anders“, antwort ich. Vorsichtig leg ich eine CD wieder in die Hülle zurück. Ich könnt sie nach dem Alphabet ordnen, aber dafür hab ich nicht genug. Der Koxe hat eine super CD-Sammlung und hat mir immer voll viele geliehen. Er hat gesagt, ich kann gern noch weiter welche ausborgen, obwohl wir jetzt getrennt sind. Wir haben einfach nicht zusammengepasst. „Wisst ihr, dass Tante Edith zum Begräbnis kommt? Aus Argentinien." Der Patrick wechselt das Thema. Argentinien klingt nach so weit weg und noch cooler als Amerika, find ich. „Vielleicht können wir sie mal besuchen." Der Patrick erwidert nichts. „Weißt du was von ihr?", frag ich. Er dreht sich wieder einmal herum. „Mama und sie schreiben sich immer mal."

„Ich find, sie war total mutig, dass sie nach dem Krieg in ein anderes Land gegangen ist", sag ich. „Die Oma meint aber, dass es viel mutiger war, dazubleiben und alles wieder aufzubauen." Der Patrick schaut nachdenklich. Der Thomas sagt: „Ich weiß nicht."

„Ich glaube, sie mussten weg", sagt der Patrick dann. „Nach Südamerika haben sich zuerst die Juden gerettet, später die Nazis." Ich bin geschockt – und voll wütend. „He, Patrick, so ein Scheiß! Glaubst du, unsre ganze Familie war bei den Nazis? Und warum sagt dann keiner was? Wenn ich mir rote Haare färb, dann regen sich alle auf, aber dazu sagt keiner was?"

„Verurteilen ist immer einfacher, als die eigenen Fehler einzugestehen", behauptet der Patrick. Manchmal find ich, dass er wie ein fünfzigjähriger Lehrer wirkt. „Deshalb werde ich Techniker", sagt der Thomas. „Da geht es um Logik und klare Fakten, nicht um Gefühle, Verurteilen und Eingestehen, da ist es, wie es eben ist." Der Patrick lächelt. „Gute Idee. Und du, Geri, weißt du auch schon, was du machen willst?" Normalerweise antwort ich auf diese Frage immer mit „was Soziales" oder „Völkerkunde", weil es spannend klingt. Dabei hab ich keine Ahnung, was das eigentlich ist. „Ich möcht gern

Fußball spielen", sag ich, weil es das Einzige ist, was für mich wirklich zählt.

Am nächsten Tag ist das Begräbnis. Ich bin froh, dass wir danach nicht zu uns ins Gasthaus gehen, sonst müssten wir helfen. Die Oma selbst hat sogar bestimmt, dass der Leichenschmaus in Klagenfurt stattfindet, weil die Tante Irmgard dort begraben wird. So ein Begräbnisessen ist was Ekliges. Da bringt man einen Menschen unter die Erde und danach stopft man sich voll. Es gibt Zwiebelrostbraten mit Kroketten. Ich war auf die Tante Edith gespannt, aber das hätt ich mir sparen können. Die ist einfach eine alte Frau. Ja, sie ist geschminkt und mehr hergerichtet als die Oma, aber so richtig anders ist sie auch nicht. Die Oma begrüßt sie ohne große Begeisterung und ich bin stolz auf sie. Ich hab mir fest vorgenommen, ihr nicht die Hand zu geben. Wenn sie echt bei den Nazis war, will ich nichts mit ihr zu tun haben. Aber als sie jeden Einzelnen von uns begrüßt, komm ich ihr nicht aus. Auch der Patrick gibt ihr die Hand, er lächelt nicht, er schaut sie einfach nur prüfend an. Sein Bruder, der Bruno, fährt nach dem Begräbnis gleich wieder ab. Er muss arbeiten, sagt er. Beim Begräbnis weint die Herta und die Tante Edith heult auch ein bisschen, nur die Oma verdrückt keine Träne. Dabei hat sie mit der Tante Irmgard am meisten Kontakt gehabt. Der Leichenschmaus ist in Klagenfurt. Dabei erzählt die Tante Edith von ihren Anfängen in Argentinien. Ihre Stimme ist laut, sie hat eine lustige Art zu reden und manchmal muss ich lachen, vor allem wenn es um die Missgeschicke und Missverständnisse dort geht. Vielleicht war alles anders oder sie wurde von ihrem Mann gezwungen. Ich will mir einfach nicht vorstellen, dass die Frau ein Nazi war. Die Oma redet wenig und ist die Einzige, die überhaupt nicht lacht. Dass sie sich mit ihrer Schwester nicht versteht, hab ich geahnt, sonst hätt sie ja Kontakt gehabt. Aber dass sie so abweisend ist? Auf ihre Fragen antwortet sie nur das Nötigste. Fast unhöflich. Die Herta und die Edith verstehen sich dagegen blendend. Sie sind sich ähnlich. Beide haben rot lackierte Fingernägel. Albi ist von ihr begeistert, er zupft an ihrer Kette und sie schimpft ihn nicht einmal, obwohl er dran zieht. Der Oma scheint das gar nicht zu gefallen. Sie schaut böse. Je später es wird, desto aufgedrehter wird die Tante Edith. Das liegt vielleicht an der roten Mischung, wahrscheinlich aber auch an der Zeitverschiebung, meint der Patrick, als wir zwischendurch einen kleinen Spaziergang machen, um mal rauszukommen. Als wir fertig sind mit der Nachspeise, will die Oma gleich aufbrechen. „Gut, fahren wir", sagt die Herta, „aber Tante Edith kommt noch mit." Die Oma ist nicht begeistert. Am Ende ist die ganze Verwandtschaft bei uns, aber das passt so, denk ich.

MARIANNE, 1995

Erwin würde wieder heiraten. Für den 8. Juli 1996 war die Hochzeit geplant. Sie hatte ihre Ehe mit ihm am 13. Februar 1975 geschlossen. Es war kalt gewesen und sie hatte eine dicke Wolljacke über dem Hochzeitskleid getragen. Sie war ihm nicht böse. Als er ihr erzählte, dass er wieder heiraten wollte, erschrak sie zunächst, das schon, aber sie war ihm nicht böse. Fast war sie sogar ein bisschen erleichtert, weil sie gehofft hatte, damit würden die heimlichen Treffen aufhören und es ihr leichter fallen, einen endgültigen Schlussstrich zu ziehen. Doch den gab es nicht. Marianne und Erwin trafen sich weiterhin regelmäßig. Er hatte seine Wohnung behalten und am Montag frühmorgens sperrte er ihr auf. Sie schämte sich und versäumte kein einziges Mal. Seine Besuche an den Wochenenden, an denen er Albi holte, waren natürlich etwas anderes. In Erblach hatten sie sich einmal zufällig getroffen, als Erwin mit seiner neuen Freundin einkaufen gegangen war. Er war dunkelrot geworden, während die beiden Frauen sich recht freundlich begrüßten. Die Neue war genauso unauffällig wie Marianne, eine gedrungene, kleine Frau mit einer zurückhaltenden Stimme. Natürlich hatte sie ein schlechtes Gewissen wegen ihrer heimlichen Schäferstündchen. Jedes Mal schwor sie sich, ihn nicht mehr zu treffen.

Es war 16 Uhr 49. Sie stand an der Theke und goss Wein, Soda, Bier und Cola für die Gäste ein. Vom Stammtisch erklangen Hertas und Tante Ediths fröhliche Stimmen, dazwischen quietschte Albi vergnügt. Albi, das Kind, das nie erwachsen werden würde. Aber mit ihm wäre Marianne nicht allein. Irgendwie ein beruhigendes Gefühl. Thomas war weg und lebte sein Leben. Er kam nur ab und zu noch auf Besuch. Und Trudi? Sie wollte nach Wien gehen und dort studieren. Schon bald würde sie nur noch mit Albi und ihrer Mutter im Gasthaus zurückbleiben.

„Heutzutage ist das nicht mehr so dramatisch. Und es wird viel geforscht", hatte der Arzt gesagt. „Bei guter Förderung können die Kinder sich sehr viel besser entwickeln." Kurz nach der Geburt war Albi operiert worden. Marianne hatte Angst um ihn gehabt. Aber er lachte noch immer. Sie war zu alt gewesen für ein gesundes Kind. Sie hatte sich erkundigt. Statistiken eingeholt und ein Modem gekauft, um sich über das Internet noch mehr Informationen zu verschaffen. Thomas hatte ihr geholfen. Jetzt saß sie nachts vor dem Bildschirm und rechnete, analysierte, verglich. Nicht alles war vorhersehbar, aber die Aussichten waren viel besser als vor zwanzig Jahren. Das war eine Tatsache. Sie stellte die Getränke auf ein Tablett und brachte sie zum Tisch: die rote Mischung für die Mutter und Tante Edith, Cola für Patrick, Thomas und Trudi. Willi war nicht gekommen, keiner fragte, warum. Tante Edith hatte Albi auf dem Arm, der wieder mit ihrer Kette spielte. Nicht mehr lang und sie würde reißen. Vergeblich versuchte Marianne, das Kind zu sich zu holen. „Lass ihn mir noch ein bisschen, er stört mich nicht", beruhigte die Tante sie. „Ein Tschoppale, nicht wahr, erkennst es wieder?", fragte Johanna und Tante Edith lächelte. „Freilich erkenn ich es. Schaut gleich aus. Wir haben es ja auch so lieb gehabt." Marianne verstand nicht, was die beiden meinten.

Vielleicht hatten sie nur zu viel getrunken. „Nicht lieb genug", stellte Johanna fest. „Es hat halt nicht sollen sein", entgegnete Tante Edith, deren Lächeln verschwunden war. Versonnen sah sie das Wesen in ihrem Arm an, das sich die Perlen ihrer Kette jetzt in den Mund steckte. „Du hättest es verhindern können", knurrte Johanna. Tante Edith starrte sie an. „Was meinst du?", fragte sie, ohne ihre Schwester anzuschauen.

Am Tisch war es still geworden. Herta schaute in ihr Glas, in dem das Wasser perlte, Thomas und Trudi sahen sich verwirrt an, nur Patrick blickte neugierig und aufmerksam zwischen seinen beiden Tanten hin und her. Marianne wartete, dass irgendwer nachfragen würde, doch es blieb still, bis sich Tante Edith Johanna zuwandte. „Wie hätte ich das deiner Meinung nach denn tun sollen?", fragte sie verärgert. „Du hast alle gekannt", erwiderte Johanna vorwurfsvoll. „Schließlich warst mit einem SSler verheiratet. Er hat es sicher gewusst. Und du hast es nicht verhindert. Warum hast du es zugelassen, dass sie ihn abgeholt haben?"

Tante Ediths Gesicht verfinsterte sich. Ihre Augen hinter der Brille wurden zu kleinen Schlitzen, ihr Mund zu einem schmalen Strich. „Als hätte ich was tun können. Was du dir denkst. Als hätte ich mit denen da oben was zu tun gehabt!" Sie klang nicht verbittert, aber zutiefst beleidigt. „Du hast ja auch nichts gemacht!", warf sie Johanna vor. „Ich war ja niemand", schimpfte diese. „Aber du, du warst wer. Lüg mich nicht an! Wenn du hättest wollen –" Tante Edith ballte ihre Faust. „Als wäre ich es gewesen! Was bildest du dir ein? Nichts war ich, eine kleine Gruppenführerin, und weißt du was? Schön war das, weil wir eine Gemeinschaft waren und

füreinander da! Das habe ich gewusst! Und mehr nicht. Ich habe das Tschoppale genauso lieb gehabt. Glaubst du, mir hat es nicht das Herz gebrochen? Glaubst du, ich habe nicht versucht, ihn wiederzufinden? Was meinst du, wie viel ich geweint habe, als er weggebracht wurde, und wie viel gebettelt! Ich habe alles getan, was ich tun konnte, aber du hast mir, das hast du immer schon können, die Schuld an allem gegeben. Der Irmgard hast du alles verziehen! Wahrscheinlich bin ich auch schuld, dass du dein Kind nicht behalten konntest, nach Wien geschickt worden bist und nicht mehr Klavier spielst!"
Tante Ediths Stimme hallte durch den Gastraum. Niemand sprach ein Wort. Alle sahen die beiden Schwestern an. „Was für ein Kind? Welches Tschoppale", fragte Patrick. Er bekam keine Antwort. Johanna atmete schwer, ihre Wut schien wie eine Schallwelle durch den Raum zu vibrieren. Tante Edith bebte ebenfalls, ihr Kopf zitterte. Albi hatte die Kette mittlerweile in der Hand, es machte „knack" und eine Perle nach der anderen glitt über Tante Ediths Ausschnitt auf den Boden, wo sie in alle Richtungen kullerten. Sofort sprangen alle auf außer Edith, Albi und Johanna. Johanna seufzte, dann richtete sie auf einmal versöhnliche Worte an ihre Schwester: „Wir sollten an Irmgards Sterbetag nicht streiten." Tante Edith bestätigte: „Ja, du hast recht, Johanna. Das hätte sie nicht gewollt."
Marianne, Herta und die Kinder krabbelten wieder auf die Bank und legten die eingesammelten Perlen auf den Tisch, weit genug weg, damit Albi nicht nach ihnen greifen und sie in den Mund stecken konnte. Er quengelte. „Sie hat dein Spiel immer bewundert", fuhr Tante Edith fort, „genauso wie ich."
„Was für ein Spiel?", fragte Trudi neugierig und sah ihre

Mama an, die mit den Schultern zuckte. So viele Geheimnisse gab es in dieser Familie. „Das ist lang her“, wiegelte Johanna ab. „Deine Großmutter, mein Kind, ist eine hochtalentierte Klavierspielerin“, sagte Tante Edith und lächelte stolz. „Was?“, fragten Marianne und Herta wie aus einem Munde. „Warum hast du das nie erzählt?“, wollte Herta wissen. „Weil das lang her ist. Nicht wichtig.“ Johanna trank ihre Mischung aus. Seit Edith da war, trank sie ab und zu Wein. Da sagte Herta auf einmal: „Weißt, Tante Johanna, manchmal denk ich, ich hab immer gewartet, dass mich wer entdeckt. Vielleicht hätt ich nicht warten, sondern es selber machen sollen.“ Niemand erwiderte etwas darauf, alle starrten in ihre Gläser. Es war still, bis auf das Surren hinter der Theke.

JOHANNA, 1999

Im Testament des jüdischen Freunds des Hofrates befand sich der Passus, dass das Klavier auf seine Kosten zu ihr gebracht werden sollte, sofern es nicht schon dort war. Der Mann musste uralt geworden sein. Sie hatte keine Ausrede mehr.

Als es geliefert wurde, war Johanna aufgeregt wie ein kleines Kind vor Weihnachten. Marianne und Trudi, die extra aus Wien gekommen war, hatten ihr geholfen, den Saal im Gasthaus auszuräumen, damit es genug Platz gab. „Ich hoffe, es kommt unbeschadet hier an", wiederholte Johanna wieder und wieder. Das bereitete ihr die größten Sorgen. Wie sie es schafften, den großen Flügel in den Saal zu wuchten, bekam Johanna nicht mit. Sie versteckte sich im Stüberl, war zu nervös, um dabei zu sein. Es dauerte ein paar Stunden. Dann war er da und blieb. Ihre echte, große Liebe.

GERTRUD, 2022

Ich kann die Fritteuse noch riechen. Und höre den Eiskasten summen. Alles ist anders. Sie haben die Wände rausgerissen und neu errichtet. Ich weiß nicht, wie sie das gemacht haben, ich wusste nicht, dass es möglich ist. Die Jagdtrophäen sind noch da. Und der alte Jagdschrank. Den Flügel haben sie im Saal gelassen, der jetzt anders gestaltet ist. Er sieht immer noch wunderschön aus. Bis heute weiß ich nicht genau, wie Oma an das Klavier gekommen ist. Wir haben sie immer wieder danach gefragt, aber sie hat meist geschwiegen und gelächelt. Und wenn sie etwas erklärt hat, wurde das immer wirrer. Wann immer ich bei Mama bin, denken wir uns die wildesten Kriminalgeschichten aus und lachen. Ob sie wirklich hatte spielen können? Mama meint, sie habe das Klavier manchmal gehört, aber wenn sie habe nachschauen wollen, sei die Musik sofort verstummt und das Klavier habe verlassen und einsam im Raum gestanden. Ich weiß nicht, ob das stimmt. „Darf ich die Küche anschauen?“, frage ich Herrn Pelz. „Natürlich, sehr gern“, sagt er und öffnet die Tür. Sie haben auch die Küche umgebaut. „Früher war die Theke hier“, bemerke ich. „Ja, ich weiß“, antwortet er freundlich, „wir haben ein bisschen umgestaltet, weil es so praktischer ist.“

„Schau mal, Mimi, hier bin ich aufgewachsen. Das Gasthaus war unser Zuhause. Für meine Oma, meine Mama, meinen Bruder und mich.“ Mimi interessiert sich null dafür. Sie rutscht auf meinem Arm herum und möchte lieber mit den Töpfen spielen. Es war eine Schnapsidee, sie mitzunehmen, das hat Mama gleich gesagt, als ich losgefahren bin. Ich wollte sie aber dabeihaben, meiner Tochter das Gasthaus zeigen, bevor ich selbst vergesse, wie es aussah. Ich wollte Mama mitnehmen. Aber sie lehnte ab. „Ich habe lang genug dort gelebt“, erwiderte sie. „Ich bin jetzt woanders zuhause.“

In ihrer Wohnung fühlt Mama sich sehr wohl, darüber bin ich froh. Sie hat nette Nachbarn, das ist wichtig, und Albi wohnt in einer eigenen Wohnung gleich darunter. Mamas Wohnung ist echt speziell. Sie schaut nicht aus, wie man sich die Wohnung einer alten, einsamen Frau vorstellen würde. Sie erinnert eher an ein Computerlabor. Thomas hat sie mit allem ausgestattet, was es gibt, und ich kapiere noch immer nicht, was sie in seiner Firma macht. Homeoffice. Irgendetwas mit Zahlen. Die beiden sind auf jeden Fall begeistert und wenn sie versuchen, es mir zu erklären, klappen meine Ohren zu. „Wir wollten das alte Ambiente des Gasthauses beibehalten. Ich hoffe, Sie mögen es kombiniert mit unseren Veränderungen“, sagt Herr Pelz. Er ist sympathisch. Seit acht Jahren sind er und sein Freund die neuen Besitzer. „Ich weiß nicht, warum ich erst jetzt wieder herkomme. Irgendwie hat es nie gepasst. Aber jetzt habe ich es endlich geschafft“, erkläre ich ihm. „Wir freuen uns, schließlich haben wir Ihnen und Ihrer Familie unsere neue Existenz zu verdanken.“ Er strahlt mich an, er passt gar nicht an diesen Ort. Nach wie vor ist mir nicht klar, was an diesem alten Gemäuer so wunderschön sein soll. Als Mama und ich es nach Omas Tod verkauft haben, war ich froh. Und Mama auch. Sie wollte das so. Komisch. Die meisten Leute, die ich kenne, können das nicht nachvollziehen. Altes wird wieder besonders wertgeschätzt und es stimmt, natürlich hat so ein hundertjähriges Gasthaus mehr Seele als eine hingeklotzte Reihenhaushütte. Aber darin leben, es heizen, ständig renovieren – ich schaue mich um. Es ist Vormittag, kein Gast zu sehen. „Und wie läuft es?", frage ich. Mimi rutscht unruhig herum. „Zum Glück haben wir die Coronakrise mit den ewigen Schließungen hinter uns. Wir können uns nicht beklagen, wir sind gut gebucht." Ich weiß nicht, ob er die Wahrheit sagt. Sie veranstalten Seminare hier und werben mit ländlicher Idylle. Sie haben die Zimmer ausgebaut. Es sind wenige, dafür sind sie exklusiver. Ich wäre schon neugierig, aber ob ich mal einen Blick reinwerfen darf, traue ich mich nicht zu fragen. „Wo leben Sie?", will Herr Pelz wissen. „In Wien, ich habe dort studiert und bin hängen geblieben."

„Und ich bin in Wien aufgewachsen und hier hängen geblieben", sagt er und lacht. Wir gehen in den Gastraum, in dem jetzt moderne, geschmackvolle Möbel stehen. „Wir wollten, wie gesagt, das Alte mit dem Neuem kombinieren", sagt er. Mimi befreit sich von mir und läuft zu einem Hocker, über den ein Schaffell gespannt ist, in das sie sich hineinkuschelt.

Ich erkenne ein Landschaftsbild von früher – oder ist es doch ein anderes? Alles ist fremd und doch nicht. „Mimi, komm her", rufe ich und wie üblich hört meine Tochter nicht auf mich. Sie ist genauso unruhig wie ich. Es gibt eine Bar mit Hockern, eine Glasvitrine, weiße Wände und eine Couch am Ende des Raums. „Früher waren hier Gitter dazwischen und da war der Stammtisch", erinnere ich mich. Es riecht nach Holz. „Was machen Sie beruflich?", fragt mich Herr Pelz. „Ich bin in der Logistikbranche", antworte ich knapp. „Aha, spannend“, meint er und ich erkenne sofort, dass er keine Ahnung hat, wovon ich rede. „Und Sie waren schon immer in der Gastronomie?“, frage ich zurück. „Nein, ich komme aus der Immobilienbranche, mein Mann ist aus der Gastronomie. Mit dem Lokal haben wir uns einen Traum erfüllt. Es war nicht leicht, etwas zu finden. Wir waren nicht sicher, wie es aufgenommen wird auf dem Land, wenn ein schwules Paar ein Gasthaus übernimmt. Aber es hat eigentlich nie Probleme gegeben.“ Mir fällt Papas rosarotes Hemd ein und ich muss lächeln, auch über das beschämende Gefühl, das ich hatte, als Thomas mir gesagt hat, dass er vielleicht homosexuell ist.

Ich war ein Feigling und bin es geblieben. Ich habe mir zwar die Haare rot gefärbt, aber so richtig habe ich mich nie aufgelehnt, nichts infrage gestellt. Dabei ist Thomas gar nicht schwul. Kaum hatte ich mich an den Gedanken gewöhnt, heiratete er eine Mexikanerin, die er im Internet kennengelernt hatte. Drei Kinder haben sie inzwischen, ein Haus am Stadtrand von Graz und zwei Autos. Er ist dick geworden und noch immer sitzt er am liebsten vor einem Bildschirm.

Ich schaue aus dem Fenster. Hinter der Kirche ist eine neue Siedlung entstanden, der Ort hat sich um das Dreifache vergrößert. „Zu meiner Zeit sind alle von hier weggegangen“, erzähle ich und Herr Pelz lächelt. „Ja, jetzt ziehen viele wieder hierher, es ist nicht weit in die Stadt und doch am Land.“

„Kommen die Einheimischen auch ins Gasthaus?“

„Kaum, wir haben eher Hotelbesucher. Aber da fällt mir ein, vor Kurzem war ein Mann bei uns, der meinte, er sei hier immer im Urlaub bei seiner Großtante gewesen. Er wollte über den Ort recherchieren.“ Ich lächle. „Das war mein

Cousin, er hat mir davon erzählt. Er lebt für die Vergangenheit." Wie lang habe ich Patrick nicht mehr gesehen? Hin und wieder telefonieren wir und vor einem Jahr – oder noch länger? – hat er mir von seiner geplanten Forschungsarbeit über unser Dorf erzählt. Es gab sogar einen Zeitungsartikel in der Regionalzeitung über ihn, den Mama aufgehoben und mir gezeigt hat. Auf dem Bild sieht er aus wie immer: Ein Mensch, der nie richtig Kind war und auch nicht älter wurde. Bei einem unserer Telefonate vor ein paar Wochen fragte ich ihn scherzhaft: „Und was hast du noch alles herausgefunden über unsere Familie?" Er sagte nur: „Es muss nicht alles erzählt werden." Den Zeitungsausschnitt hat Mama Herta mitgebracht. Einmal im Jahr fährt sie zu ihrer Cousine. Herta ist jetzt vierundachtzig Jahre alt. Mama sagt, sie ist wie immer, rüstig, schlank und ungeschminkt geht sie nicht außer Haus. Nicht einmal mit dem Rauchen hat sie aufgehört. Von Willi hat sie sich nicht scheiden lassen. Ob sie noch immer von einer Karriere als Sängerin träumt? Zumindest singt sie nach wie vor. Ich weiß nicht, ob sie dafür zu belächeln ist oder zu beneiden.

Wir gehen beim hinteren Eingang hinaus, wo ich früher immer Fußball gespielt habe. Auch hier hat sich alles verändert. Die Garage mit der Schottereinfahrt gibt es nicht mehr. Dafür eine Holzfigur, das Kunstwerk eines örtlichen Künstlers, wie Herr Pelz erklärt. Er drückt mir zum Abschied eine Visitenkarte in die Hand. „Hotel Eckwirt" steht darauf. Als ich zum Auto gehe, kommt mir Adi entgegen. Er ist voller Falten, aber ich erkenne ihn sofort. „Servus", sag ich.

„Servus“, sagt er und schaut mich fragend an. Er erkennt mich nicht. Ich lächle, steige ins Auto, schnalle Mimi im Kindersitz an und fahre davon.

DANK

Ich danke meiner Familie (insbesondere Matthias Nowak) und allen, die mich unterstützt und motiviert haben, vor allem Sonja Franzke, Petra Hartlieb, Manuela Honsig, Margit Horvath, Barbara Kadletz, Susanne Kristek, Felix Kucher, Andrea Marius, Michaela Monschein, Michael Orou, Elke Steinborn, Gerhard Stöger, Uschis, Susanne Wertheimer und Christopher Wurmdobler. Danke Senta Wagner für die genaue Arbeit. Das größte Dankeschön gilt meiner Lektorin Anja Linhart, ohne die es mein Buch nicht gäbe.

ZUR AUTORIN

Silvia Pistotnig, 1977 in Kärnten geboren, ist Autorin und Redakteurin. Sie hat Kommunikations- und Politikwissenschaft in Wien studiert, wo sie heute mit ihrer Familie lebt. *Die Wirtinnen* ist ihr vierter Roman. Zuvor veröffentlichte sie *Teresa hört auf* (2021) und *Tschulie* (2017, beide Milena Verlag). 2010 erschien ihr Debüt *Nachricht von Niemand* (Skarabaeus Verlag).
Sie wurde u. a. mit dem Projektstipendium des Bundes und dem Literaturförderpreis des Landes Kärnten ausgezeichnet.

Foto: Martin Rauchenwald